I0594234

EIN HELD FÜR MARLOWE

EIN SPIEL DES GLÜCKS

BUCH 3

SUSAN STOKER

Vertrauen in Taylor
Vertrauen in Molly
Vertrauen in Cassidy

Die Zuflucht in den Bergen

Zuflucht für Alaska
Zuflucht für Henley
Zuflucht für Reese
Zuflucht für Cora
Zuflucht für Lara
Zuflucht für Maisy
Zuflucht für Ryleigh

Das Bergungsteam vom Eagle Point

Ein Retter für Lilly
Ein Retter für Elsie
Ein Retter für Bristol
Ein Retter für Caryn
Ein Retter für Finley
Ein Retter für Heather
Ein Retter für Khloe

SEALs of Protection: Legacy

Ein Beschützer für Caite
Ein Beschützer für Brenae
Ein Beschützer für Sidney
Ein Beschützer für Piper
Ein Beschützer für Zoey
Ein Beschützer für Avery
Ein Beschützer für Kalee

EIN HELD FÜR MARLOWE

Ein Beschützer für Jane

<u>Die SEALs von Hawaii:</u>
Die Suche nach Elodie
Die Suche nach Lexie
Die Suche nach Kenna
Die Suche nach Monica
Die Suche nach Carly
Die Suche nach Ashlyn
Die Suche nach Jodelle

<u>Delta Team Zwei</u>
Ein Held für Gillian
Ein Held für Kinley
Ein Held für Aspen
Ein Held für Jayme
Ein Held für Riley
Ein Held für Devyn
Ein Held für Ember
Ein Held für Sierra

<u>Mountain Mercenaries:</u>
Die Befreiung von Allye
Die Befreiung von Chloe
Die Befreiung von Morgan
Die Befreiung von Harlow
Die Befreiung von Everly
Die Befreiung von Zara
Die Befreiung von Raven

<u>Ace Security Reihe:</u>
Anspruch auf Grace
Anspruch auf Alexis
Anspruch auf Bailey
Anspruch auf Felicity
Anspruch auf Sarah

<u>Die Delta Force Heroes:</u>
Die Rettung von Rayne
Die Rettung von Emily
Die Rettung von Harley
Die Hochzeit von Emily
Die Rettung von Kassie
Die Rettung von Bryn
Die Rettung von Casey
Die Rettung von Wendy
Die Rettung von Sadie
Die Rettung von Mary
Die Rettung von Macie
Die Rettung von Annie

<u>SEALs of Protection:</u>
Schutz für Caroline
Schutz für Alabama
Schutz für Fiona
Die Hochzeit von Caroline
Schutz für Summer
Schutz für Cheyenne
Schutz für Jessyka
Schutz für Julie

Schutz für Melody
Schutz für die Zukunft
Schutz für Kiera
Schutz für Alabamas Kinder
Schutz für Dakota

Eine Sammlung von Kurzgeschichten
Ein langer kurzer Augenblick

KAPITEL EINS

Marlowe Kennedy zuckte überrascht zusammen, als eine der Aufseherinnen ihren Namen laut genug rief, um über den Lärm der Hunderte von Nähmaschinen im Raum hinweg gehört zu werden.

Als sie sich umdrehte, sah sie, wie Yanisa sie von der Tür aus finster anblickte. Sie bewegte sich nicht sofort, denn Marlowe wollte auf keinen Fall in Schwierigkeiten geraten. Aufseherinnen waren Gefangene, die ein wenig Macht über ihre Mitgefangenen bekommen hatten. Ein Wort von einer Aufseherin zu den Wachen und eine Gefangene konnte sich in Einzelhaft wiederfinden. Die meisten Frauen hier hatten Angst vor den Aufseherinnen, und Marlowe konnte es ihnen nicht verdenken.

Das Verhältnis von Wärtern zu Gefangenen war in diesem schrecklichen Gefängnis in Thailand etwa zwanzig zu tausend. Es war Angst oder einfach fehlender Wille seitens der Gefangenen, der sie davon abhielt aufzubegehren. Die meisten Frauen waren zu lebenslanger Haft verurteilt worden, auch Marlowe.

Es war unglaublich, dass Marlowe noch vor einem Monat eine angesehene Archäologin gewesen war, die an einer Ausgrabungsstätte nicht weit von Bangkok arbeitete. Sie war respektiert worden und galt als Expertin auf ihrem Gebiet. Doch jetzt? Laut der thailändischen Regierung war sie eine verurteilte Drogenhändlerin, die man weggeworfen hatte, als sei sie ein Stück Dreck.

Tagsüber saß sie über eine Nähmaschine gebeugt und nähte billige Blusen, und nachts schlief sie in einem Raum, der mit mindestens hundert anderen Frauen vollgestopft war, Schulter an Schulter auf einer dünnen Matratze, die in keiner Weise vor dem harten Betonboden schützte.

»Marlowe!«, rief Yanisa erneut, diesmal etwas ungeduldiger. Sie winkte sie zu sich.

Marlowe stand auf und bahnte sich ihren Weg durch die anderen Frauen, die nicht im Geringsten neugierig zu sein schienen, warum sie von der Aufseherin gerufen worden war. Vielleicht wussten sie aber auch einfach nur, dass sie keine Aufmerksamkeit auf sich ziehen sollten, indem sie ihre Arbeit unterbrachen.

Als Marlowe sich Yanisa näherte, streckte die Frau eine Hand aus, packte sie vorn an ihrem hellblauen Gefangenenhemd und schüttelte sie. Marlowes erster Instinkt war es, die Hand der Frau wegzuschlagen und sie nach hinten zu stoßen, aber wenn sie das täte, würde sie sofort wieder in Einzelhaft kommen. Es war allen anderen Gefangenen verboten, eine Aufseherin zu berühren. Aber natürlich galt das nicht für beide Seiten. Die Aufseherinnen konnten mit den ihnen anvertrauten Frauen machen, was sie wollten. Häufig traten, schlugen und missbrauchten sie andere in der Dunkelheit der Nacht.

So war das Leben in diesem überfüllten und unterfinanzierten Gefängnis.

Yanisa drehte sich um, Marlowes Hemd noch immer in der Hand, und ging auf das Verwaltungsgebäude zu.

Grauen durchströmte Marlowe. Das Hauptgebäude auf dem Gefängnisgelände gefiel ihr überhaupt nicht. Dort hielten die Wachen sich auf. Und dort fanden die Verhöre statt. Marlowe hatte schon mehr als genügend Zeit in einem der kleinen Räume in dem großen Backsteingebäude verbracht.

Als sie von der archäologischen Ausgrabungsstätte ins Frauengefängnis gebracht worden war, dachte sie, sie könne erklären, dass die Yaba-Pillen, die in ihren Sachen gefunden worden waren, nicht von ihr stammten. Sie dachte, sie würde eine Chance bekommen, ihre Seite zu erklären, wie sie ihren Kollegen Ian West verdächtigte, derjenige zu sein, der sie platziert hatte.

Aber dazu war es nicht gekommen. In einem Raum des Verwaltungsgebäudes war sie stundenlang auf Thai angeschrien worden. Sie verstand kein Wort von dem, was sie sagten. Sie bettelte um einen Dolmetscher. Um etwas zu essen und zu trinken. Um die Toilette zu benutzen. Aber niemanden schien es zu interessieren, was sie wollte.

Sie hatte keine Ahnung, wie lange sie schon in dem Raum gewesen war, aber schließlich kam eine Frau herein, die Englisch sprach. Marlowe war noch nie in ihrem Leben so erleichtert gewesen, jemanden zu sehen, den sie verstehen konnte und der sie verstand.

Die Frau erklärte ihr, dass sie wegen Drogenhandels angeklagt sei und dass sie eine Art eidesstattliche Erklärung unterschreiben müsse. Natürlich war sie auf Thai, und Marlowe konnte sie nicht lesen. Sie hatte sich zunächst geweigert, und die Frau bestand darauf, dass sie, wenn sie nicht unterschreibe, auf der Stelle für schuldig befunden und zum Tode verurteilt würde.

Es war ein Albtraum gewesen, aus dem Marlowe nicht herauskam. Sie wusste, dass es nicht klug war, etwas zu unterschreiben, ohne es vorher zu lesen, aber die Frau war so ruhig und beruhigend gewesen. Und zu diesem Zeitpunkt war Marlowe hungrig, erschöpft und verängstigt. Sie hatte gesehen, wie die männlichen Wachen sie während des langen Verhörs angeschaut hatten. Sie hatte die Horrorgeschichten von Frauen gehört, die angegriffen wurden.

Am Ende hatte sie die Papiere unterschrieben.

Dann war sie in einen Raum gebracht worden, wo ihr die Kleidung genommen und sie gezwungen wurde, das hellblaue Hemd und den dunkelblauen Rock anzuziehen, den alle Gefangenen trugen, bevor sie in Einzelhaft landete.

Dementsprechend hatte sie keine guten Erinnerungen an das Verwaltungsgebäude, in das Yanisa sie gerade schleppte. Mit ihren eins zweiundsechzig war Marlowe keine große Frau, und aufgrund der Menge an Gewicht, die sie während ihrer Inhaftierung verloren hatte, war sie noch zierlicher. Im Allgemeinen waren thailändische Frauen nicht viel größer als sie, aber Yanisa war eine Ausnahme, was wahrscheinlich einer der Gründe war, warum sie Aufseherin war. Sie zog Marlowe beim Gehen einfach hinter sich her, und Marlowe konnte sich nur mit Mühe auf den Beinen halten.

Zu Marlowes Überraschung brachte Yanisa sie nicht in einen der kleinen Verhörräume, sondern zerrte sie in den Besucherbereich.

Einen kurzen Moment lang keimte Hoffnung in Marlowes Brust auf. War Tony hier? Hatte ihr Bruder endlich alle bürokratischen Hürden überwunden, um sie zu besuchen?

Ihr wurde fast schwindelig vor Erleichterung. Tony würde sie hier herausholen. Ihr großer Bruder war immer ihr Beschützer gewesen. Dank seiner Arbeit für einen US-Senator hatte er gute Beziehungen. Wenn jemand diesen Schlamassel lösen konnte, dann er.

Yanisa hielt ruckartig an und warf Marlowe praktisch auf einen Stuhl, der vor einem Maschendrahtzaun stand. Die Einrichtung, in der die Gefangenen mit den Besuchern sprechen konnten, war nicht ideal. Sie saß vor dem Zaun, und es gab einen zweiten Zaun in etwa zweieinhalb Metern Entfernung, hinter dem die Besucher saßen. Es war absolut unmöglich, sich zu berühren, und in einem so großen Raum mit einem Dutzend anderer Frauen, die sich mit ihren Besuchern unterhielten, konnte man kaum verstehen, was jemand sagte.

»Fünf Minuten«, sagte Yanisa barsch, drehte sich um und stapfte davon.

Der Stuhl auf der anderen Seite der großen Lücke war leer und Marlowe runzelte verwirrt die Stirn. Gespannt blickte sie zur Tür an der Seite des Raumes, als diese sich öffnete, in der Erwartung, Tony zu sehen.

Aber den Mann, der hereinkam, hatte Marlowe noch nie zuvor gesehen. Er stach unter allen anderen hervor. Er war groß. Er hatte dunkles Haar, einen beängstigend finsteren Gesichtsausdruck und war tadellos gekleidet, mit einem weißen Hemd, einer blauen Krawatte und einer khakifarbenen Hose. Er trug eine Aktentasche, die er auf den Boden stellte, sobald er den für ihren Besucher vorgesehenen Platz erreicht hatte.

Er ließ sich jedoch nicht auf den Stuhl sinken. Er sah sie durch den Zaun hindurch stirnrunzelnd an.

Nach einem kurzen Moment bewegten seine Lippen sich, aber Marlowe konnte nicht hören, was er sagte.

»Tut mir leid, was?«, schrie sie fast.

Seine Lippen bewegten sich erneut mit etwas, von dem Marlowe dachte, es könnte ein Fluch sein, bevor er die Stimme erhob. Sie konnte ihn gerade so über den Lärm hinweg hören. Und Englisch – amerikanisches, akzentfreies Englisch – hatte noch nie so gut geklungen.

»Marlowe Kennedy?«

Sie nickte.

»Ich bin Ihr Anwalt.«

Marlowe blinzelte. Dieser Mann ähnelte keinem Anwalt, den sie je gesehen hatte. Zugegeben, sie war nicht gerade eine Expertin, aber er wirkte zu ... grob, trotz der makellosen Kleidung. Sie war sich nicht sicher, was ihr diesen Eindruck vermittelte. Vielleicht war es die Wut in seinen Augen oder die Muskeln, die sich unter seinem weißen Hemd abzeichneten. Aber niemals in einer Million Jahren hätte sie diesen Mann für einen Anwalt gehalten.

»Haben Sie mich gehört?«, schrie er durch den Zaun.

Marlowe nickte erneut.

»Ich werde Sie hier rausholen, verstanden?«

Das tat sie nicht. Nicht wirklich. Aber sie konnte nicht leugnen, dass es sich sehr gut anfühlte, jemanden auf ihrer Seite zu haben.

Sie nickte ein drittes Mal.

»Sie müssen bereit sein«, erklärte er, während er sie mit seinen braunen Augen fixierte. Sie hatte das Gefühl, dass er ihr etwas sagen wollte, aber sie hatte keine Ahnung was. »In der Zwischenzeit halten Sie den Kopf unten und ziehen Sie keine Aufmerksamkeit auf sich. Wenn die Zeit reif ist, werden Sie es wissen.«

Marlowe legte den Kopf schief und betrachtete den Mann auf der anderen Seite. Er hatte sich nicht vorgestellt. Er hatte nicht nach ihrer Seite der Geschichte gefragt. Er hatte keinen Papierkram hervorgeholt. Er hatte nichts von dem getan, was sie von einem Anwalt erwartete, wenn er einen Mandanten zum ersten Mal traf. Natürlich waren dies nicht gerade normale Umstände. Es war nicht so, als träfen sie sich an einem Konferenztisch, wo sie ein privates und ruhiges Gespräch führen konnten.

Plötzlich musste sie den Namen dieses Mannes wissen. Sie war nicht überzeugt, dass er ihr helfen konnte, und sie glaubte auch nicht, dass es irgendjemand zu diesem Zeitpunkt konnte. Die thailändische Regierung befand sich in einem Krieg gegen Drogen, den sie nicht gewinnen konnte, aber sie war mehr als bereit, an jedem ein Exempel zu statuieren, der mit irgendetwas erwischt wurde – vor allem an Ausländern, egal wie gering die Menge war. Das war der Grund, warum das Gefängnis so überfüllt war.

Doch trotz ihres mangelnden Optimismus verspürte sie ein tief sitzendes Bedürfnis, diesem Mann zu vertrauen, als sie ihm in die Augen sah.

Sie stand langsam auf, um weder Yanisa noch die anderen Aufseherinnen im Raum durch eine plötzliche Bewegung zu alarmieren. Sie umklammerte den Metallzaun vor ihr so fest, dass ihre Finger weiß wurden. »Wie heißen Sie?«, rief sie.

Der Mann starrte sie einen Moment lang an, bevor er sagte: »Kendric. Kendric Evans.«

Kendric.

Das passte zu ihm. Marlowe hatte noch nie jemanden mit diesem Namen getroffen. Seine tiefe Stimme grollte in ihrem Gehirn, als sein Name in ihr widerhallte. *Kendric. Kendric. Kendric.*

»Wie kommen Sie zurecht?«, fragte er.

Marlowe zuckte mit den Schultern. Sie wusste es besser, als sich zu beschweren. Sie hatte keine Ahnung, ob Yanisa oder jemand anderes sie bei dem Lärm im Raum hören konnte, aber sie würde es nicht riskieren.

Kendric runzelte die Stirn. »Sie müssen nur noch ein wenig länger durchhalten. Können Sie das für mich tun?«

Marlowe wollte Ja sagen, aber in Wahrheit war sie sich nicht sicher, ob sie es konnte. Dies war die schlimmste Erfahrung ihres Lebens, und nach nur wenigen Wochen war sie bereits am Rande ihrer Belastungsgrenze. Der Gedanke, den Rest ihres Lebens hier zu verbringen, war so erschreckend, dass sie alles – *alles* – getan hätte, um von hier wegzukommen. »Hat Tony Sie geschickt?«, rief sie, anstatt auf seine Frage zu antworten.

»Ja.«

Seine Antwort kam sofort, und die Erleichterung, die durch Marlowes Adern floss, ließ ihr schwindelig werden. »Geht es ihm gut? Ist er hier?«

»Es geht ihm gut. Er macht sich Sorgen um Sie. Und nein, er ist nicht hier. Er hat mich geschickt«, sagte Kendric. Er ließ den Blick leicht nach rechts wandern, über ihre Schulter.

Marlowe drehte den Kopf, um zu sehen, wohin er schaute, und sah, dass Yanisa auf sie zukam. Sie umklammerte den Zaun fester. Sie wollte nicht zurück in den Nähraum gehen. Sie wollte hierbleiben und mit Kendric reden. Er war eine Verbindung zu ihrem Bruder. Zur Freiheit. Und die wollte sie nicht verlieren. Sie hatte den plötzlichen Verdacht, sofort wieder in das Loch der Verzweiflung zu fallen, in dem sie seit gefühlten Jahren lebte, wenn sie Kendric aus den Augen verlor.

Als könnte er ihre Gedanken lesen, rief Kendric: »Sehen Sie mich an, Marlowe.«

Sofort wandte sie den Blick wieder zu ihm.

»Ich bringe Sie hier raus. Sie müssen bereit sein. Für alles. Wenn es so weit ist, werde ich da sein, verstanden? Sie müssen nur mutig genug sein, sich zu bewegen.«

Marlowe hatte keine Ahnung, wovon er sprach.

Yanisa packte sie am Oberarm und sagte etwas auf Thai.

Marlowe hielt sich am Zaun fest, da sie nicht gehen wollte. Sie wollte Kendric nicht verlassen.

»Können Sie das tun?«, fragte er.

In seiner Frage schwang ein Unterton mit, den Marlowe nicht verstand.

»Marlowe!«, rief er erneut, als Yanisa ihre Finger vom Zaun löste. »Wenn die Zeit gekommen ist, seien Sie wie Forrest Gump ...«

Er sagte noch etwas, aber die Worte gingen im Lärm der anderen unter, die schrien, um ihre Besucher im Raum hören zu können.

Marlowe war so verwirrt. Kendric konnte doch nicht *Forrest Gump* gesagt haben, oder?

Aber das hatte er. Sie wusste es.

Als sie zurückblickte, bevor Yanisa sie aus dem Besucherbereich zog, sah Marlowe Kendric genau dort stehen, wo er vorher gestanden hatte. Er hatte sich nicht bewegt. Er hielt sich am Zaun fest, genau wie sie, und starrte sie an, als Yanisa sie aus dem Raum manövrierte. Als sie einen letzten Blick auf den Mann erhaschte, formte er Worte mit dem Mund.

Die Tür schlug hinter ihr zu und Marlowe wurde erneut über das Gelände in Richtung des Nähraums gezerrt. Yanisa murmelte etwas vor sich hin und Marlowe war tatsächlich erleichtert, dass sie nicht verstand, was sie sagte. Als sie wieder in der Ausbeuterwerkstatt ankamen, wie Marlowe es sah, stieß Yanisa sie zur Tür.

Da Marlowe nicht mit der heftigen Bewegung gerechnet hatte, flog sie nach vorn und prallte hart gegen die Tür, wobei sie gerade noch vermeiden konnte, mit dem Gesicht gegen das Metall zu schlagen.

»An Arbeit!«, knurrte Yanisa.

So schnell wie möglich griff Marlowe nach dem Türknauf und schaffte es, die Tür zu öffnen. Die Luft im Raum war stickig und der vertraute Gestank von Körpergeruch überfiel ihre Sinne.

Erst als sie wieder an ihrer Nähmaschine saß, mit dem Stoff herumfuchtelte und versuchte, die Stiche gerade hinzubekommen, wurde Marlowe klar, was Kendric gesagt hatte, als sie weggezerrt wurde.

Lauf.

War das die Anspielung auf Forrest Gump, die er zu machen versuchte? Es machte Sinn ... aber dann auch wieder nicht. Laufen? Wohin? Es gab nichts, *wohin* sie laufen konnte. Und obwohl es im Gefängnis nicht viele Wachen gab, waren die Mauern hoch und mit Stacheldraht bedeckt, und die Kugeln in den Gewehren der Männer, die die Mauern bewachten, waren so echt, wie sie nur sein konnten.

Sie musste das, was Kendric ihr zu sagen versuchte, falsch verstanden haben. Sie nahm an, dass es nicht wirklich wichtig war. Ihr Bruder tat, was er konnte, um ihr zu helfen, und sie musste daran glauben, dass sie irgendwann freigelassen werden würde. Irgendjemand würde schon herausfinden, dass die Yaba-Pillen in ihren Habseligkeiten an der Ausgrabungsstätte nicht von ihr stammten.

Sie runzelte die Stirn. Mist, sie hatte keine Gelegenheit gehabt, Kendric zu sagen, er solle sich mit Ian West befassen. Er war der Grund, warum sie im Gefängnis saß. Dessen war sie sich sicher. Aber wenn der Mann klug war, wäre er schon längst aus Thailand verschwunden.

Ein scharfer Schmerz in ihrer Seite ließ Marlowe aufstöhnen. Als sie sich umdrehte, sah sie eine andere der

Aufseherinnen neben sich stehen, die schrie und auf die Nähmaschine zeigte. Die Frau hatte sie getreten, weil sie ins Leere gestarrt hatte, anstatt zu arbeiten.

Marlowe senkte den Kopf und tat ihr Bestes, um sich zu konzentrieren. Sie erinnerte sich an das, was Kendric gesagt hatte. Keine Aufmerksamkeit auf sich lenken. Sie hatte keine Ahnung, was er vorhatte, um sie zu befreien, aber sie würde nichts tun, um das zu vermasseln. Nicht wenn ihre Freiheit auf dem Spiel stand.

Sie konnte noch eine Weile überleben. Sie hoffte nur, dass es nicht Monate dauern würde, bis Kendric und Tony sich durch die Bürokratie arbeiten und sie hier rausholen konnten.

KAPITEL ZWEI

Kendric »Bob« Evans saß in seinem Zimmer, zwei Blocks vom Frauengefängnis entfernt, und starrte stirnrunzelnd aus dem Fenster. Er konnte gerade noch den Stacheldraht oben auf den Mauern sehen, und er hatte sich längst die Wege eingeprägt, die die Wachen auf dem Gelände zurücklegten.

Er hatte in seinem Leben schon einige schreckliche Dinge gesehen, sowohl als Delta-Force-Agent in der US-Armee als auch in den Jahren, in denen er für Gregory Willis gearbeitet hatte, um Amerikaner in Übersee zu retten.

Aber der heutige Tag hatte alles übertroffen.

Willis, der FBI-Agent, der sein Ansprechpartner in Sachen Rettungsmissionen war, hatte ihm eine Akte über Marlowe Kennedy geschickt. Sie enthielt Fotos und einen ziemlich detaillierten Bericht über ihren Lebenslauf, einschließlich Informationen über ihren Bruder Tony, den Mann, nach dem sie bei Bobs Besuch gefragt hatte.

Die Wahrheit war, dass Anthony Kennedy alles daransetzte, seine Schwester zu befreien, aber ohne Erfolg. Das Problem war, dass die thailändische Regierung ein Exempel an Ausländern statuieren wollte, die es wagten, in ihrem Land Drogen zu verkaufen. Das Problem hatte epidemische Ausmaße angenommen, und bisher hatten das harte Durchgreifen der Regierung und die Entscheidung, jeden zu inhaftieren, der auch nur mit einer einzigen Pille erwischt wurde, nicht viel dazu beigetragen, die Flut aufzuhalten.

In seiner Verzweiflung hatte Tony sich schließlich an Willis gewandt, um seine Schwester zu befreien.

Als er schließlich die Erlaubnis erhielt, mit Marlowe zu sprechen, war Bob, wie er von seinen Freunden genannt wurde – eine Anspielung auf den beliebten amerikanischen Imbiss Bob Evans –, von ihrem Äußeren schockiert. Sie war erst seit etwas mehr als einem Monat inhaftiert, aber sie sah aus, als hätte sie schon Jahre in Haft verbracht.

Auf ihren Fotos sah sie gesund und munter aus. Da er ihre Größe kannte, hatte Bob vermutet, dass sie zierlich war, aber jetzt sah sie aus, als würde ein starker Wind sie umwehen. Ihre Wangenknochen waren prägnanter, ihre Schlüsselbeine dank des klaffenden Ausschnitts ihres Hemdes sichtbar. Bob schätzte, dass sie mindestens zehn Kilo abgenommen hatte. Ihr Haar war stumpf und strähnig, sie hatte keine Farbe in den Wangen, ihre Kleidung war ihr viel zu groß. Sie sah ... zerbrechlich aus.

Was nicht gut war,

Der Plan, den Willis in Bewegung gesetzt hatte, war bestenfalls riskant, schlimmstenfalls zum Scheitern verurteilt, und Bob hasste es, dass er heute nicht mit Marlowe hatte reden können. Nicht *wirklich* reden. Er schüttelte den

Kopf über seinen lahmen Versuch, sie mit dieser blöden Forrest-Gump-Anspielung zu warnen. Das hatte sie auf keinen Fall verstanden. Aber er konnte ihr nicht gerade sagen, dass sie, wenn die Kacke am Dampfen war, laufen musste. Weit und schnell.

Ein paar Dinge sprachen für den Plan. Die geringe Anzahl von Wachen, das Alter des Gefängnisses, die Überbelegung. Aber die Aufseherinnen könnten ein Problem sein.

Zum ersten Mal, seit er mit diesen Rettungsmissionen begonnen hatte, wünschte Bob sich, sein Team sei da, um ihm den Rücken zu stärken. Aber Chappy, Cal und JJ hatten keine Ahnung, dass er hier war, geschweige denn außerhalb der USA. Sie dachten, er sei im Staat Washington, um seine kranke Tante zu besuchen. Eine kranke Tante, die es gar nicht gab.

Er hasste es, sie anzulügen, aber alle drei hatten sich ohne Probleme an das Leben in Maine gewöhnt. Sie waren damit zufrieden, ihr Baumpflegegeschäft zu betreiben und ein ruhiges, beschauliches Leben zu führen.

Die meiste Zeit genoss auch Bob dieses Leben. Aber gelegentlich wurde er unruhig. Er brauchte den Adrenalinschub, den er bekam, wenn er anderen half, sich aus gefährlichen Situationen zu befreien. Das war der Grund, warum er zugestimmt hatte, für Gregory Willis zu arbeiten.

In den letzten Jahren hatte Bob etwa ein Dutzend Einsätze absolviert. Er hatte keine Probleme damit gehabt, allein zu arbeiten, und zwar in noch gefährlicheren Situationen als dieser. Was war also jetzt anders?

Tief in seinem Inneren wusste Bob, was es war.

Marlowe.

Der Ausdruck in ihren Augen hatte ihn beunruhigt. Verzweiflung. Angst. Kaum ein Hauch von Hoffnung.

Nach dem zu urteilen, was er in dem Bericht über die Versuche ihres Bruders gelesen hatte, die US-Regierung in den Fall einzuschalten, war es unwahrscheinlich, dass die in ihren Sachen gefundenen Yaba-Pillen tatsächlich von ihr stammten. Ein anonymer Hinweis hatte dazu geführt, dass Marlowe von ihrer Ausgrabungsstätte abgeholt und in eine Zelle geworfen worden war, deren Schlüssel praktisch weggeworfen wurde.

In Bob stieg Entschlossenheit auf. Er würde Thailand nicht ohne sie verlassen. Es würde nicht einfach werden, selbst mit dem unterirdischen Netzwerk von Leuten, das Willis arrangiert hatte, um sie von Versteck zu Versteck zu bringen. Bangkok war nicht allzu weit von der kambodschanischen Grenze entfernt. Wenn sie es schafften, hatten sie eine gute Chance, in die Staaten zurückzukehren.

Aber bis zur Grenze zu kommen würde ... eine Herausforderung sein.

Bevor er überhaupt so weit denken konnte, musste er sie erst einmal aus den Gefängnismauern herausbekommen. Es bestand die Gefahr, dass sie sich dabei verletzte oder dass er geschnappt und in das Bangkok Hilton, wie das Bang Kwang Männergefängnis auch hieß, geworfen wurde. Ein Gefängnisausbruch dieses Ausmaßes war noch nie versucht worden, und so verrückt der Plan auch geklungen hatte, als Bob ihn zum ersten Mal hörte, so war ihm nach seinem heutigen Besuch klar, dass er tatsächlich eine gewisse Erfolgschance hatte.

Dennoch schwirrten ihm all die Dinge im Kopf herum, die schiefgehen konnten, und Bob verdrängte sie rücksichtslos. Er musste positiv bleiben. Sobald die Mauern durchbrochen waren, würde das Chaos ausbrechen, und er musste nur Marlowe finden und unentdeckt entkommen.

Er schnaubte. Ja, sicher. Das war *alles*. Das Gefängnis hatte Tausende von Insassen. Alle trugen dieselbe Kleidung, und Marlowe hatte dasselbe schwarze Haar und die gleiche kleine Statur wie die meisten von ihnen. Ja, sie war Amerikanerin, was ihm helfen würde, sie zu finden, sobald der Plan in die Tat umgesetzt war, aber es würde trotzdem eine schwierige Mission werden.

Dennoch hatte er die feste Absicht, es zu schaffen. Zum Teufel, vor ein paar Jahren war er nicht sicher gewesen, ob er und seine Freunde gerettet werden würden, als sie als Kriegsgefangene festgehalten wurden. Damals waren die Chancen noch geringer gewesen und sie hatten es geschafft. Er musste daran glauben, dass er auch jetzt erfolgreich sein würde.

»Halte durch, Marlowe«, flüsterte Bob, während er auf den oberen Rand der Gefängnismauern starrte. »Nur noch ein wenig länger.«

Marlowe lag in dem stickigen Raum und starrte an die Decke. Die Lichter im Schlafraum wurden nie ausgeschaltet. Es war jetzt genauso hell wie am Tag, wenn das Sonnenlicht durch die schmutzigen Fenster hoch über ihren Köpfen hineinfiel.

Die Geräusche der schlafenden Frauen waren überall um sie herum. Einige schnarchten, andere schrien, wenn sie schlecht träumten, und wieder andere murmelten leise vor sich hin. Marlowe hatte seit dem Tag ihrer Ankunft nicht mehr gut geschlafen. Es war unmöglich. Das »Bett« war unbequem, ihr war immer heiß und sie schwitzte, und sie mochte es nicht, so eingeengt zu sein. Sie zog die Dunkelheit in der Einzelhaft fast vor. Fast.

Der Gedanke, den Rest ihres Lebens hier zu verbringen, war ... unvorstellbar. Tränen drohten zu fließen, aber sie kniff die Augen zusammen und weigerte sich, sie fallen zu lassen. Weinen würde nichts bewirken, außer sie noch unglücklicher zu machen, als sie es in diesem Moment war. Und sie war bereits unglücklich genug, um –

Ein extrem lautes Geräusch hallte durch den Raum und unterbrach ihre Gedanken.

Marlowe setzte sich auf, ebenso wie die meisten der Frauen um sie herum. Ein leises Gemurmel setzte ein, während alle versuchten herauszufinden, was das Geräusch gewesen sein könnte, woher es kam. Eine der Aufseherinnen, die in der Nähe der Tür lagen, stand auf, öffnete sie und spähte nach draußen.

Sie schnappte nach Luft und sagte etwas auf Thai, das sie nicht verstand.

Alle waren einen Moment lang wie erstarrt, offensichtlich überrascht von dem, was die Aufseherin gesagt hatte – bis eine der Gefangenen neben der Tür etwas rief.

Marlowe hatte keine Ahnung was, aber plötzlich sprangen alle auf und eilten zu den Türen.

Die drei Aufseherinnen versuchten wütend, die Frauen

dazu zu bringen, zurückzutreten und sich von den Türen fernzuhalten, aber bei hundert Gefangenen gegen drei war das sinnlos. Marlowe wurde von der Menge mitgerissen, als alle um sie herum eilig das kleine Gebäude verließen.

Kaum war sie draußen, verstand sie, warum alle es so verdammt eilig hatten.

Ein großer Lastwagen war geradewegs durch die nahe gelegene Ostwand des Gefängnisses gefahren und hatte ein riesiges Loch in den Backsteinen hinterlassen.

Die Trümmer lagen überall auf dem Hof verstreut – Backsteine, Stacheldraht, Teile des Lastwagens selbst.

Selbst als ihr die Situation bewusst wurde, bemerkte Marlowe, dass die Frauen um sie herum, die zum Loch eilten – in Richtung Flucht, in Richtung Freiheit –, unheimlich still waren. Niemand schrie vor Freude, niemand brüllte vor Angst. Es trampelte auch niemand auf den anderen herum. Sie kletterten schnell und effizient über und um den Lastwagen herum, der das Loch noch teilweise blockierte.

Es war ein geordneter Gefängnisausbruch ... wenn es so etwas überhaupt gab.

Plötzlich kamen ihr Kendrics Worte wieder in den Sinn.

Ich bringe Sie hier raus. Sie müssen bereit sein. Für alles. Wenn die Zeit gekommen ist, werde ich da sein, verstanden? Sie müssen nur mutig genug sein, sich zu bewegen.

Könnte das *sein* Werk sein?

Marlowe schüttelte den Kopf. Das schien nicht möglich. Kein Anwalt würde seine Zulassung riskieren, indem er so etwas inszenierte. Aber sie konnte das eine Wort, das er geflüstert hatte, nicht vergessen.

Lauf.

Er hatte ihr gesagt, sie solle wie Forrest Gump sein. Der alte Film spielte in ihrem Kopf, als sie unschlüssig im Gefängnishof stand, regungslos, und auf die anderen Gefangenen starrte, die durch das Loch in der Wand strömten. Sie hörte das kleine Mädchen aus dem Film schreien: *Lauf, Forrest, lauf!*

Adrenalin schoss durch Marlowes Adern. Sie hatte schreckliche Angst. Wenn es eine Chance gab, dass Tony den Prozess beschleunigen konnte, um sie durch Verhandlungen und Anwälte hier herauszuholen, wäre es klüger zu bleiben. Um den thailändischen Behörden keinen weiteren Grund zu geben, sie einzusperren.

Aber was, wenn sie wirklich hier festsaß? Was, wenn sie den Rest ihres Lebens im Gefängnis verbringen musste, weil ihr Bruder scheiterte?

Sie würde es nicht lange aushalten. Das wusste Marlowe mit voller Überzeugung.

Ihre Beine bewegten sich, bevor ihr Gehirn die Entscheidung getroffen hatte.

Die einzigen Geräusche in der Nacht waren die Rufe der Aufseherinnen und der Wärter. Marlowe nahm an, dass sie versuchten, die Hunderte von Gefangenen zu bändigen, die noch immer aus den verschiedenen Schlafräumen strömten. Aber niemand hörte ihnen zu, denn unzählige Frauen stürmten immer noch still, aber zügig auf die Mauer zu.

Die Freiheit war zum Greifen nahe, und sie nutzten sie.

Gerade als Marlowe den Lastwagen erreichte, der in den Trümmern der Mauer stand, ertönte ein Schuss.

Sie duckte sich, ebenso wie die Frauen um sie herum, aber niemand blieb stehen. Sie gingen weiter.

Sobald sie außerhalb der Gefängnismauern war, wollte Marlowe anhalten und tief durchatmen. Aus irgendeinem Grund schien die Luft hier draußen sauberer zu sein, was lächerlich war, aber dennoch zu stimmen schien. Ein weiterer Schuss in der Dunkelheit hielt sie in Bewegung.

Sie stolperte über etwas auf der Straße und konnte sich gerade noch auffangen, bevor sie auf dem Gesicht landete. Marlowe blickte nach unten und staunte über das, was sie sah.

Hunderte von Gefängnisschuhen lagen überall auf der Straße herum. Als seien die Frauen, die vor ihr geflohen waren, buchstäblich aus ihnen herausgelaufen.

Was wahrscheinlich nicht weit von der Wahrheit entfernt war. Sie hatten alle das bekommen, was Marlowe als Duschschuhe bezeichnete. Billige Schlupfsandalen, die keinerlei Halt boten. Sie überlegte, ob sie ihr eigenes Paar von den Füßen stoßen sollte, in dem Wissen, dass sie ohne diese Dinger schneller laufen konnte, aber im letzten Moment zog sie sie schnell aus und hielt sie fest in der Hand. Ohne Schuhe konnte sie nicht entkommen, selbst wenn es beschissene Gefängnisduschsandalen waren.

Dann holte sie tief Luft – und lief.

Marlowe hatte keine Ahnung, wohin sie ging, aber in der Sekunde, in der sie einen Fuß außerhalb der zertrümmerten Gefängnismauer gesetzt hatte, wusste sie, dass es kein Zurück mehr gab. Sie war eine Flüchtige, und wenn die Behörden sie erwischten, steckte sie in der Scheiße.

Ein oder zwei Häuserblocks lang lief sie in dieselbe Richtung wie viele der anderen Frauen, bevor ihr Verstand sich meldete und sie abrupt in eine Gasse abbog, weg von der

Menge. Es machte nur Sinn, dass die Behörden der größten Gruppe von Frauen folgten, in der Hoffnung, so viele wie möglich auf einmal zu erwischen.

Es war klüger, allein zu sein. Sich zu verstecken. Nicht dass das einfach wäre. Sie war eine Amerikanerin in einem fremden Land. Ihre Füße klatschten auf den Asphalt, während sie blindlings lief und ihr Bestes tat, um so viel Abstand wie möglich zwischen sich und das Gefängnis zu bringen.

Sie atmete bereits schwer und versuchte, nicht in Panik zu geraten. Marlowe hatte keinen Plan. Keine Ahnung, wo sie war, wohin sie ging oder wie sie aus dem Land kommen sollte. Und nicht nur das, sie wurde auch schnell müde. Sie hatte während der Inhaftierung ihr Bestes getan, um in Form zu bleiben, aber das war schwer, wenn sie zehn Stunden am Tag vor einer verdammten Nähmaschine sitzen musste.

Ihre Schritte wurden langsamer, während Marlowe versuchte, ihre Atmung zu kontrollieren. Sie konnte immer noch den gelegentlichen Schuss hören, der durch die Straßen der Stadt hallte, und jedes Mal zuckte sie zusammen, in der Erwartung, dass eine Kugel ihr Fleisch durchbohrte.

Sie war gerade um eine Ecke gebogen, um in eine andere Gasse zu gehen, als eine Hand nach ihrem Oberarm griff.

Instinktiv wandte Marlowe einige der Selbstverteidigungstechniken an, die Tony ihr vor Jahren beigebracht hatte.

Anstatt sich zurückzuziehen, stieß sie gegen die Person, die sie gepackt hatte, und brachte beide aus dem Gleichgewicht. Sie zog mit ganzer Kraft ein Knie hoch und wurde mit einem Grunzen ihres Entführers belohnt, als sie ihn traf.

Sie drehte ihren Körper in der Hoffnung, sich aus dem Griff des Mannes zu befreien, aber er war schneller und zog sie dicht an sich heran, mit dem Rücken an seine Brust. Er legte einen Arm um sie, um sie an seinen Körper zu binden.

Er war ein ganzes Stück größer als sie. Sie spürte, wie sich seine harten Muskeln bewegten, während sie sich verzweifelt wand und ihr Bestes tat, um sich aus seinem festen Griff zu befreien.

»Hören Sie auf, Marlowe! Wir haben keine Zeit für so etwas.«

Sie erstarrte, als sie ihren Namen auf seinen Lippen hörte. Und als sie *Englisch* hörte. Sie tat ihr Bestes, sich umzudrehen, um zu sehen, wer er war, und knurrte frustriert, als er sie so festhielt, dass sie sich keinen Zentimeter bewegen konnte.

Als spürte er ihr Bedürfnis – und wüsste, dass ein Teil des Kampfes aus ihr gewichen war –, drehte er sie in seinem Griff, hielt sie jedoch weiterhin fest.

Es gab kaum Licht, aber Marlowe erkannte ihn sofort.

»Kendric«, hauchte sie zutiefst erschrocken.

Seine Lippen zuckten, als hätte sie etwas Lustiges gesagt. »Ja«, stimmte er zu.

Der Mann, der vor ihr stand, sah ganz anders aus als der nüchterne und zugeknöpfte Anwalt, der ins Gefängnis gekommen war. Statt eines weißen Hemdes, einer Krawatte und einer gebügelten Khakihose war er von Kopf bis Fuß schwarz gekleidet. Ein schwarzes T-Shirt, eine Cargohose,

Stiefel. Aber die Entschlossenheit in seinen Augen war dieselbe, die sie schon zuvor gesehen hatte.

»Geht es Ihnen gut?«, fragte er.

Marlowe konnte nur nicken. Ging es ihr gut? Nicht wirklich. Aber andererseits war sie im Moment nicht für etwas eingesperrt, das sie nicht getan hatte. Es bestand eine überdurchschnittlich hohe Chance, dass sie erwischt und direkt zurück in die Hölle geschickt wurde, der sie auf wundersame Weise entkommen war, aber für den Moment nahm sie an, dass es ihr gut ging.

»Gut.« Kendric ließ sie los, aber sie hätte schwören können, dass er mit den Daumen in einer beruhigenden Liebkosung über die Haut ihrer Oberarme strich, bevor er sich umdrehte und zum Boden beugte. Als er sich aufrichtete, streckte er ihr ihre Schuhe entgegen. »Die sollten Sie anziehen. Es war klug, sie bei sich zu behalten.«

Selbst dieses kleine Kompliment brachte Marlowe beinahe zum Weinen. Es war schon sehr lange her, dass jemand etwas Nettes zu ihr gesagt hatte. Aber sie schluckte das Gefühl hinunter. Sie war nicht in Sicherheit, bei Weitem nicht, und sie musste weiterlaufen. So weit weg vom Gefängnis, wie sie nur konnte.

»Sie sollten gehen«, sagte sie eindringlich.

»Was?«, fragte Kendric und zog die Stirn in Falten.

»Sie sollten gehen«, wiederholte sie. »Sie wollen auf keinen Fall erwischt werden, wie Sie mir helfen.«

Zu ihrer Überraschung lachte Kendric tatsächlich. »Ich glaube doch, wir können jetzt Du sagen, oder? Was glaubst du, wer deine Flucht eingefädelt hat ... und die der anderen Frauen? Wenn wir erwischt werden, komme ich auf jeden

Fall ins Gefängnis. Aber ich habe nicht die Absicht, mich gefangen nehmen zu lassen. Also zieh deine Schuhe an, Mar, und lass uns von hier verschwinden.«

Sie starrte auf die Pantoffeln, die er ihr hinhielt, und sagte das Erste, was ihr einfiel. »Ich kann damit nicht laufen. Deshalb habe ich sie in der Hand gehalten.«

Er presste die Lippen zusammen, nickte aber nur. »Es ist nicht ideal, aber wir haben es nicht weit.«

»Nicht?«, fragte Marlowe dümmlich.

»Nein. Komm schon, lass uns weitergehen.«

Marlowe starrte einen Moment lang auf die Hand, die Kendric ihr entgegengestreckte. Dann ergriff sie sie. Er drückte ihre Finger, bevor er sich umdrehte und die Gasse hinunterging.

Sie fühlte sich, als sei sie in die Twilight Zone eingetreten. Wer war dieser Mann? Hatte er den Lastwagen wirklich in die Gefängnismauer gerammt, oder hatte er vielleicht jemanden beauftragt, es zu tun? Sie konnte die Risiken nicht begreifen, die er einging – für *sie*. Sie hatte den Mann vor seinem Besuch im Gefängnis noch nie zuvor gesehen.

»Hör auf, so viel zu denken, Marlowe. Ich werde alle deine Fragen beantworten, sobald wir in Sicherheit sind. Aber jetzt bringe ich dich erst einmal nach Hause.«

Nach Hause. Eine intensive Sehnsucht überkam sie. Auch wenn ihr Job nicht ihre Leidenschaft war, so liebte sie es doch, für verschiedene Ausgrabungen um die Welt zu reisen. Sie liebte es, neue Leute kennenzulernen, neue Kulturen zu erleben. Aber jetzt wollte sie nur noch zurück in die Staaten und nie wieder weg.

Mit noch immer wirbelndem Kopf folgte Marlowe Kendric klaglos, darüber erleichtert, ihr Leben in seine Hände zu legen, wenn auch nur vorübergehend. Der Adrenalinrausch ließ nach und sie war plötzlich erschöpft. Der Schlafmangel, die miserable Ernährung, die Sorgen, die Angst. All das holte sie ein, und sie wusste ohne Zweifel, wenn sie diesem Mann nicht begegnet wäre ... würde sie in großen Schwierigkeiten stecken.

Bob legte seine Finger fester um Marlowes, während er sie immer weiter vom Frauengefängnis wegführte. Sie waren noch lange nicht außer Gefahr, aber mit jedem Schritt, den sie machten, kamen sie ihrem Zuhause ein Stück näher.

Er hatte nervös beobachtet, wie einer der vielen Leute, die mit Willis und seinem Untergrundnetzwerk – einem *sehr* gut bezahlten Untergrundnetzwerk – zusammenarbeiteten, den Lastwagen in die Backsteinmauer des Gefängnisses rammte. Er hatte den perfekten Ort für den Hinterhalt gewählt, die einzige Stelle im Gefängnis, an der kein Gebäude direkt an der Außenmauer stand.

Wie geplant brach die Mauer unter dem Ansturm des Lastwagens zusammen und der Fahrer flüchtete schnell vom Tatort. Es dauerte nicht lange, bis die Frauen im Inneren des Gefängnisses den Zusammenstoß ausnutzten. Sie strömten aus dem Gefängnis, und Bob hatte den Atem angehalten und gebetet, dass Marlowe mutig genug sein würde, die Flucht anzutreten.

Er hatte sie bei seinem vorherigen Besuch zu warnen versucht, aber die Besuchereinrichtung war nicht ideal. Es gab keinerlei Privatsphäre. Er hatte ihr so gern sagen wollen, was passieren würde, aber er konnte nicht riskieren, dass jemand mithörte.

Seinen Quellen zufolge wurden die Frauen nachts nicht in ihren Schlafräumen eingeschlossen. Sie waren in den Gebäuden zusammengepfercht und wurden nur von Aufseherinnen bewacht. Er hatte hoffen müssen, dass die Leute neugierig genug sein würden, um nachzuforschen, wenn der Lastwagen in die Wand krachte und der Alarm ausgelöst wurde. Zum Glück hatte die verrückte Strategie funktioniert.

Freiheit war ein starker Motivator.

Bob hatte nicht einmal ein schlechtes Gewissen, dass der Plan zu Marlowes Rettung auch die Flucht Hunderter weiterer Frauen bedeutete. Viele von ihnen waren zweifellos auch unter falschen Anschuldigungen dort, oder die Menge an Drogen, mit der sie erwischt worden waren, rechtfertigte ihre Strafe nicht. Das amerikanische Justizsystem war beim besten Willen nicht perfekt, aber es war nicht so wie hier.

Er hatte außerhalb des Gefängnisses im Schatten gewartet, in der Nähe des Bereichs, von dem er wusste, dass Marlowes Schlafquartier sich dort befand, und beobachtet, wie die Frauen um ihr Leben liefen. Er hielt den Atem an, während er versuchte, einen Blick auf seine Zielperson zu erhaschen. Sie war schlank, hatte kurzes schwarzes Haar und mischte sich ziemlich gut unter die anderen Gefangenen.

Gerade als er dachte, sie würde die Chance zur Flucht nicht nutzen, entdeckte er sie.

Zuerst war sie mit den anderen Frauen weggelaufen, und er hatte einen Block umrunden müssen, um nicht entdeckt zu werden, bevor er sie einzuholen versuchte.

Doch als er den Weg der Frauen kreuzte, war sie nicht mehr bei ihnen.

Irgendwann war sie abgebogen, und für einen kurzen Moment war Bob in Panik geraten. Er konnte sie jetzt nicht verlieren.

Wie durch ein Wunder hatte er einen Blick auf sie erhascht, als sie gerade um eine Ecke lief, weiter unten auf der Straße. Sie hatte sich umgedreht, als wollte sie sehen, ob sie verfolgt wurde, und ihr Gesichtsausdruck hatte sich in sein Gehirn eingebrannt.

Sie war völlig verängstigt.

Er sprintete ihr hinterher und es dauerte noch eine Weile, bis er sie eingeholt hatte. Er wollte ihren Schrecken nicht noch verstärken, aber als er sie gepackt hatte, hatte er genau das getan. Zu seiner Überraschung – und Zufriedenheit – gab sie nicht einfach auf. Sie wehrte sich gegen seinen Griff. Mit aller Kraft. Sie hatte es geschafft, ihn mit dem Knie in den Oberschenkel zu stoßen. Zum Glück war sie nicht größer als er, sonst hätte sie ihn im Schritt treffen können. Erst als er sie fest in seiner Umarmung gefangen hatte, konnte er sprechen und sie beruhigen.

Die Erleichterung, der Unglaube und die Verwirrung waren in ihrem Gesicht abzulesen, aber er hatte keine Zeit, sie weiter zu beruhigen. Ihr den Plan zu erklären, wie sie von dort wegkommen konnten. Sie mussten die nächste Phase des Fluchtplans vor der Morgendämmerung erreichen, die nur noch etwas mehr als eine Stunde entfernt war.

Er hasste es, dass sie keine Schuhe trug, aber daran konnte er in dieser Sekunde nichts ändern. Sie war ruhig hinter ihm, und Bob war froh darüber. Sie musste eine Million Fragen haben, aber die Tatsache, dass sie den Mund hielt, bedeutete, dass sie ihm zumindest ein wenig vertraute.

Und Vertrauen war bei Rettungsmissionen wie dieser unerlässlich.

Bob drückte, ohne nachzudenken, ihre Hand, um ihr wortlos zu versichern, dass alles in Ordnung sein würde. Natürlich hatte er keine Ahnung, ob das stimmte, aber er würde seinen Teil dazu beitragen, sie zu ihrem Bruder zurückzubringen, oder bei dem Versuch sterben.

Sie liefen noch zehn Minuten lang schnell, bis sie ihr Ziel erreichten. Bob stieß einen Seufzer der Erleichterung aus, als er um die baufällige Hütte in einem der schlimmsten Viertel der Stadt herumging. Er schlüpfte durch ein Loch im Zaun und dann in einen kleinen Schuppen hinter dem Haus. Er wusste nicht, wer dort wohnte, und das brauchte er auch nicht.

Er lächelte, als er sah, was hinter der Holztür des Schuppens auf ihn wartete. Ein Motorroller. Das war ihre Fahrkarte aus der Stadt und zur nächsten Etappe ihrer Reise zur kambodschanischen Grenze. Eine kleine Tasche lag neben der Maschine.

Bob ließ Marlowes Hand los – und war überrascht über den Stich der Unzufriedenheit, der ihn durchzuckte, als er sie nicht mehr berührte. Sie war ein Job. Nicht mehr und nicht weniger.

Aber selbst als er diese Worte dachte, wusste Bob, dass sie eine Lüge waren.

Marlowe Kennedy war nicht einfach nur ein Job. Als er die komplexen Emotionen hinter ihren Augen sah, die Angst, die ihre Entschlossenheit zu fliehen nicht verbergen konnte ... fühlte er sich zu dieser Frau auf eine ungewohnte Weise hingezogen.

Er beugte sich vor, hob die Tasche auf und schaute hinein, entschlossen, die Dinge zwischen ihnen professionell zu halten. Zufrieden zog er zwei der Gegenstände heraus und wandte sich an Marlowe.

»Hemd und Leggings. Zieh sie an. Die Behörden werden nach Frauen suchen, die diese Gefängnisuniform tragen.«

Sie nickte und griff nach den Kleidern. Bob wandte seine Aufmerksamkeit wieder der Tasche zu und zog das letzte Stück heraus. Er blickte auf – und blinzelte überrascht.

Marlowe stand in nichts weiter als einem billigen, schäbig aussehenden BH neben ihm. Sie hatte das Gefängnisoberteil, ohne zu überlegen, ausgezogen und runzelte die Stirn, während sie versuchte herauszufinden, wo die Armlöcher in dem Hemd waren.

Bob versuchte wegzusehen, wirklich, aber er konnte den Blick nicht von dem Bild abwenden, das sich ihm bot. Marlowes Rippen waren deutlich zu sehen. Sie war so abgemagert, dass es fast wehtat, sie anzusehen. Er hatte recht, sie hatte in den Wochen ihrer Haft ziemlich viel Gewicht verloren. Zu viel.

Außerdem hatte sie einen dunklen Bluterguss an der Seite, was darauf hindeutete, dass sie entweder gegen etwas gestoßen war ... oder jemand sie misshandelt hatte.

Bevor er sich zu sehr über diesen Gedanken empören konnte, steckte sie die Arme in den Stoff und zog sich das dunkelgraue, langärmelige Hemd über den Kopf, wodurch sie ihren Körper vor ihm verbarg. Dann, als hätte sie keinen Funken Schamgefühl, schob sie den dunkelblauen Rock über ihre Hüften und griff nach den schwarzen Leggings.

Bob schluckte schwer. Obwohl sie noch etwas zunehmen musste, war Marlowe wunderschön. Die Frau war nur eins zweiundsechzig groß, aber ihre Beine schienen ewig lang zu sein.

Er schüttelte den Kopf und schalt sich innerlich. Dies war weder der richtige Zeitpunkt noch der richtige Ort, um solche unangemessenen Gedanken zu hegen. Der letzte Monat war für die arme Frau die Hölle gewesen, und er war hier, um sie heil nach Hause zu bringen. Das war alles.

Aber irgendwie weckte ihr Gleichmut sein Interesse noch mehr. Er war es gewohnt, dass die Menschen, die er rettete, überwältigt waren. Nervös. Wütend. Hilflos. Marlowe war ... praktisch. Sie hatte keine hundert Fragen gestellt. Hatte ihn nicht ausgebremst. Hatte nicht gezögert, die Kleidung anzuziehen. Sie hatte einfach getan, worum er sie gebeten hatte.

Unvernünftigerweise frustrierte ihn dieses Entgegenkommen. Er hätte sie in diese gefährliche Gegend führen können, um sie zu vergewaltigen. Sie zu töten. Er hätte sie direkt zu den thailändischen Behörden zurückbringen können. Er würde nichts von alledem tun, aber das wusste sie nicht.

»Du bist zu vertrauensselig«, sagte er leise.

Sie blickte überrascht zu ihm auf. »Was?«

»Du kennst mich nicht. Und doch hast du dich gerade vor mir ausgezogen.«

Bob sah, wie ihre Wangen rot wurden. Mein Gott, er war ein Vollidiot. Aber bevor er sich entschuldigen konnte, hob Marlowe das Kinn an und sah ihm direkt in die Augen. »Ich war vor meiner Verhaftung ziemlich unsicher, aber nachdem ich einer Leibesvisitation unterzogen wurde und im letzten Monat keinerlei Privatsphäre hatte – auch nicht auf der Toilette –, habe ich wohl einfach nicht mehr daran gedacht. Die Gefängniskleidung würde mich tatsächlich verraten, also ging ich davon aus, dass ich mich sofort umziehen müsste. Außerdem, wenn du mich verletzen wolltest, hättest du es bereits tun können. Also vertraue ich dir im Moment. Ich habe keine anderen Optionen.«

Den letzten Teil sagte sie abwehrend und mit Nachdruck. Als wollte sie ihn herausfordern, ihr zu widersprechen.

Ja, er war ein totales Arschloch. Und sie hatte recht. Sie hatten keine Zeit zu verlieren. Er hielt den letzten Gegenstand aus der Tasche hoch.

»Das sollte helfen, dass die Leute dich nicht erkennen.«

Sie starrte es einen Moment lang an. Bob sah, wie ein Ausdruck der Abneigung über ihr Gesicht huschte, bevor sie ihn überspielte. »Clever.« Das war alles, was sie sagte, als sie ihm eine Hand entgegenstreckte.

Aus irgendeinem Grund gefiel es Bob nicht, dass sie ihre wahren Gefühle vor ihm verbarg. Ihm war es lieber, wenn sie sagte, was sie dachte. »Magst du Perücken nicht?«

Marlowe zuckte mit den Schultern. »Unter normalen Umständen, wenn meine letzte Haarwäsche keine Woche her ist? Wenn wir uns nicht in einer tropischen Umgebung befinden? Wenn ich sie nicht trage, um zu verbergen, dass ich auf der Flucht bin? Es wäre mir egal.«

Bob konnte sich ein kleines Lächeln nicht verkneifen. Anstatt ihr die lange blonde Perücke zu reichen, fragte er: »Darf ich?«

Sie starrte ihn einen langen Moment an, bevor sie sagte: »Ja.«

Es hatte etwas Intimes, ihr die Perücke über den Kopf zu ziehen und sie so zurechtzurücken, dass sie natürlich aussah, wobei er sorgfältig darauf achtete, dass nichts von ihrem kurzen schwarzen Haar im Nacken zu sehen war.

»Werde ich dadurch nicht noch mehr auffallen?«, fragte sie nach einem Moment. »Ich meine, langes blondes Haar passt hier nicht gerade ins Bild.«

»Stimmt. Aber wenn die Behörden nach einer Amerikanerin mit kurzen schwarzen Haaren suchen, machen sie sich vielleicht nicht die Mühe, uns anzuhalten und zu befragen.«

Marlowe griff nach ihm und legte eine Hand auf seinen Unterarm. Die Haare in Bobs Nacken stellten sich bei ihrer Berührung auf. Für einen Moment schien es, als würde ein elektrischer Funke zwischen ihnen überspringen, bevor sie sagte: »Ich will nicht, dass du Ärger bekommst, weil du mir hilfst. Wenn wir erwischt werden, läufst du weg.«

Wut durchströmte ihn, ein Gefühl, das sich angenehmer anfühlte als das, was er noch vor einem Moment empfunden hatte. »Das wird nicht passieren.«

»Aber –«

»Nein«, sagte er entschlossen. »Wir werden uns nicht erwischen lassen. Wir werden beide in die Staaten zurückkehren. Jetzt komm schon. Lass uns Abstand zwischen uns und das Gefängnis bringen, ja?«

Er wandte sich dem Motorrad zu und warf ein Bein über den Sitz. Es wäre ihm lieber gewesen, wenn Marlowe nicht ungeschützt hinter ihm wäre, aber daran konnte er nichts ändern. Draußen war es noch dunkel. Hoffentlich schaffte er es, Straßensperren zu umgehen und sie vor Sonnenaufgang aus der Stadt hinaus und zu ihrem nächsten Halt zu bringen.

Er drehte sich um und sah Marlowe ein wenig ungeduldig an. »Steig hinter mir auf.«

Sie runzelte beim Anblick des Rollers leicht die Stirn. Bob konnte nicht umhin, sich darüber zu freuen, wie anders sie aussah. Die blonde Perücke veränderte ihr Aussehen drastisch, aber tatsächlich gefielen ihm ihre kurzen schwarzen Haare besser. Er schüttelte leicht den Kopf und streckte eine Hand aus.

»Es beißt nicht, Mar, steig auf.«

»Ich bin noch nie auf einem Motorrad gefahren«, sagte sie unsicher.

Er lachte leise. »Das ist nicht einmal annähernd ein Motorrad, Punky. Setz dich einfach hin und halte dich an mir fest.«

Schließlich nickte sie und schwang ein Bein über den Sitz hinter ihm. Zaghaft packte sie sein T-Shirt an den Seiten und er spürte, wie ihr Körper sich versteifte.

Bob zog ihre Hände von seinem Hemd und schlang ihre Arme um seine Taille. Es brachte sie näher an ihn heran und er spürte ihre Wärme an seinem Rücken. Er tätschelte einen ihrer Arme. »Fester. Du wirst so tun müssen, als ob du mich magst, Punky. Wir sind nur zwei amerikanische Turteltäubchen auf einer kleinen nächtlichen Spritztour.«

Sie zuckte bei seinen Worten leicht zusammen, aber er spürte, wie sie nickte und dann fester zupackte.

Um keine weitere Zeit zu verlieren, schob Bob den Roller zur Tür. Er stieß das Holz mit dem Vorderreifen an und bewegte sich auf den Zaun zu, als sie draußen waren. Sobald sie auf der Straße waren, startete er den Roller, gab etwas Gas und fuhr auf die Straße zu, die sie aus dem Stadtzentrum herausführte.

Es vergingen einige Minuten, bevor er spürte, dass Marlowe sich entspannte. Sie hatte sich eindeutig an den Roller gewöhnt. Lange Strähnen der Perücke wehten um sie herum, während er so schnell wie möglich aus dem Viertel fuhr.

»Punky?«, fragte sie nach einer Weile.

Bob lächelte. »Ja.«

Er hörte, wie sie ein wenig ausatmete. »Was soll das heißen?«

»Punky Brewster«, antwortete er.

»Das Mädchen aus dieser Serie aus den Achtzigern?«, fragte sie mit einem Hauch von Ungläubigkeit in der Stimme. »Du hast sie gesehen?«

»Ich schlafe nicht viel«, gab er zu. Etwas, das nicht einmal seine Freunde wussten. »Wenn ich nicht schlafen kann, sehe ich mir viele Wiederholungen im Fernsehen an. Du erinnerst mich an sie. Rauflustig. Entschlossen. Optimistisch, selbst wenn die Dinge nicht so laufen, wie du willst.«

»Ich bin *nichts* von alledem«, protestierte sie.

»Doch, das bist du.«

»Nein.«

Bob lächelte wieder. »Wollen wir uns wirklich darüber streiten?«

»Du hast damit angefangen.«

Diesmal entwich ihm ein Lachen. »Nun, ich werde dich nennen, wie ich will, also bitte.«

»Du bist seltsam«, sagte sie nach einem kurzen Moment.

Es war schwer zu glauben, dass er sich mitten in einer gefährlichen Mission befand und tatsächlich ein wenig Spaß hatte. »Jup.«

Sie lehnte sich an ihn und sprach in sein Ohr. Es war eine intime Position und Bob bedauerte, dass er sie nicht sehen konnte. Dass er ihr nicht so viel Aufmerksamkeit schenken konnte, wie er es gern getan hätte. Er musste sich auf die Straße konzentrieren, darauf, keines der zahlreichen Schlaglöcher auf der Straße zu treffen. Er musste auf der Hut sein vor jeglicher Art von Polizeiaktivität.

»Hat Tony dich wirklich geschickt?«, fragte sie, und die warme Luft ihrer Worte strich über sein Ohr und seine Kehle.

»Auf Umwegen«, antwortete er ehrlich. »Ich habe nie mit deinem Bruder gesprochen, aber er kennt den Mann, für den ich arbeite, und er hat den Stein ins Rollen gebracht.«

Ein weiteres verärgertes Schnauben entfuhr ihr und Bob lächelte wieder. »Das sagt mir gar nichts«, beschwerte sie sich. »Wer bist du? Ist dein Name wirklich Kendric?«

»Ja«, entgegnete Bob. »Kendric Evans. Meine Freunde nennen mich Bob.«

Es dauerte ein paar Sekunden, bis sie antwortete, und als

sie es tat, war Bob nicht wirklich überrascht. »Willst du mich verarschen? Bob? Wie Bob Evans, das Restaurant?«

»Ein und dasselbe.«

»Das ist lächerlich.«

»Das ist es«, stimmte er zu.

»Warum reagierst du dann darauf?«, fragte sie.

Bob öffnete den Mund, um es zu erklären – bis er einige Blocks weiter das sah, das nicht zu sehen er gehofft hatte. »Straßensperre«, sagte er. »Bleib ruhig.« Das Adrenalin in seiner Blutbahn schoss in die Höhe, aber er tat sein Bestes, um es zu kontrollieren.

»Kendric«, wimmerte sie.

»Tu es mir gleich«, sagte er so ruhig wie möglich.

»Warum biegst du nicht ab? Nimmst eine andere Straße?«, fragte sie und Bob konnte die Panik in ihrer Stimme hören.

»Weil sie uns schon gesehen haben. Wenn ich abbiege, würden sie Verdacht schöpfen. Ich habe das im Griff«, beruhigte er sie. »Wie ich schon sagte, tu es mir gleich.«

»Meine Schuhe«, sagte sie. »Sie werden sie erkennen.«

»Sie werden dir nicht auf die Füße schauen, versprochen. Mach einfach mit, was ich mache, okay? Wir sind zwei Amerikaner, verliebt und auf der Reise unseres Lebens.«

»Ich kann nicht mit den Schuldgefühlen umgehen, wenn du verhaftet wirst«, gab sie zurück.

Bob hatte keine Zeit mehr, sie zu beruhigen. Sie näherten sich den beiden Polizeifahrzeugen, die auf der anderen Straßenseite parkten.

Er atmete tief durch und konzentrierte sich. Er hatte sich schon aus schlimmeren Situationen als dieser befreit. Er hatte Vertrauen in Marlowe, dass sie ihre Rolle spielen konnte. Und wenn es zum Schlimmsten kommen sollte, würde er sein Bestes geben, um den Polizisten zu entkommen. Das würde auf einem Roller schwierig werden ... aber er hatte in seinem Leben schon mehr als genügend Schwierigkeiten erlebt.

KAPITEL DREI

Marlowe fühlte sich, als müsste sie sich übergeben. Sie konnte nicht in dieses Gefängnis zurückkehren. Sie konnte es einfach nicht. Sie wusste, dass sie sich viel zu fest an Kendric klammerte, aber sie war nicht in der Lage, ihre Arme zu entspannen. Der Mann hatte ihr gesagt, sie solle ihm vertrauen, und sie versuchte ihr Bestes, aber es war schwer, wenn allein der Anblick der Polizisten schreckliche Erinnerungen an ihr Verhör wachrief.

Einer der Polizisten hob eine Hand, bedeutete ihnen, stehen zu bleiben, und sagte etwas auf Thai.

»Tut mir leid, ich komme aus den USA und kann kein bisschen Thai«, sagte Kendric fast fröhlich. »Meine Verlobte und ich sind im Urlaub. Wir fahren durch Thailand und sehen uns die Sehenswürdigkeiten an.«

Marlowe hielt den Atem an.

»Wo ist Ihr Gepäck?«

Mist. Daran hatte sie gar nicht gedacht. Aber Kendric ließ sich nicht beirren.

»In unserer Herberge. Ich dachte, ich fahre mit meiner Süßen los, um den Sonnenaufgang anzusehen. Einer der Leute, die wir getroffen haben, sagte, es gäbe einen bestimmten Ort etwa fünfzehn Kilometer außerhalb der Stadt, von dem aus man die beste Aussicht hat.«

Der Beamte ließ den Blick zu ihr wandern und Marlowe tat ihr Bestes, um entspannt zu wirken, obwohl sie alles andere als das war. So unauffällig wie möglich griff sie nach dem Saum ihres Hemdes und zog es nach unten, um dem Mann ein wenig Dekolleté zu zeigen. Nicht dass sie viel hatte. An guten Tagen hatte sie B-Körbchen und der Gewichtsverlust hatte ihr keinen Gefallen getan, aber sie hoffte, dass es vielleicht, nur vielleicht, hilfreich sein könnte, etwas Haut zu zeigen.

»Ausweise?«, fragte der zweite Beamte.

Wieder spürte Marlowe, wie ihr Bauch sich vor Panik zusammenzog, aber Kendric nickte nur, lehnte sich zur Seite und griff in seine Gesäßtasche. Seine Finger streiften die Innenseite ihres Oberschenkels und er drehte sich zu ihr, um sie anzulächeln. »Tut mir leid, Babe.«

Sie tat ihr Bestes, um ihre Rolle zu spielen. Sie ließ eine Hand über seinen Arm gleiten, während er nach seiner Brieftasche suchte. »Ist schon okay. Du weißt, ich mag es, wenn du mich berührst.«

Kendric zwinkerte ihr zu und zog seine Brieftasche heraus. Zu ihrer Überraschung zauberte er zwei Führerscheine hervor und reichte sie dem Polizisten. Dann legte er eine Hand auf ihr Knie und fuhr damit an ihrem Unterschenkel auf und ab.

Marlowe bemerkte, dass der Blick des zweiten Beamten auf Kendrics Hand haftete. Der andere Mann schien ewig zu brauchen, um ihre Führerscheine zu prüfen. Und Marlowe würde langsam nervös.

Zu ihrer Überraschung drehte Kendric sich vor ihr auf dem Sitz und umfasste ihre Wange. Dann legte er die Finger in ihren Nacken und küsste sie. Und es war kein kleiner Kuss. Seine Lippen bedeckten ihre und seine Zunge forderte sofort Einlass in ihren Mund.

Mit einem leisen Keuchen öffnete Marlowe sich ihm.

In der Sekunde, in der seine Zunge ihre berührte, war sie verloren. Sie vergaß, dass sie eine Flüchtige war. Dass die Polizisten sie jeden Moment vom Roller holen und wieder einsperren könnten. Dass sie Kendric nicht kannte. Dass sie sich seit Ewigkeiten nicht mehr richtig die Zähne geputzt hatte.

Sie konnte sich nur an Kendric klammern, während er ihre Welt auf den Kopf stellte.

Sie war schon einmal geküsst worden, aber sie hatte noch nie gespürt, wie die Erde sich bewegte. Sie hatte noch nie gespürt, wie Elektrizität von ihrem Kopf bis zu ihren Zehen schoss. Noch nie war sie von einem einfachen Kuss feucht geworden. Aber Kendric zu küssen war genau das, was die kitschigen romantischen Filme versprachen, die sie gern sah. Sie fühlte sich wie Dornröschen, das zum ersten Mal durch den Kuss der wahren Liebe geweckt wurde.

Als er sich zurückzog, trafen ihre Blicke sich, und Marlowe konnte ihn nur verwundert anstarren.

Kendric stöhnte tief in der Kehle und beugte sich wieder zu ihr.

Begierig darauf, mehr von den fantastischen Gefühlen zu erleben, die er in ihr auslöste, griff Marlowe nach seinem Oberschenkel und grub ihre Finger hinein, während sie das Kinn anhob.

»Sie sollten vorsichtig sein«, sagte der Beamte und unterbrach den Moment zwischen ihr und Kendric.

Marlowe wollte weinen. Sie brauchte mehr von diesem Mann. Wollte ihn einatmen. Wollte eins mit ihm werden.

Ihr einziger Trost war, dass Kendric einen langen Moment brauchte, um sich zu sammeln. Seine Augen waren auf die ihren gerichtet, als wollte er ihr sagen, dass sie das später fortsetzen würden. Dann drehte er sich wieder zu den Polizisten um, als sei er durch den Kuss nicht völlig durcheinandergeraten, und sagte: »Ach? Warum?«

»Es gab einen Gefängnisausbruch. Viele sind geflohen.«

»Ach, und deshalb diese Straßensperre, ja? Das macht Sinn.«

»Gefährliche Kriminelle«, sagte der Beamte nickend.

»Nun, ich hoffe, Sie fangen sie alle«, sagte Kendric, während er die Führerscheine in seinen Geldbeutel steckte und sich nach vorn beugte, um sie wieder in seiner Gesäßtasche zu verstauen.

»Wenn Sie irgendetwas Verdächtiges sehen, irgendjemanden, der verdächtig ist, müssen Sie Behörden melden«, warnte der Beamte.

»Oh ja, natürlich werde ich das tun. Ich muss meinen Keks beschützen«, sagte Kendric und tätschelte Marlowes

Knie. Wie aufs Stichwort ließen beide Männer den Blick wieder zu Marlowes Beinen wandern.

Hinter ihnen flackerten Lichter auf, als ein weiteres Fahrzeug sich näherte.

»Sie können passieren«, sagte der Beamte, der ihre Führerscheine kontrolliert hatte, und bedeutete ihnen, vorn an einem der Wagen vorbeizufahren, um auf der anderen Seite wieder auf die Straße zu gelangen.

»Ich danke Ihnen. Passen Sie auf sich auf. Ich hoffe, Sie erwischen alle Gefangenen«, sagte Kendric.

»Das werden wir.«

Marlowe erschauderte über die Entschlossenheit im Tonfall des Mannes. Aber sie brachte ein Lächeln zustande. Kendric winkte den Polizisten zu und fuhr um ihre Fahrzeuge herum, und bald waren sie wieder auf der Straße.

Sie lehnte die Stirn an Kendrics Schulter und atmete tief durch.

»Ruhig, Punky. Du hast es geschafft. Das hast du so gut gemacht«, sagte er und tätschelte ihre Hände, mit denen sie sich verzweifelt an seine Taille klammerte.

»Du hattest Ausweise für uns?«, murmelte sie an seiner Schulter.

»Ja. Alles Teil des Plans.«

»Der Plan«, schnaubte sie. »Welcher Plan?«

»Der Plan, dich nach Hause zu bringen«, sagte er leichthin.

Sie fuhren ein paar Minuten und Marlowe dachte an ihren Kuss zurück. Er hatte nicht gezögert. Er hatte nicht im Geringsten schüchtern gewirkt, als würde er ständig Fremde küssen. Und Marlowe nahm an, dass er das vielleicht tat, wenn er oft Frauen rettete. Sie kannte ihn nicht. Wusste nichts über ihn.

»Es tut mir leid wegen vorhin«, sagte er und unterbrach ihre Gedanken. »Dieser eine Kerl war ein bisschen zu sehr daran interessiert, dich zu begutachten, und ich dachte mir, wir müssen ihm etwas anderes zum Nachdenken geben ... nämlich seinen Schwanz.«

Marlowe spürte, wie sie errötete. »Ist schon in Ordnung«, erwiderte sie.

»Fürs Protokoll?«, sagte Kendric.

Sie wartete, aber als er nicht weitersprach, fragte sie: »Ja?«

»Ich kann mich an keinen Kuss erinnern, den ich mehr genossen habe.« Er blickte geradeaus, während er den Roller selbstbewusst durch den leichten Vormittagsverkehr lenkte. »Es war nicht angemessen, und ich fühle mich, als hätte ich dich ausgenutzt ... aber ich bereue es nicht.«

»Ich auch nicht«, gab Marlowe zu. »Du kannst küssen, Bob.«

»Ich glaube, es gefällt mir besser, wenn du mich Kendric nennst. Ken geht auch.«

»Gut. Denn du bist kein Bob. Nicht einmal annähernd.«

»Carlise, June und April würden dich lieben.«

Marlowe runzelte die Stirn. »Wer?«

»Die Ehefrauen meiner Freunde. Und April ist die Verwaltungsassistentin in der Firma, die meine Freunde und ich zusammen betreiben. Sie und JJ haben etwas miteinander, aber keiner von beiden will es zugeben.«

Es vergingen ein paar Minuten des Schweigens, bevor Kendric ihren Namen sagte. »Marlowe?«

»Ja?«

»Verzeihst du mir, dass ich das vorhin gemacht habe?«

Sie schnaubte. »Was gemacht? Dass du einen Ausweis für mich hast? Dass du die Polizisten abgelenkt hast, damit sie nicht auf meine Gefängnisschuhe schauen? Dass du mir einen Kuss gegeben hast, bei dem meine Zehen sich gekrümmt und ich einen Moment lang vergessen habe, dass mein Leben den Bach runtergegangen ist? Ja, Kendric. Ich verzeihe dir.«

»Deine Zehen haben sich gekrümmt?«, fragte er und drehte den Kopf leicht, damit sie sein Grinsen sehen konnte.

Marlowe merkte, dass auch sie wie eine Verrückte grinste. »Ja.«

»Meine auch«, gab er zu.

Sie schloss für einen Moment die Augen. Das Eingeständnis, dass er von dem spontanen Kuss genauso betroffen war, drang in ihre Knochen. Es gab ihr das Gefühl, dass sie vielleicht wieder zu der Frau werden würde, die sie gewesen war, bevor sie ins Gefängnis geworfen worden war.

Plötzlich überwältigt von Dankbarkeit, umarmte sie Kendric fest.

Er drückte ihre Hand und sagte: »Wir werden in wenigen Minuten an unserem Haltepunkt sein. Die kambodschanische Grenze ist nicht allzu weit entfernt, nur etwa das Äquivalent von vierhundertachtzig Kilometern. Aber die Straßen sind außerhalb der Stadt nicht besonders gut. Mit dem Roller können wir nicht so schnell fahren, wie ich es gern täte, und ich will den Behörden bei eventuellen Begegnungen nicht verdächtig vorkommen, also lassen wir uns Zeit. Verhalten uns wie Touristen. Mein Plan ist es, tagsüber unauffällig zu bleiben und nach Einbruch der Dunkelheit wieder aufzubrechen. Ist das okay?«

»Dies ist deine Rettung. Ich tue alles, was du sagst, wenn und sobald du es sagst.«

Er drehte den Hals und fing ihren Blick für eine Sekunde ein, bevor er die Aufmerksamkeit wieder auf die Straße richtete. »Ja?«

Seltsamerweise kicherte sie. »Nun, vielleicht sollte ich das klarstellen.«

»Bei mir bist du sicher«, erwiderte Kendric ohne jeglichen Humor in der Stimme.

»Ich weiß«, sagte Marlowe. Und das tat sie auch. Sie fühlte sich bei diesem Mann so sicher wie schon lange nicht mehr. Vielleicht sogar jemals. Er hatte einfach etwas an sich, das nach Sicherheit schrie. Sie wusste nicht viel über ihn, aber eines war klar – er würde alles tun, um sie zu ihrem Bruder zurückzubringen, selbst wenn das bedeutete, selbst verletzt zu werden.

Und je mehr Zeit sie mit ihm verbrachte, desto abscheulicher wurde diese Vorstellung. Sie wollte nicht, dass er ihretwegen verletzt wurde. Oder getötet. Der Gedanke daran ließ sie erschaudern.

»Kalt?«

Das. Genau das. Er war so im Einklang mit ihr, dass es fast beängstigend war. »Nein, nur ein unangenehmer Gedanke.«

»Bald wird das alles ein böser Traum sein«, beruhigte er sie.

»Werden sie in die Staaten kommen, um mich zu holen?« Sie konnte sich die Frage nicht verkneifen.

»Nein.«

Seine Antwort war kurz und bündig. »Wie kannst du dir da sicher sein?«

»Ich bin es einfach. Vertrau mir, Punky.«

Marlowe wollte nicht daran denken, wie sie mitten in der Nacht von der Einwanderungsbehörde oder dem FBI oder jemandem, der sie unbedingt nach Thailand zurückschicken wollte, aus dem Bett geholt wurde, also nickte sie an ihm.

Ungefähr zehn Minuten später verlangsamte Kendric das Tempo und lenkte den Roller erneut zwischen den Schieferplatten eines Zauns hindurch in ein Holzgebäude, das aussah, als würde es im nächsten starken Sturm umgeweht. Er stellte den Motor ab und sprang vom Sitz. Dann nahm er ihren Arm in den seinen und sagte: »Langsam.«

Marlowe fragte sich, warum er so besorgt war, schwang ein Bein über den Sitz, stand auf – und schwankte sofort. Ihre Beine schienen nicht funktionieren zu wollen. »Oh!«, rief sie aus.

»Warte einen Moment, bis das Blut wieder fließt«, sagte er, während er sie noch immer festhielt.

»Du bist einfach runtergesprungen, als seist du nicht genauso lange drauf gewesen wie ich«, beschwerte sie sich.

Kendrics Lippen zuckten. »Ich bin daran gewöhnt. Komm, stütz dich auf mich und wir gehen rein.«

»Warte. Kendric?«

»Ja?«

»Wird meine Anwesenheit noch jemanden in Gefahr bringen?«

Sie konnte den Ausdruck auf seinem Gesicht nicht

deuten. Vielleicht eine Mischung aus Wut und Zärtlichkeit. »Nein.«

»Bist du sicher?«

»Ja.«

Sie wusste nicht, ob er log oder nicht. »Ich kann nicht damit umgehen, wenn jemand meinetwegen in Schwierigkeiten gerät.«

Kendric legte einen Arm um ihre Taille und zog sie an sich. Marlowe stützte die Hände auf seine Brust, als sie ihn überrascht ansah.

»Alle, die wir auf unserer Reise treffen, sind sich des Risikos bewusst, das sie eingehen. Und glaub mir, sie werden für ihre Hilfe gut entschädigt. Außerdem wissen sie, wie korrupt die Beamten hier sein können. Viele haben geliebte Menschen, die inhaftiert sind, genau wie du es warst, ohne eine Chance, die Anschuldigungen zu widerlegen. Sie helfen gern. Sie sind sogar begierig darauf, um genau zu sein. Du wirst sehen. Ich weiß, das hört sich unmöglich an, aber entspann dich, Punky. Ich bin da.«

Marlowe schloss die Augen und lehnte die Stirn an seine Brust. »Ich habe Angst«, gab sie zu. »Die habe ich, seit die Polizisten zur Ausgrabungsstätte kamen und mich beschuldigt haben, Drogenhändlerin zu sein. Ich will nur ... Ich will einfach nur nach Hause.« Die letzten Worte waren fast ein Schluchzen, und Marlowe hasste die Schwäche, die sie offenbarten.

»Das wirst du. Das *tust* du«, sagte Kendric. Marlowe spürte, wie er mit einer Hand vorsichtig über die Perücke auf ihrem Kopf strich. Obwohl die Berührung durch den Stoff zwischen seiner Hand und ihrer Kopfhaut leicht war, spürte sie sie bis in die Zehenspitzen.

Sie atmete tief durch, öffnete die Augen und sah zu ihm auf. »Es geht mir gut. Es ist nur ... es ist eine Menge. Aber jetzt geht es mir gut.«

Kendric starrte sie einen Moment lang an. »Du bist ziemlich erstaunlich.«

Sie stieß einen ungläubigen Atemzug aus. »Bin ich nicht.«

»Bist du«, beharrte er. »Du hast keine Ahnung. Ich habe das schon oft gemacht, und glaub mir, wenn ich dir sage, dass du dich viel besser hältst als die meisten Menschen.«

Marlowe gefiel der Gedanke nicht, dass Kendric sich im Rahmen seiner Arbeit in solche Gefahr begab. Dann runzelte sie die Stirn. Hatte er nicht gesagt, dass er mit ein paar Freunden ein Geschäft betrieb? War das sein Job oder machten sie alle so etwas? Menschen retten?

»Du bist müde. Wir müssen essen, uns waschen und dann schlafen.«

Ein leises Stöhnen entwich ihrer Kehle bei dem Gedanken an eines dieser Dinge.

Kendric lächelte. »Komm schon. Wir gehen zu unserem Gastgeber und kümmern uns um dich.«

Mit einem Nicken ließ Marlowe sich von ihm umdrehen, wobei es ihr gefiel, dass Kendric einen Arm um ihre Schultern legte und an ihrer Seite zu der heruntergekommenen Behausung in der Nähe ging.

Bob konnte den Blick nicht länger als ein paar Sekunden von Marlowe abwenden. Die Erinnerung an den Kuss, den sie miteinander geteilt hatten, lief in seinem Gehirn wie eine kaputte Schallplatte. Er hatte sie nicht so küssen wollen, aber als er gesehen hatte, dass der zweite Beamte wegen ihrer Geschichte misstrauisch geworden war, hatte er einfach gehandelt.

Und dieser Kuss hatte ihn zutiefst erschüttert. Es war gut gewesen, dass sie saßen, sonst wären ihm die Knie eingeknickt. Denn in dieser Sekunde wusste er es.

Diese Frau war sein.

Sein.

Er hatte jahrelang nach seiner perfekten Partnerin gesucht. Und wie es der Zufall so wollte, hatte er sie am anderen Ende der Welt gefunden.

Er war für sie verantwortlich. Sie verließ sich darauf, dass er sie sicher aus dem Land brachte. Ein Fehler seinerseits und sie würde direkt zurück ins Gefängnis gehen und wahrscheinlich den Rest ihres Lebens dort verbringen.

Das kam nicht infrage. Auf gar keinen Fall.

Die meisten Leute würden ihm sagen, dass er sich lächerlich machte. Dass er unmöglich nach einem einzigen Kuss wissen konnte, dass sie ihm gehörte. Sie würden darauf bestehen, dass er nur erregt war, weil er zu lange keinen Sex mehr gehabt hatte, um sich daran zu erinnern, und dass er sich *deshalb* so zu ihr hingezogen fühlte. Aber diese Leute lägen falsch.

Bob spürte ihre Verbindung bis in die Knochen. Er hatte die Anziehungskraft zu ihr nicht erkannt, als er sie im Frauengefängnis besucht hatte, aber sobald er sie berührt hatte, war sie lebendig geworden.

Und dann dieser Kuss ...

Seine Freunde würden es verstehen. Chappy und Cal hatten sich genauso schnell und heftig verliebt, und jetzt waren sie beide verheiratet und lebten glücklich bis ans Ende ihrer Tage. Wenn jemand es verdiente, glücklich zu sein, dann waren es seine Freunde.

Sogar JJ, obwohl er sich derzeit gegen ihre Verwaltungsassistentin sträubte, würde Bob sagen, dass er sich von niemandem ausreden lassen sollte, sich das zu holen, was er wollte. Was er wollte, war Marlowe Kennedy.

Doch trotz seiner Überzeugung machte er sich keine Illusionen über das wahrscheinlichere Szenario, sobald sie wieder in den Staaten waren. Sie würde eine Weile bei ihrem Bruder leben, bis sie wieder auf eigenen Füßen stand. Er würde nach Maine zurückkehren, und ihre gemeinsame Zeit würde enden.

Wenn das passierte, wäre sie sein größtes Bedauern ... und seine stolzeste Errungenschaft. Vielleicht würde sie nie ihm gehören, nicht so, wie er es sich wünschte, aber darüber würde er sich später Gedanken machen müssen. Im Moment war sein einziges Ziel, sie sicher aus Thailand und zurück in die Staaten zu bringen. Und danach ... wer wusste das schon?

Auf keinen Fall wollte er, dass jemand aus Pflichtgefühl oder Dankbarkeit mit ihm zusammen war. Er wollte – *brauchte* – mehr.

Sie musste ihre Verbindung genauso intensiv spüren wie er. Sie musste ihn als jemand anderen als ihren Retter kennenlernen wollen. Im Moment war er sich nicht sicher, ob das möglich war.

Bob schob die Gedanken an die Zukunft beiseite und konzentrierte sich auf das Hier und Jetzt. Sie waren in der kleinen, ärmlichen Hütte eines anderen Mitglieds von Willis' Netzwerk willkommen geheißen und in ein Hinterzimmer geführt worden. Der Mann, der sie hereingelassen hatte, sprach kein Englisch, gab ihnen aber durch Handgesten zu verstehen, dass er mit etwas zu essen und zu trinken zurückkommen würde.

Das Zimmer war klein und spärlich eingerichtet. Wahrscheinlich schlief der Mann dort mit seiner Frau. Eine Palette lag auf dem Boden und an einer Wand stand eine kleine, klapprige Kommode. Der Boden bestand aus alten Holzdielen, die wahrscheinlich voller Splitter waren. Das Zimmer hatte kein Fenster und es heizte sich bereits auf, als die Sonne am Himmel auftauchte. Im Laufe des Tages würde es nur noch wärmer werden ... aber für Bob war es perfekt.

Sie waren in Sicherheit. Daran musste er glauben. Willis war sehr gut in dem, was er tat, und seine Kontakte hatten bis jetzt einwandfrei funktioniert.

»Es gibt keinen Ausweg«, sagte Marlowe unsicher, als sie sich umsah. »Keine Fenster. Was ist, wenn die Polizei kommt?«

»Das wird sie nicht. Und glaub mir, wenn wir hier rausmüssen, reicht vermutlich ein kräftiger Tritt gegen die Wand, um uns einen Fluchtweg zu verschaffen. Du bist in Sicherheit, Marlowe. Ich verspreche dir, du gehst nicht zurück.«

Sie seufzte. »Ich versuche, es zu glauben, aber ... es war furchtbar, Kendric. Du kannst es dir nicht vorstellen.«

»Du könntest überrascht sein. Aber ich denke, die Dinge werden besser aussehen, wenn du etwas gegessen und dich ein wenig ausgeruht hast.«

»Was ist mit dir?«, fragte sie.

»Was *ist* mit mir?«

»Wirst du auch etwas schlafen?«

»Natürlich«, antwortete Bob sofort, auch wenn es in Wahrheit eher unwahrscheinlich war. Er schlief unter den besten Umständen nicht gut. Und das hier war alles andere als ideal.

»Gut. Ich kann nicht zulassen, dass du am Lenkrad einschläfst ... oder am Lenker«, sagte sie mit einem kleinen Lächeln.

Das war eine weitere Sache, die Bob an dieser Frau bewunderte. Sie war in der Lage, Witze zu machen, selbst wenn sie unsicher und verängstigt war.

»Komm her«, sagte er und streckte ihr eine Hand entgegen. Er hatte ihr bei dem Kuss am Kontrollpunkt keine Wahl gelassen, und er ärgerte sich immer noch darüber. Er würde sie nicht noch einmal zu etwas zwingen, wenn er es verhindern konnte.

Sie kam sofort auf ihn zu und anstatt seine Hand zu nehmen, näherte sie sich weiter, bis sie ihn umarmte. Sie passte perfekt an ihn. Sie war ein kleines Ding und fühlte sich in seinen Armen zerbrechlich an. Aber Bob vermutete, dass diese Frau unter normalen Umständen knallhart war, und er könnte nicht stolzer darauf sein, wie sie bisher klargekommen war.

Lange bevor er loszulassen bereit war, öffnete ihr Gastgeber die Tür. Er hielt ein Tablett in den Händen, auf dem zwei Schüsseln und ein Teller mit verschiedenen mundgerechten Stücken standen. Bob hatte keine Ahnung, was das alles war, aber sein Magen knurrte ungeduldig.

Marlowe grinste und trat einen Schritt zurück, als der Mann das Tablett auf den Boden stellte. Er sagte nichts, begegnete ihren Blicken nicht einmal, als er den Raum verließ und die Tür hinter sich schloss.

»War es etwas, das ich gesagt habe?«, scherzte Marlowe.

Bob lachte leise. »Komm, lass uns sehen, was wir haben, damit du essen und etwas schlafen kannst.«

Marlowe aß nicht annähernd so viel, wie Bob es sich gewünscht hätte. Sie stocherte in dem Essen auf dem Teller herum, trank aber das meiste von der Brühe in der Schüssel.

»Du magst das Essen nicht«, sagte Bob. Es war keine Frage.

Marlowe zuckte mit den Schultern. »Nicht wirklich. Ich habe es versucht. Ich meine, ich weiß, dass ich die Kalorien brauche, aber ich war noch nie ein großer Fan von Meeresfrüchten, und hier ist einfach alles so anders, als ich es gewohnt bin.«

»Was bist du gewohnt?«, fragte Bob.

Marlowe schenkte ihm ein kleines, verlegenes Lächeln. »Chicken Nuggets, Hotdogs, Doritos, Kartoffelchips, Süßigkeiten, Ramen, Nudeln aus der Dose.«

Er starrte sie ungläubig an. »Großer Gott, Frau. Das ist doch alles Mist.«

»Ich weiß«, sagte sie achselzuckend. »Ich esse wie eine

Zehnjährige. Was soll ich sagen? Ich bin alleinstehend und kann nicht kochen. Also muss ich mich damit begnügen.«

»Ich koche gern. Obwohl es ätzend ist, für eine Person zu kochen«, gab er zu.

»Wir wären ein gutes Paar. Du liebst es zu kochen und ich hasse es«, sagte Marlowe. Dann errötete sie und biss sich auf die Lippe. »Ich meine, du weißt schon, wenn wir zusammen wären. Was wir aber nicht sind! Ich meine ... Mist.«

»Ich weiß, was du meinst«, sagte Bob sanft und ließ sie vom Haken. Aber er hatte denselben Gedanken. Wenn sie ihm gehörte, wäre es ihm eine Freude, jeden Abend für sie zu kochen. Er würde dafür sorgen, dass sie die Nahrung bekam, die ihr Körper brauchte.

»Normalerweise nehme ich bei Ausgrabungen Feldrationen mit. Als Ergänzung zu den örtlichen Lebensmitteln. Zusammen mit ein oder zwei Tüten Süßigkeiten, obwohl die meistens viel zu schnell weg sind«, gab sie achselzuckend zu.

»Welche magst du am liebsten?«

»Was, Süßigkeiten?«

»Ja.«

»Alles, was Zucker enthält«, sagte sie mit einem kleinen Lachen. »Ich meine, du weißt schon, keine Schokolade. Smarties, Spree, SweeTarts, Runts, so was in der Art.«

Bob konnte sich ein Lächeln nicht verkneifen. »Naschkatze«, murmelte er.

»Ja«, sagte sie, ohne einen Funken Verlegenheit zu zeigen.

Bob machte sich die geistige Notiz, dass er ihr sobald wie möglich eine Tüte Süßigkeiten besorgen würde. Er öffnete den Mund, um ihr das zu sagen, aber sie gähnte und hielt sich schnell den Mund zu.

»Schlaf«, befahl er und deutete auf die Palette auf dem Boden.

»Da kann ich nicht schlafen«, sagte sie kopfschüttelnd. »Ich meine, das ist ihr *Bett*. Erstens ist das unhöflich. Zweitens, und das wird lächerlich klingen, wenn man bedenkt, wo ich den letzten Monat verbracht habe, aber ... Ich kann nicht anders, als mir vorzustellen, was sie auf diesen Decken gemacht haben könnten.«

Bob schnaubte. »In Ordnung. Wie wäre es hiermit?« Er ging zur Kommode hinüber und öffnete eine der Schubladen. Er zog ein Männerhemd heraus, ging dann zur Wand und breitete es auf dem Boden aus. Er setzte sich daneben und tätschelte sein Bein. Es war nicht ideal, aber jetzt, da Marlowe es erwähnt hatte, stand der Gedanke, sich auf die Palette zu legen, auf der der Mann vor wenigen Stunden vielleicht mit seiner Frau geschlafen hatte, auch nicht gerade ganz oben auf seiner Liste der Dinge, die er tun wollte.

»Es ist wahrscheinlich nicht sehr bequem, aber ...«

»Es ist perfekt«, sagte Marlowe mit einem kleinen Lächeln, als sie sich näherte. Sie legte sich auf die Seite und stützte den Kopf auf seinen Oberschenkel. »Bist du sicher, dass das in Ordnung ist?«

»Es ist mehr als in Ordnung«, versicherte Bob ihr. Und wieder einmal hatte sie ihn beeindruckt. Sie hätte einen Anfall bekommen können, weil sie auf dem Boden schlafen musste, aber sie tat es nicht. Sie war dankbar für das, was sie hatte. Er vermutete, dass der Gefängnisaufenthalt viel damit zu tun hatte, dass sie ihre Situation so einfach akzeptierte, aber er hatte auch das Gefühl, dass sie einfach von Natur aus so war. »Schlaf, Punky«, sagte er zu ihr.

»Hat dir schon mal jemand gesagt, dass du herrisch bist?«, fragte sie schläfrig.

»Ja.«

»Nun, derjenige hat nicht gelogen«, sagte sie.

Bob lachte wieder, und er konnte nicht anders, als eine Hand auszustrecken und über ihr Haar zu streichen. Erst jetzt bemerkte er, dass sie immer noch die Perücke trug. »Anheben«, sagte er.

»Was?«, fragte sie und hob verwirrt den Kopf von seinem Oberschenkel.

Schnell zog er ihr die Perücke vom Kopf und sie seufzte zufrieden.

»Oh, das fühlt sich so gut an.«

Bob fuhr mit einer Hand über ihr Haar und fühlte die verschwitzten Strähnen in ihrem Nacken.

»Kendric?«, fragte sie.

»Ja?«

»Danke«, flüsterte sie. »Danke, dass du mich geholt hast. Dass du mich beschützt hast.«

»Gern geschehen«, erwiderte er, aber er war nicht sicher, ob sie ihn hörte, denn sie schnarchte bereits. Sie war so schnell eingeschlafen, als hätte sie seit Tagen oder Wochen nicht mehr geschlafen. Er hatte das Gefühl, dass es ihm ähnlich ging. Als Kriegsgefangener hatte er kaum geschlafen. Er hatte auf jedes kleine Geräusch geachtet, gewartet und sich gefragt, wann er wieder an der Reihe wäre, gefoltert zu werden.

Bob richtete seine Aufmerksamkeit auf die Frau neben

ihm und weigerte sich, an diese Zeit in seinem Leben zu denken. Er und seine Freunde waren gerettet worden, und nun revanchierte er sich bei den Männern und Frauen, die ihm die Freiheit zurückgegeben hatten, indem er anderen in Not half.

Aber wegen Marlowe hier zu sein fühlte sich nicht wie ein Gefallen an. Es fühlte sich wie Schicksal an.

Bob schüttelte den Kopf und lehnte ihn an die Wand hinter sich. Er musste wirklich aufhören, so zu denken. Marlowe würde ihren eigenen Weg gehen, sobald sie wieder zu Hause waren.

Sie konnte nicht ihm gehören. Dies war kein Schicksal. Sie war nicht seine Seelenverwandte.

Aber egal, wie oft er sich diese Dinge einredete, das Gefühl, dass er dazu bestimmt war, genau in dieser Sekunde an diesem Ort zu sein, wollte nicht aufhören.

Bob konnte den Blick nicht lange von Marlowe abwenden, senkte den Kopf und strich ihr über das Haar. Die Strähnen waren schmutzig, sie war mit Dreck bedeckt ... aber er hatte in seinem Leben noch nie eine schönere Frau gesehen.

Er steckte in großen Schwierigkeiten. Diese Frau hatte ihn nach nur wenigen Stunden um den kleinen Finger gewickelt ... und sie hatte keinen Schimmer.

Wenn er nach Hause kam, würde er seinen Freund Tex anrufen und ihn bitten, sie im Auge zu behalten. Ihren Status als Flüchtige aufheben, wenn möglich. Dafür sorgen, dass sie bei künftigen Ausgrabungen sicher war. Vielleicht würde er sogar herausfinden, ob der ehemalige SEAL ihr heimlich einen Peilsender verpassen könnte.

Bob schüttelte den Kopf und schnaubte. Das würde er Marlowe nicht antun. Was dachte er sich nur dabei? Sie ohne ihr Wissen zu verfolgen? Nein, nur Psychopathen machten so einen Scheiß. Außerdem, wenn Tex irgendetwas ausplauderte und Chappy, Cal oder JJ von seinen kleinen außerplanmäßigen Rettungseinsätzen erfuhren, würde er alle Hände voll zu tun haben, es zu erklären und ihr Vertrauen zurückzugewinnen.

Er würde Marlowe gehen lassen müssen. Er hatte das Gefühl, dass es das Schwierigste sein würde, was er bisher in seinem Leben getan hatte ... noch schwieriger, als seine Zeit als Kriegsgefangener zu überleben. Aber er würde es tun, denn auch Marlowe verdiente ihre Freiheit.

KAPITEL VIER

Die nächsten beiden Nächte verliefen ähnlich wie die erste. Und Kendric hatte nicht gelogen: Sie reisten extrem langsam. Ein großer Teil von Marlowe wollte so schnell wie möglich auf einem geraden Weg zur Grenze laufen, um aus diesem Land herauszukommen. Aber sie verstand auch, dass sie unter dem Radar bleiben mussten, um mit niemandem in Kontakt zu kommen, der sie identifizieren könnte.

Also schlugen sie nachts einen etwas verschlungenen Weg ein, blieben auf Nebenstraßen und Pfaden und hielten vor Sonnenaufgang an sicheren Unterkünften. Sie waren auf keine weiteren Straßensperren gestoßen, und je weiter sie sich von Bangkok entfernten, desto mehr stieg Marlowes Hoffnung.

Sie begann zu glauben, dass sie es bis zur Grenze schaffen könnten, ohne erwischt zu werden. Aber da war immer noch das Problem, nach Kambodscha einzureisen. Es war nicht so, als könnten sie einfach über einen der offiziellen Grenzübergänge gehen. Sie war sich nicht sicher, was Kendrics Plan war, aber sie war sich sicher, dass er einen hatte.

Seitdem er sie gefunden hatte, hatte er sich um alles gekümmert. Es war eine Erleichterung, sich jemandem anvertrauen zu können. Sie musste an nichts anderes denken, als sich an ihn zu klammern, während er sie immer weiter von der Hölle wegführte, die sie erlebt hatte.

Es hätte sie erschrecken sollen, wie schnell sie die Kontrolle an Kendric abgegeben hatte, aber das tat es nicht, einfach weil sie sich durch ihn beschützt fühlte. Marlowe mochte zwar ihren Job, aber sie ging nicht gern in einige der gefährlicheren Länder, die sie besucht hatte. Sich sicher zu fühlen war manchmal eine Seltenheit.

Es war schon komisch, dass sie überhaupt Archäologin war. Sie war während ihrer Zeit auf dem College irgendwie in diesen Beruf hineingeraten. Ihre Zimmergenossin im ersten Studienjahr hatte sich für dieses Fachgebiet interessiert, und da Marlowe nicht wusste, was sie machen wollte, hatte sie sich im Grunde an ihre Freundin angehängt und viele der gleichen Kurse belegt. Die Freundschaft endete schließlich nach ein paar Jahren, aber bis dahin hatte Marlowe festgestellt, dass ihr das Studium Spaß machte.

Archäologie war nicht wirklich ihre Leidenschaft, aber es hatte ihr die Möglichkeit gegeben, die Welt zu sehen. Tatsächlich war sie schon seit Jahren nicht mehr an einem Ort geblieben. Ironisch, wenn man bedachte, was sie *wirklich* tun wollte. Etwas, das von der Gesellschaft nicht mehr immer respektiert wurde, vor allem da sie eine alleinstehende Frau war.

Sie wollte Mutter sein.

Da sie weder einen Freund noch einen Ehemann hatte, wollte sie Kinder aus dem staatlichen System adoptieren. Diejenigen, die keine Eltern hatten, die sie liebten. Sie wusste, dass es ein extrem schwieriger Weg sein würde, als alleinstehende Frau ein Kind zu adoptieren, aber es war das, wonach sie sich sehnte.

Natürlich konnte sie nicht alleinerziehend sein, ohne einen Job zu haben, und deshalb hatte sie weiterhin das getan, worin sie gut war, auch wenn sie es nicht so liebte, wie sie es sollte.

Aber nach dieser Erfahrung war Marlowe entschlossener denn je, das zu tun, was *sie* tun wollte. Sie wusste nicht, wie sie es sich leisten sollte, aber sie hatte keinen Zweifel daran, dass Tony ihr helfen würde, es herauszufinden.

Im Moment galt ihre Aufmerksamkeit wieder dem Mann, der vor ihr saß. Je weiter sie sich von Bangkok entfernten, desto mehr sorgte Marlowe sich um Kendric. Er hatte am ersten Tag zugegeben, dass er nicht gut schlief, aber sie war sich nicht sicher, ob er überhaupt schlief. Zumindest nicht mehr als ein Nickerchen. Wenn er sie nach dem Essen ins Bett brachte, meist mit ihm als Kopfkissen, war er immer in derselben Position, wenn sie Stunden später aufwachte. Sie wollte darauf bestehen, dass er sich hinlegte, aber jedes Mal, wenn sie es ansprach, wischte er ihre Bedenken beiseite und betonte, dass es ihm gut ginge und er schlafe, während sie schlafe.

Sie war fest entschlossen, ihn heute dazu zu bringen, sich hinzulegen, als sie in der Nähe eines überraschend gut aussehenden Hauses anhielten, einem zweistöckigen Betonblockbau mit einem gepflegten Garten. Die anderen Häuser, an denen sie angehalten hatten, waren heruntergekommen und sahen aus, als stünden sie kurz vor dem Einsturz, aber dieses Haus lag in einer Stadt, die recht gut bevölkert war. Auf dem Weg zu diesem Unterschlupf hatten sie mehr Menschen gesehen als in den letzten beiden Tagen zusammen, was Marlowe sehr nervös machte. Sie spürte, wie Kendric sich jedes Mal anspannte, wenn sie ein Mitglied der Königlich Thailändischen Polizei sahen.

»Bist du sicher, dass wir hier anhalten sollen?«, fragte sie, als er den Roller zur Rückseite des Hauses lenkte.

»Ich bin sicher«, antwortete er zuversichtlich. »Wir nähern uns der Grenze und Willis meinte, wir bräuchten einen bequemeren Ort, um uns vor dem Stress der Überquerung zu sammeln.«

Kendric hatte Marlowe nur wenig über den geheimnisvollen Kontaktmann erzählt, der für den Aufbau des Netzwerkes von Leuten verantwortlich war, die ihnen beim Weg durch Thailand halfen, obwohl er ihn während ihrer Reise mehr als einmal angerufen hatte.

Sie schwang ihr Bein über den Sitz und freute sich darüber, wie gut sie sich halten konnte, jetzt, da sie es gewohnt war, auf dem Motorrad zu sitzen. Sie nahm den Rucksack ab, den sie im zweiten Haus erhalten hatten. Kendric bestand darauf, ihn ihr abzunehmen, sobald sie irgendwo anhielten. Er konnte ihn während der Fahrt nicht tragen, wenn sie an seinem Rücken saß, und Marlowe gefiel es eigentlich, dass sie auf ihrer Reise eine gewisse Verantwortung trug.

»Komm schon, ich weiß aus zuverlässiger Quelle, dass der Besitzer dieses Hauses eine Dusche hat, die wir benutzen können.«

»Eine Dusche?«, fragte Marlowe aufgeregt. Bisher hatten sie sich mit Schüsseln mit warmem Wasser begnügt, um sich ein wenig zu reinigen, bevor sie jeden Abend wieder aufbrachen. Sie konnte es kaum erwarten, die verhasste Perücke abzunehmen und ihr Haar zu schrubben. Ganz zu schweigen von dem Rest ihres Körpers.

»Ja, eine Dusche«, sagte er grinsend.

Er griff so selbstverständlich nach ihrer Hand, als würden sie schon seit Jahren Händchen halten und nicht erst seit ein paar Tagen. Es war schwer zu glauben, dass sie diesen Mann gerade erst kennengelernt hatte. Vielleicht lag es an den Umständen, aber schon jetzt konnte Marlowe sich nicht mehr vorstellen, ihn nicht in ihrem Leben zu haben.

Sie weigerte sich, daran zu denken, was passieren würde, wenn sie in die Staaten zurückkehrten. Wie sie zusehen müsste, wie er wegging. Für ihn war sie nur ein Auftrag, nichts weiter. Sie hatte keinen Anspruch auf den Mann. Aber jedes Mal, wenn sie sich an ihn klammerte, während er sie durch die Nacht fuhr, *fühlte* es sich so an, als gehörte er zu ihr, genauso wie sie zu ihm.

Sie hatten sich nicht mehr geküsst, und mit jedem verstreichenden Tag sehnte Marlowe sich mehr und mehr danach, seine Lippen auf ihren zu spüren. Sie begann zu glauben, dass sie sich die Gefühle, die sie beim ersten Mal durchströmt hatten, nur eingebildet hatte.

Kendric klopfte an die Hintertür, die fast sofort geöffnet wurde. Die Frau an der Tür trug ein Lächeln – doch sobald sie die beiden sah, verblasste es. Sie ließ den Blick an Marlowes Schulter vorbeihuschen, als suchte sie jemand anderen, bevor sie die beiden wieder ansah.

»Marlowe und Bob?«, fragte sie mit Akzent.

»Das sind wir«, sagte Kendric.

»Ihr seid Mann und Frau«, erwiderte die Frau, die noch immer die Stirn runzelte.

»Ja«, stimmte er zu.

Die drei standen einen Moment lang da und starrten einander an, bevor die Frau ihnen mit einer Geste bedeutete einzutreten. Sie gingen in eine Küche, und als die Tür geschlossen war, rang die Frau die Hände, während sie erneut sprach. »Ich dachte, ihr zwei Männer. Ihr verheiratet?«

»Nein. Ist das wichtig?«, fragte Kendric.

»Ja. Das Versteck klein. Ein Bett. Mann und Frau können nur zusammenbleiben, wenn sie verheiratet.«

Marlowe spannte sich an. Auf ihrer Reise war bisher alles ziemlich reibungslos verlaufen. Sie war sich nicht sicher, was passieren würde, wenn sie hier nicht bleiben konnten.

Kendric sah zu ihr hinunter, dann wieder zu der Frau. »In Amerika sind die Sitten anders«, sagte er. »Das ist nicht nötig. Wir sind Freunde. Wir wollen uns nur ausruhen. Essen. Sauber werden. Mehr nicht.«

Aber die Frau schüttelte hartnäckig den Kopf. »Nein. Nicht zusammen schlafen, wenn nicht verheiratet.«

»Ich kann auf dem Boden in einem anderen Zimmer schlafen«, versuchte Kendric es.

Aber die Frau runzelte weiterhin die Stirn. Marlowe hatte das Gefühl, dass sie nicht nachgeben würde.

Und sie wollte auf keinen Fall von Kendric getrennt werden. Er hatte ihr buchstäblich das Leben gerettet. Sie spürte bereits, wie die Panik in ihr aufstieg bei dem Gedanken, nicht in seiner Nähe zu sein, während sie schlief und verletzlich war.

Kendric seufzte. »Also gut. Wir werden gehen und uns einen anderen Ort suchen, wo wir bis heute Abend bleiben können.«

Marlowe rutschte das Herz in die Hose. Sie hatte sich so auf eine Dusche gefreut. Und ihr Hintern schmerzte, weil sie die ganze Nacht auf dem Roller gesessen hatte. Und sie wusste nicht, was diese Planänderung für ihren Zeitplan bedeuten würde. Wie schwierig es sein würde, tagsüber ein anderes Versteck zu finden.

Anstatt erleichtert auszusehen, wirkte ihre Gastgeberin eher beunruhigt. »Meine Schwester, sie im nächsten Dorf. Sie mir erzählt, dass Polizei nach entflohenen Gefangenen sucht. Durchsuchen Häuser, Straßen. Dschungel. Wenn ihr geht, sie euch vielleicht finden.«

Kendric runzelte die Stirn und Marlowe drehte sich der Kopf vor Sorge.

Ihre Gastgeber im letzten Unterschlupf hatten ihnen erzählt, dass die thailändischen Behörden ihre Suche nach den aus dem Gefängnis geflohenen Frauen ausgeweitet hatten und dass bisher nur sehr wenige wieder eingefangen worden waren. In den Nachrichten und in den Zeitungen war eine lange Liste mit allen Namen und den Fotos der Frauen zu sehen.

Deshalb hatte sie die Perücke weiter getragen, obwohl sie keine achtzig Kilometer mehr von der Grenze entfernt waren. Es wurden Geldbelohnungen ausgesetzt, hoch genug, um fast jeden davon zu überzeugen, sie zu verraten, wenn sie entdeckt würden. Sie befanden sich zwar nicht mehr in der Stadt, aber sie waren immer noch in Gefahr.

»Jetzt heiraten«, sagte die Frau plötzlich.

Marlowes Augen weiteten sich bei ihren Worten. »Was?«

»Jetzt heiraten. Hier. Dann könnt an einem sicheren Ort unter Boden bleiben. Zusammen. Selbst wenn Polizei sucht, sie euch wird nicht finden. Ich kann Vorkehrungen treffen. Jetzt.«

»Geben Sie uns eine Minute?«, fragte Kendric die Frau, während er bereits eine Hand auf Marlowes Arm legte und sie an die Seite des Raumes zog. »Das ist nicht nötig. Ich werde einen anderen Ort finden, an dem wir uns verstecken können. Du wirst in Sicherheit sein. Ich verspreche es.«

»Aber sie sagte, die Polizei durchsucht die Gegend. Und bevor wir herkamen, hast du ein Polizeifahrzeug gesehen und die Abkürzung durch den Dschungel genommen, damit wir nicht entdeckt werden. Wo sollten wir sonst hingehen?«

»Ich weiß es nicht. Aber ich weigere mich, dich zu etwas so Drastischem zu zwingen, nicht nach allem, was du schon durchgemacht hast.«

Marlowe blinzelte – und unterdrückte dann ein hysterisches Kichern. »Ich kann nicht glauben, dass du die *Ehe* damit vergleichst, fälschlicherweise beschuldigt zu werden, Drogen verkauft zu haben, in ein fremdes Gefängnis geworfen zu werden, aus diesem Gefängnis *auszubrechen* und dann durch die Nacht zu fahren, durch stockfinstere Dschungel und auf Straßen, die mehr aus Spurrillen im Boden als aus Asphalt bestehen«, schnaubte Marlowe.

Kendrics Lippen zuckten. »Nun, wenn du es so ausdrückst ...«, sagte er sarkastisch.

Marlowe senkte die Stimme und sah Kendric ernst in die braunen Augen. »Ich fühle mich dort am sichersten, wo *du* bist, sei es hier oder in einem anderen Unterschlupf. Aber du bist müde, Kendric. Lüg mich bitte nicht an und behaupte, du seist es nicht. Und es könnte Stunden dauern, einen anderen sicheren Ort zu finden.

Ist es wirklich wichtig, ob wir heiraten? Wenn es in den Staaten legal ist, soll es eben so sein. Wir können uns scheiden lassen, wenn wir zu Hause sind. Oder eine Annullierung beantragen. Wenn es unsere Gastgeberin glücklich macht, uns hilft, den Behörden zu entgehen, und bedeutet, dass wir nicht getrennt werden oder unter einem Busch schlafen müssen ... warum nicht? Aber wenn du die Idee wirklich verabscheust – und ich nehme es dir nicht übel, wenn du das tust –, dann können wir gehen. Ich vertraue dir.«

Er starrte sie einen langen Moment mit einem Blick an, den sie nicht deuten konnte. Dann beugte er sich schließlich zu ihr hinunter und küsste sie auf die Stirn. »Du hast recht. Wenn es bedeutet, dass wir zusammenbleiben können, in Sicherheit sind und du die Dusche bekommst, von der ich weiß, dass du sie dir so sehr wünschst, dann werden wir es tun. Aber ich will verdammt sein, wenn ich dich um das hier betrüge ...«

Zu Marlowes Überraschung sank Kendric auf ein Knie. Er ergriff ihre Hand und küsste ihren Handrücken, bevor er zu ihr aufsah.

»Marlowe Kennedy ... willst du mich heiraten?«

Überraschenderweise füllten ihre Augen sich mit Tränen. Dies war nicht real, das wusste sie, aber irgendwie fühlte es sich *sehr* real an. Und richtig. Der Blick in Kendrics Augen war liebevoll, geduldig und ... entschlossen.

»Ja.«

Er grinste sie an, dann stand er auf und umarmte sie fest. Mit den Lippen an ihrem Ohr flüsterte er: »Ich scheine den Ring verlegt zu haben, aber ich verspreche, dir so bald wie möglich einen an den Finger zu stecken.«

Marlowe kicherte. »Verlegt?«, fragte sie, als er sich ein wenig zurückzog.

»Jup.«

Sie schüttelte den Kopf. »Ich brauche keinen Ring.«

»Versuch mal, *ihr* das zu sagen«, erwiderte Kendric und deutete hinter sich auf ihre Gastgeberin.

Als Marlowe sich umdrehte, sah sie, dass die Frau ein breites Lächeln auf dem Gesicht hatte und praktisch vor Aufregung vibrierte. Als sie sich wieder zu Kendric umdrehte, war das Lächeln aus seinem Gesicht verschwunden und er sah so ernst aus, wie sie ihn noch nie gesehen hatte.

»Das wird schon gut gehen, Punky. Ich verspreche es.«

»Ich weiß«, flüsterte sie.

Er wandte sich an die Frau und sagte: »In Ordnung.

Wenn Sie die Vorbereitungen treffen können, werden wir heiraten. Hier. Jetzt.«

Ihre Gastgeberin strahlte. »Ja! Gut. Das Bad oben. Du zuerst.« Sie zeigte auf Marlowe. »Ich werde das Kleid für dich finden.«

»Geh schon«, sagte Kendric leise. »Lass dir Zeit unter der Dusche. Ich bin sicher, unsere Gastgeberin braucht etwas Zeit, um die Zeremonie vorzubereiten.«

»Okay. Kendric?«

»Ja?«

»Wenn du wirklich nicht willst –«

»Ich will«, unterbrach er sie.

»Okay. Ich musste einfach fragen.« Sie lächelte. »Lass es uns tun.«

»Lass es uns tun«, wiederholte Kendric.

Die Frau hinter ihnen fing an, wie ein Wasserfall Thai zu reden, während sie zu Marlowe hinüberging und ihre Hand ergriff.

»Sehen wir uns später?«, fragte sie Kendric, als die Frau sie wegführte.

»Später«, stimmte er zu.

Das Letzte, was Marlowe sah, bevor sie um die Ecke bog, waren seine Augen, die in die ihren blickten.

Bob hatte sich geirrt, als er sagte, dass ihre Gastgeberin Zeit brauche, um eine Hochzeitszeremonie vorzubereiten. Als er aus der Dusche kam und die traditionelle goldene Hose und das rote, langärmelige Hemd anzog, die sie ihm besorgt hatte, wartete ihre Gastgeberin schon ungeduldig.

Sie führte ihn die Treppe hinunter und in die Küche, wo er zum ersten Mal einen Blick auf Marlowe werfen konnte, seit sie weniger als eine Stunde zuvor weggebracht worden war. Der Anblick ließ ihn einen Moment lang erstarren.

Ihre Haut war rosa und strahlte noch von der Dusche. Sie hatte die blonde Perücke weggelassen, und ihr Haar glänzte und war noch ein wenig feucht, mit kleinen Locken, die ihr Gesicht umrahmten. Ihre Gastgeberin hatte ein cremefarbenes Kleid gefunden, das sich Marlowes leichten Kurven anpasste, als sei es für sie gemacht worden. Eine lange Schärpe hing über eine ihrer Schultern und berührte den Boden. Sie war barfuß und der Anblick ihrer winzigen Zehen ließ die ganze Situation noch intimer erscheinen.

»Hey«, sagte sie unsicher.

»Hey.« Bob wandte sich an ihre Gastgeberin. »Können wir einen Moment haben, bevor wir anfangen?«

Die Frau nickte, immer noch strahlend, und wich zurück, um ihnen ein wenig Privatsphäre zu geben.

Bob drehte sich wieder zu Marlowe um. »Geht es dir gut?«, fragte er leise.

Marlowe nickte. »Dir?«

»Wir müssen das nicht tun«, sagte er, ohne auf ihre Frage einzugehen. Die Wahrheit? Es ging ihm plötzlich mehr als gut. Es war eine seltsame Situation – aber er war nicht im Geringsten verärgert darüber, dass er diese Frau heiraten musste. Wäre er mit jemand anderem zusammen gewesen, hätte er einen Weg gefunden, diese Sache zu umgehen. Aber jetzt betete er im Stillen, dass Marlowe den letzten Ausweg nicht annehmen würde, den er ihr bot.

»Sie ist wirklich aufgeregt«, antwortete Marlowe, wobei sie den Blick zu ihrer Gastgeberin im Hintergrund wandern ließ, bevor sie wieder zu Bob schaute. »Das hört sich jetzt verrückt an ... aber nach allem, was ich durchgemacht habe, nachdem ich den letzten Monat in diesem Gefängnis verbracht habe, wo ich angeschrien, herumgeschubst, erniedrigt, angespuckt, geschlagen, getreten und generell wie Scheiße behandelt wurde ... fühlt es sich fast erlösend an, an etwas Gutem teilzunehmen. Es ist nur ...« Ihre Stimme wurde leiser, als sie um die richtigen Worte rang, um ihre Gefühle zu beschreiben.

Bob streckte eine Hand aus und legte sie an Marlowes Wange. Mit dem Daumen strich er über ihre Kieferpartie. »Ich verstehe.« Und das tat er. Diese Frau hatte etwas Gutes verdient nach allem, was sie erlebt hatte. Er hatte nie geglaubt, dass sie die gefährliche Drogenhändlerin war, als die die thailändischen Behörden sie darzustellen versucht hatten. Und je länger er in ihrer Nähe war, desto sicherer wurde er.

Ihre Gastgeberin fragte sie etwas aus der Nähe, und Bob nahm an, dass sie wissen wollte, ob sie bereit waren loszulegen. Aber er wollte sich nicht drängen lassen.

»Du bist fantastisch, Marlowe«, sagte er ernsthaft. Jede andere Frau an ihrer Stelle wäre wahrscheinlich ausgeflippt. Sie würde verlangen, dass er etwas tat, damit sie bleiben konnten, ohne heiraten zu müssen. Aber sie war stoisch und entschlossen und nicht bereit, sich zu beschweren, auch wenn sie alles Recht der Welt dazu hatte. Sie hatte sich bisher sehr gut gehalten, und er hätte nicht stolzer sein können.

»Ich bin einfach ich«, sagte sie achselzuckend.

»Lass uns das tun«, erwiderte er entschlossen. »Dann essen wir etwas und gehen schlafen.«

Marlowe grinste. »Empfang und Flitterwochen, was?«, neckte sie ihn.

Bob lachte. »Ja, ich schätze schon.« Widerstrebend ließ er seine Hand sinken und griff nach ihrer eigenen. Ohne zu zögern, schlang sie die Finger um seine.

Sie drehten sich zu ihrer Gastgeberin um. »Wir sind so weit«, verkündete er.

Die Frau strahlte und bedeutete ihnen, ihr zu folgen. Sie gingen in einen kleinen Raum neben der Küche – und Bob blinzelte überrascht. Die Frau war beschäftigt gewesen, während sie sich gewaschen und angezogen hatten. An einem Ende des Raumes war ein Altar aufgebaut, und ein Mann in zeremonieller Kleidung stand dort und lächelte sie an.

»Heiliger Strohsack«, sagte Marlowe leise. »Wie viele Hochzeiten arrangiert diese Frau eigentlich?«

Bob fragte sich das Gleiche, zögerte aber nicht, auf den Mann zuzugehen. Er hielt Marlowes Hand fest, als der Mann sofort auf Thai zu sprechen begann. Weder er noch Marlowe hatten eine Ahnung, was gesagt wurde, aber das spielte keine Rolle. Das Gefühl in diesem intimen Raum war überwältigend.

Bob drehte sich um und sah zu Marlowe hinunter. Ihre Blicke trafen sich und er lächelte. Sie wirkte nicht im Geringsten nervös. Sie wirkte ruhig und gelassen.

Marlowe drückte seine Hand. Dies war nicht die Hochzeit, die Bob sich vorgestellt hatte. Verdammt, er hatte schon den Verdacht gehabt, dass er nie heiraten würde, so sehr er es auch wollte. Aber hier mit Marlowe zu stehen fühlte sich so richtig an. Als sollte es so sein. Die beiden gegen den Rest der Welt.

»Willst du, Kendric, diese Frau zu deiner Ehefrau nehmen, um sie zu haben und zu halten, von jetzt an bis in alle Ewigkeit, in guten wie in schlechten Zeiten, in Armut und Reichtum, in Krankheit und Gesundheit, um sie zu lieben und zu beschützen, zu ehren und zu hegen, zu respektieren und zu nähren, in diesem und im nächsten Leben?«

Bob blickte zu dem Offizianten. Ehrlich gesagt hatte er den Mann ausgeblendet, da er bisher kein Wort verstanden hatte. Aber jetzt sprach er auf Englisch und forderte ihn auf, dem heiligen Ehegelübde zuzustimmen. Es unterschied sich ein wenig von den traditionellen Gelübden in den USA, war aber genauso bedeutungsvoll. »Ich will«, platzte er heraus, da Marlowe nicht denken sollte, er würde es sich anders überlegen.

Der Offiziant drehte sich zu Marlowe um. »Willst du, Marlowe, diesen Mann zu deinem Ehemann nehmen, um ihn zu haben und zu halten, von jetzt an bis in alle Ewigkeit, in guten wie in schlechten Zeiten, in Armut und Reichtum, in Krankheit und Gesundheit, um ihn zu lieben und zu beschützen, zu ehren und zu hegen, zu respektieren und zu nähren, in diesem und im nächsten Leben?«

»Ich will«, sagte sie leise.

Der Offiziant begann, wieder auf Thai zu sprechen. Bob

löste den Blick nicht von Marlowe. Er fühlte sich bereits anders. Was lächerlich war. Schicke Kleider und ein buddhistischer Offiziant verbanden ihr Leben nicht unbedingt für immer miteinander.

Diese Hochzeit war nur Show. Aus Bequemlichkeit, damit er sich nicht auf den Weg machen musste, um einen anderen Ort zu finden, an dem sie sich den Tag über ausruhen konnten. Damit sie zusammenbleiben konnten. Aber tief in seinem Inneren spürte Bob, wie sich die Verbindung, die er mit Marlowe hatte, noch mehr verfestigte. Seine Entschlossenheit, sie sicher aus Thailand heraus und zurück zu ihrem Bruder zu bringen, wurde noch stärker.

Der Offiziant räusperte sich, und als Bob ihn ansah, lächelte er, nickte und sagte: »Ihr dürft euch küssen.«

Bob drehte sich wieder zu Marlowe um. Sie lächelte. Er senkte den Kopf, ohne weiter darüber nachzudenken. Ihre Lippen berührten sich leicht, einmal, zweimal.

Dann legte Bob einen Arm um ihre Taille, zog sie an sich und küsste Marlowe, wie er es seit jener ersten Nacht immer wieder hatte tun wollen.

Und genau wie damals, in der Sekunde, in der ihre Zungen sich berührten, war er in ihr verloren.

Es kostete ihn jedes Quäntchen Kraft, sich zurückzuziehen. Er starrte auf sie hinunter und stellte fest, dass sie beide schwer atmeten. Sie hatte sein Hemd gepackt und den Stoff umklammert, während sie sich küssten. Sie sah so geschockt aus, wie er sich fühlte.

Ihre Gastgeberin trat heran und zog sie auf die andere Seite des Raumes, wo zwei Kissen auf dem Boden lagen, vor denen jeweils eine Schüssel mit Wasser stand. Sie gab ihnen ein Zeichen, sich auf die Kissen zu knien. Dann zeigte sie ihnen, wie sie ihre Hände zusammenlegen und über die Schüsseln halten sollten.

Mit einem geistigen Achselzucken tat Bob, was die Frau verlangte.

Die Gastgeberin nahm eine kleine, längliche Muschel und tauchte sie in eine weitere Schale mit Wasser, die auf einem Tisch in der Nähe stand. Sie sprach in einem tiefen, gleichmäßigen Ton, während sie langsam das Wasser über Bobs Hände goss. Dann füllte sie die Muschel wieder auf und machte dasselbe mit Marlowes Händen. Der Offiziant kam herüber und tat dasselbe, indem er das Wasser zuerst über Bobs und dann über Marlowes Hände goss.

Die Gastgeberin reichte ihnen kleine Handtücher zum Abtrocknen und zog sie auf die Füße, bevor sie sie in die Küche lenkte.

»Ich nehme an, das war eine Art Hochzeitsritual?«, fragte Marlowe leise, während sie der Frau folgten.

»Ich bin sicher, dass es das war«, sagte Bob mit einem Nicken. Obwohl sie auf der Flucht waren, jederzeit entdeckt werden konnten, von einem Nachbarn oder sogar dem Offizianten selbst verraten werden konnten, entspannte Bob sich, als er sich an einen kleinen Tisch in der Küche setzte. Schließlich war dies sein Hochzeitstag.

Seine Mundwinkel zuckten. Ehrlich gesagt waren das Worte, die zu sagen oder zu denken er nie erwartet hätte.

Sobald sie Platz genommen hatten, präsentierte die Gastgeberin ihnen eine große Platte mit verschiedenen Speisen. Er schaute rechtzeitig zu Marlowe hinüber, um zu sehen, wie sie die Nase rümpfte. Seine Punky aß wirklich wie eine Zehnjährige.

Diesmal dachte Bob nicht zweimal über das Possessivpronomen nach. Marlowe gehörte jetzt wirklich ihm. Er ignorierte ihre Gastgeberin, die in der Nähe stand und darauf wartete, dass sie loslegten, beugte sich vor und flüsterte Marlowe ins Ohr: »Ich verspreche dir, sobald ich kann, besorge ich dir ein paar Oreos, Pop-Tarts und vielleicht sogar einen Twinkie, um unsere Hochzeit zu feiern.«

Sie kicherte und sah ihn fast schüchtern an. »Ist schon in Ordnung. Ich meine, sie hat sich sehr viel Mühe gegeben, das alles für uns zu organisieren. Ich sollte inzwischen an diese Art von Essen gewöhnt sein.«

»Daran gewöhnt, aber du magst es nicht«, sagte Bob trocken.

»Es ist gut für mich«, erwiderte sie achselzuckend, während sie sich wieder der Platte zuwandte.

»Vertraust du mir?«, fragte er.

Sie sah ihn wieder an und antwortete ohne jedes Zögern: »Ja.«

»Dann lass mich dich bedienen«, sagte er, während er nach einer Gabel griff.

Marlowe nickte.

Bob wühlte sich vorsichtig durch die Platte und suchte nach Dingen, von denen er glaubte, dass sie ihr besser schmecken würden als andere. Die Meeresfrüchte mied er, da er bereits wusste, dass sie sie nicht besonders mochte. Er spießte einen Bissen von etwas auf, das er für Hühnchen hielt, und führte es an seine Lippen. Es war definitiv Hühnchen, aber er vermutete, dass es für Marlowe zu scharf war.

Er fand ein weiteres Stück, das wie Hühnchen aussah, kostete es, nickte und führte einen Bissen an ihren Mund heran.

Marlowe wandte den Blick nicht von ihm ab, als sie sein Handgelenk nahm, um die Gabel festzuhalten, und sich nach vorn lehnte. Sie öffnete den Mund und er fütterte sie mit dem Stück Fleisch.

»Okay?«, fragte er.

Sie nickte, nachdem sie geschluckt hatte. »Es ist gut.«

So ging es noch eine Weile weiter, wobei Bob die Fleisch- und Gemüsestücke auf der Platte probierte, um etwas zu finden, das ihr seiner Meinung nach schmecken würde. Es war eine intime Erfahrung für sie beide, und keiner von ihnen sprach viel, während sie aßen.

Ihre Gastgeberin trat heran und stellte eine Schüssel neben den Teller. Es hörte sich an, als würde sie sich für irgendetwas entschuldigen, vielleicht dafür, dass sie das neue Gericht spät gebracht hatte, aber es war der überraschte und erfreute Aufschrei von Marlowe, der Bob zum Lächeln brachte.

»Ramen!«, rief sie aus. »Oh mein Gott, das sieht fantastisch aus! Im Gefängnis haben wir viel Reis gegessen, wovon ich mich praktisch ernährt habe, aber Ramen ist eines meiner Lieblingsgerichte zu Hause.«

Bob runzelte die Stirn. »Das ist doch sicher nicht alles, was du dir leisten kannst?«, fragte er.

Marlowe lachte. »Oh nein. Ich meine, es ist günstig, aber ich mag den Geschmack«, sagte sie ein wenig verlegen.

Bob stieß einen Seufzer der Erleichterung aus. »Gut. Hier, die Gabel gehört ganz dir.«

Sie nahm sie und stürzte sich mit Begeisterung auf die Schüssel mit Nudeln. Es waren keine Ramen, nicht wie sie es wahrscheinlich gewohnt war. Es war eigentlich Pad Thai, eine in diesem Land beliebte Nudelart, aber Bob war froh, dass Marlowe etwas zu essen hatte, das ihr wirklich schmeckte.

Nach einem Moment schaute sie auf und runzelte die Stirn. »Ich nehme sie in Beschlag. Tut mir leid. Hier«, sagte sie und hielt ihm die Gabel hin, an deren Ende sich ein großer Bissen Nudeln befand. Sie hielt eine Hand unter die Gabel, um eventuell herunterfallende Nudeln aufzufangen, und lächelte ihn an.

Bob konnte nicht widerstehen. Er griff nach ihrem Handgelenk, so wie sie es bei ihm getan hatte, und beugte sich langsam vor, wobei er die ganze Zeit über Augenkontakt mit ihr hielt. Er ließ das Essen von der Gabel gleiten, kaute, schluckte und sagte dann: »Köstlich.«

»Nicht wahr?« Sie strahlte. »Das beste Essen aller Zeiten«, erklärte sie, während sie die Aufmerksamkeit wieder auf die Schüssel vor sich richtete und die Gabel drehte, um mehr davon zu nehmen.

Erneut traf ihre Begeisterung Bob heftig. Diese Frau hatte keinen Grund, so glücklich zu sein. Sie war wegen falscher Anschuldigungen inhaftiert und misshandelt worden, war jetzt mit einem Fremden auf der Flucht und war zur *Hochzeit* gezwungen worden, um Himmels willen. Und doch fand sie noch immer Freude an einer Schüssel Nudeln.

Bob fühlte sich demütig. In ihrer Gegenwart wollte er ein besserer Mensch werden.

Als sie so viel gegessen hatten, wie sie konnten, war ihre Gastgeberin sofort zur Stelle, um die Reste und das Geschirr wegzubringen. Die Sonne war vor ein paar Stunden aufgegangen und es war für beide Zeit, sich etwas auszuruhen.

Sie folgten ihrer Gastgeberin zu einem Raum, der wie ein Arbeitszimmer aussah, und sahen zu, wie sie einen Teppich zur Seite schob und auf eine Falltür im Boden deutete. Bob öffnete die quadratische Holztür und betrachtete den Raum mit einem Stirnrunzeln.

Er und Marlowe hatten in den letzten Tagen auf engstem Raum geschlafen ... aber jetzt verstand er zum ersten Mal, warum die Frau darauf bestanden hatte, dass sie verheiratet sein mussten.

Der Raum unter dem Boden war buchstäblich nur groß genug für eine schmale Palette. Es sah nicht einmal aus, als hätte sie die Größe eines Einzelbetts. Morbiderweise schätzte er, dass sie etwa dreißig Zentimeter breiter war als ein durchschnittlicher Sarg. Es war nicht wirklich ideal für *eine* Person. Für zwei? Sie würden sich praktisch umeinanderwickeln müssen, um hineinzupassen.

Die Frau begann wieder zu sprechen und deutete auf die Kleidung, die sie bei ihrer Ankunft getragen hatten. Sie war offensichtlich gereinigt worden und lag nun ordentlich gefaltet auf einem Schreibtisch in der Nähe. Sie stellte pantomimisch dar, wie sie die Kleidung anzogen und das, was sie gerade trugen, auf einem Stuhl ablegten. Dann hob sie den Rucksack mit den wenigen Vorräten auf, die sie unterwegs gesammelt hatten, und warf ihn zusammen mit Marlowes blonder Perücke in das Loch. Sie lächelte noch einmal und verließ den Raum.

Während der ganzen Zeit hatte Marlowe sich nicht bewegt. Sie starrte mit einem ausdruckslosen Blick auf das Loch hinunter, der Bob nicht gefiel.

»Marlowe?«

»Ich kann nicht«, flüsterte sie verängstigt. Die Frau, die sich so sehr über die Ramen-Nudeln gefreut hatte, war verschwunden.

Alarmiert machte Bob zwei Schritte, bis er vor ihr stand und ihr den Blick auf das Loch im Boden versperrte. Denn das war alles, was es war. Es war kein Zimmer. Es gab kein richtiges Bett. Es war buchstäblich nur ein kleiner Raum unter den Dielen. Dies mochte das größte Haus des Netzwerks sein, aber es war der kleinste Raum, in dem sie bisher geschlafen hatten.

»Sieh mich an, Punky.«

Es dauerte ein paar Minuten, aber er drängte sie nicht. Schließlich hob sie das Kinn an und begegnete seinem Blick.

Bob wollte ihr sagen, dass sie nicht bleiben mussten. Dass er einen anderen Ort für sie finden würde. Aber es war schon weit in den Morgen hinein, zu gefährlich, um sie noch irgendwo hinzubringen. Zumal ihr Bild im ganzen Land verbreitet wurde. Außerdem hatten sie nur geheiratet, damit sie hierbleiben konnten. Er wollte nicht, dass ihre Aufopferung umsonst war.

»Was ist los?«, fragte er.

»Ich kann nicht«, wiederholte sie und schüttelte den Kopf. »Das Loch ... es ist zu klein. Ich ... als ich ins Gefängnis kam, wurde ich in Einzelhaft gesteckt. Es war so klein. Und dunkel.«

»Du schaffst das«, beharrte Bob.

Sie schüttelte heftig den Kopf.

»Marlowe, dieses Mal wirst du nicht allein sein. Ich werde da sein. Und ich werde nirgendwo hingehen. Verstehst du? Ich verlasse dich nicht. Du bist in Sicherheit. In guten wie in schlechten Zeiten, in Armut und Reichtum, in Krankheit und Gesundheit, um dich zu lieben und zu beschützen, zu hegen und zu ehren, zu respektieren und zu nähren ... das habe ich doch versprochen, oder?«

Sie blinzelte und Bob sah, wie ihre Augen sich fokussierten. Sie verlor den ausdruckslosen Blick, der ihn so sehr beunruhigte. »Du erinnerst dich Wort für Wort an unser Gelübde?«

»Es kommt nicht jeden Tag vor, dass ein Mann heiratet«, erklärte er. »Natürlich erinnere ich mich. Ich bin da, Punky. Das Loch wird nicht sehr bequem sein. Es wird heiß und beengt sein. Ich bin auch nicht gerade begeistert von kleinen Räumen ... aber wir können das schaffen.«

»Warum?«, fragte sie.

»Warum was?«

»Warum magst du keine kleinen Räume?«

Bob schnitt eine Grimasse. Er sprach nicht gern über seine Zeit als Kriegsgefangener. Er dachte nicht gern daran, was er durchgemacht hatte, was seine Freunde erlitten hatten. Er zog es vor, es hinter sich zu lassen und vorwärtszugehen. Aber er würde alles tun, um Marlowe da durchzuhelfen.

»Ich sage es dir, wenn wir da drin sind«, verhandelte er.

Sie starrte ihn einen Moment lang an, atmete dann tief ein und nickte. »Okay. Wir müssen uns umziehen.«

Dann drehte sie sich um und griff nach dem Hemd, das

sie in den letzten Tagen getragen hatte. Sie blickte über eine Schulter zu ihm. »Würdest du das Kleid für mich aufmachen? Ich glaube nicht, dass ich es erreichen kann.«

Bob nickte, und als er nach dem feinen Reißverschluss auf der Rückseite des Kleides griff, bemerkte er, dass seine Hände zitterten. Er konnte nur daran denken, den Stoff von seiner *Ehefrau* zu lösen, sie auf ein richtiges Bett zu legen und ihr zu zeigen, wie sehr er sie bewunderte. Wie sehr er jeden Zentimeter ihres Körpers erkunden wollte. Aber dies waren keine echten Flitterwochen, und ehrlich gesagt war sie nicht in der richtigen Stimmung ... und würde es vielleicht auch *nie* sein, wenn es um ihn ging.

Es kostete ihn jedes Quäntchen Kraft, den Reißverschluss zu öffnen und von ihr wegzugehen. Die glatte Haut ihres Rückens lockte ihn, und er musste sich zusammenreißen, die Hände nicht um ihren Körper gleiten zu lassen und ihre Brüste zu umfassen, während er ihr das Kleid von den Schultern schob.

Er sah, wie sie nach dem hässlichen grauen BH griff, der ihr im Gefängnis gegeben worden war, bevor er sich abwandte und nach seiner eigenen schwarzen Kleidung griff. Er drehte sich nicht um, bis Marlowe leise sagte: »Ich bin angezogen.«

Es lag ihm auf der Zunge, seinen Wunsch nach dem Gegenteil auszusprechen. Sie fummelte an der Perücke herum und wollte sie gerade aufsetzen, als Bob sagte: »Lass sie ab.«

Sie blickte zu ihm auf. »Ich dachte, du hast gesagt, ich soll sie immer tragen.«

»Habe ich auch. Aber in diesem Loch wird es auch ohne

Perücke heiß genug sein. Wir werden das heute Abend erledigen, wenn wir uns zur Abfahrt bereit machen.«

Die Erleichterung in ihrem Gesicht verriet Bob genau, wie sehr sie es hasste, die heiße, juckende Perücke zu tragen. Aber wie üblich hatte sie sich kein einziges Mal darüber beschwert. Sie nickte, dann sah sie auf das Loch hinunter. Sie holte tief Luft und trat mit ihrer typischen Anpackhaltung in den Raum. Als sie drinnen stand, reichte der Boden kaum bis zu ihren Hüften. Es würde mit Sicherheit eng werden.

Sie stopfte die Perücke in den Rucksack, richtete ihn so her, dass er als Kissen diente, und streckte sich dann auf dem Rücken aus, wobei sie sich an die Wand drückte und ihm so viel Platz wie möglich ließ.

Jetzt, da sie drinnen war, wollte Bob die Sache nicht mehr hinauszögern. Er stieg ebenfalls hinein, griff nach der Klappe und ließ sie herunter, während er sich hinlegte. Das Versteck war gut isoliert, denn sobald er die Tür geschlossen hatte, war es stockdunkel.

Bob hörte, wie Marlowe scharf einatmete, aber das war das einzige Anzeichen dafür, dass sie aufgebracht war.

Da er davon ausging, dass ihre Gastgeberin kommen würde, um ihre Hochzeitskleidung zu holen und den Teppich über der Falltür zu richten, richtete Bob die Aufmerksamkeit darauf, es Marlowe so bequem wie möglich zu machen. Er griff nach ihr und zog sie an sich.

Sie schmiegte sich sofort an ihn und vergrub das Gesicht an seiner Halsbeuge. Bob konnte sich nicht ganz auf den Rücken legen, wenn Marlowe neben ihm war, also manövrierte er sie beide auf die Seite. Marlowe rollte sich vor ihm zusammen und hielt sich mit beiden Händen an seinem Hemd fest. Er schlang die Arme um sie und spürte, wie ihr Herz in ihrer Brust pochte. Sie atmete viel zu schnell.

»Entspann dich, Marlowe. Ich bin da. Uns geht es gut. Wir sind in Sicherheit.«

Es dauerte ein oder zwei Minuten, aber schließlich spürte er, wie sie sich an ihm zu entspannen begann.

»Jetzt verstehe ich, warum sie uns verheiraten wollte«, sagte sie mit einem leisen Kichern.

Bob stieß ein Lachen aus. »Nicht wahr? Obwohl die Tatsache, dass sie dachte, es sei in Ordnung, wenn zwei Männer sich hier verstecken, verdammt verwirrend ist.«

Marlowes Kichern war Musik in Bobs Ohren. »Oh mein Gott. Ich kann mir gar nicht vorstellen, wie das funktionieren soll. Ich meine, ich bin klein. Ich kann mir nicht vorstellen, dass zwei Männer deiner Größe hier unten sind.«

Bob konnte es auch nicht. Aber wenn es nötig gewesen wäre, hätte er es getan, ohne sich zu schämen oder in Verlegenheit zu geraten. Der Überlebenswille war ein starker Motivator.

Nach einigen Minuten bemerkte Bob, dass Marlowe nicht schlief. Sie musste müde sein, nachdem sie fast die ganze Nacht unterwegs gewesen war, aber er nahm an, dass ihr Gehirn in diesem Loch nicht abschalten konnte.

Auf der Flucht hatten sie kaum Gelegenheit gehabt, miteinander zu reden. Zwischen der Fahrt auf dem Roller und dem Schlafen am Tag waren sie nicht wirklich zu tiefgründigen Gesprächen gekommen. Aber jetzt, da sie Mann und Frau waren, fand Bob, dass der Zeitpunkt so gut wie jeder andere war.

Er öffnete sich Menschen nur selten, und nie jemandem, den zu retten er beauftragt worden war. Aber Marlowe war anders. Und das nicht nur, weil er sie geheiratet hatte. Ausnahmsweise *wollte* er seine Geschichte erzählen. Er hatte das Gefühl, dass es ihr helfen könnte, ihr eigenes Trauma zu überwinden, wenn sie hörte, was er durchgemacht hatte.

Er nahm einen tiefen Atemzug. Dann sagte er: »Meine Freunde und ich wurden gefangen gehalten und gefoltert, als ein Armeeeinsatz schiefging.«

KAPITEL FÜNF

Marlowe öffnete die Augen, aber sie sah nur Dunkelheit. Sie hasste dieses Gefühl. Es erinnerte sie zu sehr an die Zeit in dieser Einzelzelle. Und als sie die Angst in Kendrics Tonfall hörte, als er ihr erzählte, dass er auch einmal gefangen gehalten worden war, fühlte Marlowe sich durch das seltsame Gefühl der Erleichterung, das sie durchströmte, wie ein schrecklicher Mensch.

Wie konnte sie *froh* sein, dass er etwas Ähnliches durchgemacht hatte wie sie?

Sie bewegte sich in seinen Armen und legte eine Hand in seinen Nacken. Sie unterbrach seine Erzählung nicht, aber hoffentlich ließ ihre Berührung ihn wissen, dass sie zuhörte.

»Die Mission war von Anfang an beschissen und wir hatten alle das Gefühl, dass sie schiefgehen würde. Und das tat sie auch. Wir haben uns gewehrt, solange wir konnten, aber irgendwann ging uns die Munition aus, und anstatt zu sterben, haben wir uns ergeben.«

Marlowe schnappte leise nach Luft. Sie konnte sich kaum vorstellen, wie furchtbar das gewesen sein musste. Aufzugeben, obwohl man wusste, dass man getötet oder gefoltert werden könnte.

»Ich glaube, unsere Entführer dachten, sie seien grausam, als sie meine Freunde und mich in dieselbe Zelle steckten. Aber es war das Beste, was sie hätten tun können. Ja, wir mussten alle zuhören, wie sie einen von uns außerhalb der Zelle verprügelten, aber zusammen waren wir vierhundert Prozent stärker, als wenn wir allein angekettet gewesen wären.«

»Allein zu sein ist das Schlimmste«, stimmte Marlowe leise zu. »Es fühlt sich an, als seist du der einzige Mensch auf der Welt. Als hätten alle dich vergessen. Als seist du weniger als ein Mensch.«

Kendric hielt sie fester und sie spürte, wie er nickte, bevor er fortfuhr: »Ehrlich gesagt hatten Chappy, JJ und ich es im Vergleich zu Cal gar nicht so schlecht. Als unsere Entführer herausfanden, wer er war, konzentrierten sie sich vor allem auf ihn. Das war schwerer zu ertragen, als selbst gefoltert zu werden.«

Als er innehielt und nichts weiter sagte, fragte Marlowe: »Wer war er? Warum haben sie sich auf ihn konzentriert?«

»Er ist ein Mitglied der königlichen Familie von Liechtenstein. Diese Arschlöcher waren so begeistert, einen Prinzen in ihren Fängen zu haben, dass sie ihr Bestes taten, um ihn zu brechen. Sie wollten ihn filmen, wie er um sein Leben bettelt.«

»Sie haben es gefilmt?«, fragte Marlowe entsetzt.

»Ja. Und haben den Scheiß ins Internet gestellt. Es gibt

immer noch Videos von Cal, wie er geschnitten wird. Es ist krank. Und das Schlimmste war, dass ich nichts tun konnte, um ihm zu helfen. Aber Cal ist eben Cal, er hat kein einziges verdammtes Wort gesagt. Er gab unseren Entführern nicht die Genugtuung, auch nur ein einziges Mal vor Schmerz zu stöhnen. Wenn sie ihn nach einer Sitzung wieder an die Wand ketteten, blutete er so stark, dass sich ein Fluss aus Blut zum Abfluss in der Mitte des Raumes schlängelte. Und wir konnten ihn nur anflehen durchzuhalten.«

»Das kann ich mir nicht vorstellen«, sagte Marlowe, die das Gefühl hatte, dass ihre Worte völlig unzureichend waren.

»Gut. Ich würde nicht wollen, dass du oder irgendjemand anderes jemals diese Hölle erleben muss.«

»Als ich in Einzelhaft kam, stand ich immer noch unter Schock von allem, was passiert war«, gab Marlowe zu. »In der einen Minute war ich noch auf der Ausgrabungsstätte und kümmerte mich um meine eigenen Angelegenheiten, und in der nächsten wurde ich in Handschellen gelegt und in ein Polizeifahrzeug geworfen. Ich hatte keine Ahnung, was los war.«

»Was kannst du mir darüber sagen, was passiert ist?«, fragte Kendric.

Marlowe seufzte. »Nicht viel. Ich meine, ich habe einen Verdacht, aber da ich kein Thai verstehe, habe ich keine Ahnung, was während meines Verhörs gesagt wurde.«

»Haben sie dir wehgetan?«, fragte Kendric mit angespannter, sehr dunkler Stimme.

»Nein. Aber ... ich dachte, sie würden es tun. Sie haben viel geschrien. Haben auf den Tisch geschlagen. Mich sogar gegen die Wand gedrückt. Deshalb habe ich schließlich die Papiere unterschrieben. Ich nahm an, sie würden alles tun, um mich zur Unterschrift zu bewegen. Ich hatte viele Horrorgeschichten über Ausländer in Haft gelesen, vor allem über Frauen, und was mit ihnen geschah.«

Kendric spannte die Arme um sie herum an, sodass es fast schon wehtat. Marlowe rieb mit einem Daumen über die Haut seines Halses, um ihn zu beruhigen. »Mir geht es gut«, besänftigte sie ihn. »Sie haben nichts getan.«

Es dauerte ein oder zwei Minuten, aber schließlich fragte Kendric: »Wie lautet dein Verdacht? Wie sind diese Yaba-Pillen in deine Sachen gekommen?«

»Du glaubst nicht, dass ich sie verkauft habe?«, fragte sie, aufrichtig neugierig auf seine Antwort. Sie würde es ihm nicht verübeln, wenn er es täte. Alle anderen dachten das Schlimmste von ihr. Warum sollte er es nicht auch tun?

»Nein.«

Das war es. Einfach nein.

Seine Überzeugung ließ eine zuvor unbemerkte Anspannung in ihr abfallen.

»Ich habe mit einem Kerl gearbeitet, sein Name ist Ian West. Er ist jünger als ich und war neu auf der Ausgrabungsstätte. Er schien ganz in Ordnung zu sein. Ein bisschen übereifrig. Und er trank gern in seiner Freizeit. Was in Ordnung ist. Ich meine, jedem das Seine. Wie auch immer, wie du weißt, ist es hier heiß. Ich meine, *wirklich* heiß. Die Temperatur in Verbindung mit der Luftfeuchtigkeit macht es manchmal unerträglich. Eines Nachts konnte ich wegen der Hitze nicht schlafen. Ich bin auf der Ausgrabungsstätte herumspaziert, was für mich nichts Ungewöhnliches war. Es war besser, als in meiner Schlafkabine zu schwitzen. Und ich sah Ian in einem der Gräben, an denen wir zuvor an diesem Tag gearbeitet hatten. Wir graben *auch* nachts, vor allem wenn die Fördermittel knapp werden oder eine Grabungssaison zu Ende geht. Aber wir benutzen viele Scheinwerfer, wir hören zu einer bestimmten Zeit auf und niemand arbeitet allein. Niemals.

Ich sah ihm eine Minute lang beim Graben zu und wollte mich gerade nähern, um herauszufinden, was zum Teufel da los war, als er etwas gegen das Licht hielt. Er lachte leise, stand auf und steckte das, was er gefunden hatte, in seine Tasche.

Ich war schockiert. So etwas macht man nicht bei einer Ausgrabung. Du nimmst nichts, was du gefunden hast. Alles, was wir entdecken, gehört dem Land, in dem wir arbeiten. Wir sind nur die Hände, die etwas ausgraben, nichts davon gehört uns.

Er ging schnell weg und sah nicht einmal, dass ich in der Nähe stand. Wahrscheinlich weil er nur eine einzige Laterne benutzte, die er mitnahm. Ich habe immer eine kleine Taschenlampe dabei, wenn ich nachts über die Ausgrabungsstätte gehe. Nachdem er zu seinem Zelt zurückgegangen war, ging ich zum Graben hinüber. Ich weiß nicht, was ich zu finden erwartete, vielleicht Töpferscherben oder so etwas. Aber ich schaute hinein ...

Münzen. Er hat *Münzen* gestohlen. Ungefähr zwei Dutzend lagen noch im Dreck im Graben und warteten darauf, markiert und eingesammelt zu werden. Das Team hätte sie auf keinen Fall so liegen lassen, also schätze ich, dass Ian sie früher am Tag gefunden und niemandem etwas gesagt hat. Ich habe keine Ahnung, warum er sie nicht alle mitgenommen hat. Da niemand wusste, dass sie existieren, würde sie auch niemand vermissen. Vielleicht werde ich die Antwort auf diese Frage nie erfahren.«

Sie seufzte schwer. »Ich wollte nicht glauben, dass er ein Dieb war. Ich habe so sehr versucht, das, was ich gesehen habe, zu rechtfertigen, aber es war unmöglich. Wenn wir etwas finden, gibt es ein Protokoll, das befolgt werden muss, bevor ein Gegenstand entnommen wird. Es werden Fotos gemacht, Daten gesammelt und so weiter. Und es versteht sich von selbst, dass wir Handschuhe benutzen, um Artefakte anzufassen. Und er hat die Münzen in seine *Tasche* gesteckt! Als seien es nur Vierteldollarmünzen oder so.«

Marlowe holte tief Luft und versuchte, ihre Gefühle unter Kontrolle zu bringen. Jedes Mal wenn sie darüber nachdachte, was als Nächstes geschah, wie dumm sie gewesen war, wurde sie wütend und von Scham erfüllt.

»Was hast du getan?«, fragte Kendric. Sie spürte, wie er eine Hand unter ihr Hemd gleiten ließ und mit den Fingern leicht über ihr Kreuz strich, als wollte er ein wildes Tier beruhigen. Seine Berührung fühlte sich wunderbar an. Und überraschenderweise spürte sie, wie ihre Wut schwand.

»Ich war ein Idiot«, sagte sie mit einem Seufzer. »Ich bin zu seinem Zelt gegangen und habe ihn zur Rede gestellt. Habe ihm gesagt, dass ich gesehen habe, wie er die Münzen genommen hat. Er klang aufrichtig panisch. Sagte, es täte ihm leid, tat so zerknirscht. Er sagte mir, er habe nur einen dummen Fehler gemacht. Ich bestand darauf, dass er zum Leiter der Ausgrabungsstelle geht und ihm sagt, was er getan hat, und ihm die Münzen zeigt, damit offizielle Schritte unternommen werden können, um den Fund zu dokumentieren. Er versprach, dies am nächsten Morgen zu tun, entschuldigte sich und bat mich um Verzeihung.

Ich wollte direkt zu unserem Projektleiter gehen – und das hätte ich auch tun sollen. Aber es war mitten in der Nacht nach einem langen Arbeitstag. Ich wollte ihn nicht stören, und wie ein Idiot habe ich Ian vertraut, als er sagte, er würde alles in Ordnung bringen.

Ich ging zurück in mein Zelt, schlief schließlich ein ... und am Morgen war die Polizei da. Die Beamten fanden die Drogen in meinem Zelt und ich wurde weggeschleppt.«

»Du denkst, Ian hat die Pillen in deinen Sachen versteckt, nachdem du eingeschlafen warst?«, sagte Kendric.

»Ja. Und trotz des Diebstahls ... Ich glaube, diesen Teil hasse ich noch mehr. Ich meine, es waren nur drei Amerikaner auf der Ausgrabung, und wir hingen normalerweise alle zusammen ab.«

»Keiner hat sich für dich eingesetzt?«, fragte Kendric.

»Ian war wie versprochen schon zum Projektleiter gegangen, bevor ich überhaupt aufgewacht war – und beschuldigte *mich*, Münzen stehlen zu wollen. Sie haben auch eine davon in meinem Zelt gefunden. Und eine einzige könnte bei dem richtigen Käufer mehrere Hunderttausend einbringen. Auf mein Drängen hin durchsuchten sie Ians Zelt, aber natürlich fanden sie nichts. Danach haben alle sich irgendwie gegen mich gewandt. Der Projektleiter ließ mich ohne ein weiteres Wort von der Polizei abführen.

Ich war so schockiert, dass ich kaum sprechen konnte. Niemand berücksichtigte meine gute Arbeitsvorgeschichte oder meinen guten Ruf. Stattdessen hat man sich auf das

Wort eines Neulings verlassen. Und ich konnte nicht glauben, dass Ian mich so verraten würde.«

»Ich schon«, sagte Kendric mit einem kleinen Achselzucken. »Klingt, als seien diese Münzen eine Menge Geld wert.«

»Aber auf Kosten meines Lebens?«, fragte sie.

»Leider, ja. Was denkst du, was er mit den Münzen machen wird?«

»Sie verkaufen«, sagte Marlowe. »Das hat er wahrscheinlich schon. Er sollte nur einen Monat lang bei der Ausgrabung dabei sein, und als ich verhaftet wurde, hatte er weniger als zwei Wochen übrig. Es war ein Praktikum für ihn, Teil seiner Masterarbeit. Es wäre ziemlich einfach gewesen, sie zurück in die Staaten zu schmuggeln.«

»Gibt es einen großen Markt für so etwas? Ich meine, wie leicht wäre es, einen Käufer zu finden?«, fragte Kendric.

»Wenn man die richtigen Leute kennt, wahrscheinlich nicht allzu schwer«, gab Marlowe zu.

»Und tut er das? Die richtigen Leute kennen, meine ich?«

»Ich habe keine Ahnung. Aber in Anbetracht seines Hauptfachs und der Tatsache, dass er genügend Verbindungen hatte, um überhaupt an der Ausgrabung teilnehmen zu können, ist es wahrscheinlich.«

»Also hat er die Pillen platziert und den Behörden einen Tipp gegeben, weil er weiß, wie hart die Behörden in Thailand gegen den Drogenhandel vorgehen«, überlegte Kendric.

»Ich weiß es nicht genau, aber das ist die einzige Möglichkeit, die mir einfällt. Er war häufig der Abendcrew zugeteilt und er schien immer ... Ich kenne das richtige Wort nicht, aber ... aufgedreht vielleicht? Yaba ist im Grunde eine Kombination aus Koffein und Meth. Ich dachte, die Pillen hielten ihn bei der Arbeit wach. Du weißt sicher, dass Yaba-Pillen superbillig und leicht erhältlich sind, und ich schätze, dass die Einheimischen wahrscheinlich mehr als bereit waren, sie ihm zu verkaufen.

Aber die Polizei war nicht an meiner Seite der Geschichte interessiert. Die Beamten wollten mir nicht zuhören, egal wie sehr ich sie anflehte. Ich erzählte ihnen von den Münzen und davon, dass Ian sie gestohlen hatte, aber es war, als würde ich gar nicht sprechen. Sie schienen kein Problem damit zu haben, Ian zu glauben, als er sagte, ich würde Drogen verkaufen. Es war ... furchtbar«, beendete sie lahm.

»Wir werden ihn nicht damit davonkommen lassen«, sagte Kendric entschlossen.

Marlowe schüttelte nur den Kopf. »Das ist mir inzwischen egal. Ehrlich gesagt will ich nur noch nach Hause. Kann ich dir etwas sagen?«

»Du kannst mir alles sagen.«

Vielleicht lag es an der Dunkelheit. Vielleicht lag es daran, wie sie aneinandergekuschelt waren. Vielleicht lag es daran, dass sie den Ausdruck in seinen Augen nicht vergessen konnte, als er vorhin auf so ehrfürchtige und intime Weise »Ich will« gesagt hatte. Was auch immer der Grund, Marlowe war im Begriff, etwas zuzugeben, das sie noch nie laut zu jemandem gesagt hatte, nicht einmal zu ihrem Bruder.

»Ich bin nicht gern Archäologin.«

Allein das Aussprechen dieser Worte fühlte sich an, als

sei eine tonnenschwere Last von ihren Schultern genommen worden.

»Ich bin da irgendwie reingerutscht, war in meinem Studium zu weit fortgeschritten, um mein Hauptfach zu wechseln, ohne eine Menge Leistungspunkte zu verlieren. Tony half mir bei der Finanzierung meines Studiums, und ich wollte ihn nicht enttäuschen oder ihn noch mehr Geld kosten. Außerdem wusste ich nicht, was ich sonst machen wollte, und ich mochte den historischen Aspekt.« Sie zuckte mit den Schultern.

»Jedenfalls bekam ich gleich nach meinem Abschluss meinen ersten Job bei einer Ausgrabung in Montana, und von da an nahm es irgendwie seinen Lauf. Ich arbeitete hart, kümmerte mich um meine Angelegenheiten, machte keinen Ärger, und meine Vorgesetzten empfahlen mich immer wieder für andere Jobs. Am Ende ging ich nach Ägypten, Jordanien, China, in die Türkei, nach Korea und natürlich nach Thailand. Tony schien so stolz zu sein. Er war so neidisch, dass ich die Welt sehen konnte. Aber ich hatte immer Heimweh. Ich liebe es, neue Leute kennenzulernen, neue Kulturen zu erleben, aber ... Ich habe ehrlich gesagt nie gern im Dreck gewühlt.«

Sie hielt den Atem an und wartete darauf, was Kendric sagen würde. Was er denken würde.

Sie war erschrocken, als er zu lachen begann.

»Es tut mir leid«, stieß er hervor. »Ich lache nicht *über* dich. Aber die Vorstellung einer Archäologin, die nicht gern im Dreck wühlt? Das ist verdammt lustig.«

Marlowe lächelte. Ihr Gesicht war an seinen Hals gepresst und er roch so gut. Wie die Kräuterseife, die sie in der Dusche benutzt hatten. Und ... männlich. Es war warm in dem Loch und sie spürte, wie sie zu schwitzen begann. Genauso wie Kendric es tat. Und irgendwie war die Kombination seines eigenen Moschusduftes mit der Seife, die er benutzt hatte, sowohl beruhigend als auch anregend.

»Ich weiß. Es ist lächerlich«, stimmte sie mit einem leichten Schulterzucken zu.

»Und was jetzt? Ich meine, wenn du nach Hause kommst?«, fragte Kendric.

»Ich ... ich bin mir nicht sicher. Ich meine, wenn man erfährt, dass man den Rest seines Lebens hinter Gittern verbringen muss, denkt man nicht wirklich viel über die Zukunft nach. Ich bin gerade so von einem Tag zum nächsten gekommen.«

»Ich bringe dich nach Hause«, sagte Kendric ernst. »Du kannst tun, was du willst. Leben, wo du willst. Sein, wer immer du willst.«

»Wie bist du in Maine gelandet?«, fragte sie. Irgendwann während der letzten Tage hatte er ihr erzählt, dass er und seine Freunde in der kleinen Stadt Newton lebten.

»Während unserer Gefangenschaft beschloss JJ, dass er mit dem Militär fertig war. Wir spielten Schere, Stein, Papier, um zu entscheiden, wo wir leben würden, sobald wir frei waren, und was wir beruflich machen würden.«

»Ernsthaft?«, fragte Marlowe.

»Ja. Es sollte uns vor allem von den Schmerzen ablenken. Ich wollte New York City wählen, aber ich habe meine Runde verloren«, sagte Kendric.

»Ich kann mir dich nicht in so einer großen Stadt vorstellen«, sagte Marlowe. »Ich glaube nicht, dass mir das gefallen würde. Ich bin im Grunde meines Herzens introvertiert, und all diese Leute ständig um mich herum zu haben ...« Sie erschauderte zugunsten des dramatischen Effekts.

Er lachte. »Ja, ich bin mir auch nicht sicher, ob es mir gefallen hätte, aber Maine war auch ein wenig schwierig für mich.«

»Wie das?«

»Es ist so ... bieder. Versteh mich nicht falsch. Ich liebe es, mit meinen Kumpeln zu arbeiten und die Leute zu treffen, die wir auf Wanderungen auf dem Appalachian Trail begleiten. Aber ich habe die Aufregung der Einsätze vermisst, die wir in der Armee erledigt haben.«

»Deshalb bist du jetzt hier bei mir«, sagte Marlowe ein wenig enttäuscht, obwohl sie nicht ganz verstand warum.

»Ja. Ich habe einen Kontakt zu diesem FBI-Typen, der in bestimmten Regierungskreisen arbeitet. Er arrangiert Rettungsmissionen.«

»Und er kennt Tony irgendwie.«

»Das vermute ich auch.«

»Was halten deine Freunde von dem, was du tust? Schließen sie sich dir jemals an?«, fragte Marlowe.

»Sie wissen es nicht.«

»Warte – *was?* Was meinst du damit, sie wissen es nicht?«

»Ich habe sie angelogen. Ich habe ihnen gesagt, ich würde eine kranke Tante besuchen«, gab Kendric zu.

Marlowe stützte sich auf einen Ellbogen und versuchte vergeblich, durch die Dunkelheit zu sehen. »Ist das dein Ernst?«

»Ja.«

»Das ist ... das ist das Dümmste, was ich je gehört habe!«,

platzte sie heraus. »Kendric! Das sind Männer, für die du buchstäblich gestorben wärst. Ihr habt zusammen Dinge durchgemacht, die ich mir nicht einmal vorstellen kann. Ihr habt als Team beschlossen, die Armee zu verlassen und euer eigenes Unternehmen zu gründen. Und du hast es ihnen nicht gesagt? Warum nicht?« Marlowe wusste, dass sie unhöflich war, aber sie konnte Kendrics Argumentation einfach nicht verstehen.

»Sie sollen kein schlechtes Gewissen haben, weil ich unruhig war. Weil ich mehr Aufregung brauche.«

Gott sei Dank klang er nicht wütend auf sie, weil sie ihn angeschrien hatte. Marlowe versuchte ihr Bestes, sich zu beruhigen. »Sie hätten nicht so empfunden«, sagte sie mit Überzeugung. »Ich kenne sie natürlich nicht, aber nach allem, was du gesagt hast, hätten sie dich unterstützt. Ich vermute, dass sie nicht glücklich sein werden, wenn sie herausfinden, dass du in der Welt herumgereist bist und dein Leben riskiert hast, ohne dass sie dir den Rücken freigehalten haben.«

»Das werden sie nicht«, stimmte Kendric zu. »Das ist ein weiterer Grund, warum ich es ihnen nicht gesagt habe.«

»Was hast du ihnen gesagt, wie lange du diesmal weg sein wirst?«, fragte Marlowe.

»Zwei Wochen.«

»Was wird passieren, wenn du nicht zurückkommst?«

»Sie werden sich Sorgen machen. Sie werden versuchen, meine Tante ausfindig zu machen, und wenn sie herausfinden, dass es sie nicht gibt, werden sie ausrasten. Wahrscheinlich werden sie einen Freund von uns anrufen, ein Computergenie, und ihn bitten, mich zu finden. Tex wird ihnen sagen, wo ich bin und was ich gerade mache. Er wird sie wahrscheinlich mit meinem Kontaktmann in Verbindung bringen, der ihnen noch mehr Details geben kann, und möglicherweise den Kontakt zu deinem Bruder herstellen. Dann werden sie das erste Flugzeug nach Thailand nehmen, um mich persönlich aufzuspüren. Ihre Frauen werden gestresst sein und ich werde ein verdammt schlechtes Gewissen haben, weil ich ihr Leben unterbrochen habe und *Jack's Lumber* schließen muss, während sie nicht in der Stadt sind.«

»Heiliger Strohsack. Wirklich? Ist *irgendetwas* davon eine Übertreibung?«

»Nein.«

»Kendric?«

»Ja?«

»Du bist wirklich ein Idiot.«

Er lachte. »Ich weiß.«

»Ich meine es ernst. Du hast diese unglaubliche Gruppe von Freunden. Menschen, die dir den Rücken stärken, egal was passiert. Du hättest sie nicht anlügen sollen. Wenn du mehr Aufregung in deinem Leben brauchst, hätten sie dich mit Sicherheit unterstützt. *Sie* werden wahrscheinlich ein schlechtes Gewissen haben, weil sie dich zurückgehalten haben. Ich bin sicher, sie hätten dich ermutigt, das zu tun, was du tun musst.«

»Du hast recht.«

Marlowe seufzte. »Also ... wenn sie es herausfinden, was passiert dann, wenn du nach Hause kommst? Nachdem du dich entschuldigt und sie um Verzeihung gebeten hast? Eine weitere Mission?«

»Ich bin mir nicht sicher«, sagte er.

»Nicht sicher in Bezug auf was? Sie werden dir verzeihen, das weiß ich. Das tun Freunde nun mal.«

»Oh, das werden sie. Sie werden mir die Hölle heißmachen, und ich werde für den Rest unseres Lebens davon hören, aber das ist es nicht, worüber ich mir unsicher bin. Ich bin mir nicht sicher, ob ich das weiterhin machen will. Die Rettungsmissionen.«

»Warum nicht?«, fragte Marlowe. Dieser Mann faszinierte sie. Sie hatte den Eindruck, sie könnte ihm eine Million Fragen stellen und hätte trotzdem nie das Gefühl, alles erfahren zu haben.

»Ich weiß es nicht. Ich bin stolz auf das, was ich erreicht habe, auf die Menschen, denen ich geholfen habe, aber ... ich spüre, wie ich mich verändere. Der Adrenalinstoß, den ich durch diese Missionen bekommen habe, verblasst immer schneller. Es fühlt sich nicht mehr so aufregend an wie früher. Und ich werde auch nicht jünger.«

»Oh bitte. Wie alt bist du?«, fragte Marlowe.

»Fünfunddreißig.«

»Wirklich? Ich auch«, sagte sie mit einem Lächeln.

»Ich weiß. Und es ist schwer zu erklären, aber ich glaube, ich beginne endlich zu verstehen, was an einem ruhigen Leben so reizvoll ist.«

»Was hat sich geändert?«, fragte sie aufrichtig neugierig.

»Bei dieser Mission hätte so vieles schiefgehen können. Ich sage das nicht, um dir Angst zu machen, aber die Tatsache, dass du hier in meinen Armen liegst und nicht immer noch in diesem Gefängnis bist, ist buchstäblich ein Wunder. Das allein ist schon genug, um mich dazu zu bringen, den

Versuch einer weiteren grauenvollen Mission zu überdenken.

June und Cal versuchen, schwanger zu werden. Carlise und Riggs wollen einen Haufen Kinder. Ich kann mir nicht vorstellen, nicht in Maine zu sein, wenn meine Nichten und Neffen geboren werden, wenn ich auf irgendeiner Mission bin. Und nein, ich bin mit ihnen nicht blutsverwandt, aber diese Kinder *werden* meine Familie sein. Also ... Ich denke, ich kann andere Wege finden, um diesen Adrenalinrausch zu befriedigen. Vielleicht baue ich eine Seilrutsche. Oder eine Kletterwand. Irgendetwas, das mir den nötigen Nervenkitzel verschafft, ohne dass ich mein Leben so sehr riskieren muss.«

»Ich finde, das ist eine großartige Idee«, sagte Marlowe.

»Aber das bedeutet, dass Leute wie du auf der Strecke bleiben werden«, erwiderte er behutsam.

»Kendric, du kannst die Welt nicht retten. Ich meine, ich weiß, dass du alles dafür tun würdest, aber es wird immer Menschen geben, die Hilfe brauchen. Es wird immer Idioten geben, die an der Spitze von Ländern stehen. Es wird immer Korruption geben. Und es wird immer andere Männer und Frauen wie dich geben, die mit solchen Dingen ihr Geld verdienen. Du hast deinen Beitrag geleistet. Mehr als das. Ich werde sogar mein erstes Kind nach dir benennen. Ich bete, dass ich zuerst einen Sohn bekomme, sonst wird meine Tochter ganz schön sauer sein, dass sie Ken heißt.«

Kendric lachte, und sie spürte seinen Atem an ihrer Kopfhaut.

»Es hat sich noch nie jemand nach seiner Rettung bei mir bedankt«, gab er leise zu.

»Arschlöcher«, fauchte Marlowe.

»Wow. Ich glaube, das ist das erste Schimpfwort, das ich von dir höre«, sagte Kendric.

»Ich versuche, nicht zu fluchen, Tony hat mir eingebläut, dass Frauen nicht fluchen sollen, aber ich glaube, diese Situation rechtfertigt es. Es tut mir leid, Kendric. Das ist furchtbar. Ich kann verstehen, dass jemand eine so schreckliche Situation hinter sich lassen will, aber ohne dich wäre derjenige nicht mehr am Leben und könnte nicht vergessen. Und ich hatte ernsthaft vor, mein Erstgeborenes nach dir zu benennen. Ich habe auch schon geplant, Weihnachtsgeschenke und Blumen zu unserem Hochzeitstag zu schicken, und willkürliche Dankeschön-Nachrichten, wenn du sie am wenigsten erwartest. Nur eine Vorwarnung.«

Er lachte wieder. »Ich wollte damit nicht andeuten, dass ich Dank will oder brauche.«

»Ich weiß, aber im Ernst, das ist verrückt. Ich weiß nicht, aus welchen Situationen du Leute gerettet hast, aber selbst wenn wir nicht aus dem Land kommen und ich wieder ins Gefängnis komme, werde ich dir immer dankbar sein, dass du bereit warst, dein Leben zu riskieren, um mir zu helfen. Und wo wir gerade dabei sind …« Ihr Ton wurde ernst. »Wenn irgendetwas passiert, darfst du dich nicht erwischen lassen. Hast du mich verstanden? Ich bin bereit, mich zu opfern, wenn du dadurch entkommen kannst. Ich kann nicht damit leben, wenn du auch im Gefängnis landest.«

»Das wird nicht passieren«, sagte er entschlossen.

»Kendric, ich meine es ernst. Ich –«

»Das. Wird. Nicht. Passieren«, wiederholte er fast wütend. »Glaubst du wirklich, ich lasse zu, dass du dich aufgibst, damit ich davonkomme? So ein Typ war ich noch nie und werde ich auch nie sein. Du stehst unter meinem Schutz, Marlowe. Du bist meine *Frau*, und ich werde dich mit meinem letzten Atemzug beschützen, wenn es sein muss. Du *wirst* nach Hause zurückkehren.«

»Es ist möglich, dass wir nicht wirklich Mann und Frau sind«, murmelte sie.

»Komisch, ich erinnere mich, wie ich heute vor diesem Offizianten stand und versprochen habe, dich für den Rest dieses Lebens und darüber hinaus zu ehren und zu beschützen«, sagte er trocken.

»Ich meine nur, dass ich keine Ahnung habe, ob das in den Staaten anerkannt wird. Und ich werde dich so oder so nicht daran binden.«

»Warum nicht?«

Marlowe war sprachlos. Was wollte er damit sagen? Dass er *wollte*, dass sie wirklich verheiratet waren?

Der Anflug von Sehnsucht, der sie überkam, war überraschend. Obwohl sie diesen Mann kaum kannte, wollte sie ihn für sich haben. Sie wollte seine Freunde kennenlernen. Miterleben, wie diese Kinder geboren wurden. Ihm dabei zusehen, wie er die Seilrutsche entlangschoss, von der sie überzeugt war, dass er sie eines Tages bauen würde.

Als sie nicht reagierte, sagte er: »Wir kommen beide hier raus, Marlowe. Weißt du noch, was ich über meine Freunde gesagt habe? Dass sie mich aufspüren werden, wenn ich nicht rechtzeitig nach Hause komme? Selbst wenn wir geschnappt werden und wieder in den Knast kommen, holen sie uns raus. Uns beide.«

»Aber sie kennen mich doch gar nicht.«

»Das spielt keine Rolle. Du bist mit *mir* zusammen. Das ist alles, was sie wissen müssen.«

»Kendric ...«, sagte Marlowe, aber die Worte fehlten ihr. Sie hatte noch nie jemanden außer ihrem Bruder gehabt, der sich so für sie hingab, wie Kendric es tat. Und es fühlte sich gut an. Wirklich gut.

»Erzähl mir von deinem Bruder. Sind eure Eltern noch am Leben?«, fragte er.

Erleichtert, dass er das Thema wechselte, weil sie ein wenig zu emotional wurde, erzählte Marlowe gern von ihrer Familie. »Tony ist fünf Jahre älter und hat sich immer um mich gekümmert. Unsere Eltern starben, als er neunzehn und ich vierzehn war. Sie waren in eine Massenkarambolage auf der Autobahn verwickelt. Er kämpfte mit dem Staat um das Recht, mich bei sich behalten zu dürfen. Er legte das College für ein paar Jahre auf Eis, während wir uns an unser neues Leben gewöhnten. Er ist jetzt verheiratet und hat zwei Kinder. Er versucht immer noch, mich herumzukommandieren, aber es ist schwer, wenn ich nicht einmal im Land bin.« Sie lächelte, als sie an ihren herrischen Bruder dachte.

»Er klingt fantastisch.«

»Ist er auch. Überfürsorglich und ein Pessimist, aber ich wüsste nicht, wo ich ohne ihn heute wäre. Was ist mit deiner Familie?«

»Meine Freunde sind meine Familie«, sagte Kendric. »Meine Eltern waren nicht ... gut. Es war ihnen egal, was ich tat. Sie wollten nicht einmal ein Kind, das haben sie ziemlich deutlich gemacht, aber es hätte schlecht ausgesehen, wenn sie mich losgeworden wären. Als ich die Highschool abgeschlossen hatte, ging ich meinen eigenen Weg und habe nicht zurückgeblickt.«

»Sprichst du überhaupt mit ihnen?«

»Nein. Aber du musst kein Mitleid mit mir haben. Ich bin mir sicher, dass sie ihr Leben leben, glücklich und frei, und ich habe meine Familie mit Chappy, Cal und JJ. Und jetzt ihren Frauen.«

»Erzählst du mir von ihnen?«, fragte Marlowe, bevor sie gähnte.

»Du bist müde. Du solltest schlafen«, sagte Kendric.

»Bitte?«

»Okay.« Er hatte nicht aufgehört, ihr Kreuz zu streicheln, und seine Berührung brachte Marlowe beinahe zum Schnurren. »Unser Geschäft, *Jack's Lumber*, ist nach JJ benannt, weil er die Idee hatte, aus der Armee auszutreten, und er ist derjenige, der uns alle in Schach hält. Er war ein Anführer auf dem Schlachtfeld, und das ist er auch jetzt nach unserem Ausscheiden noch. April ist unsere Verwaltungsassistentin, die wir vor ein paar Jahren eingestellt haben, und zwischen den beiden ist irgendetwas, aber keiner von ihnen will zugeben, dass er sich zum anderen hingezogen fühlt. Es ist eine interessante Dynamik, und wir warten alle nur auf das Feuerwerk, wenn sie endlich nachgeben und zugeben, dass sie füreinander bestimmt sind.

Dann sind da noch Carlise und Chappy. Sie lernten sich kennen, als sie während eines Schneesturms in seiner Hütte in den Bergen festsaß. Sie hatte eine Stalkerin, die sie entführte und töten wollte, aber sie wurde von einer Lawine gerettet und versteckte sich in einem alten, verlassenen Prepper-Bunker.«

»Ähm ... *was?*«, fragte Marlowe. »Machst du Witze?«

»Nein. Und Cal und June sind die wahr gewordene Aschenputtel-Geschichte. Mit einer bösen Stiefmutter und einer Stiefschwester, die einen Auftragskiller angeheuert haben, um June zu töten, in der Hoffnung, dass der Prinz zur Stiefschwester zurückkehrt, um sie zu beschützen.«

»Oh mein Gott! Und es geht ihnen allen gut?«

»Nun, der Auftragskiller hat es geschafft, auf June zu schießen, und es stand eine Weile auf der Kippe, aber sie ist zäher, als sie aussieht. Sie hat es überstanden und ist jetzt wohlauf.«

»Wow. Und sie leben immer noch in Maine?«

»Ja, warum?«

»Nicht in einem Palast in Liechtenstein? Wird ihr Kind eines Tages König oder Königin sein?«

Kendric lachte. »Auf gar keinen Fall. Cal ist der Zwanzigste in der Reihe oder so, und er will nichts damit zu tun haben, sein Land zu regieren. Aber ich nehme an, ja, ihre Kinder werden Prinzen und Prinzessinnen sein.«

»Wenn sie also deine Nichten und Neffen sind, dann bist du de facto auch Teil der Königsfamilie, oder?«

Kendric grub die Finger in ihre Seite, woraufhin Marlowe sich wand und versuchte, seiner Berührung auszuweichen, während er sie kitzelte.

»Nicht einmal annähernd, Frau!«, sagte er.

»Ich ergebe mich!«, schrie sie durch ihr Lachen hindurch.

Er hörte sofort auf und strich mit einer Hand über ihre Seite, wo er sie gekitzelt hatte. »Cal und June sind zusammen wirklich unglaublich. Sie haben geheiratet, als sie noch im Krankenhaus lag. Ich habe meinen Freund noch nie so gebrochen gesehen, als er sich nicht sicher war, ob sie überleben würde. Sie hatten eine rasante Verlobung, und er würde buchstäblich alles für sie tun. Genauso wie Chappy für Carlise. Wenn ich so darüber nachdenke, sind sie auch extrem schnell zusammengekommen. Innerhalb weniger Tage. Ich nehme an, wenn man so lebt, wie wir es getan haben ... Wenn du es weißt, weißt du es.«

Marlowe dachte darüber nach. Dann fragte sie sich sofort, was er über *sie* dachte. Aber sie war zu feige, um zu fragen. Sie seufzte und gähnte schließlich wieder.

»Und jetzt musst du dich wirklich ausruhen«, beharrte Kendric.

»Sie klingen großartig«, sagte sie schläfrig. »Deine Freunde.«

»Das sind sie.«

»Kendric?«

»Ja?«

»Ich mache mir Sorgen um dich.«

»Um mich? Warum?«

»Du schläfst nicht genug. Ich möchte, dass du dich auch ausruhst. Ich halte die Geister fern. Ich habe heute auch versprochen, dich zu beschützen, weißt du.« Sie war sich kaum bewusst, was sie sagte. Die Dunkelheit, die Hitze und ihr voller Bauch holten sie schließlich ein, und sie war kurz davor, in einen tiefen Schlummer zu fallen.

»Das werde ich«, sagte er.

»Versprochen?«

»Ja.«

»Okay. Weißt du was?«

»Was?«

Er klang amüsiert, aber das war Marlowe egal. »Ich bin froh, dass ich im Knast gelandet bin.«

»Froh?«, wiederholte er schockiert.

»Ja. Denn wenn das nicht passiert wäre, wäre ich in diesem Moment nicht hier. In Sicherheit. Und mit dir verheiratet. Gute Nacht, Kendric.«

Sie spürte nicht, wie er sie noch fester hielt, und auch nicht den Kuss, den er ihr auf die Stirn drückte, denn sie war bereits in einen tiefen, heilenden Schlaf gefallen.

KAPITEL SECHS

Bob war sich nicht sicher, wie lange er und Marlowe in dem »sicheren Raum« unter dem Fußboden gewesen waren, aber er war überrascht, als er feststellte, dass er geschlafen hatte. *Wirklich* geschlafen, zum ersten Mal seit Jahren. Er war nicht aus einem Albtraum aufgewacht. Er hatte sich nicht hin und her gewälzt. Soweit er es beurteilen konnte, hatte er sich in den letzten Stunden überhaupt nicht bewegt.

Nicht dass er sich viel hätte bewegen können, aber er hatte gut geschlafen, zufrieden damit, Marlowe in den Armen zu halten. Er wusste, dass er ihr zu danken hatte. Sie war ein kleines Wunder. *Sein* Wunder ... und es würde unerträglich sein, sie aufzugeben, sobald sie die Staaten erreichten.

Er verdrängte diesen Gedanken, um sich später damit zu befassen, wenn sie beide zu Hause waren, und atmete tief durch, um den Kopf freizubekommen. Ihm war heiß und er schwitzte, und er konnte die Feuchtigkeit seiner Kleidung an der Stelle spüren, wo Marlowe sich an ihn schmiegte. Ihre Haut war feucht, wo seine Hand auf ihrem Rücken lag, aber sie waren in Sicherheit. Das war alles, was zählte.

Gerade als er sich aufsetzen wollte, um herauszufinden, wie spät es war, und um Marlowe zu wecken, damit sie zu ihrem nächsten Ziel aufbrechen konnten, hörte er Stimmen. Die Stelle unter dem Fußboden war gut gebaut und hielt das Licht aus dem darüber liegenden Raum ab, aber offenbar hielt sie nicht alle Geräusche vollständig ab.

Etwas fiel direkt über ihren Köpfen auf den Boden, was ihn zusammenzucken ließ und Marlowe aufweckte.

Sie versteifte sich in seinen Armen und Bob beruhigte sie schnell. In einem tonlosen Flüstern – denn wenn er die Leute über ihnen hören konnte, konnten sie sicher auch ihn hören – sagte er: »Es ist alles in Ordnung, Punky. Wir sind in Sicherheit.«

Sie nickte ihm zu, aber jeder Muskel in ihrem Körper war angespannt. Er konnte praktisch hören, wie sie nachdachte. Wahrscheinlich überlegte sie, wie sie sich selbst aufgeben konnte, um ihn zu retten. Als sie das heute Morgen angedeutet hatte, hatte ihn das Grauen fast übermannt. Auf keinen Fall würde er ihr so etwas erlauben. Lieber würde er sterben.

Die einzigen anderen Menschen, für die er je in Erwägung gezogen hatte, sein Leben aufzugeben, waren seine Teamkameraden. Aber er war nicht im Geringsten überrascht, dass Marlowe jetzt ganz oben auf dieser kurzen Liste stand. Seine Gefühle für diese Frau wurden von Tag zu Tag stärker.

Es fiel ihm nicht einmal schwer, sich das einzugestehen.

Besonders nachdem er mehr über sie erfahren hatte, bevor sie eingeschlafen waren. Alles, was er bis jetzt wusste, gefiel ihm. Und sie war jetzt seine Frau. Ihre Ehe mochte zu Hause legal sein oder nicht, aber das war ihm egal.

Marlowes ganzer Körper zitterte, als die Stimmen lauter wurden, und ihre Angst schnitt durch Bob wie ein Messer. Er hasste es, dass sie Angst hatte, aber im Moment konnte er nichts anderes tun, als sie festzuhalten.

Er konnte nicht verstehen, was über ihnen gesagt wurde, aber er hörte mehr als einmal Marlowes Namen. Wer auch immer da oben bei ihrer Gastgeberin war, suchte definitiv nach ihr. Bob betete, dass die Frau sie nicht verraten würde.

Er hörte weitere Worte, dann Schritte, die sich entfernten.

Zehn Minuten später waren die Schritte wieder da – und dann wurde die Falltür über ihnen aufgerissen.

Bob bewegte sich instinktiv, drückte Marlowe gegen die Wand und zog gleichzeitig das Messer, das er in einer Scheide an seinem Hosenbund aufbewahrte.

Doch der einzige Mensch, der auf sie wartete, war die ältere Frau. Sie forderte sie mit verzweifelten Gesten auf, aus dem Loch zu kommen. Sie sah ängstlich aus und warf immer wieder einen Blick über ihre Schulter.

»Geht!«, sagte sie eindringlich. »Geht jetzt!«

Bob betete, dass sie kein doppeltes Spiel trieb und dass das Geld, das Willis ihr zahlte, mehr war als das, was sie bekäme, wenn sie die beiden den Behörden auslieferte, während er aufstand und Marlowe eine Hand reichte.

»Was ist hier los?«, fragte sie, während sie schwankte.

Bob hielt sie fest und kletterte aus dem Loch. Er gab ihr

keine Chance, selbst herauszuklettern, sondern packte sie an der Taille und hob sie hoch. »Wir gehen«, sagte er angespannt.

»Warten sie draußen auf uns?«, fragte sie.

»Ich weiß es nicht. Aber ich denke nicht.« Bob hatte keine Ahnung, *was* er denken sollte, aber er wollte Marlowe nicht noch mehr Sorgen aufbürden. Er hielt ihre Hand fest, während er der Frau aus dem Arbeitszimmer in Richtung der Rückseite des Hauses folgte. Sie ging direkt zu einem verdunkelten Fenster und spähte durch einen winzigen Spalt im Vorhang, bevor sie sich zu ihnen umdrehte und auf die Tür zeigte.

Er hätte nicht überrascht sein sollen, als Marlowe auf die Frau zuging und sie lange und fest umarmte, aber er war es dennoch.

»Danke«, sagte sie zu der Frau.

Sie zog sich zurück und starrte Marlowe einen Moment lang an, dann hob sie einen Finger und bat sie zu warten.

In seiner Nervosität musste Bob seine ganze Selbstbeherrschung aufbringen, um Marlowe nicht aus der Tür zu drängen. Aber die Frau war in weniger als dreißig Sekunden zurück und hielt ein Stück Papier in der Hand. Sie reichte es Marlowe mit einem kleinen Lächeln.

Als Bob ihr über die Schulter schaute, sah er, dass das Dokument auf Thai geschrieben war, aber in der Mitte des Formulars standen ihre beiden Namen – ihre echten Namen. Die Frau hielt Bob einen Stift hin. Sie nickte zu ihm, dann in Richtung des Formulars. Sie deutete auf eine Zeile am unteren Rand.

»Ich glaube, das ist unsere Hochzeitsurkunde«, flüsterte Marlowe. »Sie will, dass wir sie unterschreiben.«

Bob zögerte nicht. Er nahm den Stift und nahm Marlowe vorsichtig das Papier aus der Hand. Er hielt es an die Tür und unterschrieb mit seinem Namen in der Zeile, auf die die Frau gezeigt hatte. Dann reichte er den Stift an Marlowe weiter und hielt ihren Blick einen Moment lang fest. Er betete, dass sie seinem Beispiel folgen würde.

Er brauchte ihren Namen auf diesem Papier. Es machte das, was sie getan hatten, legal. Zumindest in diesem Land. Und das Wissen, dass er und Marlowe zumindest in einem Land der Welt offiziell aneinander gebunden waren, ließ die Angst vor der Zukunft in ihm ein wenig abklingen.

Marlowe nahm ihm den Stift ab, kopierte seine Bewegungen und fügte ihre Unterschrift in der Zeile unter seiner eigenen hinzu. »Kendric und Marlowe Evans«, flüsterte sie und las ihre Namen, die am unteren Rand des Formulars aufgedruckt waren.

Die Frau sagte noch etwas und lächelte ihnen zu, bevor sie bei einem Geräusch vor dem Haus erneut die Stirn runzelte.

»Es ist Zeit zu gehen«, sagte Bob, nahm das Papier, faltete es zusammen und steckte es in seine Tasche. Er wünschte, er könnte es rahmen lassen. Er wünschte, er müsste keinen einzigen Knick in das Dokument machen. Aber ihre Zeit hier war abgelaufen. Sie mussten verschwinden. Sofort.

Ohne eine Beschwerde nickte Marlowe und wandte sich der Tür zu. Bob nahm sich fünf Sekunden, um sich über die Hand ihrer Gastgeberin zu beugen und sie zu küssen, bevor er ihr zunickte und die Tür öffnete.

Als er sich umschaute, stellte er fest, dass es wieder einmal dunkel war, was eine große Erleichterung war. Der Motorroller, der sie treu bis hierher gebracht hatte, wartete. Er betete, dass er wie bei allen anderen Stopps auch wieder vollgetankt war, stieg auf und beobachtete, wie Marlowe sich schnell wieder die blonde Perücke aufsetzte. Er hatte sie bis jetzt vergessen, und er war mehr als dankbar, dass sie es nicht getan hatte.

Sie hatte sie am Kontrollpunkt in Bangkok gerettet und er hoffte, dass sie auch weiterhin ein Glücksbringer sein würde.

Ohne sich umzudrehen, schob Bob den Roller aus dem Hof, ließ ihn an und raste die dunkle Gasse hinunter.

Je näher sie der Grenze kamen, desto angespannter schien die Lage. Keiner der beiden sprach viel, als sie die dunklen Nebenstraßen entlangfuhren in dem Versuch, dem dichten Verkehr auszuweichen. Sie hatten nur noch einen weiteren Halt in Thailand, einen Unterschlupf weniger als anderthalb Kilometer von der Grenze entfernt. Bis jetzt war alles nach Plan verlaufen. Aber Bob wusste besser als die meisten anderen, dass die Dinge schiefgehen konnten, sobald er unachtsam wurde. Je näher sie also kamen, desto nervöser wurde er.

Es war noch dunkel, als sie sich einem weiteren heruntergekommenen Haus in einem weiteren kleinen Dorf näherten. Die meisten ihrer Unterschlüpfe waren kaum mehr als Hütten gewesen ... aber aus irgendeinem Grund stellten sich bei dem Anblick dieses Hauses Bobs Nackenhaare auf.

Er stellte den Motorroller ab, stieg jedoch nicht ab.

»Kendric?«

Bob würde es nie leid werden, Marlowe seinen Namen sagen zu hören. »Es ist schon gut. Alles ist in Ordnung«, versuchte er, sie zu beruhigen. Sie klang genauso nervös, wie er es war. »Morgen um diese Zeit werden wir in Kambodscha sein.«

Er spürte, wie sie an ihm nickte. Sie klebte an seinem Rücken, die Arme um ihn geschlungen, so wie sie es in jeder Sekunde der letzten Nächte getan hatte. Der Roller mochte nicht das schnellste Verkehrsmittel sein, aber er brachte sie ans Ziel und konnte kleinere Straßen und Wege meistern, die ein Wagen nicht schaffte. Und er gab ihm eine Ausrede, Marlowe an sich gepresst zu haben.

»Komm schon. Lass uns unsere Gastgeber begrüßen und ein wenig schlafen.«

Seine Lippen zuckten bei dem verärgerten Schnauben, das Marlowes Lippen verließ. »Als würdest du schlafen«, murmelte sie.

Sie hatte nicht unrecht. Er schlief nicht viel, abgesehen vom Vortag. Schon gar nicht tief. Und das lag nur zum Teil an den Albträumen, die er nicht loswurde. Er wollte sichergehen, dass Marlowe in Sicherheit war. Dass niemand sich an sie heranschlich. Der Gedanke, dass sie in dieses Gefängnis zurückgebracht – und aufgrund ihrer Flucht noch schlechter behandelt wurde –, war unerträglich. Der Schlafmangel war ein kleiner Preis, um ihre Freiheit zu sichern.

Bob glaubte ihr die Geschichte, die sie überhaupt in diese unglaubliche Situation gebracht hatte. Er hatte sich vorgenommen, diesen Ian West ausfindig zu machen und dafür zu sorgen, dass er nie wieder jemanden über den

Tisch ziehen konnte. Er würde den Tag bereuen, an dem er beschlossen hatte, nicht nur die Ausgrabungsstätte zu bestehlen, sondern auch eine der nettesten Frauen zu verraten, die Bob je getroffen hatte.

Er holte tief Luft und sagte: »Steig ab, Punky.«

Sofort schwang sie ein Bein über den Sitz und Bob musste daran denken, wie sie das erste Mal zu stehen versucht hatte, nachdem sie hinter ihm gefahren war. Seither hatte sie sich wirklich an den Motorroller gewöhnt.

Er stieg selbst ab und griff dann nach ihrer Hand. Es war instinktiv. Natürlich. Jeden Tag, sobald sie mit dem Fahren fertig waren, griffen sie nach der Hand des anderen. Sie hielten sich an der Hand, solange sie konnten. Keiner von beiden sprach es an; sie waren einfach in die Routine verfallen.

Während er den Roller mit einer Hand schob und sich mit der anderen an Marlowe festhielt, ging Bob auf die Hintertür des Hauses zu, das ihrem letzten Kontakt gehörte.

Sie öffnete sich, bevor er klopfen konnte, und ein Mann stand da, ein Stirnrunzeln im Gesicht. Eine Frau lugte um ihn herum hervor.

»Rein«, sagte er barsch und öffnete die Tür weiter.

Einen Moment lang zögerte Bob. Er war sich nicht sicher, was ihn an dem Mann so beunruhigte, aber genau wie zuvor, als er die kleine Behausung gesehen hatte, erwachte sein Bauchgefühl zum Leben.

Er wollte sich gerade abwenden, um Marlowe zu sagen, dass sie sich für den Tag ein anderes Versteck suchen würden, als sie gähnte.

Er betrachtete sie einen Moment lang, und selbst in der

Dunkelheit konnte er die dunklen Ringe unter ihren Augen sehen. Sie war erschöpft. Und obwohl er keinen Zweifel daran hatte, dass kein einziges Wort der Beschwerde über ihre Lippen dringen würde, wenn er ihr sagte, dass sie weiterfahren würden, wollte er ihr das nicht antun. Sie hatte schon so viel durchgemacht.

»Halte noch ein wenig durch, dann kannst du schlafen«, sagte er in dem Versuch, sein Unbehagen zu verdrängen.

»Mir geht es gut«, sagte sie und hob das Kinn, als wollte sie ihn herausfordern.

Bob lächelte nur und drückte ihre Hand, bevor er dem Mann ins Haus folgte. Er ließ den Roller an das Haus gelehnt stehen und betete, dass er später noch da sein würde. So weit von der Stadt und von der Möglichkeit entfernt, besser bezahlte Arbeit zu finden, war es offensichtlich, dass die Menschen zu kämpfen hatten.

Das Paar führte sie durch eine kalte, dunkle Küche und einen Raum mit einem niedrigen Tisch, zwei Holzstühlen und sonst nichts, und schließlich in ein Schlafzimmer an der Vorderseite des Hauses. Auf dem Boden befanden sich eine Palette, ein paar abgenutzte Decken, ein paar kaputte Kisten, die nach Bobs Erachten Kleidung enthielten, und ein paar abgenutzte Schuhe an der Wand.

Der Mann nickte ihnen zu, dann drehte er sich um und ging, wobei er die Tür hinter sich schloss.

Bob seufzte. Es war nicht so, dass er eine weitere warme Mahlzeit und eine Dusche erwartete – die Tatsache, dass sie beides im Haus der älteren Frau bekommen hatten, war ein Bonus gewesen, keine Erwartung –, aber er wusste, dass die Leute, die ihnen halfen, großzügig dafür bezahlt wurden. Sogar ein wenig Reis wäre ihm willkommen gewesen.

»Ist schon gut«, sagte Marlowe, als könnte sie seine Gedanken lesen. »Ich bin nicht hungrig. Nur müde.«

»Wir haben noch ein paar Proteinriegel übrig«, sagte Bob. »Du kannst einen davon essen.«

Sie nickte, dann sah sie mit einer kleinen Grimasse auf das Bett.

»Hier drüben«, sagte Bob, der ihre Abneigung gegen das Schlafen in einem fremden Bett inzwischen gut kannte. Er führte sie zur Wand, nahm ihr den Rucksack von den Schultern, setzte sich und zog sie zu sich heran.

Zu seiner Zufriedenheit setzte sie sich direkt neben ihn, so nahe, dass ihr Oberschenkel den seinen berührte und ihre Schultern einander streiften. Er kramte in seinem Rucksack, holte einen Proteinriegel heraus und reichte ihn ihr.

»Sind wir hier sicher?«, fragte Marlowe, nachdem sie einen Bissen genommen hatte.

Bobs erste Neigung war es, Ja zu sagen. Sie zu beruhigen, damit sie sich keine Sorgen machte. Aber sie war nicht dumm. An keinem der anderen Orte, an denen sie haltgemacht hatten, hatte sie diese Frage gestellt. Irgendetwas an der Begrüßung des Paares war ihr falsch vorgekommen, genau wie ihm.

»Das sollten wir sein«, sagte er schließlich.

Sie starrte ihn einen langen Moment mit großen braunen Augen an, bevor sie nickte.

»Ich hätte das schon früher tun sollen, aber du musst etwas für mich tun«, sagte Bob mit leiser Stimme.

»Alles.«

Gott, diese Frau. Je länger er in ihrer Nähe war, desto mehr wollte er sie für sich behalten. »Du musst dir diese Telefonnummer merken. Wenn etwas passiert, rufst du sie an. Du sagst meinen Freunden, wer du bist und dass du bei mir warst. Sie werden dir helfen.«

»Chappy, Cal und JJ, richtig?«, sagte sie leise.

Erleichtert, dass sie nicht widersprechen würde, nickte Bob. »Ja. Chappys richtiger Name ist Riggs. Riggs Chapman. Cal ist Callum Redmon, er ist der Liechtensteiner Prinz, und JJ ist Jackson Justice. Wir arbeiten alle bei *Jack's Lumber*, benannt nach JJ. Die Nummer ist 555-824-2286. Die letzten vier Zahlen buchstabieren das Wort *Baum* – 555-824-2286. Wiederhole sie für mich.«

Sie tat es.

»Noch einmal«, beharrte Bob.

Sie wiederholte die Zahlen, ohne zu zögern.

»Gut. Wenn etwas passiert, such ein Telefon und ruf an. Während der Geschäftszeiten wird jemand rangehen. Wahrscheinlich April. Aber auch nachts und am Wochenende leitet ein Dienst alle Notrufe an ihr Handy weiter. Meine Freunde werden dir helfen.« Für Bob war es wichtig, dass Marlowe wusste, dass sie sich an jemanden wenden konnte, falls ihm etwas zustoßen sollte.

»Mach keine Dummheiten«, sagte sie ernsthaft. »Opfere dich nicht für mich auf. Ich könnte es nicht ertragen, wenn du erwischt wirst, während du dafür sorgst, dass ich davonkomme.«

Bob würde nichts versprechen. Irgendwie hatte er sich in der letzten Woche sehr in diese Frau verliebt. Er glaubte an ihre Unschuld, und nichts würde ihn davon abhalten, sie über die Grenze zu bringen. Es gab keine Garantie, dass die thailändischen Behörden nicht hinter ihr her sein würden, selbst wenn sie in Kambodscha waren, aber er war sich ziemlich sicher, dass sie mit Willis' Verbindungen das Land verlassen konnten, bevor die beiden Regierungen zusammenarbeiten konnten, um sie zu stoppen.

Als er nicht antwortete, seufzte Marlowe. »Na schön. *Ich* werde einfach dafür sorgen müssen, dass du keine Dummheiten machst.«

Bob konnte sich ein Grinsen nicht verkneifen.

»Hier«, sagte sie und hielt ihm den halb aufgegessenen Proteinriegel hin. »Ich habe genug gegessen. Iss du das auf. Ich werde ein Nickerchen machen. Aber Kendric?«

»Ja, Punky?«

»Vielleicht können wir ein bisschen früher aufbrechen? Würde es dir etwas ausmachen, wenn wir losfahren, wenn es draußen noch hell ist? Jetzt, da wir so nahe dran sind, kann ich es kaum erwarten, aus Thailand rauszukommen.«

Ja, sie fühlte sich definitiv genauso unwohl wie er. Sie mussten nur hoffen, dass ihre Gastgeber sie nicht verrieten. »Ja, ich denke, das können wir tun.«

»Gut.« Sie griff nach oben und kratzte sich am Kopf. »Ich hasse diese Perücke«, murmelte sie, machte aber keine Anstalten, sie abzunehmen. »Ich weiß, dass sie superwichtig ist, aber ich hasse sie trotzdem. Es gibt einen Grund, warum ich meine Haare kurz halte.«

Er legte einen Arm um ihre Schultern und zog sie an sich. Sie schmiegte sich sofort an ihn, schlang einen Arm um seine Brust, schob den anderen hinter seinen Rücken und hielt sich fest.

Er drehte den Kopf und küsste sie auf die Stirn. »Schlaf, Marlowe.«

Sie nickte und seufzte. Ein oder zwei Minuten vergingen, bevor sie sagte: »Du hast heute geschlafen.«

Bob runzelte die Stirn. »Was?«

»Im Haus der Frau. Du hast geschlafen. Ich bin aufgewacht und du warst weg. So *richtig* weg. Einen Moment lang war ich besorgt, aber dann wurde mir klar, was anders war. Du hast tief und fest geschlafen. Du hast es wirklich gebraucht.«

»Du bist es«, flüsterte er.

Sie hob den Kopf und starrte ihn mit großen Augen an. »Ich?«

»Ja. Es ist, als wüsste mein Unterbewusstsein, dass ich bei dir sicher bin, dass du mich beschützen würdest, während ich schlafe.«

»Das werde ich«, sagte sie inbrünstig. »Ich fordere jeden heraus, dich zu berühren, während du schläfst.«

Bob grinste. Sie war bezaubernd. Er legte eine Hand auf ihren Kopf und drückte sie sanft zurück an seine Brust. »Runter, Mädchen. Alles ist gut. Mach die Augen zu und schlaf ein wenig. Wir werden heute am späten Nachmittag aufbrechen und hoffentlich genau dann über die Grenze kommen, wenn es dunkel wird.«

»Ich habe Angst zu glauben, dass ich vielleicht nach Hause komme«, flüsterte sie an ihm.

»Das wirst du. Ich verspreche es.«

Marlowe umarmte ihn fest und kuschelte sich an seine Brust. Nur wenige Minuten später war sie eingeschlafen.

Bobs Herz schlug höher, während er sie festhielt. Er war

immer beschützend gegenüber den Menschen gewesen, zu deren Rettung er geschickt wurde, aber das war *nichts* im Vergleich zu den Gefühlen, die in diesem Moment durch seine Adern strömten.

Marlowe hatte nicht verdient, was mit ihr geschah. Das Gleiche galt wahrscheinlich für einige der anderen Frauen, die mit ihr zusammen inhaftiert gewesen waren. Er war kein Befürworter des Drogenkonsums, aber eine lebenslange Haftstrafe für ein paar Gramm Gras oder ein paar Yaba-Pillen zu ertragen war auch nicht richtig.

Er würde Marlowe in Sicherheit bringen und er hoffte nur, dass alle anderen unschuldigen Gefangenen, die noch auf freiem Fuß waren, sich verstecken konnten. Dass sie sich der Polizei weiter entziehen konnten, mit oder ohne jemandes Hilfe. Dass sie in der Lage sein würden, ihr Leben neu zu beginnen.

Irgendwann später wurde Bob ruckartig wach. Als er auf die Uhr sah, stellte er überrascht fest, dass er tatsächlich eine ganze Weile geschlafen hatte. Es war jetzt Nachmittag, und obwohl er versprochen hatte, dass sie heute früher aufbrechen könnten, dauerte es noch ein paar Stunden, bis sie ihre Reise sicher fortsetzen konnten.

Er rutschte nach unten, bis er auf den harten Holzdielen des Bodens lag, schob den Rucksack unter seinen Kopf und hielt Marlowe weiter fest, mehr als zufrieden damit, dass sie ihn als Kissen benutzte.

Er starrte an die Decke und ging den schwierigsten Teil

ihrer Flucht im Kopf durch – unentdeckt über die Grenze zu kommen –, als er ein Geräusch hörte, das seinen Magen verkrampfen ließ.

Ihre Gastgeber waren im anderen Zimmer und stritten sich. Sie versuchten, leise zu sein, aber es war offensichtlich, dass sie eine heftige Meinungsverschiedenheit über irgendetwas hatten.

Die Haare in Bobs Nacken stellten sich auf, als er zuhörte.

Sie befanden sich in einer sehr armen Gegend, wie so viele andere, durch die sie gekommen waren. Er wollte Willis' Netzwerk vertrauen, und ein Streit bedeutete nicht unbedingt etwas in Bezug auf ihn und Marlowe. Aber er verstand, wie verlockend es für ihre Gastgeber sein würde, sie wegen der Belohnung auszuliefern, egal wie viel Willis ihnen gezahlt hatte.

Bob war auch lange genug Soldat einer Spezialeinheit gewesen, um seinen Instinkten zu vertrauen. Und seine Instinkte sagten ihm, dass er aus diesem Haus verschwinden musste. *Sofort.*

Er setzte sich auf und schüttelte Marlowe dabei. »Punky, wach auf. Wir müssen verschwinden«, flüsterte er.

Er rechnete ihr hoch an, dass sie nicht nach dem Grund fragte. Sie beklagte sich nicht über mehr Schlaf und stöhnte auch nicht über die Schmerzen, die sie vom Schlafen auf dem Boden haben mochte. Sie stand schweigend auf, setzte den Rucksack auf und sah ihn an, um sich zu orientieren.

Anderswo im Haus waren die Stimmen verstummt. Bob ging leise zur Tür, öffnete sie einen Spalt und schaute hinaus. Da er niemanden sah, gab er Marlowe ein Zeichen, näher zu kommen. Sie war sofort an seiner Seite.

»Wir gehen durch die Vordertür hinaus«, flüsterte er. »Ich schätze, unser Roller ist wahrscheinlich längst weg. Wir werden das letzte Stück zu Fuß gehen müssen.« Mit Bedauern blickte er auf ihre Sandalen hinunter.

»Ist schon gut. Wir schaffen das«, flüsterte sie zurück.

Verdammt, er bewunderte diese Frau. Wenn es hart auf hart kam, gab sie nicht auf. Unglaublicherweise wurde sie sogar noch stärker. »Komm schon«, sagte er und griff nach ihrer Hand. »Wir sind nur zwei Touristen, die einen Spaziergang machen. Wir wollen nicht noch mehr Aufmerksamkeit auf uns lenken, als wir es ohnehin schon tun, weil wir nicht hierherpassen.«

»Glaubst du, sie haben der Polizei einen Hinweis auf uns gegeben?«, flüsterte Marlowe.

Bob presste die Lippen aufeinander und nickte. Er hatte keine Beweise, aber von dem Moment an, in dem sie in diesem Haus angekommen waren, hatte sein Gefühl ihm gesagt, dass etwas nicht stimmte. Wenn sie tatsächlich die Behörden benachrichtigt hatten, warum hatten sie dann so lange gewartet? Sie hätten die Polizei bei ihrer Ankunft auf ihn und Marlowe warten lassen können. Nach dem Streit, den er mitgehört hatte, konnte er nur vermuten, dass einer ihrer Gastgeber vielleicht nicht so erpicht darauf gewesen war, sie zu verraten.

Was auch immer der Grund war, er war überrascht, dass es nicht schon früher passiert war. Die Verlockung einer doppelten Auszahlung war für manche Leute zu groß, um ihr zu widerstehen. Und wenn er sich die Armut ansah, in der die meisten ihrer Gastgeber lebten, konnte er es ihnen kaum verdenken.

Vorsichtig verließ er das Schlafzimmer, dankbar dafür, dass es an der Vorderseite des Hauses lag, und ging die wenigen Schritte zur Haustür. Er schloss sie so leise wie möglich hinter ihnen und führte Marlowe schnell die Straße hinunter, wobei er stets in höchster Alarmbereitschaft blieb. Nach ein paar Blocks bogen sie zwischen zwei heruntergekommenen Häusern ab und durchquerten dann eine lange Gasse.

Plötzlich hörte er die Sirenen eines Polizeiwagens.

Das Geräusch schien um sie herum zu hallen, bevor Bob die Position ausmachen konnte – in der Richtung, aus der sie gerade gekommen waren. Auch hier gab es keinen Beweis dafür, dass die Polizei tatsächlich hinter ihnen her war, aber für Bob war es die Bestätigung, dass seine Instinkte wahrscheinlich richtiglagen. Das Paar hatte die Behörden informiert.

»Ruhig, Punky«, murmelte Bob, während er in zügigem Tempo weiter durch die Kleinstadt lief.

»Soll ich die Perücke abnehmen?«, fragte Marlowe. »Ich meine, sie haben mich nicht ohne sie gesehen, also würden sie mich der Polizei wahrscheinlich als jemanden mit langen blonden Haaren beschreiben.«

Scheiße, daran hätte er denken müssen. Bob nickte. »Ja, gib sie mir«, sagte er und streckte ihr die Hand entgegen, mit der er nicht ihre umklammerte.

Schnell riss sie sich die Perücke vom Kopf und reichte sie ihm.

Bob konnte sich ein Grinsen nicht verkneifen. »Ich wette, das hat sich gut angefühlt.«

»Nein, es hat sich *großartig* angefühlt«, erwiderte sie mit einem Lächeln.

Im nächsten Mülleimer, an dem sie vorbeikamen, entsorgte Bob die abstoßende Perücke, die sie tagelang geschützt hatte. Marlowe fuhr sich mit einer Hand über den Kopf, wodurch ihr kurzes schwarzes Haar gerade nach oben stand. Die Haare an den Schläfen und im Nacken waren schweißnass, aber er hatte schon lange niemanden mehr gesehen, der so schön war wie diese Frau.

»Hör auf, mich anzustarren«, murmelte sie mit einem verlegenen Schnauben.

»Ich kann es nicht ändern. Du strahlst.«

Sie rollte mit den Augen. »So ein Süßholzraspler. Wenn ich das vorher gewusst hätte, hätte ich nicht Ja gesagt.«

»Doch, hättest du. Ich bin unwiderstehlich«, neckte Bob. Er war sich durchaus bewusst, in welcher Gefahr sie sich noch immer befanden, als er sie von dem Haus wegführte, in dem die Polizei sie wahrscheinlich in Gewahrsam nehmen wollte. Aber Marlowe ruhig zu halten war im Moment wichtiger denn je. Panik verursachte Fehler. Und sie konnten sich keinen einzigen Fehltritt leisten. Nicht, wenn sie so nahe an der Grenze waren.

»Und dein Ego ist riesig«, sagte sie mit einem Lächeln, um ihn wissen zu lassen, dass sie einen Scherz machte. »Aber ich nehme an, du hast Grund, ein bisschen egoistisch zu sein. Ich meine, du hast mich aus dem Gefängnis befreit, uns durch die Straßensperre gebracht und uns so weit gebracht.«

»Du hast geholfen«, beharrte er. »Ohne deine Besonnenheit und deine Bereitschaft, auf und *unter* dem Boden zu schlafen und alles zu tun, was nötig ist, um nicht aufzufallen – zum Beispiel diese unbequeme Perücke zu tragen und einen Typen wie mich zu heiraten –, würde es uns nicht so gut gehen wie jetzt.«

»Geht es uns gut?«, fragte sie ernst. »Ich meine, ich weiß, du hast gesagt, wir sind nahe der Grenze, aber was ist, wenn es ein Auslieferungsabkommen gibt und sie auf der anderen Seite auf uns warten? Oder was ist, wenn die thailändische Polizei uns folgt und mich schnappt?«

»Mach dir keine Sorgen«, erwiderte Bob. »Wir werden uns schon etwas einfallen lassen. So wie wir es bisher auch getan haben.«

»Okay.«

»Okay«, stimmte er zu.

Sie liefen durch die Stadt, wobei sie sich so gut wie möglich an die Gassen zwischen den Häusern hielten. Sie hörten weiterhin Sirenen und Bob vermutete, dass die Polizei jetzt nach ihnen suchte. Die Sonne ging erst in einigen Stunden unter, was es noch schwieriger machen würde, unentdeckt zur Grenze zu gelangen. Bob vermutete außerdem, dass die Polizisten wussten, dass sie versuchen würden, die Grenze nach Kambodscha zu überqueren, und dass sie deshalb die Straße, die parallel zum Grenzzaun verlief, gut bewachen ließen.

Etwa zwanzig Minuten später erreichten sie ein Gebiet mit vereinzelten, heruntergekommenen Hütten jenseits des Stadtrandes, mit viel Platz zwischen den einzelnen Hütten.

Bob blieb hinter der Hütte stehen, die dem Dschungel am nächsten war, und zog Marlowe neben sich in die Hocke.

»Der nächste Teil wird knifflig«, sagte er.

Marlowe nickte und presste die Lippen aufeinander.

»Es sind etwa zweihundert Meter Dschungel, dann eine Landstraße, dann noch etwa fünfzig Meter Gestrüpp und Bäume, bevor die Grenze kommt. Nach den Informationen, die ich erhalten habe, verläuft entlang der Grenze ein Maschendrahtzaun mit Stacheldraht an der Spitze. In der Nähe des Zauns gibt es natürlich keine Bäume als Deckung, also müssen wir uns so schnell wie möglich bewegen, wenn wir dort ankommen.«

Erneut war er beeindruckt von Marlowes Bereitschaft, sich auf die von ihm beschriebene Situation einzulassen.

»Sobald du am Zaun bist, fängst du an zu klettern und schaust nicht mehr zurück, egal was passiert. Verstehst du? Wenn du oben angekommen bist, sei *äußerst* vorsichtig. Abgesehen von der Polizei müssen wir uns hier draußen vor allem um eine Infektion sorgen, falls du dich schneidest.«

»Eine Infektion? Nicht dass man uns beim Klettern in den Rücken schießt?«, fragte Marlowe trocken.

»Sie wollen dich lebend zurück«, sagte Bob unverblümt. »Sie werden ein Exempel an dir statuieren wollen. Den Ausländern klarmachen, dass sie bei Drogen keine Toleranz zeigen. Deine einzige Aufgabe ist es, über den Zaun zu klettern und dann zu laufen, als sei der Teufel hinter dir her. Etwa anderthalb Kilometer von der Grenze entfernt gibt es eine Farm. Das ist dein Ziel. Die Besitzer erwarten uns.«

»Unser Ziel«, korrigierte sie stirnrunzelnd, als Bob aufhörte zu reden.

»Was?«

»Das ist *unser* Ziel. Ich werde dich nicht verlassen, Kendric. Bitte mich nicht darum. Ich werde es nicht tun. Wenn die thailändischen Behörden ein Exempel an mir statuieren wollen, werden sie nicht zögern, dich wegen Beihilfe zu verhaften. Zum Teufel, wahrscheinlich werden sie dir auch noch Drogen unterschieben. Wir machen das zusammen oder wir machen es gar nicht. Dich zu lieben und zu beschützen, in guten wie in schlechten Zeiten ... weißt du noch?«

Marlowe wäre ein verdammt guter Soldat gewesen. Bob war stolz darauf, sie an seiner Seite zu haben. »*Unser* Ziel«, wiederholte er leise.

»Ich meine es ernst.« Marlowe runzelte die Stirn. »Ohne dich werde ich es nicht schaffen. Ich werde nicht wissen, wohin ich gehen oder was ich tun soll. Du bist der einzige Grund, warum ich es so weit geschafft habe. Ich werde dich nicht verlassen.«

Bob umklammerte ihre Schultern und starrte ihr in die Augen. »Du würdest es schaffen. Daran habe ich keinen Zweifel. Du bist klug. Und hartnäckig. Und einfallsreich. Aber ich gebe dir mein Wort, dass ich alles in meiner Macht Stehende tun werde, um uns beide über die Grenze zu bringen. Okay?«

»Okay.« Sie holte tief Luft. »Ich bin bereit. Ein Kinderspiel, richtig?«

»Richtig«, wiederholte Bob. Er konnte nicht anders, als sich nach vorn zu beugen und sie leicht auf die Lippen zu küssen.

Marlowe griff nach seinem Hemd, als er sich zurückziehen wollte. Sie starrte ihn einen Moment lang an, bevor sie herausplatzte: »Ich will dich.«

Bob blinzelte überrascht – aber ein Gefühl des Rausches durchströmte seine Adern. »Ich will dich auch«, gab er zu.

»Gut. Wenn wir dann beide über die Grenze kommen, werden wir duschen, uns ein weiches Bett suchen und einander lieben, bevor wir stundenlang schlafen.«

»Klingt himmlisch«, sagte Bob.

»Ja.«

Sie blieben noch einen langen Moment zusammengekauert und starrten einander an, bevor Bob selbst tief einatmete. »Je eher wir gehen, desto eher können wir das Bett finden«, flüsterte er.

»Lass es uns tun.« Sie drückte seine Hand.

Sie standen auf und Bob murmelte: »Geh schnell über das Feld in Richtung der Bäume. Nicht laufen, das wird Aufmerksamkeit auf uns lenken, wenn jemand in diesen Hütten ist. Wenn wir zwischen den Bäumen sind, gehen wir zur nächsten Straße, warten, bis die Luft rein ist, und machen uns dann auf den Weg zur Grenze.«

»Verstanden«, sagte Marlowe ein wenig atemlos.

Bob stellte sich vor, dass ihr Adrenalinspiegel in die Höhe geschnellt war. Nicht weit von ihnen entfernt ertönten Sirenen, und es hieß jetzt oder nie.

Ohne ein weiteres Wort trat er auf den schmalen Streifen Feld hinter der Hütte hinaus, hielt Marlowes Hand und betete so intensiv wie seit Jahren nicht mehr. Diesmal hatte er mehr zu verlieren. Allein der Gedanke, dass Marlowe verletzt oder wieder in Gewahrsam genommen werden könnte, war schrecklicher als alles, was er in seinem Leben erlebt hatte. Auch als Kriegsgefangener.

Aber er würde sie nach Kambodscha bringen – oder bei dem Versuch sterben.

KAPITEL SIEBEN

Marlowes Haut kribbelte. Und das nicht nur wegen der tropischen Käfer, die sie ständig von ihren Armen abstreifen musste. Das Gefühl, gejagt zu werden, war nicht gerade angenehm, und sie hatte keinen Zweifel daran, dass sie und Kendric den Behörden nur wenige Schritte voraus waren.

Soweit sie wusste hatten sie es in den Dschungel geschafft, ohne dass jemand auf sie aufmerksam geworden war, aber es war viel schwieriger, durch die Bäume zu kommen, als sie beide erwartet hatten. Die dichte Vegetation und die dornigen Sträucher waren unerbittlich. Es gab Stellen mit nassem, sumpfigem Boden, die mindestens zweimal versuchten, ihr die Schuhe abzunehmen. Sie hatten Zeit verloren, als Kendric ihre Duschschuhe aus dem Schlamm gefischt hatte. Sie wollte sie zurücklassen, aber er hatte sich geweigert und gesagt, dass sie auf keinen Fall durch die Dornen und das Laub laufen könne ohne etwas, das ihre Füße schützte.

Marlowe wusste, dass er recht hatte, aber sie hasste es, dass sie sie aufhielt. Je näher sie der Grenze kamen, desto weiter schien sie entfernt zu sein. Das Schicksal würde doch nicht so grausam sein, sie so nahe herankommen zu lassen, nur um jetzt erwischt zu werden, oder?

Schließlich erreichten sie den Rand der Straße jenseits des Dschungels, einen einspurigen Asphaltstreifen inmitten der Bäume. Kendric hatte ihr gesagt, dass sich zu ihrer Linken, etwa zwölf Kilometer die Straße entlang, einer der vielen offiziellen Kontrollpunkte befand, die nach Kambodscha führten. Vor ihnen lagen fünfzig Meter mit weiteren Bäumen, weiteren Stachelbüschen, Schlammlöchern, die ihr die Schuhe stahlen ... und ein mit Stacheldraht versehener Zaun.

»Bereit?«, fragte Kendric mit leiser, dringlicher Stimme.

Marlowe nickte, auch wenn sie alles andere als bereit war. Sie wollte unbedingt aus Thailand heraus, aber aus irgendeinem Grund hatte sie plötzlich das Gefühl, dass sie es nicht schaffen würden. Sie wollte sich für einen weiteren Tag in den Bäumen verstecken. Warten, bis diese verdammten Sirenen, die ununterbrochen heulten, verstummt waren.

»Los geht's«, sagte Kendric in fröhlichem Tonfall, als er aufstand und eine Hand ausstreckte. Marlowe ergriff sie, und er zog sie auf die Beine.

Sie hatten die Straße noch nicht einmal zur Hälfte überquert, als sie zu ihrer Linken Rufe hörten.

»Verdammt! Los, los, los!«, befahl Kendric, während er sie vor sich her in Richtung der Bäume schob.

Fünf Sekunden. Mehr hätte es nicht gebraucht, um

ungesehen über die Straße zu kommen. Aber natürlich musste eine umherstreifende Patrouille genau zur falschen Zeit vorbeikommen.

Das Herz schlug ihr bis zum Hals und Marlowe lief los. Ihre Schuhe flogen weg, aber sie bemerkte es nicht einmal. Ihr einziges Ziel war es, zum Zaun zu gelangen und ihn dann zu überwinden.

Kendric blieb in ihrem Rücken, eine Hand an ihr, während sie liefen. Sie hatte keinen Zweifel daran, dass er viel schneller hätte laufen können, aber er wollte nicht von ihrer Seite weichen. Er hielt ihr den Rücken frei, und nichts, was sie sagen oder tun konnte, hätte ihn dazu gebracht, vor ihr zu laufen. Das wusste sie besser als alles andere.

Entschlossenheit keimte in ihr auf. Sie würde nichts tun, das diesen Mann in Gefangenschaft brachte. Sie verdankte ihm ihre Freiheit. Ihr Leben.

Sie liebte ihn.

Der Gedanke hätte ungeheuerlich sein sollen, sogar beängstigend, aber stattdessen zentrierte er sie. Sie liebte ihn bereits, obwohl sie ihn erst seit ein paar Tagen kannte, und es konnte nicht sein, dass sie das alles durchgestanden hatten, nur um jetzt erwischt zu werden.

Sie presste die Lippen aufeinander und tat ihr Bestes, um die Geräusche von jemandem auszublenden, der hinter ihnen durch die Bäume krachte und etwas auf Thai schrie.

»Da ist er«, keuchte Kendric.

Als Marlowe aufblickte, sah sie den Zaun. Er sah riesig und bedrohlich aus. Die Kringel aus Stacheldraht an der Spitze ließen sie zusammenzucken; sie waren fast so groß wie sie selbst. Wie zum Teufel sollten sie da rüberkommen?

Sie prallte hart gegen den Zaun – und war überrascht, als sie spürte, wie er unter ihrem Gewicht nachgab.

»Hoch, Marlowe. Fang an zu klettern!«, sagte Kendric.

Anstatt seinen Befehl zu befolgen, ließ etwas sie nach unten schauen. Als sie gegen den Zaun gelaufen war, schwankte dieser stärker, als er es hätte tun sollen. Sie fiel auf die Knie und begann, den Dreck und die Blätter vom Maschendraht wegzugraben.

»Marlowe! Was tust du denn da? Wir müssen da rüber. Sofort!«

Aber sie wusste, dass sie niemals über den Stacheldraht kommen würde. Nicht ohne Schuhe. Nicht bei ihrer Größe. Verzweifelt grub sie schneller.

Sie hörte ein Geräusch hinter sich und blickte über eine Schulter, um zwei Männer zu sehen, die von den Bäumen auf sie zukamen.

Ihre Zeit war abgelaufen.

Kendric zögerte nicht einmal. Er stürzte sich auf die Männer und traf sie frontal.

Es war ein unheimlicher Kampf. Keiner sagte etwas. Marlowe hörte nur Grunzen und Stöhnen, als die drei Männer ihr Bestes taten, um sich gegenseitig zu überwältigen.

Hin- und hergerissen zwischen dem Versuch, das untere Ende des Zauns freizulegen – sie war nahe dran, sie konnte es spüren –, und Kendric zu helfen, stand sie schließlich auf. Sie nahm den Rucksack ab und sah sich nach etwas um, mit dem sie ihm beim Kampf helfen konnte.

»Geh, Mar!«, schrie er, während er mit den Männern kämpfte. »Verdammt noch mal, *geh!*«

Sie suchte weiter ihre Umgebung ab. Sie würde *nicht* ohne ihn gehen.

Die beiden Männer waren eine Art Sicherheitspersonal. Soweit sie sehen konnte, hatte keiner von ihnen eine Waffe, was eine große Erleichterung war. Auf keinen Fall wollte sie, dass entweder sie oder Kendric erschossen wurden, wo sie doch so nahe an der Freiheit waren.

Gerade als sie völlig zu verzweifeln begann, entdeckte sie schließlich einen großen Ast. Sie lief darauf zu und blendete alles andere aus, außer dem, was sie zu tun hatte.

Als sie sich wieder dem Kampf zuwandte, hatte Kendric einen der Männer kampfunfähig gemacht, der stöhnend am Boden lag. Aber es sah so aus, als würde er den Kampf mit dem anderen verlieren.

Der Sicherheitsbeamte hatte ein Messer gezogen und tat sein Bestes, um Kendric in Stücke zu schneiden, während sie kämpften. Marlowe schlich sich so nahe wie möglich heran und wartete auf eine Gelegenheit zum Zuschlagen.

Ihre Chance kam, als Kendric den Messerarm des Mannes packte, und sie schienen zu einem kurzen Patt zu kommen, wobei jeder versuchte, den anderen zu bezwingen.

Marlowe eilte hinter den Beamten und schwang den Ast, so fest sie konnte. Sie war kleiner als der Mann, aber mehr denn je entschlossen, die Sache zu beenden.

Der Ast traf ihn seitlich am Kopf und zersplitterte beim Aufprall sofort in Hunderte Stücke.

Einen Moment lang stand der Mann regungslos da, die Augen vor Schreck geweitet. Dann sackte er zu Boden.

Marlowe starrte ihn an, ebenso schockiert. Mist! Hatte sie ihn umgebracht? Das war nicht ihr Plan gewesen. Es war schon schlimm genug, dass sie wegen Drogenbesitzes im Gefängnis gesessen hatte; jemanden zu ermorden würde ihr sicher die Todesstrafe einbringen.

»Komm schon«, sagte Kendric, nahm ihre Hand und wirbelte sie herum, zurück zum Zaun.

Aus ihrer Benommenheit gerissen, ging Marlowe erneut auf die Knie. »Hilf mir, Kendric!«, rief sie. »Es ist einfacher, drunter durchzugehen als drüber!«

Einen Moment lang zögerte er, aber dann kniete er sich neben sie und grub so gut er konnte mit bloßen Händen. Mit seiner Hilfe dauerte es nicht lange, bis eine kleine Lücke unter dem Zaun entstanden war.

»Los!«, rief Kendric und drückte sie auf den Boden. Er verkeilte den Rucksack so, dass er den Teil des Zauns hochhielt, den sie aus der Erde gehoben hatten. Es würde eng für sie werden, und Marlowe war sich nicht sicher, ob Kendric überhaupt hindurchpassen würde. Aber er gab ihr keine Gelegenheit zu protestieren. Er packte ihre Waden und schob sie vorwärts.

Sie rutschte und wand sich auf dem Bauch, und mit Kendrics Hilfe war sie plötzlich auf der anderen Seite.

Ohne innezuhalten, um den Boden zu küssen oder sich darüber zu freuen, dass sie tatsächlich in Kambodscha war, drehte Marlowe sich zu ihm. »Du bist dran.«

Er sah sie an, dann hinauf zur Spitze des Zauns, dann hinter sich zu den beiden Männern, die sich zu rühren begannen. Einen Moment lang war sie froh, dass sie den Mann mit dem Ast nicht getötet hatte, doch dann machte sich Panik breit.

»Kendric! Komm schon!«

»Ich werde nicht durchpassen«, sagte er mit einem leichten Kopfschütteln.

»Doch, das wirst du!«, rief Marlowe, jetzt wirklich in Panik. »Du musst es versuchen!«

Sie war erleichterter, als sie sagen konnte, als er sich auf den Bauch sinken ließ.

»Gib mir deine Hände!«, befahl sie. »Ich werde ziehen.«

Er ignorierte sie und tat sein Bestes, um sich unter dem Zaun durchzuzwängen.

Er hatte recht. Er würde nicht durchpassen.

»Nein, nein, nein!«, flüsterte Marlowe, als sie neben seinem Kopf auf die Knie fiel und erneut zu graben begann. Sie schleuderte Erde hinter sich, während sie verzweifelt versuchte, das Loch zu vertiefen. Tränen fielen ihr unbemerkt aus den Augen, während sie arbeitete.

Der Sicherheitsbeamte, den Kendric niedergeschlagen hatte, war nun auf den Beinen und stolperte auf ihn zu.

Schluchzend packte Marlowe Kendrics Hemd und zog, so fest sie konnte. Aber sie schaffte es nur, den Stoff bis zu seinen Achseln hochzuziehen und ihn praktisch zu würgen.

Er stöhnte, als er nach dem Mann trat, der versuchte, seine Beine zu packen und ihn nach hinten zu ziehen.

Marlowe schrie vor Wut, Schreck und Frustration, legte die Arme unter Kendrics Achseln und setzte ihre ganze Kraft ein, um ihn festzuhalten und ihn auf die kambodschanische Seite der Grenze zu ziehen.

In der einen Sekunde lieferten sie und der Wachmann sich ein Tauziehen, und in der nächsten landete sie auf dem Hintern im Dreck – mit Kendric halb auf ihrem Schoß.

Einen Moment lang waren sowohl sie als auch der

Sicherheitsbeamte wie erstarrt und starrten einander an. Dann stieß er etwas aus, von dem Marlowe nur annehmen konnte, dass es Schimpfwörter waren.

Sie blickte nach unten und sah, dass Kendric sich auf den Rücken gedreht hatte. Er lag regungslos da, das Gesicht zur Grimasse verzogen.

»Kendric?«, fragte sie und legte ihm eine Hand auf die Schulter.

Er holte tief Luft, und als er die Augen öffnete und in die ihren sah, konnte sie die Emotionen, die sie darin erkannte, nicht deuten.

»Du hast es geschafft«, flüsterte er.

Aus irgendeinem Grund schüttelte Marlowe verneinend den Kopf.

»Doch, hast du«, beharrte er. »Ich bin da nicht drunter gekommen. Auf gar keinen Fall. Ich habe nicht durchgepasst. Ich hätte es nicht schaffen dürfen, aber dank deiner Weigerung aufzugeben ... bin ich hier.« Er setzte sich auf, zerrte sein Hemd wieder herunter, um seinen Oberkörper zu bedecken, und zog sie an sich.

Marlowe schmiegte sich an ihn, ohne sich darum zu scheren, dass sie im Dreck saßen. Dass die beiden Sicherheitsbeamten sie jetzt anbrüllten und ihnen zweifellos mit allen möglichen schrecklichen Dingen drohten, wenn sie nicht auf die andere Seite des Zauns zurückkamen.

Marlowe und Kendric ignorierten sie. Sie vergrub das Gesicht an seinem Hals, während sie rittlings auf seinem Schoß saß. Er hielt sie so fest, dass es fast wehtat. Aber sie würde sich nicht beschweren. Tatsächlich wollte sie ihn nie wieder loslassen.

Sie saßen nicht lange dort. Es war unvermeidlich, dass die Sicherheitsbeamten Verstärkung rufen würden, und bald würde es in der Gegend von weiteren Polizisten wimmeln. Wahrscheinlich einige mit Waffen. Und Marlowe war nicht bereit, das Risiko einzugehen, durch den Zaun erschossen zu werden.

Sie standen auf und machten die ersten Schritte von der Grenze weg, die Arme umeinandergelegt, während die anderen Männer ihnen hinterherschrien.

»Der Rucksack!«, sagte sie und blickte zurück.

»Der ist nicht wichtig«, erwiderte Kendric. »Wir können neue Kleidung und Nahrungsmittel finden. Wir brauchen ihn nicht.«

Marlowe nickte und kehrte Thailand den Rücken zu. Sie konnte nie wieder zurück, das wusste sie, aber es war auch nicht so, als würde sie zurückkehren *wollen*. Eigentlich wollte sie nur noch nach Hause und nie wieder die Staaten verlassen. Sie hatte genug vom Reisen.

Sie stolperten gemeinsam weiter, sie ohne Schuhe und Kendric verletzt von den Wunden des Messerkampfes und den Schlägen, die er eingesteckt hatte. Sie kamen in eine Baumreihe, und es war eine große Erleichterung, diesen verdammten Zaun nicht mehr sehen zu können. Sie ließen Thailand ein für alle Mal hinter sich.

Sie hörten immer noch die Schreie der Sicherheitsleute, aber sie setzten weiter einen Fuß vor den anderen.

»Scheiße«, sagte Kendric, als sie die Bäume verließen.

Marlowe starrte auf den Kanal, der vor ihnen lag. Er war etwa drei Meter breit, was nicht allzu schlimm war, aber die

Ufer auf beiden Seiten waren steil, und sie sah keine Möglichkeit, ihn zu umgehen.

»Wir müssen da durch«, sagte Kendric. »Sieh mal, da drüben.« Er deutete auf einen Fleck in der Ferne. »Siehst du das Haus? Das ist unser Ziel. Es ist eine Farm. Unser nächster Halt.«

»Aber Kendric ... das Wasser ... es ist ekelhaft«, sagte Marlowe. Und das war es auch. Das Wasser war brackig und hatte eine dunkelgrüne Farbe. Fliegen und andere Insekten schwirrten an der Oberfläche herum, und sie hätte schwören können, dass sie auch Fäkalien im Wasser treiben sah.

»Ja«, stimmte er zu, »aber wir können uns sauber machen, wenn wir auf der Farm sind.«

Marlowe wollte protestieren. Darauf bestehen, dass sie auf keinen Fall in die Nähe des Wassers gehen würde. Aber wenn sie nach Hause kommen wollte, musste sie tun, was sie tun musste.

Sie holte tief Luft, straffte die Schultern und nickte.

»Das ist meine tapfere Punky«, sagte Kendric. Er streckte eine Hand aus und strich ihr mit dem Fingerrücken über die Wange.

Das brach Marlowe fast das Herz. Am liebsten wäre sie auf den Boden gefallen und hätte geweint. Sie war nicht im Geringsten mutig. Wahrscheinlich war ihr Gesicht rot und ihre Augen geschwollen von den Tränen, die sie bereits vergossen hatte, als sie dachte, Kendric würde es nicht unter dem Zaun hindurchschaffen, ihre Muskeln schmerzten, sie zitterte vom Adrenalin und ihre Füße taten ihr weh, weil sie ohne Schuhe lief. Aber auf keinen Fall wollte sie eine Last sein. Sie würde weitergehen, denn sie hatte keine andere Wahl.

Zu ihrer Überraschung beugte er sich vor und hob sie hoch, wobei er sie mit einem Arm unter ihren Knien und dem anderen auf ihrem Rücken an seine Brust drückte.

»Kendric! Was machst du denn da?«

»Es hat keinen Sinn, dass wir beide in dem Wasser eklig werden. Ich werde dich tragen.«

»Ich kann gehen«, protestierte Marlowe, während sie sich noch fester an seinen Nacken klammerte.

»Ich weiß. Bitte, lass mich das machen«, sagte er leise.

Sie musterte ihn einen Moment lang und wollte widersprechen. Aber etwas an seinem Gesichtsausdruck veranlasste sie zu nicken.

»Halt dich fest. Ich werde eine Hand brauchen, um mich abzustützen, wenn ich auf dieser Seite das Ufer hinuntergehe«, warnte er.

Marlowe nickte erneut und hielt sich fest, als er das Ufer hinunterglitt. Sie hörte das leichte Plätschern, als er in den Kanal eintauchte, aber dank Kendrics Größe und der relativ geringen Wassertiefe – das Wasser endete nur wenige Zentimeter über seinen Knien – blieb sie weit über der Wasserlinie.

Er begann, durch das ekelhaft riechende Wasser zu waten. Als sie sich umschaute, sah sie, dass es tatsächlich Kot war, den sie von oben gesehen hatte. Ein frischer Haufen Kuhmist trieb an ihnen vorbei, als Kendric auf das andere Ufer zuging, das viel steiler war. Es war offensichtlich, dass er nicht in der Lage sein würde, mit ihr in den Armen hinauszuklettern.

Gerade als Marlowe sich darauf vorbereitete, in dem unangenehmen Wasser zu stehen, überraschte Kendric sie, indem er sie nach oben hievte – und unsicher auf Händen und Knien am schrägen Ufer landete. Mit einer Hand an ihrem Hintern hielt er sie fest. »Klettere hoch, Punky. Ich werde mich abstützen und von hier unten schieben.«

Sie war sich nicht sicher, ob das funktionieren würde, aber sie zögerte nicht und begann, zu dem flachen Boden einige Meter über ihr zu kriechen. Letzten Endes dauerte es nicht lange, bis sie es nach oben schaffte, vor allem mit dem letzten kräftigen Stoß, den Kendric ihr gab. Sie flog nach oben und konnte gerade noch verhindern, dass sie mit dem Gesicht voran im Dreck landete.

Marlowe drehte sich rechtzeitig um, um zu sehen, wie Kendric versuchte, sich über das Ufer zu hieven – bis die Erde unter seinem Gewicht nachgab und er rückwärts in das ekelhafte Wasser fiel.

Er sprang auf, zog eine Grimasse und rümpfte angewidert die Nase. Er war klatschnass, sagte aber kein Wort. Er bewegte sich nur etwa zweieinhalb Meter nach links, zu einem Teil des Ufers, der noch unberührt war, und innerhalb von Sekunden war er neben ihr.

Marlowe wollte ihn umarmen. Sich bei ihm bedanken. Ihm sagen, wie viel Angst sie gehabt hatte. Wie stolz sie auf ihn war. Wie besorgt sie darüber war, wie sie aus Kambodscha herauskommen würden – aber er hielt eine Hand hoch.

»Nein, fass mich nicht an, Punky. Das Wasser war ekelhaft. Wir müssen uns abspritzen. Sauber werden. Dann werde ich dich so festhalten, dass du dich beschwerst, dass du Platzangst bekommst.«

»Keine Chance«, erwiderte sie mit einem kleinen Lächeln. »Hast du Lust auf eine Wanderung? Durch die Hitze und die Käfer, die uns bei lebendigem Leib auffressen wollen, zu dieser Farm, wo uns die Besitzer vielleicht herzlich begrüßen, vielleicht aber auch nicht?«

Er lachte, dann wurde er ernst.

»Was?«, fragte sie, als er nichts sagte.

Er schüttelte den Kopf. »*Du*. Ich habe schon viele Frauen wegen ihres Aussehens bewundert. Oder weil sie mich zum Lachen gebracht haben. Oder weil sie in Situationen mutig waren, die andere in die Knie gezwungen hätten. Aber du ... du stellst sie alle in den Schatten, Punky. Ich weiß, dass wir bisher alles getan haben, weil es notwendig war, aber ich war in meinem Leben noch nie stolzer auf jemanden. Glücklicher, jemanden an meiner Seite zu haben, mit dem ich meinen Namen teilen kann, als dich.«

»Kendric«, flüsterte Marlowe überwältigt.

»Stimmt. Das ist weder der richtige Zeitpunkt noch der richtige Ort, denn ich bin mit kambodschanischer Kuhscheiße bedeckt und wer weiß, was noch alles, und ich kann dich nicht in den Arm nehmen oder küssen. Aber glaube nicht, dass ich unser Gespräch von vorhin vergessen habe. Über unsere Pläne für heute Abend.«

»Das habe ich auch nicht.«

»Gut. Los, komm. Bringen wir es hinter uns.«

Er streckte eine Hand aus und Marlowe zögerte nicht, sie zu ergreifen. Seine Haut war mit einem Dreckfilm überzogen, aber sie ignorierte ihn. Seine starke, warme Hand war ihr Anker. Mit ihm an ihrer Seite konnte sie alles tun. Alles überleben. Sie waren ein Team. So hatte sie noch nie in ihrem Leben für jemanden empfunden. Jetzt konnte sie sich nicht vorstellen, nicht jeden Tag in den Armen dieses Mannes aufzuwachen. Sein Lachen nicht zu hören. Sein Lächeln nicht zu sehen. Nicht seine Hand zu halten.

Sie hatte keine Ahnung, was die nächsten Tage bringen würden, aber sie betete, dass sie das Schlimmste auf ihrer Reise hinter sich hatten. Dass von jetzt an alles glatt laufen und sie bald in einem Flugzeug zurück in die Vereinigten Staaten sitzen würden. Kendrics Kontakte hatten sie so weit gebracht – ungeachtet der letzten Verräter. Sie musste darauf vertrauen, dass die Dinge weiterhin wie geplant ablaufen würden.

KAPITEL ACHT

Später in der Nacht seufzte Bob frustriert. Der Besitzer der Farm hatte sie erwartet, aber er war nicht glücklich über die Aufmerksamkeit, die ihr illegaler Grenzübertritt vor seiner Haustür erregt hatte. Die kambodschanischen Behörden waren kurz vor Bob und Marlowe aufgetaucht und hatten sich erkundigt, ob der Mann zwei amerikanische Flüchtige aus Thailand auf seinem Grundstück gesehen hätte. Er verneinte dies, und nach einer kurzen Durchsuchung des Grundstücks zogen sie weiter.

Das bedeutete, dass Bob und Marlowe den Abend über untertauchen mussten, bevor sie am nächsten Tag ihre Reise fortsetzen konnten. Das war nicht anders als an den vorangegangenen Tagen ... nur dass ihre Situation jetzt noch gefährlicher schien. Es war noch riskanter, lange an einem Ort zu bleiben. Außerdem waren sie für Bob noch unangenehm nahe an der Grenze, aber sie mussten sich ausruhen und neu organisieren.

Marlowe brauchte Schuhe, und er war vom Kampf verletzt. Der messerschwingende Wachmann hatte ihn mehrmals getroffen, und er hatte ein halbes Dutzend flache Wunden an den Armen, die versorgt werden mussten. Auch sein Rücken pochte. Bob wusste genau, was diese Schmerzen verursacht hatte.

Dieser verdammte Zaun.

Marlowe hatte die Zacken aus dem Boden gegraben und war ohne große Probleme darunter hindurchgeschlüpft, aber er hatte nicht so viel Glück gehabt. Das rostige Metall hatte sich in seine Haut gebohrt, als er versucht hatte, sich unter dem Zaun hindurchzuwinden, und seine Haut aufgeschlitzt. Auch ohne den Schaden zu sehen, wusste Bob, dass es nicht gut war – vor allem nachdem er in diesen ekelhaften Kanal gefallen war.

Aber es gab buchstäblich nichts, was er gegen seine Verletzungen tun konnte. Sie würden ihn nicht davon abhalten, Marlowe zu beschützen. Willis hatte arrangiert, dass sie vom internationalen Flughafen Phnom Penh abflogen. Er war der größte Flughafen des Landes und nicht weit entfernt von dem Ort, an dem Willis Kontakte hatte, die sie schnell durch die Sicherheitskontrolle und nach Tokio bringen würden, von wo aus sie ein Flugzeug zurück an die Ostküste der USA nehmen würden.

Sie befanden sich gerade in der Scheune des Bauern, in einem leeren Stall zwischen zwei anderen, in denen Ochsen standen, die der Besitzer wahrscheinlich zum Pflügen seiner Felder benutzte. Anstelle einer heißen Dusche hatte man ihnen einen Schlauch an der Seite der Scheune angeboten, aber zumindest war das Wasser sauberer als der Dreck, in den er zuvor gefallen war.

Er hatte sein Bestes getan, um sich gründlich abzuspritzen, in dem Wissen, dass eine Infektion drohte, nachdem seine Wunden diesem Kanal ausgesetzt gewesen waren. Nachdem Marlowe sich ebenfalls abgespült hatte, gab der Bauer ihnen eine Schüssel mit gebratenem Reis, ein Laken und zwei Handtücher und verließ dann schnell die Scheune. Es war kein sehr herzlicher Empfang, aber sie waren am Leben und zusammen, und Bob war dankbar dafür.

Er hatte sein Hemd und seine Hose zum Trocknen über den Rand des Stalls gehängt – so gut es in dem feuchten Klima möglich war – und Marlowe hatte dasselbe getan. Der Himmel war noch hell, als sie schließlich im Eingang des Stalls erschien, nachdem sie sich mit dem Schlauch gereinigt hatte. Bei ihrem Anblick konnte Bob sich nur mit Mühe beherrschen, sitzen zu bleiben.

Er hatte das Laken auf einem dicken Strohbett ausgebreitet und sein Handtuch über seinen Schoß drapiert. Er achtete darauf, mit dem Rücken zur Wand zu sein, da er auf keinen Fall wollte, dass Marlowe wegen der Verletzungen an seinem Rücken ausflippte. Soweit er es beurteilen konnte, tropfte immer noch ein wenig Blut aus den Wunden, und er musste wahrscheinlich genäht werden, aber das würde warten müssen.

Im Moment wollte er Marlowe in den Arm nehmen ... ihr zeigen, wie tief seine Gefühle waren ... auch wenn er die Worte nicht aussprechen konnte. Er würde sie nicht zurückhalten oder ihr das Gefühl geben, ihm gegenüber verpflichtet zu sein, wenn sie nicht dasselbe empfand.

»Ich ... das ist ein bisschen komisch«, platzte sie heraus, als sie unsicher vor ihm stand. Sie hatte das Handtuch um ihren Körper gewickelt, aber Bob konnte immer noch viel von ihren Beinen und Oberschenkeln sehen. Er schluckte schwer und streckte eine Hand aus.

Er konnte nicht umhin, sich zu freuen, als sie sofort zu ihm kam. Er half ihr, sich zu setzen, und griff dann nach der Schüssel mit dem Reis. Er nahm einen Löffel voll und hielt ihn ihr an die Lippen.

»Das kann ich machen.«

»Und gleichzeitig das Handtuch mit einem Todesgriff festhalten?«, fragte er mit einem kleinen Grinsen.

Sie rollte mit den Augen, dann zuckte sie mit den Schultern und beugte sich mit geöffnetem Mund vor.

Er ließ den Löffel zwischen ihre Lippen gleiten und konnte den Blick nicht davon abwenden, als sie die Zunge herausstreckte und etwas von dem Fett ableckte, das auf ihren Lippen zurückgeblieben war.

»Gut?«, fragte er.

»Ganz ehrlich? Ja. Es ist köstlich.«

»Nach einem Adrenalinrausch habe ich immer Hunger«, sagte er, bevor er eine weitere Portion aufnahm und ihr hinhielt. Sie teilten sich den Reis, bis sie alles aufgegessen hatten, und Bob stellte die Schüssel beiseite.

Die Tiere in der Scheune schlurften umher und machten leise Geräusche. Die Tatsache, dass sie ruhig waren, gab Bob ein relativ sicheres Gefühl. Er lehnte sich zurück, ignorierte den Schmerz in seinem Rücken und achtete darauf, dass das Handtuch auf seinem Schritt blieb, bevor er einen Arm ausstreckte. »Komm her, Punky.«

Sie begab sich in seine Arme, als hätte sie es schon ihr ganzes Leben lang getan und nicht nur in den letzten paar Tagen. Ihr Kopf ruhte auf seiner Schulter, und als sie sich bequemer hinlegte, verrutschte das Handtuch um sie herum, sodass er ihre nackte Haut an seiner eigenen spüren konnte. Er erschauderte.

Marlowe hob den Kopf. »Geht es dir gut?«

»Ja. Mir geht es bestens«, sagte er.

Sie lagen lange Zeit so da und lauschten den Geräuschen der Tiere um sie herum, so entspannt wie seit einer Woche nicht mehr. Bob wusste, dass sie noch nicht in Sicherheit waren – er würde sich erst völlig entspannen, wenn sie wieder auf amerikanischem Boden standen –, aber sie waren dem Ziel näher als in den letzten Tagen.

»Woran denkst du?«, flüsterte sie. Ihr Arm lag auf seinem Bauch, mit den Fingern streichelte sie abwesend seine Seite und Bob lag erstaunlich bequem auf dem geliehenen Laken, obwohl dieses nur durch Stroh gepolstert war. Es war immer noch heiß und feucht, aber Marlowe praktisch auf ihm zu haben fühlte sich ... richtig an.

»Ganz ehrlich? Wie sehr ich das hier genieße.«

»Ja«, stimmte sie zu. Nach einem Moment fügte sie hinzu: »Mir kommt es vor, als würde ich dich schon seit Jahren kennen ... Ist das seltsam? Ich meine, ich weiß, es ist wahrscheinlich nur die intensive Situation, in der wir uns befinden, auf der Flucht und untergetaucht, aber ich habe mich noch nie mit jemandem so wohlgefühlt wie mit dir. Ich versuche nicht, dich in irgendeiner Weise unter Druck zu setzen oder dich dazu zu bringen, etwas Ähnliches zu sagen, ich ... ich wollte nur, dass du das weißt.«

Sie hatte das, was er empfunden hatte, fast perfekt auf den Punkt gebracht. »Ich sage nie etwas, das ich nicht so meine«, entgegnete er. »Ich stimme niemandem zu, nur um höflich zu sein, und ich wurde noch nie beschuldigt, politisch korrekt zu sein. April lässt mich zu Hause nicht ans Telefon gehen oder E-Mails beantworten, weil sie weiß, dass ich nicht die Geduld habe, nett zu sein, wenn die Leute sich wie Idioten aufführen. Also glaub mir, wenn ich dir sage, dass ich in diesem Moment *nirgendwo* lieber wäre als hier bei dir. In Kambodscha. In diesem stinkenden Stall. Mit dir in meinen Armen.«

Marlowe hielt ihn noch fester, als sie ihn umarmte. Sie hob den Kopf, und er blickte in ihre schönen braunen Augen. »Kendric?«

Er lächelte. Sie hatte die Angewohnheit, das zu tun. Sie sagte seinen Namen, bevor sie eine Frage stellte oder ihm etwas erzählte. »Ja?«

»Ich habe im letzten Monat eine Menge Gewicht verloren. Meine Brüste sind also nichts Weltbewegendes. Und ich brauche ungefähr zehn heiße Duschen, um mich wieder völlig sauber zu fühlen ... aber ich will dich trotzdem.«

Diese Frau machte ihn fertig. Sie hatte mehr Mut in ihrem kleinen Finger als die meisten Menschen in ihrem ganzen Körper. Er spannte den Arm um ihre Taille an und drehte sich mit ihr, bis sie auf dem Rücken unter ihm lag. Sein eigenes Handtuch war heruntergerutscht, und sie waren beide völlig nackt. Sein Schwanz war bereits steinhart an ihrem inneren Oberschenkel.

Sein Rücken schmerzte, als er sich bewegte, aber er ignorierte es. Im Moment galt seine ganze Aufmerksamkeit Marlowe.

»Du bist die schönste Frau, die ich je gesehen habe, Punky. Du hast dich in der letzten Woche … verdammt, im letzten Monat erstaunlich gut gehalten. Und ich muss sagen, dass deine Brüste die besten Titten der Welt sind, einfach weil es *deine* sind.« Er lehnte sich noch ein wenig weiter vor und fuhr mit einer Hand langsam an ihrem Körper hinunter. Von ihrem Hals zu ihrer Schulter, ihre Brust hinunter – wobei er kurz die Brustwarze berührte, die sich verhärtet hatte und geradezu um seinen Mund bettelte –, über ihren Bauch, bis er schließlich ihren äußeren Oberschenkel berührte.

»Was deinen Körper betrifft? Du schmiegst dich an mich, als seist du für diesen Platz geschaffen. Deshalb ist er perfekt.«

»Kendric«, flüsterte sie sichtlich überwältigt.

»Ich war mit ein paar Frauen zusammen, seit ich aus der Armee ausgeschieden bin, aber ich wollte nie eine von ihnen mehr als das Atmen. Ich habe mit ihnen geschlafen, weil ich ruhelos war. Ich wäre genauso gern Fallschirm-springen gegangen, um etwas nervöse Energie zu verbrennen – was erklärt, warum es mich zu viel Zeit und Konzentration gekostet hat, um zu kommen. Aber mit dir? Ich will dich so sehr, Marlowe, dass ich mich nur mit Mühe beherrschen kann, nicht gleich hier und jetzt zu explodieren.«

»Dann nimm mich. Ich gehöre dir«, sagte sie und fuhr mit den Händen an seinen Armen auf und ab.

Das *tat* sie. Sie gehörte ihm. Er hatte eine Heiratsurkunde in seiner Hosentasche, auf der das stand.

Ihre Namen am unteren Rand des Formulars blitzten in seinem Kopf auf. Kendric und Marlowe Evans. Er hatte nie gedacht, dass er heiraten würde, aber jetzt war er geradezu besessen von der Idee. Sie gehörte ihm, so wie er ihr gehörte.

Dann kam ihm ein anderer Gedanke – und er schloss in frustrierter Wut die Augen.

»Was? Was ist denn los?«

»Ich kann dich nicht schützen«, platzte er heraus.

Sie runzelte verwirrt die Stirn. »Kendric, du beschützt mich schon seit einer Woche ganz hervorragend.«

Sie war so süß. »Nein, Punky. Ich habe keine Kondome. Ich kann dich nicht davor schützen, schwanger zu werden.«

»Oh. Ähm ... okay, das ist unangenehm, aber ... wir sind erwachsen, richtig? Wir können doch darüber reden. Ich habe meine Periode schon eine Weile nicht mehr gehabt. Ich schätze, das liegt am Stress, oder vielleicht auch daran, dass ich nicht viel gegessen und einen Haufen Gewicht verloren habe. Ich denke, dass ich im Moment wahrscheinlich nicht schwanger werden kann, selbst wenn ich es wollte. Also ... ist es in Ordnung.«

Es war nicht in Ordnung. Bob hasste den Gedanken, dass ihr Körper im Grunde seine normalen Funktionen einstellte, weil sie nicht die Nährstoffe bekam, die sie brauchte. »Wir können warten«, sagte er, obwohl ihm die Worte fast körperlich wehtaten. Er würde nichts tun, was diese Frau in Gefahr bringen könnte.

»Ich will Kinder«, platzte sie heraus. »Und ich meine, ich

habe sie *immer* gewollt. Das ist es, was ich wirklich tun möchte – Hausfrau und Mutter sein. Das ist keine populäre Meinung, und natürlich musste ich arbeiten, um meinen Lebensunterhalt zu bestreiten. Aber Mutter zu sein ist der einzige Beruf, den ich je wirklich wollte. Ich möchte meine Kinder aufwachsen sehen. Ich möchte dabei sein, wenn sie zur Schule gehen, und sie nachmittags zu Hause begrüßen. Ich möchte kochen und vielleicht nähen lernen, und ehrlich gesagt macht mir die Hausarbeit nicht einmal etwas aus.

Ich will damit sagen, dass falls – und das ist ein großes Falls – ich durch dich schwanger werde, dann ... dann würde mich das nicht stören. Ich bin fünfunddreißig. Ich werde nicht jünger. Und ich würde nichts von dir verlangen. Ich würde dich nicht um Geld oder Unterstützung bitten, oder um irgendetwas, das du nicht geben willst.«

»Wenn du mein Kind bekämst, würde ich an seinem Leben teilhaben wollen«, warnte Bob. »Ich würde nicht das Arschloch von Vater sein, das seine Kinder nicht unterstützt – oder ihre Mutter.«

Sie starrten einander einen langen Moment an.

Plötzlich lachte er. »Sieh uns an, an einem Tag verheiratet und am nächsten Tag planen wir unsere Familie«, murmelte er.

Sie kicherte. »Es ist lächerlich.«

»Ist es das?«, fragte er, ohne nachzudenken. Aus irgendeinem Grund kam ihm nichts an dieser Situation lächerlich vor.

»Nein. Es fühlt sich richtig an«, flüsterte Marlowe schließlich.

Und da war sie wieder. Sie war mutiger, als er es sich je hätte vorstellen können.

»Mach Liebe mit mir, Kendric. Bitte. Was auch immer passiert, passiert. Morgen könnten die kambodschanischen Behörden mich finden und zurück nach Thailand schleppen. Wir könnten von einer tollwütigen Mücke gestochen werden. Oder von einem wilden Ochsen zerfleischt werden. Ich weiß es nicht. Ich weiß nur, dass ich es für den Rest meines Lebens bereuen werde, wenn ich nicht wenigstens einmal die Chance bekomme, dich tief in mir zu spüren.«

Sie hatte recht. Sie hatten diesen Moment, und er hatte fast jede Minute daran gedacht, mit ihr zu schlafen, seit er »Ich will« gesagt hatte. Und sogar schon vorher, wenn er ehrlich war. Seit diesem Kuss.

Sie war seine Frau, und er war ihr Mann. Alles, was er in seinem Leben getan hatte, fühlte sich an, als hätte es zu diesem Moment geführt. Sie war seine Belohnung.

Bob senkte den Kopf ohne einen weiteren Gedanken. Er küsste sie zunächst sanft. Sagte ihr ohne Worte, dass er auf sie aufpassen würde. Dass er dafür sorgen würde, dass ihr nichts geschah. Dass er sie mit Sorgfalt behandeln würde.

Aber offenbar war Sorgfalt nicht das, was Marlowe wollte. Sofort griff sie in sein Haar, neigte den Kopf und schob ihre Zunge in seinen Mund. Ihre Zungen duellierten und liebkosten sich, und Bob spürte, wie er keuchte, als er den Kopf zurückzog, um dringend benötigten Sauerstoff zu bekommen.

Sie ließ eine Hand an seinem Körper hinuntergleiten und legte die Finger um seinen Schwanz.

»Heilige Scheiße«, murmelte er, als sie ihn mit festen,

selbstbewussten Bewegungen berührte. Er packte ihr Handgelenk und zog ihre Hand weg. »Noch mehr davon, und es gibt überhaupt kein Liebesspiel mehr, weil ich dann fertig bin«, warnte er.

»Du bist jung«, sagte sie mit einem Lächeln. »Du wirst dich erholen.«

Aber Bob wollte nirgendwo anders kommen als tief in ihrem Körper. Er musste sie auf die Weise beanspruchen, wie Männer ihre Frauen seit Jahrhunderten beanspruchten. Es war altmodisch, ein wenig höhlenmenschlich und sehr unvorsichtig, aber das war ihm egal. In diesem Moment, in dieser Scheune, nach allem, was sie durchgemacht hatten, wollte er alles nehmen, was sie zu geben bereit war. Er wollte diese Frau als die Seine beanspruchen.

Er beugte sich hinunter – wobei die Wunden auf seinem Rücken protestierten – und umschloss eine ihrer Brustwarzen mit dem Mund. Sie hatte nicht gelogen; sie war klein. Aber ihre Brustwarzen waren extrem empfindlich. Sie krümmte den Rücken und stieß einen kleinen Schrei aus, als er an ihr saugte. Mit einer Hand kehrte sie zu seinem Haar zurück, um ihn an ihre Brust zu drücken.

Bob leckte und saugte. Und obwohl er genoss, was er da tat, wollte er mehr. Er ließ eine Hand ihren Körper hinuntergleiten und strich mit den Fingern durch die Locken zwischen ihren Oberschenkeln. Sie stöhnte erneut und öffnete ihre Beine für ihn, um ihm Zugang zu ihren intimsten Stellen zu gewähren.

Sie war bereits klatschnass und Bobs Herzschlag beschleunigte sich. Sie wollte ihn. Sie war nicht aus einem

Gefühl der Dankbarkeit heraus mit ihm zusammen. Sie wollte ihn wirklich, genauso wie er sie wollte.

Bob wollte sich Zeit lassen. Wollte ihren Körper von Kopf bis Fuß verehren. Aber sein Schwanz hatte andere Vorstellungen. Ein Schwall Präejakulat trat aus der Spitze aus. Er war kurz davor. Er musste diese Frau auf die ursprünglichste Weise für sich beanspruchen.

Er drückte sich auf die Knie und umfasste ihre Innenschenkel, um sie noch weiter zu öffnen. Dann umfasste er seinen Schwanz mit der Faust und beugte sich vor. Sein Blick war auf ihre Muschi konzentriert.

»Ja«, flehte Marlowe stöhnend unter ihm. Sie ließ die Hände zu seinen Oberschenkeln wandern und grub die Fingernägel hinein ... auch als er plötzlich zögerte.

Instinktiv wusste Bob, dass der Sex mit ihr sein Leben verändern würde. Er würde sie nie wieder loslassen können. Er würde einer von »diesen« Typen sein. Die lächerlichen kitschigen Kerle, die ihre Frauen vierzehn Mal am Tag anriefen und SMS schrieben, um sich zu vergewissern, dass es ihnen gut ging. Ein Mann, der ihr ohne Grund Blumen kaufte. Der den Kopf schüttelte und nur lächelte, wenn sie zu viel Geld ausgab.

Der den Boden anbetete, auf dem sie ging.

Und es war ihm egal.

Sie hatte ihn bereits um den kleinen Finger gewickelt, und sie wusste es nicht einmal.

»Kendric?«, flüsterte sie ein wenig nervös.

Scheiße, sein Zögern hatte sie an sich selbst zweifeln lassen. Er griff nach ihrer Hand und führte sie zu seinem

Schwanz. Er seufzte, als sie die Finger um ihn schlang. Ihre Berührung fühlte sich gut an. Zu gut.

»Mach du es. Steck mich in dich hinein«, sagte er mit einem leisen Knurren.

»Es ist eine Weile her für mich«, gab sie etwas schüchtern zu.

»Ich werde es langsam angehen«, sagte er sofort.

Er sah, wie sie nickte und sich auf die Lippe biss, als sie ihn streichelte, bevor sie seinen harten Schwanz nach unten drückte und ihn an ihrer Öffnung platzierte.

Bob sah Sterne. Buchstäblich verdammte *Sterne*. Der Himmel wartete. Er brauchte nur einen harten Stoß, um ihn zu erleben. Aber er würde es langsam angehen, auch wenn es ihn umbrachte.

Marlowe war eng. Und obwohl sie feucht war, ließ ihr Körper ihn nicht so leicht hinein.

Es kostete ihn jedes Quäntchen Selbstbeherrschung, aber Bob weigerte sich, irgendetwas zu tun, was sie verletzen oder diese Erfahrung, ihre erste, alles andere als lebensverändernd und vergnüglich machen könnte.

Er stützte sich mit einer Hand ab und tastete mit der anderen nach ihrer Klitoris. Bei der ersten Berührung seines Fingers auf dem empfindlichen Nervenbündel zuckte sie unter ihm zusammen, aber ihr Körper entspannte sich so weit, dass die Spitze seines Schwanzes noch ein wenig weiter in sie hineingleiten konnte.

»Oh!«, rief sie aus.

»Fühlt sich das gut an, Punky?«, fragte er. Er kannte die Antwort bereits, aber er wollte noch mehr von ihren heiseren Worten hören.

»Ja! So gut. Mehr, Kendric.«

Sie würde alles bekommen, was sie wollte. Bob fuhr fort, ihre Klitoris zu streicheln, griff ab und zu nach unten und nutzte ihre Erregung, um sich den Weg zu erleichtern.

Es dauerte nicht lange, bis sie ihm mit den Hüften entgegenkam, auf der Suche nach mehr. Mit jeder Bewegung konnte er weiter und weiter in sie eindringen. Bob wusste nicht, ob sie überhaupt merkte, dass sie sich bewegte.

Es dauerte nicht lange, bis sie die Hüften auf und ab bewegte und *ihn* praktisch von unten nahm.

Es war eines der sinnlichsten und erotischsten Dinge, die Bob je erlebt hatte. Er stützte sich über ihr ab, während er sein Bestes tat, um seine Hand auf ihrer Klitoris zu halten und sie weiter zu streicheln. Sie schloss die Augen und warf den Kopf zurück, als sie sich auf das sich aufbauende Vergnügen konzentrierte.

Bob genoss das. Er konnte es nicht erwarten, dass sie um ihn herum explodierte.

Während er sie bei ihrem Vergnügen beobachtete, wurde in seinem Gehirn etwas klar. In Marlowes Haaren steckten Strohhalme. Er hatte sie vom Laken gerollt und sie lag auf Stroh. Auf demselben Stroh, auf dem wahrscheinlich früher am Tag ein Tier gestanden hatte. Das war inakzeptabel.

Ohne aus ihr herauszugleiten, packte Bob sie an den Hüften und drehte sie erneut. Wenn jemand auf dem rauen Stroh lag, dann war er es.

Marlowe zuckte zusammen und schaute von ihrer neuen Position aus auf ihn herab. Sie saß rittlings auf seinen Hüften, sein Schwanz zur Hälfte in ihr.

»Nimm mich, Marlowe Evans«, sagte er schroff,

während er ihre Taille festhielt. »So hart und tief, wie du willst.« Er schob erneut eine Hand zwischen ihre Beine und stellte fest, dass er in dieser Position besseren Zugang zu ihrer Klitoris hatte. Er gab ihr keine Chance, sich angesichts ihrer Position unwohl zu fühlen, wenn sie es nicht gewohnt war, und streichelte sie hart und schnell.

Sie erstarrte über ihm und krümmte den Rücken. Ihre Brustwarzen waren hart und sie keuchte innerhalb von Sekunden. »Kendric«, schrie sie, als sie schließlich die Hüften bewegte und versuchte, seine Finger dort zu halten, wo sie sie haben wollte.

Er starrte auf seinen Schwanz. Er war noch nicht ganz in ihr und er wollte sie so gern auf sich ziehen. Aber das könnte sie verletzen. Also biss er die Zähne zusammen und überließ ihr die volle Kontrolle über ihr Liebesspiel.

Sie neigte den Kopf nach unten und schaute auf die Stelle, an der sie miteinander verbunden waren – dann schnappte sie nach Luft. »Du bist noch nicht einmal ganz drin«, platzte sie heraus, womit sie seine Gedanken las.

Er lächelte. »Ich bin groß«, sagte er ohne jegliches Ego. »Nimm nur das, was für dich angenehm ist.«

Marlowe verblüffte ihn, indem sie ihm in die Augen schaute und sagte: »Ich will alles von dir.« Sie wackelte auf ihm, schaukelte vor und zurück, und ehe er sichs versah, war ihr ganzes Körpergewicht auf ihm, ihre Schamhaare vermischten sich ... und sie hatte ihn ganz in sich aufgenommen.

Sie stöhnten beide und Bob spürte, wie sein Schwanz in ihrem Körper zuckte. Sie fühlte sich *fantastisch* an. Nass, eng und so gottverdammt heiß, dass sie ihn praktisch verbrühte. Und er wollte nicht mehr weg.

Er bewegte seine Finger auf ihrer Klitoris und plötzlich musste er spüren, wie sie an seinem Schwanz kam. Er musste spüren, wie sich ihre Muskeln um ihn herum anspannten. Es wurde sein Lebensziel.

Sie zuckte in seinem Griff, sowohl äußerlich als auch innerlich, und Bobs Hoden entließen einen weiteren langen Schwall von Sperma tief in ihren Körper.

»Heilige Scheiße, Kendric! Du fühlst dich so gut an. Ich bin so voll!«

»Komm für mich, Marlowe. Komm an meinem Schwanz. Lass es mich spüren. Ich habe dich, lass los, Baby.«

Er wusste nicht genau, was er sagte, nur dass er sie beruhigen wollte. Dass er sie auffangen würde, wenn sie fiel. Er streichelte ihre Klitoris fester. Sie begann, die Hüften schneller zu bewegen, aber sie löste sich keinen einzigen Zentimeter von seinem Schwanz. Sie drückte ihn so weit in sich hinein, wie sie konnte.

Seine Hoden zogen sich hoch und bereiteten sich darauf vor, ihre Ladung abzugeben. Bob biss die Zähne zusammen, um sich zurückzuhalten. Sie fühlte sich zu gut an. Seine Gefühle überschwemmten ihn mit allem, was er für seine Frau empfand – einschließlich Liebe.

Er starrte fasziniert auf ihr Gesicht, als sie dem Höhepunkt immer näher kam. Sie grub die Fingernägel in die nackte Haut seiner Brust. Er spürte nicht mehr das Brennen der Messerschnitte, die er erlitten hatte. Er spürte auch nicht das grobe Stroh, das die Wunden in seinem Rücken reizte. Alles, was er fühlen und sehen konnte, war Marlowe.

Plötzlich spannte sich jeder Muskel in ihrem Körper an und sie erstarrte auf ihm. Sie war kurz davor. Sie brauchte nur noch einen Schubs und sie würde fliegen.

Bob zwickte ihre Klitoris zwischen den Fingern und wurde mit einem erstickten Schrei seiner Frau belohnt; dann fühlte es sich an, als sei sein Schwanz in einem Schraubstock, als sie über den Abgrund stürzte.

———

Marlowe konnte nicht atmen. Sie konnte nicht sehen. Sie konnte nicht denken. Sie konnte nur fühlen, als sie den intensivsten Orgasmus ihres Lebens hatte. Sie hatte keine Ahnung, wie lange sie weggetreten war, aber als sie schließlich die Augen öffnete und auf den Mann hinunterblickte, den sie liebte, lächelte sie.

»Das war das Schönste, was ich je gesehen habe. Danke«, sagte Kendric ehrfürchtig.

Sie sollte sich bei *ihm* bedanken. »Bist du ...? Es tut mir leid, ich sollte es wissen, aber ich war zu sehr damit beschäftigt, durch die Sterne zu fliegen, und habe nichts von dem mitbekommen, was um mich herum geschah ... oder in mir«, fügte sie mit einem kleinen Schulterzucken hinzu.

Sein Lächeln wurde breiter. »Nein. Ich war zu sehr damit beschäftigt, dein Vergnügen zu beobachten und zu spüren.«

Marlowe spürte, wie ihre Wangen rot wurden.

»Was brauchst du von mir, um zu kommen?«, fragte sie kühn. Sie war eine Frau, die entschlossen war, ihren Mann zu befriedigen. Kein sechzehnjähriges Kind, das zum ersten Mal mit Sex experimentierte.

»Nicht viel. Ich bin so kurz davor, dass es schon nicht mehr lustig ist«, sagte er ein wenig verlegen.

Experimentierfreudig spannte Marlowe ihre inneren Muskeln an, drückte ihn tief in ihren Körper und wurde belohnt, indem er ihre Hüften packte und ein Stöhnen über seine Lippen kommen ließ.

Langsam hob sie sich ein wenig an, dann ließ sie sich wieder sinken.

»Ja, genau so. Langsam und gleichmäßig«, keuchte er praktisch.

Lächelnd, da sie die Macht genoss, die sie über ihn zu haben schien, hob Marlowe sich erneut an. Sie hielt inne und war überrascht über den Schwall von Nässe, der ihr aus dem Körper strömte.

»Heilige Scheiße, das fühlt sich unglaublich an!«, keuchte Kendric. Er schob eine Hand zwischen sie und streichelte den Teil seines Schwanzes, der sich außerhalb ihres Körpers befand, und streifte dabei ihre empfindlichen Schamlippen.

»Wir sind ganz nass«, sagte er unnötigerweise. »Ich spüre dich an meinen Hoden. Es ist unglaublich. Ich will mehr. Beweg dich, Marlowe. Solange es dir nicht wehtut.«

Es tat nicht weh. Ganz und gar nicht. Ja, er war groß und es hatte ein bisschen gedauert, bis sie ihn ganz in sich aufnehmen konnte, aber jetzt? Sie war feucht und entspannt von ihrem Orgasmus, und sie wollte alles, was er ihr zu geben hatte.

Sie hatte vorhin nicht gelogen. Sie wollte Kinder haben. Sie glaubte nicht, dass der heutige Sex ein Kind hervorbringen würde, nicht bei all dem, was in ihrem Körper vor sich ging, aber wenn sie doch schwanger wurde, würde sie ihr Baby mit jedem Quäntchen Energie in sich lieben.

Sie begann, sich zu bewegen. Auf und ab. Sie spannte ihre inneren Muskeln an, während sie ihn vollständig in sich aufnahm, damit er erlebte, was sie gespürt hatte.

»Marlowe ... ja! Du fühlst dich so gut an. Du hast ja keine Ahnung.«

Sie liebte es, wie außer Kontrolle er klang, wie er jeden seiner Gedanken herausplapperte. Marlowe brauchte mehr, wollte seine völlige Hingabe und begann, sich schneller zu bewegen. Schon bald hallte das Geräusch ihrer aneinander-klatschenden Haut durch die Scheune, während sie ihn heftig ritt.

Gerade als ihre Oberschenkelmuskeln vor Anstrengung zu zittern begannen, packte Kendric sie an den Hüften und zog sie auf sich herunter. Er war so tief in ihr, dass es fast schmerzte. Er stöhnte und seine Hüften zuckten, als er kam.

Es war das Intimste, was Marlowe je getan hatte. Kend-rics Gesichtsausdruck war fast gequält, als er sie ausfüllte. Sie starrte immer noch auf sein Gesicht, als er die Augen aufriss und seine Hand bewegte. Er begann erneut, grob ihre Klitoris zu zwicken, und sie zuckte überrascht zusammen.

»Noch einmal«, forderte er. »Ich muss wieder spüren, wie du an mir kommst.«

Seine Berührung war fast überwältigend, aber auf eine gute Art. Sie versuchte, sich für einen Moment der Erleichte-rung wegzuwinden, aber er hielt sie fest. »Kendric«, stöhnte sie, als die Lust in ihr viel schneller anstieg als zuvor.

»So ist es gut. Drück mich zusammen, einfach so. Ich

kann deine Muskeln an meinem Schwanz spüren. Du fühlst dich so unglaublich an. Wenn ich in dir leben könnte, würde ich es tun. So sehr ich es auch liebe, dich mit meinem Samen zu füllen, liebe ich das hier noch mehr. Deine Lust von innen zu spüren. Es ist unglaublich, Marlowe.«

Seine Worte ergossen sich über sie wie ein warmer tropischer Wasserfall. Sie konnte nicht anders, als sich an ihm zu bewegen, auf seinem Schwanz, während er sie immer näher an den Abgrund brachte. Sie war nicht die Art von Frau, die während einer sexuellen Begegnung mehrere Orgasmen hatte. Verdammt, oft hatte sie nicht einmal einen. Aber sie näherte sich dem Höhepunkt zum zweiten Mal, und dieser fühlte sich noch intensiver an als der erste.

»Du gehörst *mir*, Marlowe. Du hast meinen Namen angenommen. Jetzt nimmst du meinen Schwanz. Er gehört dir. Alles von mir gehört dir. Tu es, Punky. Lass los. Ich werde dich auffangen.«

Der praktische Teil von ihr hatte das Gefühl, dass er die Dinge sagte, die er sagte, weil sie gerade mitten beim Sex waren. Richtig *gutem* Sex, aber sobald ihr Endorphinrausch vorbei war, würde die Realität eintreten und er würde sich wahrscheinlich für die Dinge schämen, die er gesagt hatte. Aber für den Moment ließ sie seine Worte in ihrer Seele ruhen.

Ein kleiner Schrei verließ ihre Kehle, als er sie über den Abgrund stieß. Sie zitterte und bebte in seinem Griff, und sie hörte ihn unter ihr stöhnen.

Als sie wieder atmen konnte, war sie vollkommen erschöpft. Kendric ließ sie auf seine Brust sinken, immer noch tief in ihrem Körper vergraben. Sie spürte, wie ihre gemeinsamen Säfte zwischen ihren Körpern hervortraten, und ihr kam der Gedanke, dass sie froh war, nicht auf dem nassen Fleck schlafen zu müssen. Er drückte sie an seine Brust und strich mit seinen großen Händen über ihren Rücken.

»Heilige Scheiße«, murmelte sie, als sie das Gefühl hatte, wieder sprechen zu können.

Er lachte unter ihr, und Marlowe konnte nur lächeln über die intime Art, wie sie sein Lachen spürte, weil sie an ihn geschmiegt war.

»Das war unglaublich. Ganz ehrlich. Das habe ich noch nie gefühlt.«

Marlowe hob den Kopf und runzelte die Stirn. »Wirklich?«

»Nein. Ich kümmere mich um die Frauen, mit denen ich schlafe, aber ich war noch nie in einer drin, wenn sie kam.«

Marlowe nahm an, dass sie sich komisch fühlen sollte, wenn ihr Mann über Sex mit anderen Frauen sprach, aber da er im Grunde sagte, dass sie ihm eine Erfahrung ermöglicht hatte, die er noch nie gemacht hatte, und weil sie diejenige war, in der er noch immer tief vergraben war, machte sie sich keine Sorgen.

»Ich werde das wieder wollen«, warnte er. »Wahrscheinlich jedes Mal, wenn du kommst. Wird das ein Problem sein?«

Diesmal lachte sie. »Hast du das gerade ernsthaft gefragt?«, sagte sie, während sie ihre Wange wieder an seine Brust legte.

»Ich war mir nicht sicher, ob du das komisch findest oder so«, verteidigte er sich.

»Wann immer du mich zum Höhepunkt bringen willst, nur zu«, neckte sie ihn. Sie spürte, wie sein Schwanz in ihr zuckte, und konnte ihr Grinsen nicht zurückhalten. Er schien es nicht eilig zu haben, sich zu bewegen. Er lag einfach unter ihr und ließ sich von ihr als Kissen benutzen, während er ihren Rücken, ihre Arme und ihr Haar streichelte.

»Kendric?«

»Ja?«

Es war ihr nicht entgangen, wie er sie Marlowe Evans genannt hatte, als sie sich gerade geliebt hatten. Sie wollte wirklich seine Frau sein, mehr als alles andere auf der Welt, aber sie war sich bewusst, dass ihre Situation nicht normal war. Es war unglaublich intensiv, und sie hatten sich auf eine Weise aufeinander verlassen, wie es manche Paare nie tun würden. Sie konnte ihn zu nichts zwingen, sobald sie in ihre reale Welt zurückkehrten.

»Glaubst du wirklich, dass wir es bis nach Hause schaffen werden?«

»Ja.« Seine Antwort war unmittelbar und fast eindringlich. »Ich werde dich nach Hause bringen, Marlowe.«

Sie seufzte. War es seltsam, dass sie jetzt fast nicht nach Hause gehen *wollte*? Wahrscheinlich schon. Sie wusste, dass die Dinge zwischen ihr und Kendric sich ändern würden, wenn sie gingen.

»Es wird drei oder vier Tage dauern, um zum Flughafen zu kommen«, sagte Kendric. »Sobald ich dort bin, werde ich mich mit meinem Kontaktmann in Verbindung setzen, und er wird dafür sorgen, dass wir Pässe bekommen, auf falsche Namen, wenn er es für nötig hält, sobald er sieht, was mit Thailand und deiner Situation los ist. Wir werden in weniger als einer Woche zu Hause sein.«

»Das ist gut«, sagte sie, aber ihre Antwort klang in ihren eigenen Ohren ein wenig schwach.

»Was ist los?«, fragte er, völlig im Einklang mit ihren Gefühlen.

»Es ist nur ... Ich will nach Hause, versteh mich nicht falsch. Aber ...« Sie verstummte.

»Du kannst mir alles sagen«, versicherte er ihr.

»Ich habe mich daran gewöhnt, dich um mich zu haben«, sagte sie und versuchte, ihren Tonfall zu lockern, damit ihre Worte nicht ganz so ernst klangen.

Aber Kendric lachte nicht. Er machte keinen Scherz. Stattdessen sagte er: »Sieh mich an, Marlowe.«

Sie holte tief Luft und hob den Kopf, um sein Gesicht zu sehen.

»Ich will dich sehen, wenn wir zurückkommen. Ich weiß nicht, wie es funktionieren wird, denn ich bin bereit, mich endgültig in Maine niederzulassen, und du wirst sein, wo immer du sein wirst. Aber ich will nicht, dass wir den Kontakt verlieren.«

Ihr Herz schlug schneller. Was genau wollte er damit sagen? Sie war zu feige, ihn direkt zu fragen. »Das will ich auch.«

»Gut«, sagte er erleichtert. »Ich möchte, dass du meine Freunde kennenlernst. Sie werden dich lieben. Sie werden wahrscheinlich versuchen, dich zu überreden, nach Newton zu ziehen. Wenn du nicht aufpasst, hat April schon eine Wohnung für dich gemietet, bevor wir überhaupt zu Hause sind.«

Marlowe legte den Kopf wieder auf Kendrics Brust und zeichnete mit den Fingern kleine Kreise auf seiner Haut. Sie glaubte nicht, dass es ihr etwas ausmachen würde, in Newton zu leben. Es klang nach einer Stadt, in der man sicher Kinder großziehen konnte. Sie hatte für ein Leben mehr als genügend Abenteuer erlebt. »Mein Bruder wird dich auch lieben«, sagte sie.

»Ich freue mich darauf, ihn kennenzulernen«, entgegnete Kendric.

Unerwartet stiegen Marlowe Tränen in die Augen. Sie wollte das. In Kendrics Armen zu liegen, zu reden, zu teilen. Aber sie war klug genug, um zu wissen, dass nichts jemals so einfach war.

Er würde damit klarkommen müssen, dass seine Freunde verärgert waren, weil er ihnen nichts von seinen Missionen erzählt hatte. Und auch wenn er behauptete, bereit zu sein, sich niederzulassen, war sie nicht sicher, ob das wirklich stimmte. Er würde nach Maine zurückkehren und sich unweigerlich wieder langweilen. Wie konnte sie mit dem Adrenalinschub konkurrieren, den er bekam, wenn er andere rettete? Sie konnte es nicht.

Den Gedanken, dass er wer weiß wohin gehen und sich in Gefahr begeben würde, könnte sie nicht ertragen. Nicht wenn sie aus erster Hand erfahren hatte, wie gefährlich seine Missionen sein konnten. Ihn zu bitten, damit aufzuhören, wäre Kendric gegenüber allerdings nicht fair. Er war, wer er war, und sie würde ihn niemals zurückhalten wollen.

Die Wahrheit war, dass das Zusammensein mit ihr langweilig wäre. Sie wollte von nun an ein langsames und einfaches Leben führen, und dieser Mann würde sich niemals mit langsam und einfach zufriedengeben. Er war dazu geboren, anderen zu helfen. Am Rande des Abgrunds zu leben.

»Weinst du etwa? Habe ich dir wehgetan? Scheiße!«, rief er und versuchte, sich unter ihr wegzubewegen.

Aber Marlowe klammerte sich an ihn und schüttelte den Kopf. »Nein! Du würdest mir nie wehtun. Ich bin nur etwas aufgewühlt. Weißt du, alles holt mich ein.« Sie hasste diese kleine Lüge, aber sie war nicht ganz unwahr.

Er entspannte sich wieder unter ihr und streichelte ihren Rücken. »Es geht dir gut, Punky. Du bist in Sicherheit. Wir werden morgen früh aufbrechen. Ich denke, es ist zumindest ein wenig sicherer, tagsüber zu reisen, jetzt, da wir aus Thailand heraus sind. Wir besorgen dir Schuhe und ein paar saubere Klamotten, und wenn wir am Flughafen sind, werde ich meinen Kontaktmann anrufen und uns von hier wegbringen.«

Sie nickte und schloss erneut die Augen. Er war immer noch tief in ihrem Körper vergraben, und Marlowe hatte sich noch nie so sicher gefühlt wie in diesem Moment. Auch wenn sie sich in einer Scheune befanden und sie sich immer noch nach einer richtigen Dusche und Seife sehnte, war sie so zufrieden wie schon lange nicht mehr.

»Ich sollte mich bewegen und uns sauber machen«, murmelte er.

Aber Marlowe drückte ihn fester an sich. »Nein. Ist schon gut.«

Er lachte. »Ich sehe schon, da will jemand nicht auf dem nassen Fleck schlafen, hm?«

Seine Worte erweckten den Anschein, als hätten sie eine gemeinsame Zukunft. Mehr Nächte, in denen sie einander liebten und entschieden, wer wo schlafen würde. »Sex ohne Kondom ist schmutzig«, sagte sie nach einem Moment.

»Mir war nicht klar, wie sehr«, sagte er, immer noch völlig entspannt unter ihr.

Marlowe hob wieder den Kopf. »Wirklich?«

»Wirklich. Ich war vorher nicht bereit, Vater zu werden.«

Seine Worte lagen schwer um sie herum. Sie war sich nicht sicher, was diese Aussage zu bedeuten hatte. Dass er vorher nicht bereit war, aber *jetzt* schon? Sie seufzte. »Die Sauerei macht mir nichts aus«, sagte sie nach einem Moment. »Ich meine, ich bin mir nicht sicher, ob es mir gefallen würde, herumzulaufen und zu spüren, wie dein Sperma zwischen meinen Beinen herunterläuft, aber das? Hier zu liegen, während du noch in mir bist? Das ist ... intim.«

»Ja«, stimmte er zu.

Sie spürte, wie er wieder hart wurde, und sie grinste an seiner Brust.

»Marlowe?«

»Ja?«, antwortete sie und spürte, wie Spannung und Erregung wieder in ihr aufstiegen, als er sie ausfüllte.

»Bist du wund?«

»Nein.«

»Ich will dich wieder«, sagte er unverblümt.

»Du kannst oben sein«, sagte sie etwas schüchtern, als sie sich aufsetzte.

Aber er schüttelte den Kopf. »Nein. Ich will nicht, dass deine Haut das Stroh berührt.«

Sie sah ihn stirnrunzelnd an. »Warum nicht?«

»Weil es kratzig ist. Und schmutzig.«

»Und das ist für dich in Ordnung, aber nicht für mich?«

»Jup.«

»Das ist nicht fair«, protestierte sie.

Kendric zuckte nur mit den Schultern. »Das ist mir egal. Zu lieben und zu beschützen, zu ehren und zu hegen, zu respektieren und zu nähren. Das habe ich versprochen, und ich nehme mein Gelübde ernst.«

Marlowes Herz schmolz dahin.

»Außerdem weiß ich, dass du gern oben bist. Und ich mag dich dort. Nimm mich, Frau. Ich will dich wieder ausfüllen.«

Sie rollte mit den Augen. »Du bist wirklich herrisch.«

»Es ist gut, dass du das jetzt lernst. Beweg dich, Frau. Bitte.«

Also tat sie es.

Stunden später wachte Marlowe langsam in Kendrics Armen auf. Die Tiere um sie herum rührten sich, und sie hatte das Gefühl, dass der Besitzer der Farm bald auftauchen würde. Sie mussten aufstehen, sich anziehen und sich auf den Weg nach Süden zum Flughafen machen.

Aber sie konnte sich nicht dazu durchringen, sich zu bewegen. Sie lag immer noch auf Kendric, obwohl sie es geschafft hatten, die Hälfte des Lakens über sich zu ziehen, nachdem sie das letzte Mal miteinander geschlafen hatten. Sie waren beide wieder gekommen und hatten sich mindestens eine Stunde lang über ihr Leben unterhalten. Über ihre Hobbys, ihre Vorlieben und Abneigungen, und Kendric hatte ihr noch mehr Geschichten über seine Freunde und einige der Einsätze erzählt, die er während seiner Armeezeit absolviert hatte.

Er hatte ihr auch mehr über Newton erzählt, die Stadt in Maine, in der er lebte. Ihr lief das Wasser im Mund zusammen, als sie von *Granny's Burgers* hörte. Sie war fasziniert von seinem Freund, der ein Prinz war, und ihr schauderte bei dem Gedanken, nach Liechtenstein reisen zu müssen, um den König und die Königin zu treffen und eine Art formelle, sehr öffentliche Hochzeitszeremonie abzuhalten, wie Cal und June es irgendwann tun würden.

Sie konnte sich des Gedankens nicht erwehren, dass ihre eigene Zeremonie perfekt gewesen war. Nur sie und Kendric. Sie erinnerte sich gern daran, wie die Gastgeberin ihnen Wasser über die Hände goss, um sie zu segnen, und wie Kendric »Ich will« sagte. Und obwohl sie ihre Hochzeitsnacht in diesem winzigen Raum unter dem Boden verbracht hatten, war es eine der besten Erfahrungen, die sie je gemacht hatte.

Sie war in diesem Moment genauso fest an Kendric geschmiegt wie in der Hochzeitsnacht, aber diesmal waren sie beide nackt und von ihren multiplen Orgasmen erfüllt. Marlowe war entspannt.

Aber als Kendric unter ihr heftig zuckte, war sie sofort in Alarmbereitschaft.

»Cal! Wo ist Cal?«

»Schhhh, ist ja gut«, beruhigte Marlowe ihn.

»Chappy! Ist alles in Ordnung mit dir? Bitte halte durch!«

»Sie sind in Sicherheit«, sagte sie und strich mit einer Hand über seine Brust, um ihn zu beruhigen.

Kendric hatte ihr erzählt, dass er nicht gut schlief, dass er Albträume hatte, aber bisher hatte sie sich darüber keine Gedanken gemacht, da er auf ihrer Reise kaum geschlafen hatte. Offenbar war er so unvorsichtig geworden, dass sein Gehirn in den REM-Schlaf fiel, und jetzt hatte er einen dieser Albträume, von denen er gesprochen hatte. Ihr Herz brach für ihn.

»Marlowe! Lauf! Los, los, los!«

Sie blinzelte. Er träumte von *ihr*? Es machte sie noch wütender zu wissen, dass die Hilfe bei ihrer Flucht neuen Stoff für schlechte Träume geliefert hatte.

»Nehmt eure Hände von ihr! Nein! Marlowe! Ich hole dich da raus! Das verspreche ich! Gib nicht auf! Ich werde dich finden!«

»Ich bin hier, ich bin in Sicherheit«, versuchte Marlowe es erneut, aber Kendric hörte sie nicht.

Er setzte sich auf und löste sie so mühelos von seiner Brust, als sei sie gar nicht da. »Ich komme! Nein, lasst sie los! Marlowe! Fasst sie nicht an, ihr Mistkerle! Neeeiiiin!«

Das letzte Wort war mehr ein Wimmern, und Marlowe wollte ihn jetzt unbedingt wecken. Das stoppen, was in seinem Kopf vor sich ging. Sie kroch auf seinen Schoß, setzte sich rittlings auf ihn und legte die Hände auf seine Wangen. »Kendric! Wach auf! Ich bin genau hier. Niemand fasst mich an. Wir sind in Sicherheit und in Kambodscha. Bitte wach auf!«

Einen Moment lang dachte sie, dass es nicht funktionierte, dass er immer noch in dem Horror feststeckte, von dem er gerade träumte – aber dann blinzelte er und fand ihren Blick.

»Genau so. Du bist in Ordnung. Wir sind beide in Ordnung. Wach für mich auf. Ich bin bei dir.«

»Marlowe?«, krächzte er.

»Ja, ich bin's.«

»Scheiße«, flüsterte er und senkte den Kopf, bis seine Nase an ihrem Hals vergraben war. »Geht es dir gut?«

»Mir geht's gut. Willst du über deinen Traum reden?«

»Nein.«

Seine Antwort war unmittelbar und entschlossen.

»Okay. Aber dir geht es gut. Es geht uns beiden gut.«

Er legte sich abrupt zurück, und Marlowe stieß ein überraschtes Quietschen aus. Er drückte sie fest an sich, während er die Augen geschlossen hielt und schwer atmete, offensichtlich in dem Versuch, die Nachwirkungen seines Albtraums abzuschütteln.

Marlowe streichelte ihn weiter und versicherte ihm, dass es ihr gut ging, ebenso wie ihm, und dass es nur ein schlechter Traum war.

Schließlich murmelte er leise: »Ich hasse träumen. Ich *hasse* es.«

»Deshalb erlaubst du dir auch nicht oft, zu schlafen, stimmt's?«, fragte sie.

Kendric nickte. »Seit ich in Gefangenschaft war, habe ich Albträume. Ich habe mit Psychologen und Therapeuten und sogar mit ein paar Schlafspezialisten gesprochen. Sie sagen alle das Gleiche. Dass sie irgendwann nachlassen werden.

Aber es ist schon Jahre her, und sie sind immer noch genauso lebendig wie kurz nach unserer Rettung.«

»Das liegt daran, dass du dich so kümmerst«, sagte sie entschlossen. »Wenn das nicht so wäre, würdest du dir nicht so viele Sorgen um deine Freunde machen.«

»Ich erinnere mich meist nicht wirklich an die Träume. Nur, dass ich verzweifelt versuche, zu meinen Freunden zu gelangen, und es nicht schaffe«, gab er zu. Er öffnete die Augen und sah zu ihr auf. »Ich bin allerdings noch nie so schnell aus ihnen herausgekommen wie gerade eben. Normalerweise dauert es Stunden, bis ich mich wieder wie ich selbst fühle. Aber mit dir hier ... wie du mich berührst ... das hilft.«

Es fühlte sich gut an zu wissen, dass sie ihm wenigstens ein bisschen helfen konnte. »Gut.«

Sie lagen noch ein paar Minuten so da, bevor Kendric seufzte. »Wir müssen aufstehen. Ich will nicht, dass der Bauer deinen Hintern sieht.«

Marlowe kicherte. »Ich will aber auch nicht, dass er deinen sieht«, konterte sie.

»Ich glaube nicht, dass er sich für meinen Hintern interessieren würde«, sagte Kendric grinsend.

»Man weiß nie. Es ist ein verdammt schöner Hintern«, protestierte Marlowe.

»Woher willst du das wissen? Du hast ihn gestern Abend nicht gesehen. Du warst zu sehr damit beschäftigt, meinen Schwanz zu bewundern und auf ihm zu sitzen.«

Marlowe spürte, wie sie errötete. »Wie auch immer.«

Er lachte. Lautstark. »Gott, du bist bezaubernd. Nimm die Handtücher und mach dich mit dem Schlauch sauber.

Ich begnüge mich mit dem Laken, und dann machen wir uns auf den Weg. Ich werde mit dem Bauern über Schuhe für dich reden, und wir halten am ersten Laden, den wir finden, um dir ein paar Kleider zu besorgen.«

»Du bist zu gut zu mir«, platzte sie heraus.

»Überhaupt nicht«, erwiderte er. Dann zog er sie zu sich herunter und küsste sie sanft. »Ich danke dir für letzte Nacht. Du hast mir ein Geschenk gemacht, das ich immer in Ehren halten werde.«

»Ich habe dir gar nichts geschenkt«, protestierte Marlowe.

»Du hast mir *dich* gegeben«, sagte er. Er stand mit ihr in den Armen auf, stellte sie auf die Füße und reichte ihr die Handtücher, die er in der Nacht zuvor zur Seite geschoben hatte. »Geh schon, bevor der Bauer kommt.«

Sie nickte und wickelte eines der Handtücher um ihren Körper, bevor sie sich umdrehte und aus dem Stall ging. Sie blickte einmal zurück und sah, dass Kendrics Blick immer noch an ihr haftete. Er hatte keine Anstalten gemacht, sich anzuziehen. Im sanften Licht der Morgendämmerung, das durch die Lamellen in der Scheune fiel, bewunderte sie seine Gestalt ebenso. Er war so muskulös, sah so stark aus wie die Bäume, von denen er zu Hause in Maine erzählte, wenn er sie fällte. Es war schwer zu glauben, dass sie die Nacht mit ihm verbracht hatte. Dass er sie wollte. Aber seine wachsende Erektion machte deutlich, dass er definitiv nicht aus Mitleid mit ihr zusammen gewesen war.

Sie schenkte ihm ein kleines Lächeln und verließ die Scheune in Richtung des Wasserhahns im Freien. So gern sie auch gleich wieder mit Kendric ins Bett gegangen wäre, sie fühlte sich schmuddelig, und sie mussten jetzt wirklich los. So nahe an der Grenze zu sein machte sie nervös. Als würde jeden Moment jemand hereinplatzen und sie zurück ins Gefängnis schleppen. Je schneller sie sich auf den Weg nach Süden zum Flughafen machten, desto besser würde es ihr gehen.

KAPITEL NEUN

Vier Tage später wusste Bob, dass er in großen Schwierigkeiten steckte. Seine Wunden hatten sich mit der Zeit nicht gebessert. Sie hatten sich sogar infiziert, und jede Berührung seines Rückens sandte Wellen von Schmerzen durch seinen Körper. Er aß nichts mehr, weil er nichts mehr bei sich behalten konnte, und wurde von Tag zu Tag schwächer.

Zuerst hatte er versucht, seine Schmerzen vor Marlowe zu verbergen, aber sie war nicht dumm. Sie wusste sofort, dass etwas nicht stimmte. Erst vor zwei Tagen hatte er gestehen müssen, was los war, als sie einen Arm um ihn gelegt hatte, nachdem er beim Gehen gestolpert war – und sich dann ruckartig von ihr gelöst hatte, ohne das schmerzerfüllte Stöhnen unterdrücken zu können.

Sie hatte darauf bestanden, sein Hemd anzuheben und einen Blick auf seine Wunden zu werfen, und ihr entsetztes Einatmen sagte Bob alles, was er wissen musste. Sie wollte einen Arzt holen, aber er hatte sich geweigert. Er musste sie nach Hause bringen. Er hatte schon früher Infektionen überlebt, Schläge und Folter überstanden und war aus beidem heil herausgekommen. Er konnte sich durchschlagen, bis er wieder in den Staaten war.

Aber in den letzten zwölf Stunden wusste Bob, dass er es nicht nach Hause schaffen würde.

Jeder Schritt war eine Tortur. Jede Bewegung fühlte sich an, als sei er wieder in dieser Zelle in Übersee und seine Entführer würden ihre Messer tief in seine Haut bohren.

Er hatte es geschafft, ihn und Marlowe in den kleinen Raum im hinteren Teil eines Ladens in der Nähe des Flughafens zu bringen, den letzten Ort, den Willis für sie organisiert hatte. Dann war er zu Boden gefallen ... und hatte nicht mehr aufstehen können.

Marlowe war in den letzten Tagen erstaunlich stark gewesen, hatte ihn ermutigt und ihr Bestes getan, um die Wunden auf seinem Rücken mit allem zu reinigen, was sie finden konnte, aber die Infektion, die in seinem Körper wütete, hatte gesiegt.

»Kendric?«, rief sie verzweifelt, als er mit dem Gesicht nach unten auf dem Boden lag.

»Es geht mir gut«, murmelte er, obwohl er wusste, dass er log. »Ich muss nur eine Stunde oder so schlafen. Dann rufe ich Willis an und wir brechen auf.«

»In Ordnung. Du schläfst. Ich bin genau hier«, sagte sie.

Das war das Letzte, woran Bob sich erinnerte, bevor er bewusstlos wurde.

Marlowe schritt im Raum umher. Er war klein, nur so groß, dass sie etwa fünf Schritte von Wand zu Wand machen konnte. Sie hatte gewusst, dass Kendric Schmerzen hatte, aber sie war sich nicht bewusst gewesen, wie schlimm es geworden war. Er hatte seinen Schmerz gut versteckt. Obwohl sie seine Wunden vor zwei Tagen gesehen hatte, hatte er sie seitdem nicht mehr reinigen lassen. Als er ohnmächtig geworden war und sie sein Hemd hochgehoben hatte, um zu sehen, wie schlimm die Verletzungen waren, wäre sie fast selbst in Ohnmacht gefallen.

Die Furchen in seinem Fleisch waren grün gesprenkelt, an den Rändern rot entzündet und es tropfte Eiter heraus. Und sie rochen furchtbar. Seine Haut fühlte sich heiß an und war von der Infektion geschwollen. Er brauchte sofort ärztliche Hilfe, aber sie hatte keine Ahnung, wie sie sie ihm geben konnte, ohne dass einer von ihnen oder sie beide verhaftet wurden.

Panik machte sich breit, während sie auf und ab ging. Sie dachte nicht daran, dass sie bald zu Hause sein würde, sondern nur daran, dass der Mann, den sie liebte, auf dem Boden lag. Er hatte sie bis zum Flughafen gebracht, und jetzt fragte sie sich ernsthaft, ob er sterben würde. Seine Atmung war schnell und flach, und sie hatte schreckliche Angst, ihn zu verlieren.

Sie hatte keine Ahnung, wie sie mit seinem Kontaktmann Willis in Verbindung treten konnte. Kendric hatte auf ihrer Reise angehalten, Münztelefone benutzt und Ladenbesitzer dafür bezahlt, ihre persönlichen Handys benutzen zu dürfen, aber er hatte ihr die Nummer des Mannes nicht mitgeteilt. Sie hatte seine Brieftasche hervorgeholt und wusste, dass sie kein Geld mehr hatten. Sie hatte keine Ahnung, wie er Willis hatte erreichen wollen, um ihre Pässe und Flüge zu besorgen, aber das war auch egal. Er war im Moment nicht in der Lage, etwas anderes zu tun, als auf dem Boden zu liegen.

Marlowe kaute auf ihrem Daumennagel und dachte über die letzten vier Tage nach. Wie er sich verletzt hatte, als er unter dem Zaun hindurchgekrochen war, und wie er sie dann durch den übel riechenden Kanal getragen hatte. Sie war zwar trocken geblieben, aber das mit Fäkalien gefüllte Wasser war offensichtlich in seine Wunden eingedrungen. Als sie in der Scheune gewesen waren, hatte er auf dem Rücken auf dem nackten Stroh gelegen, damit sie es so wenig wie möglich berührte. Auch hier hatten wahrscheinlich mehr Keime die Wunden infiziert.

Sie hatten auf der Reise nach Süden geeitert – und er hatte kein Wort darüber verloren. Wahrscheinlich weil er nicht wollte, dass sie sich Sorgen machte. Nun, das hatte herrlich geholfen. Sie war jetzt besorgt. Versteinert, um genau zu sein.

Und sie musste etwas tun. Aber was? Sie hatte kein Geld, keinen Ausweis. Sie beherrschte die Sprache nicht. Sie war eine verdammte Flüchtige.

Ab und zu stöhnte oder murmelte Kendric, aber sonst war er völlig weggetreten. Es war erschreckend und Marlowe wusste, dass sie Hilfe für ihn holen musste. Sie hatte nichts Wertvolles, das sie jemandem im Tausch für die Benutzung seines Telefons geben konnte. Sie hatte nur die Kleider, die sie am Leib trug. Buchstäblich.

Kendric stöhnte wieder, und sie hielt inne, um ihn zu beobachten.

In ihrem Kopf formte sich ein Plan. Sie tat es nur ungern, aber sie hatte keine andere Wahl.

Sie kniete sich neben ihn auf den Boden und griff nach seinem Arm. Schnell löste sie die schicke Uhr, die er trug und mit der sie durch Thailand und Kambodscha gekommen waren. Sie hatte ein GPS und einen Kompass ... und sie hoffte, dass Kendric ihr nicht allzu böse sein würde, weil sie die Uhr genommen hatte, um sie gegen die Benutzung eines Telefons einzutauschen.

Mit einem mulmigen Gefühl im Bauch, der Sorge um Kendric und der Angst, allein loszuziehen, atmete Marlowe tief durch. Sie musste es tun. Sie war buchstäblich die Einzige, die ihm helfen konnte. Es war sehr wahrscheinlich, dass er an einer Sepsis sterben würde, wenn er nicht mit Antibiotika und Flüssigkeit versorgt wurde.

»Ich bin bald wieder da«, sagte sie zu Kendric.

Er bewegte sich nicht.

»Du hast uns bis hierher gebracht und ich bringe dich den Rest des Weges nach Hause. Du wirst es schaffen, hörst du, Kendric?«

Wieder antwortete er nicht. Marlowe musste an die letzten Tage zurückdenken, als er so stark und überlebensgroß gewirkt hatte. Als er mit ihr geschlafen hatte. Als er ihr zum ersten Mal seit Jahren das Gefühl gegeben hatte, schön zu sein.

Sie würde alles tun, um sicherzustellen, dass ihre Rettung nicht mit seinem Tod endete.

Mit fester Entschlossenheit beugte Marlowe sich zu ihm

hinunter und küsste ihn auf die Stirn, bevor sie aufstand und auf die Tür zuging. Sie öffnete sie und schaute ein letztes Mal zurück. Kendric atmete viel zu schnell und sie hasste es, wie verletzlich er da auf dem Boden lag. Sie atmete tief durch, drehte sich um und machte sich auf den Weg, um ihm Hilfe zu holen.

Eine Stunde später war sie überhitzt, verschwitzt, frustriert und so nervös wie noch nie in ihrem Leben.

Der Laden, in dem sie und Kendric sich versteckt hielten, war die erste Pleite gewesen, gefolgt von unzähligen anderen. Aber schließlich hatte sie einen Geschäftsinhaber in der Nähe des Flughafens gefunden, der bereit war, ihr im Tausch gegen Kendrics Uhr ein Ferngespräch über sein Geschäftstelefon zu ermöglichen. Sie war noch nie so froh gewesen wie in dieser Sekunde, dass Kendric sie dazu gebracht hatte, die Telefonnummer seines Geschäfts auswendig zu lernen.

Sie war sich nicht sicher, wie groß der Zeitunterschied war, aber sie schätzte, dass er ungefähr so groß sein musste, wie er es auf der Ausgrabungsstätte in Thailand gewesen war. In Maine war es etwa elf Stunden früher als hier ... das hoffte sie. Denn das bedeutete, dass jemand im Büro sein musste. Sie wählte vorsichtig die Nummer 555-824-2286 und hielt den Atem an.

»Hallo, *Jack's Lumber*. Wie kann ich Ihnen helfen?«

Einen Moment lang war Marlowe so erleichtert, dass jemand antwortete, dass sie nicht einmal sprechen konnte.

»Hallo?«

»Hallo, Entschuldigung! Ich bin hier!«, platzte Marlowe

heraus. »Ich rufe wegen Chappy, Cal oder JJ an. Bitte, es ist ein Notfall.«

»Ich bin April, ihre Assistentin«, sagte die Frau am anderen Ende der Leitung. »Darf ich fragen, wer anruft?«

Das war es also. Es war fast unwirklich, mit April zu reden, einer Frau, von der Kendric schon oft gesprochen hatte. Jemand, den er bewunderte und auf den er und seine Freunde sich verließen.

»Mein Name ist Marlowe Kennedy, und ich bin mit Kendric Evans in Kambodscha. Er braucht dringend Hilfe, und er hat mich dazu gebracht, diese Telefonnummer auswendig zu lernen, nur für den Fall, dass ich wirklich mit einem seiner Freunde sprechen muss.«

Sie rechnete April hoch an, dass sie keine Fragen stellte, die noch mehr Zeit vergeuden würden. Sie sagte einfach: »Bleib bitte dran«, dann drückte sie sich das Telefon an die Brust oder so – und schrie extrem laut nach ihren Arbeitgebern.

»Chappy! Cal! Jack! Kommt hierher! Sofort! Es ist ein Notfall!«

Erfreut darüber, dass sie ihren Anruf ernst nahm, wartete Marlowe eine gefühlte Ewigkeit, bis April wieder in der Leitung war.

»Ich stelle dich auf Lautsprecher, Liebes. Es sind alle da. Sag uns, was los ist.«

Marlowe holte tief Luft und tat genau das. »Nochmals, mein Name ist Marlowe, und ich bin mit Kendric in Kambodscha. Ich bin Archäologin und war bei einer Ausgrabung in Thailand. Ich wurde für etwas beschuldigt, das ich nicht getan habe, und landete im Gefängnis. Mein Bruder arbeitet in D. C. und hat viele Verbindungen, und ich glaube, er hat jemanden namens Willis gefunden, der mit Kendric zusammenarbeitet. Er kam nach Thailand und holte mich aus dem Gefängnis, und wir waren auf der Flucht. Wir haben es bis nach Kambodscha geschafft, in die Nähe des Flughafens, und sollten bald in die Staaten zurückfliegen. Aber Kendric ist krank geworden.«

Marlowes Stimme stockte, und sie zwang sich weiterzusprechen. »Ich weiß nicht, wie ich diesen Willis erreichen kann, wir haben kein Geld, Kendric ist bewusstlos und ich habe schreckliche Angst, dass er stirbt! Bitte, er hat so viel von euch allen erzählt. Werdet ihr ihm helfen?«

»Marlowe, hier ist JJ. Du weißt, wer ich bin?«

»Ja«, sagte sie und wischte sich die Tränen weg, die ihr während des Sprechens über die Wangen gelaufen waren. »Du bist Jackson Justice. Du warst derjenige, der beschlossen hat, aus der Armee auszusteigen und Schere, Stein, Papier zu spielen, um zu entscheiden, wo ihr euch niederlassen wollt, sobald ihr raus seid.«

»Heilige Scheiße, sie weiß *wirklich*, wer wir sind«, murmelte ein Mann mit britischem Akzent.

»Du bist Cal Redmon aus Liechtenstein«, plapperte Marlowe. »Du hast als Kriegsgefangener am meisten unter diesen Arschlöchern gelitten, und Kendric bewundert dich so sehr, du hast ja keine Ahnung.«

»Ich habe Angst davor zu hören, was Bob über *mich* gesagt hat«, sagte ein dritter Mann.

Marlowe seufzte. »Und du musst Chappy sein. Wenn du es wirklich wissen willst, er hielt dich für verrückt, eine Frau zu heiraten, die du erst wenige Tage kanntest und die während eines Schneesturms in deiner Hütte festsaß, aber jetzt glaubt er, dass du und Carlise füreinander bestimmt seid, und er freut sich sehr für dich.«

»Ihr seid in Kambodscha?«, fragte JJ und lenkte das Gespräch um.

Marlowe holte noch einmal tief Luft. »Ja, in der Nähe des internationalen Flughafens von Phnom Penh. Bitte seid nicht böse auf Kendric! Er hat euch wegen der kranken Tante angelogen, und er hat mit Willis zusammengearbeitet, weil er … unruhig war … dort in Maine. Er liebt es«, sagte sie schnell. »Er liebt die Arbeit mit euch und das Wetter und alles, aber er sagte, er brauche mehr. Also hat er mit Willis zusammengearbeitet, um Menschen in Übersee zu retten.

Aber ich glaube, damit ist er offiziell fertig. Als wir auf dem Weg zum Flughafen waren, sagte er mir mehrmals, dass er glaubt, sein Bedürfnis, anderen zu helfen, auf andere Weise erfüllen zu können. Vielleicht indem er mit einer Höhenrettungstruppe arbeitet oder so. Er liebt euch alle so sehr, dass er am Boden zerstört wäre, wenn ihr ihn aus dem Geschäft werft und nicht mehr mit ihm redet«, sagte sie, bevor sie merkte, dass sie wieder plapperte.

»Entspann dich, Marlowe, wir werden ihn nicht rauswerfen«, sagte JJ.

»Aber wir *werden* uns mit ihm unterhalten«, sagte Chappy mit strenger Stimme.

»Ich kann nicht glauben, dass der Kerl uns nicht gesagt hat, was er macht. Was für ein Wichser«, fügte Cal hinzu.

»Werdet ihr ihm helfen?«, fragte Marlowe besorgt.

»Natürlich. Sag uns, wo ihr seid und was mit Bob los ist«, befahl JJ.

Marlowe tat ihr Bestes, um den Ort zu beschreiben, an dem sie untergebracht waren. Sie konnte sich nicht mehr an den Namen des Ladens erinnern, vor allem weil er nicht auf Englisch war, aber sie erzählte Kendrics Freunden, dass dort verschiedene Lebensmittel verkauft wurden, und beschrieb dann alle anderen Geschäfte in der Umgebung. Dann erzählte sie ihnen die Höhepunkte ihrer Flucht aus dem Gefängnis und wie sie und Kendric es gerade so über die Grenze geschafft hatten.

»Er hat sich den Rücken am Zaun aufgeschürft und ist dann durch wirklich widerliches Wasser gewatet. Wir haben danach in einer Scheune geschlafen, was, glaube ich, nicht geholfen hat. Die Schürfwunden sind jetzt wirklich eklig. Sie sind rot und grün, geschwollen, und es kommt eine Menge Eiter aus ihnen heraus. Ich habe sie so gut es geht gesäubert, aber es hilft nicht. Er ist im Delirium und verliert immer wieder das Bewusstsein.

Es ist mir egal, was mit mir passiert, aber bitte, *bitte*, könnt ihr kommen und ihn abholen? Ich habe Angst, ihn in ein Krankenhaus zu bringen, nicht dass ich wüsste, wie ich das auch nur körperlich schaffen sollte. Die thailändischen und kambodschanischen Behörden sind auf der Suche nach uns, und ich kann nicht zulassen, dass er ins Gefängnis geht, weil er mir geholfen hat. Er hat nichts falsch gemacht –«

»Und *du*?«, unterbrach Chappy sie.

Marlowe schloss die Augen. »Nein«, flüsterte sie. »Ich schwöre es. Ich nehme keine Drogen. Ich verkaufe keine Drogen. Ich habe nichts mit den Yaba-Pillen zu tun, die in meinen Sachen gefunden wurden. Ich bin mir ziemlich sicher, dass mein Kollege sie dort platziert hat. Ich habe ihn dabei erwischt, wie er Artefakte von der Ausgrabungsstätte gestohlen hat. Antike Münzen. Und ich glaube, er hat mich verraten, damit er damit davonkommt.«

»Heilige Scheiße«, flüsterte April.

»Wer?«, fragte JJ scharf.

»Ähm ... sein Name ist Ian West«, antwortete sie, nicht sicher, warum er das unbedingt wissen wollte. Sie schloss die Augen und schüttelte den Kopf, als sie hinzufügte: »Es ist egal. *Bitte.* Ich interessiere mich wirklich nicht für mich selbst. Ich gehe zurück ins Gefängnis, wenn das nötig ist, um Kendric Hilfe zu besorgen. Er darf nicht sterben. Das darf er nicht! Das würde ich mir nie verzeihen.«

Marlowe öffnete schließlich die Augen und sah, wie der Ladenbesitzer sie stirnrunzelnd ansah. Ihre Zeit am Telefon würde bald zu Ende sein, und diese Männer mussten ihr glauben.

»Kannst du uns einen Moment zum Reden geben?«, fragte JJ.

Seine Worte beruhigten Marlowe nicht. »Ja, aber ... Ich weiß nicht, wie lange ich noch in der Lage sein werde zu reden. Der Ladenbesitzer, dessen Telefon ich gerade benutze, sieht ungeduldig aus.«

»Es wird nur eine Minute dauern. Leg *nicht* auf, verstanden?«, befahl JJ.

»Ja.«

»Gut. April, schalte uns für eine Sekunde stumm.«

Ein Piepton ertönte und Marlowe erwartete, Musik oder Stille zu hören ... aber stattdessen konnte sie Kendrics Freunde immer noch hören. Was auch immer April gedrückt hatte, es war nicht die Stummtaste.

»Ich kann nicht glauben, dass Bob uns all die Jahre angelogen hat!«, rief Chappy aus. »Wenn ihm langweilig war, hätte er es uns nur sagen müssen. Wir wären mit ihm auf diese Rettungsmissionen gegangen!«

»Ich glaube, er wusste das, aber er hat wahrscheinlich auch gesehen, wie glücklich wir waren, hier zu sein«, antwortete Cal.

»Das ist im Moment alles egal. Wir müssen herausfinden, wie wir ihn aus Kambodscha heraus und in ein Krankenhaus bringen können«, sagte JJ eindringlich.

»Glaubst du, der Flughafen wurde alarmiert? Dass Bob daran gehindert werden wird, das Land zu verlassen?«, fragte Chappy.

»Ich weiß es nicht. Aber es ist eine Möglichkeit. Ich muss herausfinden, wer dieser Willis ist und was er für ihre Ausreise geplant hat«, sagte JJ.

»Was machen wir mit der Frau? Sie steht wahrscheinlich auf einer Beobachtungsliste. Es ist nicht so, dass sie einfach so in den Flughafen spazieren kann und durch den Zoll kommt«, bemerkte Chappy.

»Ich kann die Beziehungen meiner Familie nutzen und Bob ohne große Probleme rausholen«, sagte Cal. »Ihr wisst, dass meine Eltern sich sehr dafür eingesetzt haben, dass ihr drei auf die inoffizielle Liste der Leute kommt, denen die königliche Familie zu helfen bereit ist, nachdem ihr mir geholfen habt, als wir in Kriegsgefangenschaft waren. Aber das wird dieser Marlowe nicht helfen. Der königliche Schutz erstreckt sich natürlich auch auf unsere direkten Verwandten, Carlise und June sind also abgesichert. Aber Marlowe ist nicht verwandt. Sie ist auf sich allein gestellt, wenn wir nicht herausfinden, wie wir ihr helfen können.«

»Wenn du ein Flugzeug nach Kambodscha besorgen kannst«, sagte JJ, »werde ich sehen, was ich über ihren Bruder und Willis herausfinden kann. Es *musste* einen Plan gegeben haben, sie auszufliegen. Ein gefälschter Ausweis und Reisepass. Es wird nur eine Weile dauern, das herauszufinden und den Ball wieder ins Rollen zu bringen.«

Marlowes Magen drehte sich bei dem Gedanken, sich selbst überlassen zu sein, aber sie würde es tun, wenn Kendric dadurch die Hilfe bekäme, die er brauchte. Trotzdem konnte sie nicht umhin, »Entschuldigung?« zu sagen, als im Gespräch am anderen Ende der Leitung eine Pause entstand.

»Was zum Teufel, April? Ich dachte, du hättest es auf stumm gestellt«, brummte JJ.

»Das dachte ich auch. Es ist ein neues Telefon, ich muss die falsche Taste gedrückt haben.«

Marlowe war sich da nicht ganz so sicher. Irgendetwas im Tonfall der anderen Frau ließ sie glauben, dass sie die Leitung absichtlich offen gelassen hatte. Aber sie hatte keine Zeit, sich darüber Gedanken zu machen.

»Es tut mir leid, aber ich habe gehört, was ihr gesagt habt. Und bitte glaubt nicht, dass ich das, was ich vorhin gesagt habe, nämlich Kendric rauszuholen und mich hierzulassen, wieder zurücknehme. Das tue ich nicht. Ich meine, das ist schon in Ordnung. Aber ... Cal, wovon du gesprochen hast ... Macht es einen Unterschied, wenn ich dir sage, dass Kendric und ich verheiratet sind?«

In der Leitung herrschte Totenstille und Marlowe geriet

kurz in Panik, da sie dachte, die Verbindung sei unterbrochen worden. Dann sagte Chappy: »Heilige Scheiße! Wirklich?«

»Ja. Darüber würde ich nicht lügen«, sagte Marlowe.

»Sieht aus, als sei er genauso schnell wie wir«, sagte Cal und klang dabei fast amüsiert. »Wie ist das passiert? Ich weiß nämlich ganz genau, dass er nicht verheiratet war, als er vor zwei Wochen hier wegging.«

»Wir waren auf dem Weg zur Grenze, und in einem der Unterschlüpfe gab es eine Frau, die altmodisch oder sehr religiös oder so war. Sie hatte sich bereit erklärt, uns für einen Tag zu verstecken, aber sie wusste nicht, dass wir ein Mann und eine Frau waren. Ich glaube, sie dachte, Marlowe sei ein Männername. Jedenfalls war das Versteck winzig und sie weigerte sich, uns dort zusammen unterzubringen, wenn wir nicht Ehemann und Ehefrau waren. Wir dachten, es sei keine große Sache, also ... stimmten wir zu.«

»Hast du irgendwelche Beweise?«, fragte JJ.

»Die Dame hat uns eine Heiratsurkunde gegeben, bevor wir abends abgereist sind. Sie ist auf Thai und wahrscheinlich noch nicht registriert oder so«, erklärte sie, da sie sich genötigt sah, es zu erwähnen. »Und wir haben es nur getan, um nicht nach einem anderen Unterschlupf suchen zu müssen.«

»Bob tut *nichts*, was er nicht will«, sagte Chappy. »Er hätte sich etwas anderes einfallen lassen können, anstatt zu heiraten, wenn er es wirklich gewollt hätte.«

Bei den Worten des Mannes krümmten sich Marlowes Zehen in den billigen Schuhen, die Kendric für sie gefunden hatte. Sie war tatsächlich überrascht gewesen, wie schnell er in die Heirat eingewilligt hatte, aber sie hatte angenommen, dass er noch weniger daran interessiert war, einen anderen Ort zu finden, an dem sie sich den Tag über verstecken konnten.

»Ich kann es immer noch nicht fassen, dass erst Chappy, dann Cal und jetzt Bob gezwungen waren, das Bett mit Frauen zu teilen, die sie am Ende geheiratet haben«, sagte April, die dabei ziemlich glücklich für ihre Freunde und Arbeitgeber klang.

»Das wäre dann wohl das«, sagte Cal und ignorierte Aprils Bemerkung. »Du und Bob seid verheiratet, was bedeutet, dass meine Leute euch beide ohne viel Aufhebens zurück in die Staaten bringen können. Bleib, wo du bist, Marlowe. Wir werden zu dir kommen.«

»Wirklich? Bald?«, fragte Marlowe.

»Na ja, nicht speziell ich«, antwortete Cal. »Wir sind zu weit weg, um so schnell dort zu sein, wie Bob uns zu brauchen scheint. Liechtenstein ist näher dran. Ich rufe an, nachdem wir aufgelegt haben. Meine Leute werden Ausweise und Pässe für dich und Bob haben, und hoffentlich wird es keine Schwierigkeiten mit dem Zoll geben. Da die königliche Familie sich für euch beide verbürgt, sollte es kein Problem sein.«

Für Marlowe klang das zu schön, um wahr zu sein, aber sie würde sich nicht beschweren. »Okay.«

»Geh zurück zu Bob und bleib dort. Sie werden dich finden. Ich sorge dafür, dass ein Arzt mit einem Rettungsteam kommt, und Bob wird die Hilfe bekommen, die er auf dem Weg nach Maine braucht.«

»Maine?«, fragte Marlowe erstaunt. Sie hatte gedacht, sie würden in Cals Heimatland fliegen.

»Ja. Ich nehme an, dass die Gefallen, die ich einfordere, ausreichen, um euch aus Kambodscha herauszuholen, aber sie werden keine Flüchtigen in ihrem Land beherbergen wollen ... politische Scheiße, du verstehst.«

Marlowe war sich nicht sicher, ob sie das tat, aber sie murmelte trotzdem ihr Einverständnis.

»Wir werden euch beide nach Bangor fliegen und Bob sofort in ein Krankenhaus bringen«, sagte Cal. »Deine Aufgabe ist es, ihn am Leben zu erhalten, bis meine Landsleute dort eintreffen können, verstanden?«

»Ja.« Ihre Antwort war jetzt entschlossener. Sie war so erleichtert, dass sie hätte weinen können. Aber sie hielt die Tränen zurück. Sie durfte jetzt nicht zusammenbrechen. Sie musste zurück zu Kendric.

»Das hast du gut gemacht, Marlowe«, sagte JJ leise. »Danke, dass du angerufen hast.«

»Ich danke *euch*«, erwiderte sie mit einem leichten Kopfschütteln. »Ich wusste nicht, was ich sonst tun sollte.«

»Ich kann es kaum erwarten, dich zu treffen –«

Die Leitung erstarb abrupt, als April sprach, und Marlowe sah hinüber, um festzustellen, dass der Ladenbesitzer die Verbindung unterbrochen hatte.

Er sagte etwas in schnellem Khmer, der offiziellen Sprache Kambodschas, und teilte ihr offensichtlich mit, dass ihre Zeit abgelaufen war. Marlowe reichte ihm den Hörer zurück und bedankte sich auf Englisch, dann drehte sie sich schnell um und verließ den Laden. Sie musste zurück zu

Kendric. Jetzt, da sie wusste, dass Hilfe kommen würde, war sie vorsichtig optimistisch.

Dieses Gefühl hielt an, bis sie den Raum betrat, in dem Kendric immer noch auf dem Boden lag. Er war während ihrer Abwesenheit nicht aufgewacht. Wenn überhaupt, schien es ihm schlechter zu gehen. Seine Atmung war flacher, und als sie das Laken anhob, das sie über ihn gelegt hatte, sahen die Wunden auf seinem Rücken noch schlimmer aus als zuvor.

»Du musst durchhalten, Kendric«, flüsterte sie, während sie zu der letzten Flasche Wasser ging, die er für sie besorgt hatte, bevor er zu schwach geworden war, etwas anderes zu tun. Sie schüttete etwas von dem kostbaren Wasser auf eine saubere Ecke des Lakens und tat ihr Bestes, um den grünen Eiter von seinen Wunden abzuwischen. Sie mussten genäht werden, und sie hätte für eine antibiotische Creme getötet, aber sie konnte nur die Wunden säubern und den ekelhaften, infektiösen Eiter wegwischen.

»Deine Freunde kommen«, sagte sie und ignorierte die Tränen, die von ihren Wangen tropften. »Bitte halte durch. Sie sind auf dem Weg. Und wir dürfen mit einem königlichen Flugzeug fliegen. Ist das nicht cool?«

Sie versuchte, ihn dazu zu bringen, etwas von dem Wasser zu trinken, indem sie seinen Kopf hochhielt, um es ihm leichter zu machen, aber sie war sich nicht sicher, ob es ihr gelang.

Sie redete weiter mit ihm. Stundenlang redete sie, bis ihre Stimme heiser war. Er sollte wissen, dass er nicht allein war, sodass er hoffentlich weiter gegen die Infektion ankämpfte, die in seinem Körper wütete.

Marlowe war sich nicht sicher, wann sie ihre Retter erwarten konnte. Sie wusste nicht einmal, wie sie sie finden würden, aber Cal schien zu glauben, dass sie anhand der Informationen, die sie ihm gegeben hatte, keine Probleme haben würden. Sie vertraute Kendrics Freunden. Sie wusste, dass sie ihm helfen würden.

Sie hoffte, dass Kendric ihr nicht allzu böse sein würde, weil sie ihnen sein Geheimnis darüber verraten hatte, was er hinter ihrem Rücken getan hatte. Aber letztendlich spielte es keine Rolle, wenn er wütend war. Wenn er beschloss, dass er sie nie wiedersehen wollte. Solange er am Leben und gesund war, würde sie mit den Konsequenzen ihres Handelns fertigwerden.

Sie hatte alles getan, was sie konnte. Jetzt konnte sie nur noch warten ... und beten.

KAPITEL ZEHN

Die Abholung aus Kambodscha verlief erstaunlich reibungslos.

Vier Männer und eine Frau tauchten sechzehn Stunden später an der Tür von Marlowes und Kendrics Raum auf und machten sich sofort daran, Kendric vom Boden auf eine Trage zu verfrachten. Die Frau blaffte Befehle in einer Sprache, die sich wie Deutsch anhörte, während sie einen intravenösen Zugang an Kendrics Arm legte. Sie hielt inne, um das Laken anzuheben und sich seinen Rücken anzusehen, gab einen besorgten Laut von sich, deckte ihn zu und gab den Männern weitere Anweisungen.

Marlowe folgte ihren Rettern, als sie Kendric in einen Lieferwagen luden. Sie setzten sie hinein und fuhren dann in Richtung Flughafen davon.

Der Fahrer umging das Hauptterminal und fuhr stattdessen zu einem kleineren Gebäude. Er zeigte dem Mann an der Sicherheitskontrolle seinen Ausweis und Marlowe hatte den Eindruck, dass sie kaum langsamer wurden. Sie fuhren geradewegs zu einem Flugzeug mit der Liechtensteiner Flagge an der Seite, und alle sprangen aus dem Wagen und begannen, mit der Trage zu helfen.

Ehe Marlowe sichs versah, ging sie die Treppe hinauf und stieg in das luxuriöse Flugzeug.

Die Ärztin stand im hinteren Teil des Flugzeugs über Kendric, während zwei der Männer die Trage festhielten, um sicherzustellen, dass sie sich beim Start nicht bewegte.

»Bitte nehmen Sie Platz«, sagte eine Frau neben ihr mit Akzent, was Marlowe zusammenzucken ließ. Sie hatte sie nicht einmal näher kommen sehen.

»Wir werden abheben, sobald die Ärztin das Okay gibt«, fuhr sie fort. »Möchten Sie etwas essen? Oder etwas trinken?«

Marlowe war sehr durstig, aber der Gedanke, jetzt irgendetwas in den Magen zu bekommen, verursachte ihr Übelkeit. »Nein danke. Mir geht es gut. Wann ... wie ... müssen wir nicht durch den Zoll oder so?«

Die Frau lächelte. »Das ist schon erledigt. Ich habe mich mit den Behörden getroffen und ihnen Ihre Pässe gezeigt.«

Sie überreichte zwei dunkelblaue Pässe, auf denen oben *Fürstentum Liechtenstein* stand. Unter einer Art Wappen stand das Wort *Reisepass*. Benommen öffnete Marlowe einen und sah ihr Bild, das sie von ihrem amerikanischen Pass kannte, der von den thailändischen Behörden beschlagnahmt worden war ... und den Namen Marlowe Evans.

Der andere Pass enthielt den Namen und das Bild von Kendric.

Sie blickte zu der Frau auf. »Ich verstehe nicht«, flüsterte sie.

»Ihr Mann ist per Dekret ein inoffizielles Mitglied der königlichen Familie.« Sie zuckte mit den Schultern. »Technisch gesehen ist es kein legaler Pass, und er wird konfisziert werden, bevor Sie das Flugzeug verlassen, aber es war der schnellste Weg, um Sie ohne große Schwierigkeiten aus dem Land zu bringen.« Sie zwinkerte. »Soweit ich weiß sucht Thailand nach einer Marlowe Kennedy, nicht nach einer Marlowe Evans. Wenn Sie bitte Platz nehmen würden, wir werden bald in der Luft sein.«

Marlowe ließ sich auf den nächstgelegenen Sitz fallen. Sie stand unter Schock. Cal hatte ihr einen großen Dienst erwiesen. Sie wollte aus Dankbarkeit weinen, aber ihre Augen waren bereits geschwollen und sie hatte nicht das Gefühl, dass sie noch Tränen übrighatte.

Zwanzig Minuten später – als sie in der Luft waren und Marlowe das Gefühl hatte, zum ersten Mal seit anderthalb Monaten wieder *richtig* atmen zu können – löste sie den Sicherheitsgurt und machte sich auf den Weg zu Kendric.

Die Ärztin schrieb gerade in ein Krankenblatt und runzelte die Stirn, als sie sich näherte.

»Wird er wieder gesund?«, fragte Marlowe.

Die Frau antwortete mit starkem Akzent: »Ich glaube schon, ja. Aber es war gut, dass wir rechtzeitig da waren. Er ist sehr krank. Die Infektion hat auf seine Organe übergegriffen.«

Marlowe war alarmiert. »Aber er wird doch wieder gesund?«

»Wir geben ihm Flüssigkeit und eine hohe Dosis Antibiotika. Die Wunden in seinem Rücken müssen genäht werden, aber das kann erst geschehen, wenn die Infektion unter Kontrolle ist. Ich habe seine Verletzungen gesäubert, auch die Wunden an seinen Armen und Händen. Messer?«, fragte sie.

Marlowe nickte.

Die Ärztin warf ihr einen beruhigenden Blick zu. »Wir müssen nur abwarten, bis die Antibiotika ihre Wirkung zeigen. In ein paar Tagen wird er wieder auf den Beinen sein.«

»Wirklich?«, fragte Marlowe, während Hoffnung durch ihre Adern floss.

»Ja. Er ist jung und stark. Ich bin zuversichtlich, dass es ihm gut gehen wird.«

Marlowes Knie gaben fast unter ihr nach und sie streckte eine Hand aus, um sich auf einem Sitz in der Nähe abzustützen.

»Setzen Sie sich«, befahl die Ärztin. »Ich sollte Sie auch untersuchen.«

»Nein«, sagte Marlowe kopfschüttelnd. »Es geht mir gut.«

»Um es ganz offen zu sagen, Sie sehen nicht gut aus«, erwiderte die Ärztin. »Sie sind zu dünn und Ihre Wangen sind eingefallen. Sie sind eindeutig dehydriert und Sie könnten auch eine Infektion haben.«

»Das wird schon wieder, wenn ich ein paar gute Mahlzeiten zu mir genommen habe«, beharrte Marlowe. »Kendric ist derjenige, um den ich mir Sorgen mache.«

Die Ärztin runzelte die Stirn, drängte aber nicht. »Also gut. Aber Sie sollten etwas Wasser trinken. Rehydrieren. Und etwas essen.«

»Das werde ich«, versprach Marlowe, die sich nicht ganz sicher war, ob sie überhaupt etwas essen *konnte*. Aber jetzt, da sie wusste, dass es Kendric gut gehen würde, würde sie wenigstens etwas trinken.

Einige Stunden später fühlte Marlowe sich, als würde sie umfallen. Der Flug nach Maine dauerte über achtzehn Stunden und sie hatten noch immer elf vor sich. Obwohl sie erschöpft war, konnte sie nicht schlafen. Sie machte sich zu viele Sorgen um Kendric. Er war nicht aufgewacht, und obwohl die Ärztin gesagt hatte, dass es ihm gut gehen würde, konnte Marlowe nicht ruhen, bis sie mit ihm gesprochen hatte. Sie musste mit eigenen Augen sehen, dass er auf dem Weg der Besserung war.

Sie saß neben seiner Trage, als er ein wimmerndes Geräusch machte. Marlowe stand sofort auf und nahm seine Hand in die ihre. »Kendric?«

Er antwortete nicht, sondern begann zu zucken, während er dalag.

»Treten Sie zurück«, befahl die Ärztin.

Doch kaum hatte Marlowe Kendrics Hand losgelassen, begann er, auf der Trage zu zappeln. »Marlowe!«, schrie er.

Die Kraft und Lautstärke seines Schreis ließ sowohl sie als auch die Ärztin überrascht zusammenzucken.

»Marlowe!«, rief er erneut. »Wo bist du? *Marlowe!*«

»Ich bin hier«, sagte sie, aber einer der Männer hatte sie am Arm gepackt und hinderte sie daran, zu ihm zurückzukehren. »Lassen Sie mich los!«, zischte sie und versuchte, sich aus seinem Griff zu befreien.

»Er ist aufgewühlt«, betonte die Ärztin.

»Was Sie nicht sagen!«, rief Marlowe aus, ohne sich darum zu scheren, wie aufgebracht sie klang.

»Lasst sie los! Nein! Marlowe, ich komme!«

Kendric versuchte nun, sich von der Trage hochzudrücken, und die Ärztin bemühte sich, ihn festzuhalten, was ihn nur noch mehr aufzuregen schien.

»Er wird seine Infusion herausziehen, wenn er nicht aufhört. Kommen Sie und halten Sie ihn fest, während ich ihn betäube«, sagte die Ärztin zu einem der Männer.

»Nein! Lassen Sie mich versuchen, ihn zu beruhigen. Bitte!«, flehte Marlowe.

Die Ärztin sah zu Kendric, zu ihr und dann wieder zu ihrem Patienten. Schließlich seufzte sie und trat einen Schritt zurück. »Lassen Sie sie los«, sagte sie zu dem Mann, der Marlowe festhielt.

Sobald sie frei war, lief Marlowe zurück an Kendrics Seite. Sie ergriff seine Hand und legte die andere auf seine Schulter. »Ich bin hier, Kendric. Dir geht es gut. Mir geht es gut. Entspann dich.«

Seine Augen waren offen, aber er starrte ins Leere und sah offensichtlich nicht viel. »Punky?«

»Ich bin's. Ich bin hier.«

»Verlass mich nicht. Verlass mich niemals!«

Seine Worte ließen ihr Herz in der Brust verkrampfen. »Das werde ich nicht. Ich bin genau hier.«

Obwohl Kendric neben sich stand, drehte er sich auf die Seite und zog sie näher zu sich heran.

»Warten Sie, nein –«, begann die Ärztin, aber Marlowe war schon in Bewegung. Sie kletterte auf die Trage und drückte sich an Kendrics Vorderseite. Er legte einen Arm um sie und zog sie mit eisernem Griff an sich.

Die Ärztin sagte etwas auf Deutsch, und Marlowe hatte das Gefühl, dass es wahrscheinlich gut war, dass sie die Sprache nicht verstand. Sie hielt den Atem an und betete, dass sie nicht gezwungen werden würde, sich zu bewegen. Hier in Kendrics Armen fühlte sie sich so gut wie seit Stunden nicht mehr.

»Versuchen Sie, ihn ruhig zu halten«, sagte die Ärztin nach einem Moment und griff nach dem Laken, das während Kendrics Kampf auf den Boden gefallen war. Sie legte es über sie beide.

Marlowe schloss die Augen und seufzte erleichtert.

Und einfach so fühlten ihre Augenlider sich unendlich schwer an. Sie konnte sie keine Sekunde länger offen halten. Sie fühlte sich, als sei sie genau da, wo sie hingehörte. In den Armen dieses Mannes. Er hatte sie während ihrer Flucht aus Thailand oft so gehalten, und dort fühlte sie sich am sichersten.

Sie wunderte sich, dass sie ihn beruhigen konnte, so wie er sie beruhigte. Er war jetzt ruhig, sein Atem ging langsamer, und zum Glück schien seine Haut nicht mehr ganz so heiß zu sein wie zuvor. Marlowe betete, dass das bedeutete, dass die Antibiotika das taten, wofür sie gemacht waren ... den Mann, den sie liebte, von innen heraus zu heilen.

Marlowe küsste Kendrics Brust, dann schmiegte sie sich dichter an ihn. »Ich liebe dich«, flüsterte sie.

Sie dachte nicht, dass sie es sonderlich laut gesagt hatte.

Oder dass er die Worte überhaupt verstehen würde. Deshalb war sie schockiert, als Kendric ebenso leise erwiderte: »Ich liebe dich auch.«

Erneut stiegen ihr Tränen in die Augen. Sie hatte geglaubt, sich ausgeweint zu haben, aber offenbar hatte sie sich geirrt. Kendric war nicht ganz bei Sinnen, aber sie würde seine Worte für den Rest ihres Lebens in Ehren halten.

Sekunden später schlief sie ein. Ein tiefer, heilsamer Schlaf, das Ergebnis von zu vielen Stunden der Sorge, des Stresses und der Angst, dass einer oder sie beide erwischt und nach Thailand zurückgeschleppt und eingesperrt werden würden.

Ein paar Stunden später öffnete Bob die Augen und versuchte zu verstehen, wo er war. Er erkannte seine Umgebung nicht wieder und zermarterte sich das Hirn, um herauszufinden, was zum Teufel hier los war. Das Einzige, *was* er wiedererkannte, war die Frau in seinen Armen – ihren Duft, das Gefühl ihres Körpers, der sich an ihn schmiegte –, und leider auch der Schmerz in seinem Rücken.

»Sind Sie wach?«, fragte eine weibliche Stimme.

Bob zuckte überrascht zusammen und unterdrückte ein Stöhnen wegen des Schmerzes, den die Bewegung verursachte, bevor er den Kopf drehte, um über seine Schulter zu schauen. Eine Frau, die er noch nie zuvor gesehen hatte, stand hinter ihm und verrieb eine Art Salbe auf seinen Wunden.

»Ja«, krächzte er.

»Gut. Ihre Frau hat sich Sorgen gemacht. Ich habe ihr gesagt, dass Sie wieder gesund werden, weil Sie jetzt behandelt werden, aber sie war nicht überzeugt.«

Bob legte den Kopf wieder hin. Er fühlte sich extrem schwach, aber je länger er wach war, desto mehr klärte sich sein Geist. Das Letzte, woran er sich erinnerte, war die Ankunft in dem Raum, in dem Willis ihn und Marlowe untergebracht hatte, bis er ihre Ausweise und einen Flug aus Kambodscha organisieren konnte.

Er konnte erkennen, dass das Flugzeug, in dem sie saßen, definitiv keine Linienmaschine war. Die Frau, die seine Wunden behandelte, hatte einen deutschen Akzent, und auf den Sitzen waren einige Männer verteilt. Sie trugen offiziell aussehende Uniformen ... und er erkannte plötzlich, wo er sich befand.

»Dies ist eines der königlichen Flugzeuge aus Liechtenstein«, sagte er. »Ich erkenne die Flagge an den Rückseiten der Sitze.«

Es war eigentlich keine Frage, aber die Frau hinter ihm antwortete trotzdem. »Ja. Ihre Frau hat Ihre Freunde angerufen. Prinz Redmon hat alles in Bewegung gesetzt, damit wir Sie herausholen können. Wir sind auf dem Weg nach Maine, wo der Prinz und die anderen mit Sicherheit auf Sie warten werden.«

»Was? Wie?«, stotterte Bob.

»Ich weiß es nicht. Ich würde ins Flugzeug gerufen und auf dem Weg nach Kambodscha über Ihren Zustand informiert. Sie werden Ihre Frau fragen müssen, wenn sie aufwacht, was vor unserer Ankunft passiert ist.«

Bob schloss die Augen und drückte Marlowe fester an sich. Seine Frau. Verdammt, wenn sich das nicht gut anhörte. »Gab es irgendwelche Probleme, uns da rauszuholen?«

Die Ärztin lachte. »Nein. Niemand würde es wagen, sich mit der königlichen Familie anzulegen. Sie hatten die richtigen Papiere, natürlich gefälscht, und liechtensteinische Pässe.«

In Bobs Kopf drehte sich alles. Cal hatte ihm und Marlowe irgendwie Pässe aus seinem Heimatland besorgt? Heiliger Strohsack, der Mann hatte mehr Einfluss, als er erwartet hatte. Er war ihm etwas schuldig. Sehr viel. Auch wenn er wusste, dass Cal ihn nichts tun lassen würde, um ihm zu danken.

»Sie haben sich nicht beruhigt, bis sie mit Ihnen auf die Trage geklettert ist«, sagte die Ärztin zu ihm. »Sobald sie das tat, war sie praktisch sofort weg. Ich glaube nicht, dass sie in letzter Zeit viel Schlaf bekommen hat. Sie sollten sich besser um sie kümmern.«

Bob nahm sich die kleine Zurechtweisung zu Herzen. Er hatte es vermasselt, und zwar ordentlich. Er hatte gewusst, dass seine Wunden infiziert waren, aber er hatte diese Tatsache vor Marlowe verheimlicht, weil er nicht wollte, dass sie sich Sorgen machte. Er hatte gedacht, er hätte wenigstens Zeit, in die Staaten zurückzukehren, bevor er sich um die medizinische Versorgung kümmern müsste. Da hatte er sich offensichtlich geirrt. Als er sie in den Raum am Flughafen brachte, hatte er bereits in großen Schwierigkeiten gesteckt.

Wie genau hatte Marlowe ihre Rettung organisiert? In

seinem Kopf herrschte große Leere, und er hasste es. Aber er würde Marlowe nicht wecken, um sie zu fragen. Sie lag wie ein Stein neben ihm und brauchte offensichtlich den Schlaf.

»Sie sollten sie auch untersuchen. Sie ist spindeldürr. Und sie hat nicht gegessen. Ich habe sie zwar dazu gebracht, etwas Wasser zu trinken, aber sie braucht viel mehr.«

Bob nickte, dann atmete er scharf ein, als die Ärztin eine der Wunden an seinem Rücken untersuchte.

»Tut mir leid«, sagte sie, ohne besonders entschuldigend zu klingen. »Diese Wunden müssen genäht werden, aber zuerst muss die Infektion herauskommen. Ich drainiere sie jetzt. Sie haben ein paar Schmerzmittel in Ihrer Infusion, aber wenn Sie mehr brauchen, sagen Sie es mir.«

Was sie tat, tat höllisch weh, aber Bob verlangte nicht nach mehr Betäubungsmitteln. Die Schmerzen waren eine Folge seiner Dummheit. Außerdem hatte er in der Gefangenschaft Schlimmeres durchgemacht. »Mir geht es gut«, sagte er zu ihr.

Als die Ärztin mit seinem Rücken fertig war, hantierte sie kurz mit seiner Infusion, nickte ihm zu und ging dann um die Trage herum, um sich auf einen der vorderen Sitze zu setzen, damit er und Marlowe etwas Privatsphäre hatten. Bevor sie ging, hatte sie ihm gesagt, dass sie noch etwa drei Stunden bis zur Landung in Bangor hätten. Er war offensichtlich lange bewusstlos gewesen.

Bob hatte das Gefühl, dass er sich bei ihrer Ankunft vor vielen Leuten würde verantworten müssen. Er musste sicherstellen, dass Marlowes Bruder wusste, dass sie in Sicherheit war, und Willis anrufen, um ihn auf den neuesten Stand zu bringen. Er musste versuchen, das geheime Leben zu erklären, das er geführt hatte.

Er strich mit einer Hand über Marlowes Kopf und war überrascht, als sie sich rührte. Er legte seine Hand in ihren Nacken und stützte ihren Kopf, als sie sich zurücklehnte und zu ihm aufblickte.

»Kendric?«

»Ja, Punky, ich bin's.«

Sie brach sofort in Tränen aus, vergrub das Gesicht an seiner Brust und weinte.

In der Annahme, dass es eine Auflösung der Anspannung wegen der Dinge war, die während seiner Bewusstlosigkeit geschehen waren, tat Bob sein Bestes, nicht in Panik zu geraten. Er hielt sie einfach fest, während sie schluchzte.

Es dauerte nicht lange, bis sie schniefte und sich wieder zurücklehnte. »Du bist in Ordnung.« Es war keine Frage.

»Das bin ich«, versicherte er ihr dennoch.

»Ich habe mir solche Sorgen gemacht.«

»Es tut mir so leid –«, begann er, aber sie schüttelte den Kopf.

»Es muss dir nicht leidtun«, unterbrach sie ihn.

Bob war erleichtert, dass Marlowe nicht versucht hatte, aufzustehen und sich aus seiner Umarmung zu lösen. Er war sich nicht sicher, ob er sie hätte loslassen können. Sie fühlte sich perfekt an, genau da, wo sie war. Als sei sie dazu bestimmt, in seinen Armen zu liegen.

Er hatte halbherzig versucht, seinen Gefühlen für diese Frau zu widerstehen, als sie aus Thailand geflohen und durch Kambodscha gereist waren, wohl wissend, dass ihre Wege sich irgendwann trennen würden. Aber auch ohne die Details zu kennen, wie er in dieses Flugzeug gekommen war, hatten seine Gefühle sich wieder einmal geändert. Oder besser gesagt, sie hatten sich vertieft.

Sie hatte sich um sie beide gekümmert, während er bewusstlos gewesen war. Sie hatte es geschafft, sie sicher aus Kambodscha herauszubringen, und er war sogar noch stolzer auf sie als zuvor, was eine ganze Menge bedeutete, denn er war schon überwältigt davon gewesen, wie sie mit allem fertiggeworden war.

»Willst du mir erzählen, wie wir auf dem Weg nach Maine in einem königlichen Flugzeug aus Liechtenstein gelandet sind?«, fragte er.

Und wie immer zögerte seine Marlowe nicht. Sie erzählte ihm alles.

Wie verängstigt sie gewesen war, wie sie seine Uhr genommen und sie gegen einen Anruf eingetauscht hatte. Wie sie bei *Jack's Lumber* angerufen und mit seinen Freunden und April gesprochen hatte. Wie die Ärztin und die königlichen Beamten aufgetaucht waren und sie zum Flughafen und in das Flugzeug gebracht hatten. Sie erzählte ihm von den gefälschten Pässen und wie die Ärztin darauf bestand, dass es ihm gut gehen würde.

Und sie gab zu, dass sie seinen Freunden erzählt hatte, was er hinter ihrem Rücken getan hatte, um zu erklären, wer sie war und wie sie in ihre missliche Lage gekommen waren.

Sie ließ nichts aus, und als sie mit ihrer Erklärung fertig war, fühlte Bob eine Mischung aus Scham darüber, dass er sie so im Stich gelassen hatte, und großem Stolz darüber, wie gut sie damit fertiggeworden war.

»Ich hätte dir Willis' Nummer geben sollen«, sagte er leise, als sie fertig war.

»Ja, aber was geschehen ist, ist geschehen«, erwiderte sie mit einem leichten Schulterzucken.

Ihre Fähigkeit zu verzeihen war verblüffend. Sein Fehler hätte dazu führen können, dass sie wieder im Gefängnis landete.

»Kendric, hör auf«, schimpfte sie, da sie scheinbar seine Gedanken las. »Es ist alles in Ordnung. Du wirst wieder gesund werden, und wir werden bald wieder zu Hause sein. *Obwohl* ich wegen einer Sache wütend auf dich bin.«

Bob war nicht überrascht. Es gab viele Dinge, wegen denen sie auf ihn wütend sein sollte. »Ja?«, fragte er.

»Du hättest mir sagen sollen, dass du dich verletzt hast, als du unter dem Zaun durchgekrochen bist. Vor allem nachdem du in das eklige Wasser gefallen bist«, stieß sie hervor und stützte sich mit einem Ellbogen auf der Trage ab. »Das war dumm. Und nichts, was ich von einem ehemaligen Delta-Force-Soldaten erwarten würde«, schimpfte sie.

»Aber es war etwas, das ein Mann für seine Frau tun würde. Für die Frau, die ihm am Herzen liegt. Und das hat nichts damit zu tun, dass ich stärker bin, oder ein Mann, oder sogar ein ehemaliger Soldat. In diesem Moment konnte ich nur daran denken, dich zu beschützen. Alles zu tun, damit du in Sicherheit bist.«

Marlowe starrte ihn einen langen Moment an, bevor er tief einatmete. »Ich muss dir etwas sagen.«

Bob verkrampfte sich. Was hatte sie ihm nicht schon gesagt? Hatte sie sich verletzt, während sie ihnen Hilfe holte? »Was?«

»Ich liebe dich.«

Es dauerte einen Moment, bis ihre Worte zu ihm durchdrangen. Bevor er etwas sagen konnte, fuhr sie fort: »Ich sage dir das nicht, um dich in eine Falle zu locken. Aber diese letzten vierundzwanzig Stunden ... als ich dachte, du könntest sterben ... das war furchtbar. Und mir wurde klar, wie viel du mir bedeutest. Wenn du gestorben wärst, hätte ich das wohl nicht überlebt. Also musste ich dir sagen, was ich fühle. Aber ich erwarte nicht, dass du diesbezüglich etwas unternimmst. Oder etwas sagst. Du sollst nur wissen, wie toll du bist. Und wie gut ich mich mit dir fühle. Das ist ... das ist alles.«

Bobs Herz fühlte sich an, als würde es wachsen wie das des Grinchs am Ende des Films. Er hatte diese Frau schon zuvor für mutig gehalten, aber jetzt wusste er ohne jeden Zweifel, dass sie zehnmal mutiger war, als er es je sein würde.

»Es ist gut, dass du so fühlst, denn ich fühle dasselbe.«

Sie starrte ihn einen Moment lang an, bevor sie blinzelte. »Wirklich?«, flüsterte sie.

Bob schwor sich, keinen Tag verstreichen zu lassen, ohne dieser Frau zu sagen, wie sehr er sie liebte. »Ja, wirklich. Ich liebe dich, Marlowe Evans. Mehr als ich es je für möglich gehalten hätte, jemanden lieben zu können.«

»Heilige Scheiße.«

Daraufhin lächelte er. »Es ist auch gut, dass wir schon verheiratet sind, denn wenn wir es nicht wären, würde ich meine Freunde nerven, damit sie einen Priester oder Offizianten oder wie auch immer man das nennt finden, der ins Krankenhaus kommt.«

»Ich bin mir immer noch nicht sicher, ob unsere Zeremonie legal war«, sagte sie mit einem kleinen Lächeln.

»Ich habe eine Heiratsurkunde in meiner Tasche, die genau das besagt«, erwiderte Bob. »Zumindest hoffe ich, dass sie noch in meiner Tasche ist.«

Marlowe nickte, und er entspannte sich.

»Wir werden eine weitere Zeremonie abhalten, wenn ich aus dem Krankenhaus komme, nur um sicherzugehen. Aber unser Hochzeitstag wird immer der Tag sein, an dem wir in Thailand unser Gelübde abgelegt haben.«

Marlowe legte sich hin und kuschelte sich wieder an seine Brust. »Es ist ein unglaubliches Gefühl, dass mein Besuch in Thailand etwas Gutes gebracht hat. Ich meine, es ist kein schlechtes Land. Es ist sogar wunderschön. Es gibt so viel Geschichte, und die meisten Menschen sind so gastfreundlich und offenherzig.«

Bob holte tief Luft. Seine Marlowe war auf schreckliche Weise misshandelt worden, und dennoch hatte sie die Fähigkeit, den Menschen in Thailand gegenüber freundlich und großzügig zu sein.

»Können wir dieser Frau Geld schicken?«

Er wusste genau, von wem sie sprach. Diejenige, die darauf bestanden hatte, dass sie verheiratet waren. »Ja. Ich werde Willis darum bitten.«

»Gut. Kendric?«

Er lächelte. Das hätte er fast verloren. Zu hören, wie sie seinen Namen sagte, bevor sie eine Frage stellte. Das war eines der Millionen kleiner Dinge, die er bereits an ihr liebte. »Ja?«

»Erschrick mich nie wieder so. Wenn du von jetzt an auch nur den kleinsten Splitter bekommst, möchte ich, dass du mir davon erzählst. Ich hatte solche Angst.«

Bob drückte sie fester an sich. »Das werde ich. Ich verspreche es.«

Sie nickte. Es vergingen einige Minuten und er dachte, sie würde wieder schlafen, aber dann sagte sie: »Es tut mir leid, dass ich deinen Freunden von der Sache mit den Rettungsmissionen erzählen musste.«

»Mir nicht«, versicherte er ihr. »Es war an der Zeit. Ich wollte sie nicht anlügen, und ehrlich gesagt hat der Nervenkitzel dieser Missionen nachgelassen. Ich helfe gern Menschen, aber ich habe es satt, mich auf diese Weise in Gefahr zu begeben.«

»Gut. Das habe ich ihnen auch gesagt. Ich habe ihnen sogar gesagt, was du mir in Kambodscha erzählt hast. Dass du dich vielleicht um eine Mitgliedschaft in einer Höhenrettungstruppe bemühst oder dich freiwillig bei einer Such- und Rettungsgruppe oder so meldest. Du wärst in beidem großartig. Nicht dass du nicht gut im Baumgeschäft wärst oder im Führen von Wanderern auf dem Appalachian Trail, da bin ich mir sicher.«

»Ich weiß, was du gemeint hast. Und obwohl ich mich darauf freue zu sehen, welche Möglichkeiten es für meine Zukunft gibt, habe ich jetzt etwas anderes, mit dem ich meine Zeit verbringen kann.«

Sie sah zu ihm auf. »Ach ja? Was denn?«

»Dich.«

Er sah, dass ihre Augen feucht wurden, bevor sie sie schloss.

»Das heißt, wenn du das willst. Ich möchte, dass du mit mir nach Maine ziehst, Punky. Bei mir wohnst. Ich bringe dir das Kochen bei, wenn du willst, oder ich übernehme das

Kochen. Du wirst Carlise und June lieben, und April auch. Wir finden etwas für dich, wenn du arbeiten willst. Oder wenn du weiterhin reisen willst, komme ich mit und bin dein Leibwächter oder so.«

Daraufhin riss sie die Augen auf. »Nein!«, platzte sie heraus und holte tief Luft. »Ich will nicht mehr reisen. Ich bin zufrieden damit, zu Hause zu bleiben.«

»Okay. Ich will damit nur sagen, dass wir alles, was du tun willst, in die Tat umsetzen werden.«

»Ich will mit *dir* zusammen sein«, flüsterte sie. »Eine Familie haben.«

Bobs Herz schlug schneller. »Ja«, sagte er inbrünstig.

Sie lächelten einander an.

»Tut dein Rücken weh?«, fragte sie.

»Nein«, log er.

Marlowe verdrehte die Augen. »Wie auch immer. So viel dazu, jeden Splitter zu beichten.«

Bob grinste. »Du siehst immer noch müde aus. Wir haben noch ein paar Stunden, bevor wir landen. Schlaf, Punky.«

»Ich bin nicht mehr müde«, sagte sie, aber ein großes Gähnen strafte ihre Worte Lügen.

Bob lachte. »Sicher, ganz klar.«

»Okay, vielleicht bin ich ein bisschen müde. Aber nur noch eine Stunde. Ich möchte Zeit haben, um vorzeigbar auszusehen, wenn ich deine Freunde treffe.«

»Du bist schon vorzeigbar«, erwiderte er.

Sie verdrehte wieder die Augen. »Ich bin völlig durcheinander«, sagte sie ohne jede Unsicherheit. »Meine Haare stehen wahrscheinlich in alle Richtungen ab, ich stinke, ich bin schmutzig. Ich muss mich sauber machen, bevor wir landen. Deine Freunde sollen nicht denken, du seist mit einem wilden Dschungelwesen zusammen.«

»Du bist *mein* wildes Dschungelwesen«, sagte Bob stolz. »Und ich liebe dich genau so, wie du bist.«

Sie schien in seinen Armen dahinzuschmelzen. »Ich liebe dich auch«, sagte sie schüchtern.

Bob strich ihr über den Hinterkopf und küsste sie sanft auf die Stirn. »Schlaf, Punky. Ich habe dich.«

»Ich weiß, dass du das hast«, erwiderte sie und fiel prompt in einen tiefen Schlaf.

Bob hielt sie fest im Arm. Es war unbequem, auf der Seite zu liegen, aber er bewegte sich keinen Zentimeter. Diese Frau hatte ihnen buchstäblich das Leben gerettet ... und sie liebte ihn. Zwei Dinge, die er nie für möglich gehalten hätte, als er sie vor zwei Wochen kennengelernt hatte. Jetzt hatte sie zugestimmt, mit ihm nach Newton zu ziehen. Eine Familie zu gründen. Er könnte nicht zufriedener sein, als er es in diesem Moment war.

KAPITEL ELF

Marlowe wachte schläfrig und verwirrt auf. Sie öffnete die Augen und sah, dass sie immer noch mit Kendric auf der Trage lag, aber sie wurden in ein riesiges Gebäude gerollt, das nur das Krankenhaus in Bangor sein konnte.

»Hey ... wir ... *was?* Kendric, du hast mich nicht geweckt«, schimpfte sie.

Er lachte. »Ich habe es versucht. Du hast mich geschlagen und gesagt, ich solle dir noch zehn Minuten geben«, erklärte er ihr.

»Habe ich nicht!«, sagte Marlowe entsetzt.

»Na gut, hast du nicht. Aber du hast so fest geschlafen, dass ich es nicht übers Herz gebracht habe, dich zu wecken. Du hast den Transport zum Krankenwagen und die Fahrt hierher verschlafen.«

Marlowe drehte den Kopf nach links und rechts und sah, wie drei Männer neben der Trage hergingen, als die automatischen Türen sich vor ihnen öffneten.

»Oh Mist«, sagte sie leise und fuhr sich mit einer Hand durch die Haare, um sie wenigstens etwas zu bändigen.

Aber Kendric nahm ihre Hand in seine und führte sie an seine Lippen. »Du siehst gut aus.«

Marlowe schüttelte den Kopf. Das tat sie nicht. Sie hatte ihr Spiegelbild auf der kleinen Toilette im Flugzeug gesehen, bevor sie in Kendrics Arme gekrochen war. Sie war ein Wrack. Und eigentlich hatte sie wenigstens versuchen wollen, sich in Ordnung zu bringen, bevor sie seine Freunde traf. Aber jetzt war es zu spät.

Sie hob das Kinn an. Sie musste das Beste aus der Situation machen. Es war, was es war.

Sie und Kendric wurden einen Gang hinunter und in einen Raum gerollt. Die drei Männer drängten sich ebenfalls hinein. Sie bewegte sich in Kendrics Griff und er drückte sie einen Moment lang fest an sich, als wollte er sie nicht loslassen, bevor er sich nach vorn beugte, sie auf die Stirn küsste und schließlich seinen Griff löste.

Sie schwang die Beine von der Kante der Trage und sprang auf den Boden – und wäre prompt auf dem Gesicht gelandet, hätte nicht einer der Männer sie am Arm festgehalten.

»Ganz ruhig«, sagte er.

»Marlowe?«, fragte Kendric besorgt.

»Mir geht's gut. Mir ist nur ein bisschen schwindelig, weil ich zu schnell aufgestanden bin«, beruhigte sie ihn. Dann drehte sie sich zu seinen Freunden um und reichte dem Mann, der sich immer noch an ihren Ellbogen klammerte, die Hand. »Hi. Ich bin Marlowe.«

Der Mann grinste. »Chappy.«

»Und ich bin JJ«, sagte ein anderer.

Marlowe schüttelte ihm die Hand, dann wandte sie sich dem letzten Mann zu. Sie hatte nicht darüber nachgedacht, was sie sagen würde, wenn sie Cal von Angesicht zu Angesicht begegnete. Jetzt konnte sie in ihrer Überwältigung nicht anders, als sich in seine Arme zu stürzen und ihn fest zu umarmen.

Der Mann lachte und erwiderte ihre Umarmung.

»Danke«, flüsterte sie. »Ich danke dir so sehr.«

»Das ist mein Satz«, erwiderte Cal leise. »du hast keine Ahnung, wie viel der Mann auf der Trage mir bedeutet. Was er für mich getan hat. Euch beide aus Kambodscha herauszuholen und wieder nach Hause zu bringen war nur die Spitze dessen, was ich ihm schulde.«

»Halt verdammt noch mal die Klappe«, sagte Kendric gereizt von hinten. Sie lächelte Cal an, als der Mann sie losließ, während Kendric fortfuhr: »Du schuldest mir einen Scheiß, und das weißt du auch. Ich glaube, jetzt bin ich es, der *dir* etwas schuldet.«

»Wir können uns später darüber streiten, wer wem etwas schuldet«, warf JJ ein. »Ich möchte, dass ein Arzt sich deine Wunden ansieht. Sehen, was der nächste Schritt ist, um sicherzustellen, dass du geheilt bist, damit wir dich wieder an die Arbeit schicken können. Während du dich um deine *kranke Tante* gekümmert hast, sind wir für dich eingesprungen. Während deiner Abwesenheit gab es einen gewaltigen Sturm, und wir hatten alle Hände voll zu tun.«

Marlowe konnte an seinem Gesichtsausdruck erkennen, dass JJ scherzte, aber sie hatte dennoch ein schlechtes Gewissen.

»Was das angeht«, begann Kendric. »Ich –«

JJ hob eine Hand. »Nicht jetzt. Wir reden später darüber, wenn du wieder gesund bist und nach Hause kommst. Aber im Moment musst du wissen, dass es in Ordnung ist. Für uns alle. Verstanden?«

Kendric nickte und Marlowe war so erleichtert, dass ihr schwindelig wurde.

Dann betrat ein Mann in einem weißen Kittel den Raum und stellte sich als Dr. Galloway vor. Er begrüßte Kendric und war ganz sachlich, als er ihn bat, sich auf den Bauch zu drehen, damit er sehen konnte, womit er es zu tun hatte.

»Chappy, würdest du Marlowe bitte ... woanders hinbringen?«

»Was? Warum?«, protestierte sie.

»Weil er nicht will, dass du mit ansehen musst, was als Nächstes kommt«, sagte Chappy und legte eine Hand auf ihr Kreuz. »Es wird wehtun, und er wird wimmern und stöhnen und weinen wollen wie ein kleines Mädchen, und das kann er nicht, wenn du hier bist.«

Kendric rollte mit den Augen und schüttelte verärgert den Kopf über seinen Freund.

Aber da er ihm nicht wirklich widersprach, vermutete Marlowe, dass an dem, was Chappy gesagt hatte, zumindest etwas Wahres dran war. Sie wollte bei ihm bleiben, aber selbst sie war sich nicht sicher, ob sie sich seinen Rücken noch einmal ansehen konnte. Ihr war auch so schon mulmig genug.

»Ich bringe sie runter in die Cafeteria und besorge ihr etwas zu essen«, sagte Chappy.

»Und vielleicht findest du einen Ort, an dem sie duschen und sich umziehen kann?«, fragte Kendric.

»Das auch«, stimmte er zu.

Marlowe ging auf Kendric zu und lehnte sich über die Trage. Der Arzt wartete nicht gerade geduldig hinter ihm, aber das war ihr egal. Es war seltsam, ihm vor all den Fremden im Raum zu sagen, dass sie ihn liebte, also küsste sie ihn einfach sanft auf die Lippen. »Sobald du in einem Zimmer bist, komme ich zu dir.«

»Kein Zimmer«, sagte Kendric entschlossen. »Ich möchte nach Hause gehen.«

Marlowe runzelte die Stirn. Sie richtete sich auf und sagte streng: »Du wirst alles tun, was der Arzt dir sagt. Und wenn das bedeutet, dass du den nächsten Monat hierbleibst, dann ist das der Plan.«

Die Jungs lachten alle, sogar Kendric. »Normalerweise würde ich alles tun, was du willst, Punky, aber diesmal nicht. Ich will nach Hause.«

Als Marlowe noch weiter mit ihm streiten wollte, hielt er sie auf, bevor sie ein Wort herausbringen konnte. »Außerdem wirst du da sein und aufpassen, dass ich keine Dummheiten mache. Stimmt's?«

Ihr Inneres schmolz dahin. »Ja«, flüsterte sie.

»Gut. Dann geh mit Chappy. Iss etwas. Dusche. Zieh dich um. Wenn du damit fertig bist, sollte der Arzt damit fertig sein, mich zu quälen, und wir können nach Hause gehen.«

»Okay«, sagte sie widerstandslos.

»Okay«, stimmte er zu. Dann sah er zu Chappy auf und nickte ihm zu.

Marlowe spürte Chappys Hand an ihrem Ellbogen und

sie ließ sich von ihm aus dem Zimmer führen. Es war ein ungutes Gefühl, Kendric zu verlassen, aber er war in guten Händen. Es bestand keine Gefahr, dass jemand in den Raum stürmte und ihn in eine dunkle Gefängniszelle verschleppte. Sie waren beide in Sicherheit ... und es war ein unglaubliches Gefühl.

»Sprich mit mir«, befahl Bob JJ. Er lag auf dem Bauch, während der Arzt seine Wunden säuberte und nähte. Die hohe Dosis an Antibiotika, die er auf dem Weg nach Maine bekommen hatte, wirkte bereits extrem schnell. Er war zwar nicht frei von Infektionen, aber der Arzt meinte, dass es in Ordnung sei, die schlimmsten Wunden zu nähen.

Marlowe hatte recht. Der Arzt wollte Bob nicht nach Hause schicken, aber er ließ sich nicht davon abbringen. Er würde Marlowe bei sich haben und er hatte keinen Zweifel, dass sie alles tun würde, was der Arzt anordnete. Beim kleinsten Anzeichen dafür, dass etwas nicht stimmte, oder wenn er nicht so schnell heilte, wie sie es für richtig hielt, würde sie ihn sofort wieder in die Arztpraxis schicken.

Jemanden zu haben, der auf ihn aufpasste – nein, seine *Frau*, die ihn liebte, zu haben, die ihm nicht von der Seite wich und sich um ihn sorgte –, fühlte sich unglaublich an. Während er sich von seinen Verletzungen nach der Gefangenschaft erholte, hatte er niemanden gehabt. Abgesehen von seinen Freunden, die mit ihren eigenen Verletzungen zu kämpfen hatten. Er war auf sich allein gestellt gewesen und es hatte ihm nicht im Geringsten etwas ausgemacht. Jetzt, da er wusste, wie viel er verpasst hatte, wollte er jedes Quänt-chen von Marlowes Liebe und Fürsorge in sich aufsaugen.

Obwohl der Arzt ihn lokal betäubt hatte, spürte Bob dennoch das Zwicken und leichte Stechen, als der Mann an seinem Rücken arbeitete. Er brauchte eine Ablenkung, und das Gespräch mit JJ und Cal würde genau das bewirken.

»Sagt mir, wie sauer ihr seid. Sagt mir, was Marlowe gesagt hat, als sie anrief. Sagt mir, wieso ich jetzt hier bin.«

»Ich bin nicht sauer«, sagte JJ. »Bin ich nicht«, beharrte er, als Bob ihn skeptisch ansah. »Ich bin mehr verletzt als alles andere. Du hättest es uns sagen sollen. Du hättest es *mir* sagen sollen. Ich hätte es verstanden.«

Bob schüttelte den Kopf. »Ich bin mir nicht sicher, ob *ich* es verstanden habe«, sagte er zu seinem besten Freund. »Ich war völlig einverstanden damit, hierherzuziehen und das Geschäft zu eröffnen. Ich bin es immer noch. Aber nach ein paar Monaten wurde ich unruhig. Ruhelos. Ich brauchte mehr.«

»Mehr was?«

»Aufregung. Der Adrenalinstoß, den ich bekam, wenn wir auf Missionen waren. Am Anfang war es großartig. Ich ging weg, tat, was ich tun musste, und war innerhalb einer Woche zurück. Ich wurde gut bezahlt, ihr wart hier in Maine sicher, und ich habe anderen geholfen. Aber jetzt ...« Bob verstummte.

»Jetzt?«

»Bei dieser Mission lief fast alles glatt ... zumindest bis zum Ende. Willis' Plan, in das Gefängnis einzubrechen, hat funktioniert, auch wenn er wahnsinnig war. Marlowe kam frei, ich traf mich mit ihr und wir machten uns auf den Weg quer durchs Land. Aber mit jedem Tag, der verging, je mehr Zeit ich mit Marlowe verbrachte ... veränderte sich etwas.«

»Du liebst sie«, sagte Cal, der zum ersten Mal das Wort ergriff.

»Ja. Liebe ist eigentlich ein sehr zahmes Wort für das, was ich für sie empfinde. Sie ist stark. Und mutig. Und unverwüstlich. Sie hat getan, was ich verlangt habe, und sich kein einziges Mal beschwert, obwohl sie unter enormem Stress stand und jedes Recht dazu hatte. Als diese Frau in Thailand vorschlug zu heiraten, ließ ich Marlowe in dem Glauben, sie würde mich dazu überreden, aber ganz ehrlich? Ich habe nicht einmal mit der Wimper gezuckt.«

»Was auch verdammt gut ist«, sagte Cal. »Es wäre fast unmöglich gewesen, meine Leute davon zu überzeugen, sie da rauszuholen, wo sie doch eine gesuchte Frau ist, wenn sie nicht rechtlich an dich gebunden gewesen wäre.«

»Nochmals vielen Dank dafür«, sagte Bob inbrünstig.

»Gern geschehen. Und wenn du dich noch einmal bei mir bedankst, werde ich sauer.«

Bob grinste seinen Freund an.

Cal rollte mit den Augen. »Scheiße. Jetzt wirst du dich jeden verdammten Tag bei mir bedanken, nur um mich zu ärgern, nicht wahr?«

»Wahrscheinlich.« Bob richtete den Blick wieder auf JJ. »Jetzt rede mit mir über Willis. Und Ian West. Und über ihren Bruder.«

»Was ist mit ihnen?«

»Tu das nicht. Ich weiß, dass du sofort Feuer und Flamme warst, als du ihre Namen von Marlowe gehört hast.

Du hattest eineinhalb Tage Zeit, sie zu überprüfen. Sag mir, was du herausgefunden hast.«

JJ seufzte. »Gut. Ich habe Willis ausfindig gemacht. Er war erleichtert, dass ihr beide in Sicherheit seid. Als er von dir nichts über die Pläne für den Flug hörte, begann er, sich Sorgen zu machen.«

»Ja, ich habe es vermasselt und Marlowe keine Informationen über ihn gegeben. Ich dachte nicht, dass sie sie brauchen würde.«

»Aber du hast sie dazu gebracht, sich die Nummer von *Jack's Lumber* zu merken«, entgegnete JJ.

»Ich wusste, dass ihr euch um sie kümmern würdet, wenn etwas passiert. Und das habt ihr auch.«

»Natürlich haben wir das, du Arschloch«, sagte Cal.

Die Männer lachten alle.

»Genau. Und ihr Bruder?«

»Er weiß, dass sie hierhergeflogen wurde. Ich vermute, dass er schon bald nach Maine reisen wird«, sagte JJ.

Bob war nicht überrascht. Er war sogar froh darüber. Wenn Tony sich nicht mit Willis in Verbindung gesetzt hätte, wäre er Marlowe nie begegnet, und sie würde immer noch in diesem Gefängnis in Bangkok verrotten. »Und Ian West?«

»Das ist ein bisschen kniffliger«, wich JJ aus. Bob versteifte sich, als sein Freund fortfuhr: »Er ist vor fast sechs Wochen in sein Haus in Boston zurückgekehrt.«

»Wirklich?«, fragte Bob erstaunt. Er hatte angenommen, dass der Mann wahrscheinlich in die USA würde zurückkommen wollen, um die Münzen loszuwerden, aber wenn er schon vor Wochen zurückgekommen war, bedeutete das, dass er noch nicht einmal seine einmonatige Verpflichtung bei der Ausgrabung erfüllt hatte. Stattdessen war er kurz nach Marlowes Verhaftung abgereist.

»Ja. Anscheinend hatte er einen familiären Notfall und musste Thailand verlassen.«

»Ja, klar. Familiennotfall, von wegen. Er wollte hierher zurückkommen, um die verdammten Münzen zu verkaufen, die er bei dieser Ausgrabung gestohlen hat«, zischte Bob.

»Ich habe Tex beauftragt herauszufinden, wie er sie loswerden will. Es ist nicht so, als könnte er eine Anzeige in den sozialen Medien oder in der Zeitung aufgeben«, sagte JJ.

»Und dieses Mal machen wir keine halben Sachen. In Junes Situation waren wir träge. Wir wurden selbstgefällig. Das wird nicht noch einmal passieren«, sagte Cal entschlossen.

Bob nickte. Sie hatten die Situation mit Junes Stiefmutter und Schwester wirklich vermasselt. Sie hatten geahnt, dass der »Stalker« der Schwester nur ein Trick war, dass sie und ihre Mutter alles tun würden, um Cals Aufmerksamkeit – und sein Geld – zu bekommen. Aber sie hatten nicht erwartet, dass sie so weit gehen würden, jemanden zu beauftragen, June zu töten. Diesen Fehler würde niemand mehr machen, auch Tex nicht.

»Also, was hat er herausgefunden?«

»Noch nichts, aber er durchforstet das Internet nach jeder Erwähnung von antiken Münzen, die zum Verkauf stehen. Er hat versprochen, sich bald zu melden. Er will wiedergutmachen, was mit June passiert ist, obwohl wir ihm immer wieder sagen, dass es nicht seine Schuld war«, erklärte JJ.

»Wenn West herausfindet, dass Marlowe nicht mehr in

diesem Gefängnis in Thailand ist, könnte er in Panik geraten. Er könnte eine Dummheit begehen und sich an die Behörden wenden. Technisch gesehen ist Marlowe immer noch auf der Flucht«, sagte Bob und sprach damit die Sorge aus, die ihm schon seit ein paar Tagen im Kopf herumschwirrte, seit sie es nach Kambodscha geschafft hatten und die Chancen, dass sie in die USA zurückkehren konnten, exponentiell gestiegen waren.

»Das wissen wir. Wir werden deine Frau nicht aus den Augen lassen«, sagte Cal entschlossen. »Sie wird entweder bei dir oder bei einem von uns sein, wenn wir unsere Frauen besuchen, oder sie kann mit April im Büro abhängen. Niemand wird ihr auch nur ein Haar krümmen. Niemals.«

Bob entspannte sich ein wenig, als er die Erklärung seines Freundes hörte. Cal wusste besser als jeder andere, wie es sich anfühlte, wenn ihm jemand, den er liebte, fast direkt vor der Nase weggenommen wurde.

»Sie muss aber wissen, was los ist«, warnte JJ. »Sie muss sich jederzeit ihrer Umgebung bewusst sein.«

Unbehagen machte sich in Bob breit. Nicht weil er Marlowe etwas vorenthalten wollte, sondern weil er nicht sicher war, wie sie reagieren würde. Er hatte das Gefühl, dass sie sich von ihrem ehemaligen Kollegen nicht einschüchtern lassen würde. Sie würde ihn aufhalten wollen. Sie würde dafür sorgen wollen, dass er nicht von dem Diebstahl der unbezahlbaren Artefakte profitierte, bei dem sie ihn erwischt hatte. »Ich werde mit ihr reden, wenn wir zu Hause sind«, sagte Bob zu seinen Freunden.

»Sie wird Sachen brauchen. Wohnt sie in der Nähe ihres

Bruders? Wird er etwas von ihren Sachen herbringen?«, fragte JJ.

Bob zuckte mit den Schultern. »Ich weiß es nicht. Sie war so oft auf Ausgrabungen und zog von einem Land zum nächsten, dass sie derzeit keine Wohnung in den Staaten hat, sondern nur einen Lagerraum mit den meisten ihrer Sachen.«

»Ich werde mich darum kümmern«, versprach JJ. »In der Zwischenzeit wird April ihr aushelfen.«

»June auch«, stimmte Cal sofort zu. »Und du weißt, dass Carlise auch mit von der Partie sein will.«

»Du kannst dich darauf gefasst machen, bald Besuch zu bekommen, Bruder«, sagte JJ mit einem kleinen Grinsen. »April und die anderen waren nicht glücklich darüber, in Newton zurückgelassen zu werden. Sie wollten mit uns nach Bangor kommen. Aber wir dachten, es sei gut, dich und Marlowe nicht gleich am Anfang zu überfordern.«

»Danke«, sagte Bob. Aber tief im Inneren hätte es ihm nichts ausgemacht, wenn die Frauen mitgekommen wären. Er wollte, dass Marlowe so schnell wie möglich vollständig in sein Leben und in das seiner Freunde integriert wurde. Er wollte, dass sie Carlise, June und April kennenlernte. Denn er hatte keinen Zweifel daran, dass sie sich alle ohne Probleme verstehen würden.

Dann dachte er an etwas anderes. »Ihr müsst mir einen Gefallen tun.«

»Was auch immer.«

»Raus damit.«

Und das war der Grund, warum er diese Jungs so sehr liebte. »Marlowe kann nicht kochen. Ich will sie nicht herabwürdigen, das ist nur eine Tatsache. Das wird sie euch selbst sagen. Und ich bin mir nicht sicher, ob ich die nächsten Tage auf den Beinen sein will. Könnt ihr ein paar Mahlzeiten liefern lassen? Übertreibt es nicht«, mahnte er. »Aber Marlowe muss das Gewicht zurückgewinnen, das sie im Gefängnis verloren hat, und ich bin mir nicht sicher, ob Ramen, Nudeln aus der Dose und Chicken Nuggets im Moment das Beste für sie sind.«

Seine Freunde lachten.

»Betrachte es als erledigt. Wir werden dafür sorgen, dass ihr ein paar gesunde Mahlzeiten bekommt, bis ihr wieder auf den Beinen seid«, erwiderte JJ.

»Das weiß ich zu schätzen. Eine Sache noch«, sagte Bob. »Fürs Protokoll ... diese Pillen waren nicht von ihr. Ian hat sie reingelegt.«

Cal sah wütend aus, und JJ presste die Lippen zu einer dünnen Linie zusammen.

»Ich kann nicht glauben, dass du es für nötig hältst, das zu erwähnen«, sagte Cal kopfschüttelnd. »Wir wissen, dass du den Job gar nicht angenommen hättest, wenn du sie für schuldig halten würdest. Wir kennen dich, Bob. Du warst vielleicht ein Wichser und hast uns hintergangen, uns über eine kranke Tante angelogen und so getan, als seist du glücklich, obwohl du es nicht warst, aber du bist nicht die Art von Mensch, der seinen Hals für eine Lügnerin und Drogenhändlerin hinhält.«

Obwohl seine Worte harsch waren, seufzte Bob erleichtert. »Danke, Cal.«

»Wie auch immer. Hör auf, mir zu danken«, sagte er und

wandte sich der Tür zu. »Ich werde June anrufen, damit sie sich keine Sorgen mehr macht.«

Als er weg war, wandte Bob sich an JJ. Cal schien sich sicher zu sein, dass Marlowe keine Drogen verkaufte ... aber JJ hatte kein Wort gesagt. »Und? Glaubst *du*, dass sie nichts damit zu tun hat?«

»Natürlich. Ich brauchte nur einen Blick darauf zu werfen, wie sie sich auf der Trage an dich geklammert hat, um zu wissen, dass sie unschuldig ist.«

Bob legte den Kopf schief, während er seinen Freund anstarrte. »Ja?«, hakte er nach.

»Ja«, bestätigte JJ. »Wie Cal schon sagte, wir *kennen* dich, Bob. Du hättest sie nicht geheiratet, hättest nicht deine Freundschaft mit uns riskiert, hättest nicht dein verdammtes Leben riskiert, wenn du dir nicht völlig sicher gewesen wärst, dass sie nicht getan hat, wessen sie beschuldigt wurde. Und die Art und Weise, wie du dich an *ihr* festgehalten hast, sagte mir alles, was ich sonst noch wissen musste. Du liebst sie, und das sagt für mich alles.«

Bob schnürte sich die Kehle zu. Solche treuen Freunde hatte er nicht verdient. »Ich habe Chappy und Cal nicht verstanden. Ich habe nicht verstanden, wie sie sich in so kurzer Zeit so sehr in ihre Frauen verlieben konnten. Aber schon in dem Moment, in dem ich Marlowe das erste Mal erblickte, ging sie mir unter die Haut. Je länger ich in ihrer Nähe war, desto mehr verliebte ich mich. Als diese Thailänderin sagte, wir müssten erst verheiratet sein, bevor sie uns erlaubte, in ihrem Haus zu bleiben? Ich war insgeheim froh. *Aufgeregt.* Sie bedeutet mir die Welt, JJ. Und ich hasse es, dass der Mann, der sie ins Gefängnis gebracht hat, immer noch da draußen ist. Dass er frei und ohne Konsequenzen lebt.«

»Er wird für das bezahlen, was er getan hat«, sagte JJ entschlossen. »Dafür werden wir sorgen.«

Bob atmete scharf ein und unterdrückte ein Stöhnen, als der Arzt tief in eine seiner Wunden eindrang.

»Tut mir leid«, sagte Dr. Galloway. »Die liechtensteinische Ärztin hat die Wunden gut gesäubert, aber ich möchte sichergehen, dass die Infektion vollständig ausgekratzt ist, bevor ich diese letzte Wunde schließe.«

»Ich werde nach Marlowe und Chappy sehen. Und April Bescheid sagen, was los ist. Brauchst du etwas?«, fragte JJ.

Bob wollte ihm sagen, dass er Marlowe brauchte ... aber er schüttelte nur den Kopf. »Vergiss mich nicht. Ich will heute nach Hause«, mahnte er. »Spiel keine Spielchen mit mir, JJ. Bitte.«

»Ich verstehe dich. Wir werden dich nach Hause bringen, keine Sorge.«

»Danke.«

»Ich bin froh, dass es dir gut geht«, sagte JJ und legte kurz eine Hand auf Bobs Schulter. »Ich gebe zu, dass ich schockiert war, als Marlowe uns sagte, wo sie war, wo *du* warst. Aber ich habe sofort überlegt, wie wir dich nach Hause bringen können. Du bist mein Bruder, Bob, und um ein Navy-SEAL-Sprichwort zu nutzen: Ein Bruder lässt keinen Bruder zurück. Ich komme später wieder hoch, um nach dir zu sehen und dafür zu sorgen, dass die Entlassungspapiere in Arbeit sind.«

Und damit verließ einer seiner drei besten Freunde auf der Welt den Raum.

Bob senkte den Kopf und stützte seine Wange auf eine Hand, während der Arzt seinen Rücken säuberte und nähte. Es war eine knappe Sache gewesen. Das wusste er besser als die meisten Menschen. Nur dank Marlowe und seiner Freunde war er zu Hause und auf dem Weg der Besserung.

Manche Leute würden seine Frau ansehen und als schwach abtun. Wegen ihrer Größe, weil sie eine Frau war, aber er wusste es besser. Sie war stärker als so ziemlich jeder, den er kannte. Und er würde den Rest seines Lebens damit verbringen, dafür zu sorgen, dass sie wusste, wie stark sie war. Dass sie sich bis in ihr Innerstes geliebt fühlte.

Außerdem schwor er sich, dafür zu sorgen, dass Ian West für seine Taten bezahlte. Dafür, dass er Bobs Frau eine Falle gestellt und sie ins Gefängnis gebracht hatte, wo sie den Rest ihres Lebens hätte verbringen können. Solange der Mann keine Konsequenzen für seine Taten zu tragen hatte, würde er es wahrscheinlich wieder tun. Einem Land das Erbe direkt vor der Nase wegstehlen und, wenn er erwischt wurde, einen anderen unschuldigen Mann oder eine andere unschuldige Frau den Wölfen zum Fraß vorwerfen.

Nun, das würde nicht passieren, solange Bob am Leben war. Ian West würde den Tag bereuen, an dem er Marlowe verletzt hatte. Punkt.

***

Nach der langen heißen Dusche im Krankenhaus fühlte Marlowe sich wie ein völlig anderer Mensch. Chappy hatte geduldig Wache gehalten, während sie jeden Zentimeter ihres Körpers dreimal schrubbte und sich zweimal die Haare wusch.

Dann hatte er sie in die Cafeteria geführt und sie nicht eher gehen lassen, bis sie den ganzen Teller mit Speisen aufgegessen hatte, den er gekauft hatte. Als Nächstes hatte er sie in den Geschenkeladen geführt und mit verschränkten Armen dagestanden, bis sie ein T-Shirt, Socken und ein lächerlich bequemes Paar Hausschuhe für sich und ein Hemd für Kendric ausgesucht hatte. Er hatte auch noch schnell eine OP-Hose für sie aufgetrieben, und sie musste zugeben, dass sie sich hundertprozentig besser fühlte, als sie sich wieder mit Kendric trafen.

Der Arzt entließ ihn – mit einem Stirnrunzeln und zwei Seiten voller Entlassungsinformationen, die Marlowe genau zu befolgen versprach. Und die Fahrt nach Newton in Cals schickem Geländewagen war aufschlussreich. Sie hatte noch nie in einem so bequemen Autositz gesessen oder so weiches Leder gespürt.

Aber als sie in Kendrics Wohnung ankamen, war es offensichtlich, dass er sich sehr unwohl fühlte. Marlowe hatte keine Ahnung, wie spät es war, außer dass es Nacht war, weil es draußen dunkel war. Ihre innere Uhr war durch die vielen internationalen Reisen und den wenigen Schlaf auf dem Weg nach Maine völlig durcheinandergeraten.

JJ, Chappy und Cal halfen Kendric, in seine Wohnung und in sein Bett zu kommen. JJ sagte etwas davon, dass er morgen früh mit etwas zu essen zurückkommen würde, aber Marlowe hörte ihn kaum, denn sie war mehr damit beschäftigt, dafür zu sorgen, dass Kendric es bequem hatte.

Erst als alle gegangen und nur sie und Kendric in seinem

Zimmer waren, hatte sie einen Moment Zeit, über alles nachzudenken, was passiert war.

»Punky? Komm her«, sagte er und streckte ihr eine Hand entgegen.

Er lag auf dem Bauch in seinem riesigen Bett und trug nur Boxershorts. Verbände bedeckten die Wunden auf seinem Rücken.

Sie ging zum Bett hinüber und setzte sich neben ihn.

»Geht es dir gut?«, fragte er.

Marlowe blinzelte überrascht. »Ja, warum? Das sollte ich dich fragen.«

»Weil du in letzter Zeit eine Menge durchgemacht hast. Ich habe das Gefühl, dass du schon sehr lange nicht mehr mitbestimmen konntest, was mit dir passiert. Und du sollst nicht denken, du säßest hier fest. Oder dass du keine anderen Möglichkeiten hast. Mein Handy müsste hier irgendwo sein, ich nehme es nie mit, wenn ich auf einer Mission bin. Es muss wahrscheinlich aufgeladen werden, aber du kannst deinen Bruder anrufen und ihn bitten, dich abzuholen, wann immer du willst. Ich glaube, er hat bereits vor, nach dir zu sehen, aber du kannst das beschleunigen, wenn du willst.«

»Du denkst, ich will gehen?«

»Willst du?«, konterte Kendric.

Zum ersten Mal fühlte Marlowe sich unwohl. War das seine Art, sie zum Gehen zu *bitten*, ohne es direkt sagen zu müssen? Bereute er, ihr gesagt zu haben, dass er sie liebte? War er einfach nur dankbar für ihre Hilfe gewesen, und jetzt, zurück bei seinen Freunden und sicher zu Hause, in einer vertrauten Umgebung, hatte er seine Meinung geändert?

»Verdammt. Ich mag dieses Zögern nicht«, murmelte er. Er stützte sich auf einen Ellbogen und konnte nicht ganz verbergen, dass der Schmerz, den die Bewegung verursachte, ihn zusammenzucken ließ. »Damit das klar ist, ich will dich hier haben. Bei mir. In meinem Bett. Als meine Frau. Ich liebe dich, Marlowe. So sehr, dass es mir Angst macht. Ich will nicht, dass du gehst, aber ich würde dich nie zwingen, *irgendetwas* zu tun, was du nicht willst. Wenn du eine Weile bei deinem Bruder bleiben willst, um dich zu orientieren, werde ich dir nicht im Weg stehen.«

»Ich will nicht gehen«, sagte sie schnell und war so erleichtert, dass sie es nicht in Worte fassen konnte. »Ich liebe dich auch, Kendric. Ich glaube, das tue ich, seit du aus dem Nichts aufgetaucht bist, als ich aus dem Gefängnis kam.«

»Gut. Dann nur noch eine Sache, bevor wir schlafen gehen.«

»Ja?«, fragte sie, als er nicht weitersprach.

»Ich möchte, dass du unsere Hochzeitsurkunde suchst und sie an die Wand heftest, wo sie hingehört.«

Marlowe grinste und Schmetterlinge flatterten in ihrem Bauch. Sofort stand sie auf und ging in das andere Zimmer, wo Cal die Tasche mit ihrer Kleidung abgestellt hatte. Kendric hatte auch eine saubere OP-Hose für zu Hause bekommen. Das T-Shirt, das er in Kambodscha getragen hatte, war weggeworfen worden, noch bevor sie in das Flugzeug gestiegen waren, aber die Hose war in der Tasche. Sie griff in die Gesäßtasche und holte das gefaltete, ramponierte

Stück Papier heraus. Sie entfaltete es, während sie zurück ins Schlafzimmer ging, wo Kendric auf sie wartete.

Er beobachtete, wie sie sich bemühte, die Falten zu glätten, und sich nach etwas umsah, um es an die Wand zu heften.

»Auf meiner Kommode steht eine Schüssel mit Reißzwecken«, sagte Kendric.

Marlowe lachte. »Darf ich fragen warum?«

»Nein.«

Sie kicherte wieder. Es war ihr wirklich egal, warum ihr Mann eine Schale mit Reißzwecken in seinem Schlafzimmer hatte. Sie nahm eine rote und zeigte auf eine leere Stelle über dem Kopfteil. »Da?«

»Perfekt.«

Sie überlegte nicht lange und machte ein kleines Loch in das Dokument. Später würde sie es rahmen lassen, und das Loch würde dem ohnehin schon zerfledderten Dokument noch ein wenig mehr Charakter verleihen.

»Perfekt«, sagte Kendric. »Und jetzt komm ins Bett.«

Er streckte eine Hand aus und Marlowe zögerte nur kurz, bevor sie nach dem Saum des T-Shirts griff, das sie trug. Es zeigte eine Silhouette von Bigfoot mit einem Berg daneben und dem Wort MAINE in großen Druckbuchstaben darunter. Es hatte sie zum Lächeln gebracht, als sie es im Geschenkeladen gesehen hatte, und sie hatte nicht widerstehen können.

Sie ließ es auf den Boden fallen und schob sich die OP-Hose über die Hüften. Sie trug keinen BH. Den BH aus dem Gefängnis hatte sie noch in Kambodscha weggeworfen, und sie brauchte sowieso keinen. Als sie neben ihrem Mann unter die Decke kroch, drehte er sich sofort auf die Seite und nahm sie in die Arme. Sie seufzten beide vor Zufriedenheit.

»Ich glaube nicht, dass ich jemals wieder ohne dich werde schlafen können«, murmelte er in ihr Haar. »Ich kann mich nicht erinnern, wann ich das letzte Mal nicht aus einem Albtraum aufgewacht bin, bevor ich dich getroffen habe. Es ist ein Wunder. *Du* bist mein Wunder.«

Marlowe erwähnte nicht, wie er im Flugzeug nach ihr geschrien hatte oder in der Scheune des Bauern in Kambodscha. Sie erinnerte sich nicht gern an die Verzweiflung, die sie in seinem Tonfall gehört hatte. Wenn es ihm half zu schlafen, würde sie für den Rest ihres Lebens jede Nacht genau dort verbringen, wo sie gerade war.

»Willkommen zu Hause, Punky«, sagte er leise.

Sie seufzte vor Zufriedenheit. Sie *war* zu Hause. Die meiste Zeit ihres Erwachsenenlebens hatte sie sich wie ein Löwenzahnschirmchen gefühlt, das im Wind wehte. Sie hatte keinen Ort, an dem sie sich niederlassen konnte, musste immer mit dem Strom schwimmen, von einem Job zum anderen. Aber in Maine zu sein, mit Kendric ... es war, als sei sie endlich da, wo sie hingehörte.

Sie spürte seine Lippen an ihrer Schläfe, lächelte und schmiegte sich noch dichter an ihn. Seine nackte Haut an ihrer zu haben fühlte sich göttlich an. Es ließ sie an ihr Stelldichein in dieser Scheune in Kambodscha denken. Es erinnerte sie daran, wie er sich in ihr angefühlt hatte. Wie er sie zum Höhepunkt gebracht hatte.

Sie wollte das wieder. Aber im Moment genoss sie das Gefühl, sicher zu sein. Und geliebt.

KAPITEL ZWÖLF

Bob fühlte sich fast wieder wie sein altes Ich. Die letzten anderthalb Wochen hatte er damit verbracht, Marlowe kennenzulernen, ohne den Druck und den Stress, die sie auf der Flucht hatten. Sie hatten ausgeschlafen, ferngesehen, ihre Freunde besucht und drei Tage mit ihrem Bruder verbracht, der am Tag nach ihrer Ankunft in Newton aufge-taucht war.

Es war offensichtlich, wie nahe Bruder und Schwester sich standen. Sie hatten Tonys Version gehört, wie entsetzt er gewesen war, als er von Marlowes Inhaftierung erfahren hatte, und wie er alles rechtlich Mögliche getan hatte, um sie herauszuholen. Als das nicht geklappt hatte, wandte er sich an Gregory Willis. Offenbar hatte der FBI-Agent den Vorteil gesehen, dass Tony ihm in Zukunft einen Gefallen schulden würde. Und zufälligerweise hatte Willis auch einen Freund, der in der Vergangenheit aus politischen Gründen in Peking inhaftiert worden war, und es hatte zwei Jahre lang Verhandlungen gebraucht, um ihn nach Hause zu holen. Es stellte sich heraus, dass er besonders empfindlich darauf reagierte, wenn jemand im Ausland für etwas eingesperrt wurde, das er nicht getan hatte.

Das Wiedersehen zwischen Tony und Marlowe war emotional, und alle, die dabei waren – vor allem Bobs Freunde, die zu dieser Zeit ebenfalls zu Besuch waren –, waren sehr gerührt gewesen.

Die Stimmung änderte sich ein wenig, als Tony erfuhr, dass Marlowe und Bob in Übersee geheiratet hatten.

Der Mann war zunächst nicht erfreut, da er annahm, Bob habe die verzweifelte Lage seiner Schwester ausgenutzt. Bob hatte es geschafft, sich ein paar Minuten mit ihm unter vier Augen zusammenzusetzen und ihm zu versichern, dass er seiner Schwester niemals etwas antun würde. Dass Marlowe für ihn an erster Stelle stand. Seine Aufrichtigkeit musste zu dem Mann durchgedrungen sein, denn als er abreiste, um zu seinem Job und seiner Familie nach D. C. zurückzukehren, hatte er Bobs Hand geschüttelt und ihm gesagt, er solle sich um Marlowe kümmern. Das fühlte sich wie eine Bestätigung an, was Bob die Welt bedeutete.

Die Fäden waren bereits gezogen worden, und obwohl er steif und ein wenig wund war und noch mindestens zehn Tage lang die ihm verschriebenen Antibiotika einnehmen musste, fühlte er sich verdammt gut.

Marlowe nahm mit der Hilfe von Carlise, June und April etwas von dem Gewicht zu, das sie verloren hatte. Die drei Damen waren großartig, sie kamen jeden Tag vorbei, brachten köstliche Mahlzeiten mit und blieben dann, um Marlowe kennenzulernen. Zu sehen, wie sie sich mit den Frauen seiner Freunde verstand, hatte in Bob ein warmes Gefühl aufblühen lassen. Er wollte, dass alle miteinander auskamen, denn wenn sie das taten, stiegen die Chancen, dass Marlowe vielleicht bleiben wollte. Und Bob wollte wirklich, dass sie blieb.

Er hatte noch nicht mit ihr über Ian gesprochen, aber nach einer Telefonkonferenz mit Tex wusste er, dass es an der Zeit war. Tex hatte auf einer Auktionsseite im Darknet endlich eine Anzeige für die Münzen gefunden, die Ian zu verkaufen versuchte, und es schien einige interessierte Käufer zu geben. Er hatte Bob und seine Freunde auch darüber informiert, dass Ian immer noch mit einigen Einheimischen in Kontakt stand, die an der Ausgrabung in Thailand beteiligt waren.

Ohne dass es ihm gesagt werden musste, wusste Bob, dass das bedeutete, dass jemand Ian gegenüber Marlowes Flucht erwähnen könnte – wenn es nicht schon geschehen war. Und das würde den Mann berechtigterweise nervös machen.

Marlowe musste auf den neuesten Stand gebracht werden, damit sie auf sich aufpassen und mitbestimmen konnte, wie es weiterging.

Er hasste es, schlechte Erinnerungen wachzurufen, da sie sich anscheinend sehr gut an das Leben hier in Newton gewöhnt hatte, aber es musste getan werden. Er hoffte nur, dass die Nachricht sie nicht zurück zu ihrer Familie in D. C. scheuchen würde.

Je mehr Zeit Bob mit Marlowe verbrachte, desto *mehr Zeit* wollte er mit ihr verbringen. Und dabei ging es nicht um Sex, obwohl er sich darauf freute, von seinem Arzt grünes Licht zu bekommen, wieder mit ihr schlafen zu können.

Nein, es ging darum, an ihren Körper geschmiegt aufzuwachen. Es ging darum, ihr das Kochen beizubringen und gemeinsam zu lachen, wenn ihre Versuche komplett scheiterten. Es ging darum zu sehen, wie Marlowe seine Freunde und deren Frauen kennenlernte und wie sie in ihrer neu gewonnenen Freiheit aufblühte.

Außerdem war ihm bis zu Marlowe nicht klar gewesen, wie einsam er gewesen war. Vielleicht war das der Grund, warum er sich seit seinem Ausscheiden aus dem Dienst so unruhig gefühlt hatte, immer auf der Suche nach Möglichkeiten, sich zu beschäftigen. Obwohl seine Tage noch genauso waren wie vor seiner Abreise nach Thailand, fühlten sie sich jetzt viel erfüllender an. Er freute sich auf eine Zukunft, die er nicht für möglich gehalten hatte.

Bob hatte JJ gebeten, zu ihm zu kommen, wenn er mit Marlowe über die Situation mit Ian West sprach, und er bereitete in Vorbereitung auf die Ankunft seines Freundes Sloppy Joes zum Mittagessen zu. Marlowe befand sich gerade im Wohnzimmer und telefonierte mit Tony. Er konnte hören, wie sie ihrem Bruder versicherte, dass es ihr gut ginge. Nein, sie langweile sich nicht, und alle, die sie getroffen habe, seien freundlich und äußerst nett gewesen.

Die Tatsache, dass sie nicht das Bedürfnis verspürte, mit Tony hinter verschlossenen Türen zu sprechen, dass es ihr nichts ausmachte, wenn er ihre Seite des Gesprächs mitbekam, war nur ein weiterer Grund, warum er sich ihr näher fühlte.

Schließlich legte sie auf und schlenderte in die Küche. Sie hüpfte auf einen der Barhocker, die um die kleine Insel herumstanden, und stützte ihr Kinn auf eine Hand. »Ich habe ein schlechtes Gewissen«, sagte sie.

»Weswegen?«, fragte Bob.

»Dass du derjenige bist, der verletzt ist, und dass du die ganze Zeit gekocht hast.«

»Kochst du *gern*?«

Sie sah überrascht aus. »Ähm ... nicht besonders. Das weißt du doch.«

»Warum solltest du es dann tun?«

»Weil du verletzt wurdest. Weil ich dir hier helfen möchte. Und weil du nicht denken sollst, ich würde dich irgendwie ausnutzen.«

Bob konnte sich ein Lachen nicht verkneifen. »Ich war verletzt, aber jetzt geht es mir gut.« *Gut* war vielleicht etwas übertrieben, aber mit jedem Tag fühlte Bob sich mehr und mehr wie sein altes Ich. »Und du *hilfst* hier«, fuhr er fort. »Du hast gestern all unsere Wäsche gefaltet, das Bettzeug gewechselt und das Geschirr weggeräumt. Und was das Ausnutzen von mir angeht ... das tust du nicht. Nicht im Entferntesten. Ich liebe es, dich hier zu haben, Punky. Ich habe nie viel darüber nachgedacht, mit einer Frau zusammenzuleben, aber du machst es so unglaublich leicht.«

»Kendric«, beschwerte sie sich leise. »Du musst aufhören, so nett zu sein.«

»Warum?«, fragte er, da er es wirklich wissen wollte. Er hörte auf, das Fleisch zu rühren, und drehte sich zu ihr um.

»Weil.«

»Das ist keine Antwort«, rügte er sie sanft. »Und ich werde nie *nicht* nett zu dir sein. Ich will dich verwöhnen. Mich um dich kümmern. Dir das Leben so leicht machen, wie ich es machen kann.«

»Kann ich das auch für dich tun?«, fragte sie, den Kopf schief gelegt.

»Weißt du das nicht? Das tust du bereits. Ich war lange Junggeselle. Habe selbst gekocht und geputzt. Habe meine Wäsche selbst gewaschen. Meine Böden selbst gewischt. Bin allein aufgewacht, allein ins Bett gegangen. Dich hier zu haben? Die täglichen Aufgaben zu teilen? Dich in meinen Armen zu halten, wenn wir schlafen? Das ist ein großartiges Gefühl. Ich werde alles tun, was ich tun muss, um dich glücklich zu machen.«

»Das bin ich«, sagte sie, ohne zu zögern.

»Ich auch«, stimmte er zu. Dann ging er um die Insel herum und stellte sich vor ihren Stuhl. Dank des hohen Hockers befand ihr Kopf sich fast auf gleicher Höhe mit seinem eigenen. Er nahm ihr Gesicht in die Hände und beugte sich zu ihr vor. »Es ist schon mehr als eine Woche her. Wie fühlst du dich? Und sei ehrlich. Du hattest letzte Nacht diesen Albtraum ... Willst du darüber reden?«

Marlowe nahm seine Handgelenke in ihre Hände und begegnete seinem Blick. »Mir geht's gut, Kendric. Ich meine, ja, ich habe Momente, in denen es sich unwirklich anfühlt, dass ich hier bin. Sicher, frei. Aber ganz ehrlich, ich fühle mich so sicher wie schon lange nicht mehr. Früher habe ich mir Sorgen gemacht, welchen Job ich als Nächstes bekommen würde. Wo in der Welt ich sein würde.

Aber zu wissen, dass ich nächste Woche an der gleichen Stelle aufwachen werde wie jetzt ... das ist eine Erleichterung.«

Ihre Worte setzten sich in Bobs Seele fest. »Gut.«

»Was ist mit dir?«, fragte sie. »Hast du geträumt? Ich meine, ich schlafe nachts meistens tief und fest, und ich möchte nicht, dass du deine Albträume vor mir versteckst. Ich möchte dir helfen, wenn du sie hast.«

Er hatte bis zu diesem Moment nicht darüber nachgedacht, aber Bob stellte erstaunt fest, dass er sich an keinen einzigen Albtraum erinnern konnte, seit er nach Hause gekommen war. Oh, er hatte geträumt, aber in den Träumen ging es entweder um Marlowe und ihn, wie sie nackt zusammen waren und sich gegenseitig befriedigten, oder um gesichtslose Kinder, die Amok liefen, während er und seine Freunde mit toleranten und liebevollen Blicken zusahen.

»Habe ich nicht«, sagte er erstaunt.

»Du hast was nicht?«, fragte Marlowe stirnrunzelnd.

»Albträume. Seit wir zu Hause sind, habe ich nicht mehr davon geträumt, ein Gefangener zu sein.«

Sie starrte ihn mit großen Augen an. »Wirklich? Du lügst nicht, um mich zu beruhigen?«

»Ja. Und nein, ich lüge nicht.«

»Das ist großartig«, sagte sie mit einem breiten Lächeln.

»Du bist es«, sagte Bob zu ihr. »Dich in meinen Armen zu halten, dich an meiner Seite zu haben, scheint die Dämonen in meinem Kopf zu beruhigen.«

Er war nicht überrascht, als Marlowe den Kopf schüttelte. »Es liegt nicht an mir«, beharrte sie.

»Das kannst du denken, aber du irrst dich«, sagte er entschieden.

»Nun, ich bin so oder so froh«, erwiderte sie. »Aber ich will auch nicht, dass du sie vor mir versteckst. Wenn du sie hast, hast du sie. Wir werden damit klarkommen, okay? Es muss dir nicht peinlich sein oder so.«

Bob war sich nicht sicher, ob ihm in Gegenwart dieser Frau irgendetwas peinlich sein konnte. »Das Gleiche gilt für dich. Ich weiß, wie furchtbar Albträume sein können. Sie können dich umhauen und dir das Gefühl geben, dass du keinen Schlaf bekommen hast. Wenn das passiert, machen wir ein Nickerchen oder so, damit du dich ausgeruht fühlst.«

Sie lächelte ihn an. »Okay.«

»Okay.« Dann beugte Bob sich hinunter und presste seine Lippen auf die ihren. Sie stöhnten beide, als der keusche Kuss sich schnell zu etwas mehr entwickelte. Bob griff in ihr kurzes Haar und hielt sie fest, während er den Kuss vertiefte. Sie krallte die Finger in seine Brust, während sie ihm Paroli bot.

Als es an der Wohnungstür klingelte, zuckten sie beide überrascht zusammen.

Bob zog sich zurück und starrte seine Frau einen langen Moment an. Sie leckte sich über die Lippen, die von ihrem Kuss prall waren. Die Türglocke ertönte erneut.

»Wir sollten aufmachen«, sagte sie.

»Ja«, stimmte Bob zu, aber er bewegte sich nicht.

Sie lächelte, dann biss sie sich auf die Unterlippe.

»Heute Abend«, knurrte er. »Heute Abend werde ich dir zeigen, wie stolz ich bin, dass du meine Frau bist. Wie glücklich ich bin, dass du hier bist. Wie sehr ich alles zu schätzen weiß, was du für mich getan hast, als ich bewusstlos war.«

»Hast du mit dem Arzt gesprochen?«, fragte sie, die Augen glänzend vor Interesse und Lust.

»Nein. Aber ich kenne meinen Körper«, sagte er. Als sie die Stirn runzelte, fuhr Bob mit dem Daumen über ihre Unterlippe. »Ich werde vorsichtig sein.«

Es klingelte erneut, immer und immer wieder, als sei JJ es offiziell leid, darauf zu warten, dass sie die Tür öffneten.

Bob würde seinen Freund für immer draußen lassen. Marlowes Antwort war in diesem Moment wichtiger.

»Okay«, sagte sie schüchtern.

Besitzgier durchströmte Bobs Körper. Sein Schwanz wurde sofort hart bei dem Gedanken, wieder in dieser Frau zu sein. Nach Hause zu kommen.

»Okay«, stimmte er zu. Dann beugte er sich zu ihr hinunter und küsste sie erneut – diesmal nur kurz –, bevor er mit den Fingern über ihre Wange strich und sich dann von ihr löste, um die Tür zu öffnen.

»Lass deine Hose an!«, rief er, als er nach dem Türknauf griff.

Wie erwartet stand JJ auf der anderen Seite der Tür und grinste wie ein Verrückter. »Wurde auch Zeit«, sagte er zu seinem Freund.

»Wie auch immer.«

»Riecht gut«, sagte JJ, als er eintrat.

Seine Bemerkung erinnerte Bob daran, dass er ihr Mittagessen fertig machen musste. Er schloss die Tür hinter JJ und ging zurück in die Küche. Ein Teil von ihm wollte dieses Gespräch nicht führen. Er würde sich lieber selbst um

Ian West kümmern, ohne dass Marlowe daran beteiligt war. Aber das wäre nicht fair. Und sie könnte sich besser schützen, wenn sie dieselben Informationen hatte wie sie.

Ian hatte zwar nicht angedeutet, dass er sie aufspüren würde, aber Bob wollte das Risiko nicht eingehen.

Die drei plauderten, während er das Mittagessen vorbereitete, und Bob konnte die Augen nicht von Marlowe lassen. Sie schaffte es, dass jeder sich in ihrer Nähe wohlfühlte. Als seien sie schon ihr ganzes Leben lang Freunde. Er hatte es bei Carlise, June und April gesehen, und jetzt tat sie es mit JJ.

Als sie mit den Sloppy Joes fertig waren, brachte Bob das Geschirr zur Spüle und ließ es dort einweichen, dann gingen sie alle in den kleinen Wohnbereich. Bob setzte sich neben Marlowe auf die Couch, und JJ nahm den Sessel zu ihrer Rechten.

»Hast du etwas von Ian gehört?«, fragte JJ Marlowe und kam damit direkt zum Grund seines Besuchs.

Sie runzelte die Stirn. »Nein. Warum? Geht es ihm gut? Was ist mit den Münzen passiert?«

Bob war nicht überrascht, dass sie wissen wollte, ob es ihm gut ging. Selbst nach allem, was der Mann ihr angetan hatte, war sie nicht in der Lage, jemandem wirklich etwas Schlechtes zu wünschen.

»Es geht ihm gut«, antwortete JJ.

»Verdammt«, murmelte Marlowe.

Bob konnte sich das Lachen nicht verkneifen, das ihm über die Lippen kam. So viel zu dem Gedanken, Marlowe sei zuckersüß. Sogar JJ lachte.

»Tut mir leid, das war unhöflich«, sagte Marlowe achselzuckend. »Aber im Ernst, was er getan hat, war furchtbar. Er hat nicht nur unsere Ausgrabungsstätte bestohlen, er hat mich auch in ernste Schwierigkeiten gebracht, als er dachte, ich könnte ihn verraten.«

»Nun, er ist zu Hause in Boston und wohnt immer noch im Haus seiner Eltern«, sagte JJ. »Aber unsere Quellen deuten darauf hin, dass er versucht, die Münzen zu verkaufen, und einen potenziellen Käufer hat.«

»Nein! Damit können wir ihn nicht davonkommen lassen!«, protestierte Marlowe.

»Wir arbeiten daran, dass diese Münzen nicht in jemandes persönlicher Sammlung landen«, sagte JJ.

»Wie?«, fragte sie.

Er runzelte die Stirn. »Wir wissen, dass ein paar Leute aus dem Darknet Interesse hatten, aber die Angebote kamen von Dritten, von Leuten, die ihre Spuren sehr gut verwischen können. Aber nicht gut genug. Tex, unser Mann, konnte mit zwei Leuten in Kontakt treten, die Gebote abgegeben haben, und als sie merkten, dass ihre wahren Identitäten aufgedeckt – und die Behörden benachrichtigt worden waren –, hat ihr Interesse natürlich nachgelassen.«

»Aber es gibt noch andere, die die Münzen kaufen wollen? Für wie viel?«, fragte Marlowe.

»Ja, und das höchste Angebot liegt im Moment bei einer Million pro Stück.«

»Drei Millionen Dollar? Heilige Scheiße!«, rief Marlowe aus. »Ich wusste, dass sie viel wert sind, aber ich hätte nicht erwartet, dass sie für *so viel* verkauft werden.«

»Ja.«

»Also ... wie sollen wir den Verkauf verhindern, wenn wir nicht wissen, wer der Käufer sein könnte?«, fragte sie.

JJ seufzte. »Daran arbeiten wir mithilfe unseres Mannes. Das FBI arbeitet auch daran. Aber es gibt ein großes Problem bei dem Versuch, Ian dazu zu bringen, die Münzen abzugeben, anstatt sie zu verkaufen, und das betrifft dich.«

»Mich?«, fragte Marlowe.

»Ja. Das Problem ist, dass jeder Ärger, den wir Ian bereiten, er auch dir bereiten kann.«

»Wie meinst du das?«

»Er kann den Behörden sagen, dass du ein entflohener Sträfling aus Thailand bist, Marlowe. Wenn er herausfindet, dass du an dem Versuch beteiligt bist, den Verkauf dieser Münzen zu stoppen, kann er dich möglicherweise wieder ins Gefängnis bringen – es sei denn, es gibt handfeste Beweise dafür, dass er die Drogen in deinem Zelt platziert hat.«

»Können wir an die Presse gehen?«, fragte Marlowe. »Ich meine wegen der Münzen? Denen einen anonymen Tipp geben?«

»Vielleicht. Aber ich bin mir nicht sicher, ob die Geschichte so viel Aufmerksamkeit erregt, wie wir wollen oder brauchen, um den Käufer so zu verschrecken, dass der Verkauf gestoppt wird.«

»Ja, Münzen sind nicht sexy«, stimmte Marlowe zu. »Das ist ein Problem bei vielen Ausgrabungen, bei denen ich dabei war. Die Leute bieten gern Zuschüsse an, wenn das, wonach wir graben, interessant und aufregend genug ist, um weltweit Aufmerksamkeit zu erregen, aber wenn es sich um einen Haufen willkürlicher Knochen, Keramikscherben oder nur ein paar Münzen handelt, ist es ihre Zeit oder Aufmerksamkeit oft nicht wert.«

Eine ganze Minute lang sagte niemand etwas.

Dann richtete Marlowe sich schnell auf. Es war offensichtlich, dass sie eine Idee hatte – und irgendwie wusste Bob, dass sie ihm nicht gefallen würde.

»Und wenn ich ihn anrufe? Ihm sage, dass ich weiß, dass er es war, der mich ins Gefängnis gebracht hat, und dass ich beim Verkauf dabei sein will, damit ich den Mund halte?«

»Was?«, fragten JJ und Bob gleichzeitig.

»Ich meine, ich könnte ihm sagen, dass ich zu den Behörden und der Presse gehen werde, wenn er die Münzen nicht zurückgibt. Dass ich die Münzen so heiß mache, dass niemand es wagen würde, sie zu kaufen. Und nicht nur das, niemand würde ihn je wieder für Ausgrabungen anstellen. Er stünde auf der schwarzen Liste. Mir ist klar, dass er mich in Schwierigkeiten bringen kann, wenn er weiß, dass ich nicht mehr in diesem Gefängnis in Thailand verrotte, aber wenn ich ihn irgendwie dazu bringen kann zuzugeben, dass er nicht nur die Münzen gestohlen, sondern auch die Drogen in meinem Zelt platziert hat, dann sollte das doch reichen, um mich vom Haken zu nehmen, oder?«

»Nein«, sagte Bob.

Gleichzeitig murmelte JJ: »Das ist keine schlechte Idee.«

»Was? Nein!«, sagte Bob mit mehr Nachdruck. »Ich will nicht, dass Marlowe jemals wieder mit diesem Arschloch spricht. Und wir reden hier von drei Millionen Dollar. Das ist eine Menge Geld, und die Leute werden seltsam und verzweifelt, wenn so viel auf dem Spiel steht.«

»Kendric«, sagte Marlowe sanft und legte eine Hand auf sein Knie.

Aber der Anblick von Marlowe, als er sie zum ersten Mal getroffen hatte, saß in seinem Kopf fest. Wie abgemagert sie war. Wie verzweifelt. Von dieser Frau war sie jetzt weit entfernt, und er wollte nichts tun, was sie wieder in diese Lage bringen könnte.

Und selbst ein *Gespräch* mit Ian könnte ihn dazu bringen, zu den Behörden zu gehen und ihnen mitzuteilen, dass er von einem entflohenen Sträfling kontaktiert worden war. Die Drohung, nach Thailand ausgeliefert zu werden, könnte zu weiteren Albträumen führen wie dem, den sie letzte Nacht gehabt hatte. Ihr Wimmern hatte ihm das Herz gebrochen, und er konnte sie nur festhalten und ihr immer wieder zuflüstern, dass sie in Sicherheit sei.

Er wollte gar nicht daran *denken*, wie sehr sie beide leiden würden, wenn sie wieder ins Gefängnis käme.

»Wir kennen West nicht. Ja, er ist jung, aber er ist nicht *so* jung. Und wenn du ihn anrufst und versuchst, ihn zu erpressen, könnte er heftig reagieren«, sagte Bob.

»Und wenn ich es nicht tue, wird er die Münzen verkaufen, sie werden für immer verloren sein, und wir werden keinen Beweis haben, dass er sie überhaupt gestohlen hat«, gab Marlowe zurück. »Er wird wahrscheinlich wieder von einer anderen archäologischen Stätte stehlen, weil er gierig ist, und er hat offensichtlich keine Moral, wenn er nicht zweimal darüber nachgedacht hat, mich für den Rest meines Lebens ins Gefängnis zu schicken! Und nicht nur das, ich muss meinen Namen reinwaschen. Wenn ich das nicht tue, kann ich mein Leben nicht fortsetzen. Wenn ich Ian nicht dazu bringe zuzugeben, dass er die Drogen in meinen Taschen versteckt hat, wird die Gefahr, wieder ins Gefängnis zu kommen, immer über mir schweben.«

Bob fühlte sich, als müsste er kotzen. Er konnte es nicht ertragen, wenn Marlowe in Gefahr war. Und wenn sie Ian kontaktierte, würde sie sich absichtlich in Gefahr begeben.

Aber ... er wusste, dass sie recht hatte. Und er hasste es.

Wenn er jemals ein normales Leben mit Marlowe führen wollte, wenn er nicht für den Rest ihres Lebens über seine Schulter schauen wollte, mussten sie sich mit diesen Drogenanklagen auseinandersetzen.

»Wir können Polizeichef Rutkey und seine Beamten einschalten, dann ist es offiziell«, fügte JJ hinzu.

»Ich kann ihn anrufen und alles aufzeichnen. Wenn ich ihn dazu bringe, tatsächlich zuzugeben, dass er die Münzen hat, sollte das den Behörden genügend Stoff für einen Durchsuchungsbefehl liefern, damit sie sie finden können, oder? Wenn ich ihn genügend reize, kann ich ihn vielleicht sogar dazu bringen zuzugeben, dass er mich reingelegt hat. Dass er diese Drogen in meine Taschen getan hat, um mich loszuwerden, damit ich ihn nicht verrate.«

Allein der Gedanke, dass sie mit Ian West sprechen würde, machte Bob so verrückt vor Angst, dass er die Zähne zusammenbiss, bis ihm der Kiefer schmerzte. Er brauchte eine Minute, um die Tatsache zu verarbeiten, dass Marlowe sich tatsächlich in eine so gefährliche Situation begeben wollte.

Ohne ein Wort zu sagen, ging er zur Balkontür, riss sie auf und trat ins Freie.

Er hörte, wie JJ und Marlowe sich im Zimmer hinter ihm

leise unterhielten, aber er konnte sich nur an das Geländer klammern und auf die Bäume starren, während seine Gedanken kreisten.

Einige Minuten vergingen und als Bob JJs Stimme hinter sich hörte, war er nicht gerade überrascht.

»Ich weiß, das ist nicht ideal –«, fing sein Freund an.

Bob drehte sich um und zischte: »Nicht ideal? Dass meine Frau den Mann konfrontiert, der sie ins Gefängnis werfen ließ, ohne ein Fünkchen Reue zu zeigen? Das soll wohl ein Scherz sein!«

»Die Alternative ist, dass wir nichts tun und uns auf Tex und das FBI verlassen, um den Käufer ausfindig zu machen. Es gibt keinen wirklichen Beweis, dass West die Münzen überhaupt hat, also kann die Polizei seine Wohnung nicht durchsuchen. Aber wie ich schon sagte, sobald dieses Arschloch merkt, dass sie in den Staaten ist, kann er zur Polizei gehen und sie anzeigen. Und sie erneut verhaften lassen. Und dieses Mal kann ihr Bruder vielleicht nicht seine politischen Verbindungen und sein Geld nutzen. Vielleicht findet er keinen anderen rücksichtslosen ehemaligen Soldaten, der sich für unbesiegbar hält, um sie aus dem Gefängnis zu befreien.«

»Willst du mir ernsthaft ein schlechtes Gewissen einreden, damit ich meine Frau als Köder benutze?«, blaffte Bob.

»Mir gefällt der Gedanke, dass Marlowe mit diesem Arschloch spricht, genauso wenig wie dir.«

»Stimmt. Aber du wirst trotzdem deine Enttäuschung gegen mich verwenden, damit es passiert. Wollen wir das jetzt wirklich tun?«, fragte Bob noch wütender als zuvor.

»Ich denke schon«, sagte JJ, seine Stimme gleichmäßig und genauso hart wie die von Bob.

»Gut! Ich habe dich hintergangen. Ich habe mit dem FBI zusammengearbeitet, um in fremde Länder zu gehen und Amerikaner zu retten, die in Schwierigkeiten geraten waren. Und ich war verdammt gut darin. Bereue ich es, dich und die anderen angelogen zu haben? Ja. Würde ich es wieder tun, wenn ich Marlowe nicht gefunden hätte? Auch hier, *ja*.

Ich liebe es hier. Ich liebe, was wir aufgebaut haben. Aber jahrelang hat es mir nicht gereicht. Ich war unruhig und vielleicht so rücksichtslos, wie du mir vorgeworfen hast, aber die Dämonen in meinem Kopf *wollen nicht aufhören!* Seit ich aus dem Dienst ausgeschieden bin, schlafe ich beschissen, und wenn ich auf einer Mission war, war ich zu sehr damit beschäftigt, um über meine Vergangenheit nachzudenken. Über das, was mir und meinen Freunden zugestoßen ist. Das Adrenalin und die Gefahr hielten mich so auf Trab, dass ich es vergessen konnte, zumindest für eine Weile.

Dann ging ich nach Thailand und traf Marlowe. Und die Risiken, die ich eingegangen war, erschienen mir plötzlich dumm. Außerdem war ich es leid. Ich war es leid, meine besten Freunde anzulügen. Allein zu sein. Und die Albträume hatten nicht aufgehört. Auf Missionen zu gehen war keine Hilfe, nicht auf lange Sicht.

Wenn du mir nicht verzeihen kannst, dass ich dich hintergangen habe, verstehe ich das. Es wird mir nicht gefallen, aber ich verstehe es. Aber meine *Frau* zu ermutigen, sich in Gefahr zu begeben, nur um sich an mir zu rächen, ist nicht cool, Jackson. Was, wenn das April wäre? Wärst du genauso stoisch oder ruhig, wenn ich vorschlagen würde, *sie* als verdammten Köder in eine Operation zu stecken?«

Ein Muskel in JJs Kiefer zuckte, als er Bob anstarrte.

»Genau. Das wärst du nicht«, fuhr Bob fort und beantwortete damit seine eigene Frage. »Du wärst genauso sauer wie ich jetzt gerade. Ich weiß nicht, was zwischen euch beiden vor sich geht, aber du würdest auf keinen Fall zulassen, dass April sich in Gefahr begibt. Selbst wenn es der beste Weg wäre, das Problem zu lösen. Selbst wenn du wüsstest, dass sie mutig und stark und so verdammt selbstlos ist, würdest du dich im Vergleich dazu wie ein Monster fühlen, wenn du in ihrer Nähe bist.«

Bob schluckte schwer, holte dann tief Luft und sagte mit leiser Stimme: »Ich kann sie nicht verlieren, jetzt, da ich sie gefunden habe, JJ. Ich *kann* es nicht.«

»Das wirst du auch nicht«, sagte er, trat auf den Balkon hinaus und legte eine Hand auf Bobs Schulter.

»Das kannst du nicht versprechen. Und die Polizei auch nicht. Keiner kann das. Wir kennen diesen West nicht. Wir wissen nur, dass er kein Problem damit hat, andere den Wölfen zum Fraß vorzuwerfen, um zu bekommen, was er will. Er wusste, was passieren würde, als er den Tipp mit den Drogen gab«, sagte Bob. »Er wusste, dass Marlowe ins Gefängnis kommen würde. Und es war ihm scheißegal. Er ließ sie *lebenslänglich* einsperren, nur damit er mit den Münzen in die Staaten zurückkehren konnte.«

»Dann werden wir es nicht tun«, versicherte JJ ihm. »Wir werden einen anderen Weg finden. Und fürs Protokoll«, sagte er mit einem tiefen Seufzen, »ich bin nicht überrascht, dass du getan hast, was du getan hast. Ich wusste, dass du nie ganz davon überzeugt warst, nach Maine zu ziehen. Zum Teufel, du hast New York City vorgeschlagen. Das ist ganz anders als Newton. Ich dachte, du würdest dich mit der Zeit eingewöhnen oder mit deinen Sorgen zu uns kommen. Das heißt aber nicht, dass ich nicht verletzt bin, dass du hinter unserem Rücken mit Willis gearbeitet hast.

Verdammt noch mal, Bob – du bist einer meiner besten Freunde. Wir sind zusammen durch die Hölle und zurück gegangen. Ich hasse es zu wissen, dass du da draußen in gefährlichen Situationen warst, ohne dass wir dir den Rücken freihielten. Ich bin nicht wütend über das, was du getan hast, ich bin nur traurig, dass du das Gefühl hattest, nicht mit uns darüber reden zu können.

Und was deinen Schlafmangel angeht ... warum hast du nichts gesagt? Denkst du, ich habe keine Albträume? Dass Chappy keine hat? Dass Cal nicht immer wieder durchlebt, was diese Wichser ihm angetan haben? Du bist nicht der Einzige mit einer posttraumatischen Belastungsstörung. Wir hätten darüber reden können. Das wäre wahrscheinlich für uns alle gut gewesen. Aber was geschehen ist, ist geschehen. Wir lassen es hinter uns, verstanden? Wir werden dir einen neuen Therapeuten suchen und sehen, ob wir diese Dämonen nicht ein für alle Mal aus deinem Kopf bekommen können ... ohne dass du bis ans Ende der Welt gehen musst und dich dabei in Gefahr bringst.«

Gott, Bob liebte diesen Mann. Er nahm einen tiefen Atemzug. »Ich hätte nichts dagegen, mit dir und den anderen darüber zu reden, was wir durchgemacht haben, alles offen auf den Tisch zu legen, aber ich glaube, ich habe endlich das Mittel gegen meine Albträume gefunden.«

»Ja? Und was ist das? Du trinkst doch nicht etwa, oder? Oder nimmst Medikamente?«, fragte JJ besorgt.

Bob schnaubte. »Auf keinen Fall. Es ist Marlowe. Wenn ich sie nachts festhalte … hält sie sie irgendwie in Schach.«

Der sehnsüchtige Ausdruck in JJs Gesicht war so flüchtig, dass Bob fast glaubte, er hätte ihn sich eingebildet. Fast.

»Ich freue mich für dich. Für euch beide.«

»Danke.«

»Also … keine Missionen mehr mit Willis?«, drängte JJ. »Wir können etwas anderes finden, das dieses Bedürfnis in dir befriedigt. Ich weiß nicht was, aber wir werden es herausfinden. Als ein Team.«

»Keine Missionen mehr«, stimmte Bob zu. »Ich bin endlich bereit, einen Gang zurückzuschalten.«

»Gut. Also, wegen des Anrufs …«

Bob spannte sich erneut an.

JJ nahm die Hand von seiner Schulter und trat einen Schritt zurück. »Sprich mit Marlowe, bevor du irgendwelche Entscheidungen triffst. Hör dir ihre Sicht der Dinge an. Sie wurde in eine Situation gebracht, in der sie völlig hilflos war. Niemand wollte ihr zuhören, als sie sagte, sie sei unschuldig – sie war genauso gefangen wie wir, Bob. Und noch mehr, als ihre Unschuld zu beweisen … denke ich, sie muss sich ihre Macht zurückholen.

Ich schwöre bei meinem Leben, wenn wir irgendetwas mit Marlowe machen, wird sie immer gedeckt sein. Wer könnte sie besser beschützen als vier ehemalige Delta-Force-Agenten? Ein Telefonanruf. Wenn West den Köder nicht schluckt, überlegen wir uns etwas anderes. Vielleicht lassen wir ihn eine der Münzen verkaufen und kriegen ihn auf diese Weise. Aber es ist nicht nötig, dass er von dir erfährt, wo sie ist oder dass sie mit der Polizei zusammenarbeitet.«

»Er wird Verdacht schöpfen«, konnte sich Bob nicht verkneifen zu sagen.

»Natürlich wird er das. Aber ich bin sicher, dass Marlowe ihn vom Gegenteil überzeugen kann. Ich glaube, sie muss das tun«, sagte JJ.

Bob schloss die Augen. Er hasste es, dass sein Freund recht hatte. Und er hatte Vertrauen in seine Frau. Wenn irgendjemand das durchziehen konnte, dann war es wahrscheinlich sie. Aber das hieß nicht, dass er es gut fand. »Ich werde mit ihr reden«, sagte er zu JJ.

»Gut. Jetzt muss ich los. *Jack's Lumber* läuft nicht von allein. Heute Morgen hat uns eine Frau angerufen, auf deren Grundstück während des letzten Sturms drei Bäume gefallen sind. Einer hat ihr Haus nur knapp verfehlt und ein anderer blockiert ihre Einfahrt. Sie müssen zerkleinert und entfernt werden.«

Bob runzelte die Stirn. »Braucht ihr meine Hilfe?«

JJ lachte. »Nein. Du denkst vielleicht, du bist Superman, aber du heilst noch. Wenn du die Antibiotika abgesetzt hast und wieder hundertprozentig fit bist, werde ich dich mit Arbeit überhäufen. Ich werde dich zwingen, alle Aufträge zu übernehmen, um deine Blödigkeit wiedergutzumachen.«

»Das Wort gibt es nicht«, sagte Bob.

JJ zeigte ihm den Mittelfinger und ging zurück in die Wohnung.

Bob folgte ihm und sah, dass Marlowe nicht im Wohnbereich war.

»Sie ist ins Schlafzimmer gegangen, damit wir in Ruhe

reden können«, sagte JJ, der Bobs Besorgnis offensichtlich erkannte. »Sie ist eine gute Frau. Du hättest keine bessere Partnerin finden können.«

»Ich weiß«, sagte Bob. Er war um die halbe Welt geflogen, um Marlowe zu retten, und am Ende war er derjenige gewesen, der stattdessen gerettet wurde.

»Ruf mich später an. Wenn ihr euch für das Telefonat entscheidet, werde ich ein Treffen mit dem Polizeichef arrangieren. Wir vier – pardon, fünf – können uns mit ihm zusammensetzen und die Einzelheiten besprechen.«

»Mach ich. Danke, JJ.« Bob war sich nicht sicher, wofür er sich bei seinem Freund bedankte. Vielleicht weil er ihm verziehen hatte. Weil er verstand. Weil er einfühlsam war. Weil er wirklich glaubte, dass JJ nur das Beste für ihn wollte.

»Gern geschehen. Aber es muss gesagt werden – mach diesen Scheiß nicht noch einmal. Wir sind Freunde, Kendric. Wir vier haben schon zu viel zusammen durchgemacht. Du bist wie mein Bruder. Wenn du etwas brauchst, was du nicht bekommst, musst du es sagen.«

»Das werde ich.«

»Gut.« Er war an der Tür, bevor er sich umdrehte. »Und die Sache mit April? Du hattest recht. Ich wäre nicht glücklich, wenn sie sich in Gefahr begeben würde. Aber die Dinge sind ... kompliziert zwischen uns.«

»Dann entkompliziere sie«, erwiderte Bob.

»So einfach ist das nicht. Ich wünschte, es wäre so. Jetzt geh und rede mit deiner Frau. Sie braucht deine Unterstützung. Bis später.«

JJ schloss die Tür, bevor Bob auch nur den Mund öffnen konnte. Die Tatsache, dass sein Freund zugegeben hatte, dass da etwas zwischen ihm und April war, war ein Schritt, aber Bob war sich nicht sicher, ob es ein Schritt vorwärts oder rückwärts war. Er konnte nur abwarten und für JJ da sein, wenn sein Freund ihn brauchte.

Er schloss den Riegel an der Tür und ging in sein Schlafzimmer. Er und Marlowe mussten über ihren verrückten Plan sprechen. Und wenn das erledigt war, wollte er mit seiner Frau in seinem – nein, *ihrem* – Bett Liebe machen.

Nichts würde ihn davon abhalten, die Frau, die er liebte, zu verehren. Ihr zu zeigen, dass er nie aufhören würde, sie zu lieben, auch wenn sie sich nicht einig waren, wie sie die Situation mit Ian handhaben sollten.

KAPITEL DREIZEHN

Marlowe saß auf der Bettkante in Kendrics Zimmer und kaute nervös auf ihrem Daumennagel. Er war so aufgebracht über ihren Vorschlag gewesen. Sie verstand zwar, dass ein Treffen mit Ian gefährlich sein konnte, aber sie musste sicherstellen, dass er nicht noch mehr Artefakte stehlen und keine weiteren Archäologen in solch lebensverändernde Gefahr bringen konnte.

Und sie musste ihren Namen reinwaschen.

Sie hatte keinen Zweifel, dass sie Ian zum Reden bringen konnte. Selbst wenn er vermutete, dass sie mit der Polizei zusammenarbeitete, würde er dennoch wissen wollen, was sie geplant hatte. Außerdem war er arrogant genug, um zu glauben, dass er sie überlisten konnte – aber da lag er falsch.

Im Moment machte Marlowe sich mehr Sorgen um Kendric. Er hatte sie nicht einmal ansehen können, bevor er auf den Balkon gestürmt war. Sie wollte zu ihm gehen, um ihn zu beruhigen, mit ihm zu reden, aber JJ hatte gesagt, es sei besser, wenn er es tat.

Jetzt war sie also gestresst. Sie hörte, wie die beiden Männer vom Balkon hereinkamen, dann fiel die Wohnungstür ins Schloss. War Kendric immer noch sauer? Würde er ihr die kalte Schulter zeigen? Würde er sie anschreien und darauf bestehen, dass sie eine Idiotin war?

Sie glaubte es nicht, aber andererseits kannte sie ihn noch nicht lange. Auf jeden Fall nicht lange genug, um zu wissen, wie er reagierte, wenn er wirklich wütend war. Sie hatte keine Angst vor ihm; Kendric würde sie nie im Zorn anfassen. Aber sie wusste nicht, ob er sie mit Schweigen bestrafen oder sich schlichtweg weigern würde, ihren Vorschlag auch nur in Betracht zu ziehen. Beides würde unvorstellbar wehtun.

Sie hörte ein Geräusch an der Tür und riss den Kopf hoch. Sie hatte nicht mehr Zeit, als aufzustehen, bevor Kendric da war, sie an sich zog, die Arme um sie schlang und sie festhielt.

Sie seufzte erleichtert. Sie war sich nicht sicher, wie seine Stimmung war, aber die Tatsache, dass er sie berührte und hielt, war hoffentlich ein gutes Zeichen. Sie vergrub ihre Nase dort, wo seine Schulter und sein Hals aufeinandertrafen, und atmete tief ein. Er roch immer so gut. Selbst als sie verschwitzt und schmutzig gewesen waren, während sie durch Thailand und Kambodscha wanderten, schien sein Duft sie immer zu beruhigen.

Nach einem Moment zog er sich zurück. »Wir müssen reden.«

Hm. Kein Wunder, dass Männer es hassten, wenn

Frauen diese Worte sagten. Sie klangen so unheilvoll. Aber Marlowe nickte. Sie *mussten* wirklich reden.

Doch anstatt zu reden, griff er nach dem Saum ihres Hemdes.

Zu überrascht, um zu protestieren, hob sie die Arme und ließ zu, dass er es ihr über den Kopf zog. Seine Handlungen waren schnell und methodisch, nicht im Geringsten sexuell, aber es war so lange her, dass sie intim gewesen waren, und allein, dass sie halbnackt vor ihm stand, ließ ihre Brustwarzen hart werden und ihr Inneres schmerzen.

Seine Lippen zuckten, als er ihre Brustwarzen bemerkte, aber er hielt nicht inne, als er den Reißverschluss ihrer Jeans öffnete und sie über ihre Hüften schob. Marlowe ließ sich von ihm ausziehen und stand stocksteif da, als er ihr auch die Unterwäsche auszog.

Als sie völlig nackt war, nickte er zum Bett hinter ihr. »Rein mit dir.«

Mit einem seltsamen Gefühl schlüpfte Marlowe bereitwillig unter die Decke und sah zu, wie ihr Mann sich ebenfalls entkleidete und dann zu ihr kam.

Er zog sie sofort in die Arme und Marlowe lächelte, als sie sich an ihn schmiegte.

»Viel besser«, seufzte er. »Ich bin nicht glücklich darüber«, fuhr er fort, ohne um den heißen Brei herumzureden. »Ich will nicht, dass du mit dem Arschloch sprichst, das für deine Inhaftierung gesorgt hat.«

»Ich weiß«, sagte Marlowe, und das tat sie. Wenn es nach Kendric ginge, würde er dafür sorgen, dass sie nie mit *irgendjemandem* reden müsste, der ihr in der Vergangenheit unrecht getan hatte. Das wusste sie so gut, wie sie ihren Namen kannte. Aber sie musste das tun.

»Ich habe ihm vertraut«, sagte sie leise. »Es gab nicht viele Amerikaner auf der Ausgrabungsstätte, und es war schön, jemanden von zu Hause zu haben. Er war witzig und enthusiastisch, und ich habe mich gern mit ihm unterhalten. Zu entdecken, was er getan hat, war ein großer Schock. Das hätte ich nie von ihm erwartet. Ich glaube, deshalb habe ich ihm die Chance gegeben, sein Unrecht wiedergutzumachen. Wenn ich jemand anderen mit diesen Münzen erwischt hätte, hätte ich ihn sofort angezeigt. Aber Ian ist so jung. Ich dachte wirklich, wenn er die Chance hätte, über seine Tat und die möglichen Konsequenzen nachzudenken, würde er erkennen, was für einen großen Fehler er gemacht hat, und ihn korrigieren.«

»Hat er aber nicht«, sagte Kendric unnötigerweise.

»Ja. Deshalb muss ich das tun, Kendric«, entgegnete Marlowe. »Was er getan hat, war so falsch, dass es nicht einmal lustig ist. Er hat einen Teil der Geschichte eines Landes gestohlen. Er hat die Arbeit eines jeden Archäologen an dieser Stätte untergraben. Und ... er hat mir das Vertrauen in *mich selbst* geraubt und meine Fähigkeit, meinen Instinkten zu vertrauen, wenn es um Menschen geht. Das muss ich zurückgewinnen.«

»Dazu brauchst du ihn nicht«, sagte Kendric.

Marlowe wünschte, er hätte recht, aber sie musste die Sache zu Ende bringen. Sie wollte ihren Teil dazu beitragen, dass Ian für seine Taten bezahlte. Sie glaubte an Karma, aber manchmal brauchte es ein wenig Hilfe.

»Er ist arrogant«, sagte sie. »Nachdem er mit dem Diebstahl dieser Münzen davongekommen ist, wird er sich für unbesiegbar halten. Und dass ich ihn anrufe, wird ein großer Schock sein. Ich bin sicher, er dachte, ich sei für immer weg, und selbst wenn ich aus dem Gefängnis käme, hätte er die Münzen bereits verkauft und es gäbe keinen Beweis für seine Tat.

Ich habe darüber nachgedacht, während du mit JJ gesprochen hast ... und wenn ich einen Teil des Geldes von den Münzen verlange, wird er vielleicht nicht vermuten, dass ich mit der Polizei zusammenarbeite. Und wenn ich ihm drohe, ihn auszuliefern, falls er nicht zustimmt, wird er denken, er sei schlauer als ich. Er wird denken, da er mich einmal losgeworden ist, kann er es wieder tun.«

»Ich will ihn nicht in deiner Nähe haben«, sagte Kendric mit tiefer, rauer Stimme.

»Ich möchte ihn auch nicht in meiner Nähe haben«, stimmte Marlowe zu. »Er macht mir Angst. Ich meine, ich dachte, ich kenne ihn, und sieh nur, was er getan hat. Ich hoffe, dass dieser Albtraum mit einem Anruf ein Ende haben wird. Ich meine, ich bin nicht so naiv zu glauben, dass es einfach sein wird. Aber ich denke immer noch, wenn ich ihn genügend ärgere, könnte er es vermasseln und etwas verraten. Dass *ich* dann an der Reihe bin, *ihn* ins Gefängnis zu schicken. Bitte, Kendric. Ich muss es versuchen.«

Ihr Mann seufzte und starrte an die Decke.

Marlowe wartete, um ihm Zeit zu geben, über ihr Argument nachzudenken.

Schließlich sagte er: »Wenn wir es tun, dann nur zu meinen Bedingungen.«

»Okay«, stimmte Marlowe sofort zu.

»Du wirst kein Risiko eingehen. Du wirst ihm nicht sagen, wo du bist. Du wirst nur das sagen, was wir vorher besprochen haben, anhand eines Skripts. Du nennst ihm unsere Bedingungen und dann ist Schluss.«

»In Ordnung.«

»Ich meine es ernst, Punky. Keine Änderung des Plans, sobald er in Gang gesetzt wurde. Nicht denken, dass du mehr Informationen bekommst, wenn du die Dinge hinauszögerst. Deine Idee ist gut. Du sagst ihm, dass du einen Teil des Geldes willst, das er durch den Verkauf bekommt, und im Gegenzug vergisst du ihn und er dich, verstanden?«

»Ja, Kendric.« Marlowe konnte nicht glauben, dass er zustimmte. Sie liebte ihn in diesem Moment sogar noch mehr als zuvor. Was schwer zu glauben war, denn sie liebte ihn schon verdammt sehr.

»Ich kann dich nicht verlieren«, sagte er gequält. »Nicht nachdem ich dich gerade erst gefunden habe.«

»Du wirst mich nicht verlieren. Ich bin genau hier. Das wird im Handumdrehen vorbei sein«, sagte sie, wobei sie die Daumen drückte, dass sie nicht log.

Jetzt, da es so aussah, als würde sie *wirklich* mit Ian sprechen, war Marlowe ein wenig nervös. Aber zu wissen, dass Kendric und seine Freunde hinter ihr standen, machte die ganze Sache etwas leichter.

Dann drehte er sich und Marlowe starrte überrascht zu ihm auf. »Sei vorsichtig!«, schimpfte sie. »Dein Rücken –«

»Ist schon gut. Mir geht es gut. Und ich will mit meiner Frau in unserem Bett schlafen. In unserem Haus.«

Marlowe schmolz förmlich unter ihm dahin. »Ja. Bitte.«

»So höflich«, sagte Kendric mit einem verschmitzten

Grinsen. »Es gibt noch etwas, was ich will und wozu ich bisher keine Gelegenheit hatte.«

»Und das wäre?«

Anstatt ihr verbal zu antworten, wurde Kendrics Lächeln noch breiter, bevor er sich zu ihr hinunterbeugte und sie küsste. Aber er verweilte nicht. Er küsste ihren Hals. Dann ihr Schlüsselbein. Dann saugte er an einer ihrer Brustwarzen, während er die andere leicht zwickte.

Marlowe atmete scharf ein und krümmte den Rücken.

Er wanderte weiter an ihrem Körper hinunter und küsste ihren Bauch, bevor er sich schließlich zwischen ihren Beinen niederließ. Marlowe schaute nach unten und sah, wie er zu ihr hochstarrte, während er mit den Händen über ihre Oberschenkel streichelte. »Du mochtest meine Finger an dir. Mal sehen, wie dir meine Zunge gefällt.«

Sie kam nicht dazu, etwas zu sagen, bevor er den Kopf gesenkt hatte und damit begann, sie völlig um den Verstand zu bringen. Sie krümmte sich unter ihm, während er leckte, saugte und sie ungeheuer schnell in den Wahnsinn trieb.

Marlowe war bisher nur von einem anderen Mann oral befriedigt worden, und es hatte sich nicht annähernd so angefühlt.

Aber Kendric hörte nicht auf. Er fuhr fort, ihre Klitoris mit seinen Lippen und seiner Zunge zu reizen, selbst als sie jammerte, dass sie zu empfindlich sei.

Als sie nach zwei gewaltigen Orgasmen verschwitzt und erschöpft war, bahnte er sich schließlich wieder seinen Weg ihren Körper hinauf und küsste dabei jeden Zentimeter ihrer Haut.

Er lächelte, als er über ihr schwebte. »Ich liebe es, dich

so zu sehen«, sagte er, bevor er sie erneut küsste. Marlowe konnte sich selbst auf seinen Lippen schmecken, und bei jedem anderen Mann wäre es peinlich oder seltsam gewesen. Aber bei dem Mann, den sie liebte, schien nichts unangenehm zu sein.

»Wie?«, fragte sie, als sie eine Pause machten, um Luft zu holen.

»Zerzaust«, sagte er grinsend. Dann griff er zwischen sie und führte seinen Schwanz an ihre Muschi. »Bist du bereit für mich?«

»Ich bin immer bereit für dich«, sagte sie, ohne zu zögern, und spreizte die Beine, um ihn einzuladen.

Bevor sie blinzeln konnte, war er bereits tief in ihr. Sie seufzte. Er fühlte sich so gut an, füllte sie auf eine Weise aus, wie es noch nie jemand getan hatte.

Er schloss die Augen und atmete durch die Nase ein. Als er sie wieder öffnete, sagte er: »Du hast etwas zugenommen, seit du hier bist.«

Marlowe erstarrte. Sie glaubte nicht, dass er sich beschwerte, aber es war ein wenig seltsam, in diesem Moment über ihr Gewicht zu sprechen. »Ähm ... ja?«

»Hast du schon wieder deine Periode bekommen?«

Sie leckte sich über die Lippen und versuchte, die Röte zu unterdrücken, die sich auf ihren Wangen ausbreitete, während sie den Kopf schüttelte.

»Wenn du willst, kann ich anfangen, Kondome zu benutzen ... um dich zu schützen.«

Oh! Deshalb hatte er ihr Gewicht angesprochen.

Marlowe konnte sich nicht vorstellen, ihn nicht nackt in sich zu haben. Sie mochte, wie er sich anfühlte. Sie liebte es, wenn er tief in ihrem Körper kam. Aber hatte er seine Meinung geändert? Sie hatten über Kinder gesprochen, aber vielleicht hielt er die Vorstellung jetzt, da sie nicht mehr auf der Flucht waren, für verrückt?

»Ich kann sehen, wie es in deinem Kopf rattert. Ich will dich immer noch schwängern«, sagte er unverblümt. »Es gibt nichts, was ich mir mehr wünsche, als dich rund und strahlend mit unserem Baby zu sehen. Aber bei uns ging alles sehr schnell. Wenn du warten willst, ist das für mich auch in Ordnung.«

»Nein«, sagte sie schnell. »Ich will nicht warten.«

»Ausgezeichnet«, erwiderte er.

»Obwohl es keine Garantie gibt«, warnte sie.

»Ich weiß. Aber wir werden viel Spaß beim Versuchen haben«, sagte er grinsend, während er sich langsam und gleichmäßig zu bewegen begann, was Marlowe vor Lust nach Luft schnappen und stöhnen ließ.

Irgendwann äußerte sie wieder ihre Bedenken wegen seines Rückens. Daraufhin bewegte er sich schneller, nahm sie härter, und jegliche Bedenken waren verflogen.

Marlowe hatte gedacht, das erste Mal mit ihm sei das Beste gewesen, was sie je erlebt hatte, aber sie hatte sich geirrt. Jetzt mit ihm zusammen zu sein, sicher und bequem, war viel aufregender, erfüllender und erotischer.

Er machte Liebe mit ihr und reizte ihren Körper, bis sie ihn anflehte, sie zum Höhepunkt zu bringen. Ohne sie eine weitere Sekunde warten zu lassen, vergrub er sich in ihr, als sie über den Abgrund stürzte. Genau wie zuvor schien er sich nach dem Gefühl zu sehnen, wie sie sich um seinen Schwanz zusammenzog.

Sobald sie sich entspannte, begann er, sie hart zu ficken, murmelte Worte der Liebe und wie schön sie sei, bis sein Orgasmus ihn überkam und er tief in ihrem Körper kam.

Er ließ sich für ein paar Sekunden auf sie fallen, um zu Atem zu kommen, dann rollte er sich von ihr und drückte sie an seine Brust.

Marlowe wollte protestieren, ihm sagen, dass er ihr Gewicht wegen der Wunden auf seinem Rücken nicht tragen sollte. Aber sie liebte diese Position. Gesättigt auf ihm zu liegen, während Kendric noch in ihr war. Es erinnerte sie an das erste Mal, als sie sich in dieser Scheune geliebt hatten. Nur dass sie sich jetzt keine Sorgen mehr über schmutziges Stroh machen musste oder darüber, unterbrochen zu werden, und dass es keine Tiere gab, die lautstark um sie herum fraßen.

»Ich liebe dich«, murmelte sie an seiner Brust.

Er spannte die Arme an und sie spürte, wie sein Schwanz in ihr zuckte. »Ich liebe dich auch«, erwiderte er.

Marlowe küsste seinen Hals und seufzte zufrieden.

»Ich werde alles tun, was nötig ist, um dich zu beschützen«, sagte er leise.

Sie hob den Kopf. »Was?«

»Wenn du mit Ian sprichst. Ich werde alles tun, was nötig ist, damit die Dinge nicht schiefgehen. Und das gilt auch für das Leben im Allgemeinen. Ich werde dir auf die Nerven gehen. Du wirst denken, dass ich überfürsorglich bin, weil ich es bin. Ich werde dich nicht kontrollieren, du kannst befreundet sein, mit wem du willst, du kannst gehen, wohin du willst. Du kannst jeden Job annehmen, den du willst, oder auch gar keinen Job. Das ist mir egal. Aber ich werde dir wahrscheinlich ständig schreiben, mich vergewissern, dass es dir gut geht, und fragen, ob du etwas brauchst. Und wenn wir Kinder haben ...?«

Er erschauderte leicht, sprach dann aber weiter. »Ich werde völlig über die Stränge schlagen. Wir reden von Hintergrundüberprüfungen ihrer Babysitter, Trainer, Lehrer. Nichts und niemand wird dem, was mir gehört, etwas antun, wenn ich es verhindern kann.«

Tränen liefen Marlowes Wangen hinunter.

Kendric sah alarmiert aus. »Scheiße! Nicht weinen, Punky. Ich werde versuchen, mich zu beherrschen, aber ich habe noch nie jemanden so geliebt wie dich, und der Gedanke, dass dir etwas zustoßen könnte, macht mich verrückt. Und Kinder sind so verletzlich. Ich will nicht, dass sie jemals an der Liebe ihres Vaters zweifeln. Ich werde Fehler machen, das weiß ich, und ich habe Angst, dass ich etwas tue oder sage, was sie zu Psychos macht, aber ich werde mein Bestes tun, um der Vater und Ehemann zu sein, den du dir immer gewünscht hast.«

»Kendric«, sagte Marlowe und legte ihm eine Hand auf die Wange. »Du *bist* bereits der Ehemann, von dem ich immer geträumt habe.«

Er drehte den Kopf und küsste ihre Handfläche.

»Und ich habe kein Problem damit, dass du mich beschützt, solange es in beide Richtungen geht. Wenn du arbeitest, schreibe ich dir wahrscheinlich ständig SMS, um mich zu vergewissern, dass du nicht unter einem riesigen Baum erdrückt wurdest. Wenn du wandern gehst, werden deine Kunden denken, *ich* sei der Psycho, weil ich mich immer nach dir erkundige.« Sie lächelte. »Gott, sind wir rührselig«, beendete sie kopfschüttelnd. »Die Armee wird dir deinen Aufnäher der Spezialeinheit wegnehmen.«

Er lachte, und Marlowe spürte es von innen heraus, denn sie waren immer noch auf die intimste Weise miteinander verbunden, die Mann und Frau möglich war. »Sie können ihn haben. Es ist mir egal.«

»Hast du ... ist zwischen dir und JJ alles in Ordnung?«

»Ja. Dachtest du, es sei nicht so?«

»Keiner von euch beiden war glücklich, als er rausging, um mit dir zu reden. War er wirklich sauer, dass du die Rettungsmissionen gemacht hast?«

»Er war nicht begeistert«, gab Kendric zu, »aber wir haben geredet, und ich habe ihm erzählt, wie es mir geht ... und von meinen Albträumen.«

»Und?«

»Er gab zu, dass er sie auch manchmal hat. Er sagte, dass wir vier wahrscheinlich mehr darüber reden sollten, was wir bei der letzten Mission durchgemacht haben und was wir jetzt durchmachen. Und da hat er nicht unrecht.«

Das freute Marlowe für ihn. »Gut.«

»Obwohl ich keine Albträume mehr hatte, seit ich wieder zu Hause bin.«

»Ich weiß«, sagte Marlowe ruhig. Sie hatten diese Diskussion schon früher geführt, und sie war froh und erleichtert, dass er so gut schlief. Sie hatte erwartet, dass er weiterhin schlecht träumen würde, zumindest gelegentlich.

»Du darfst mich nie verlassen«, sagte Kendric ernst. »Ich glaube, du bist ein Blocker oder so etwas. Dich in meinen Armen zu halten hält die Dämonen in Schach.«

Marlowe war sich da nicht sicher, aber wenn er das

glauben wollte, würde sie nicht noch einmal widersprechen. »Okay.«

Er lächelte. »Das war einfach.«

Sie zuckte mit den Schultern. »Ich bin genau da, wo ich sein will. Warum sollte ich protestieren?«

»Ich liebe dich«, sagte er.

»Und ich liebe dich auch«, erwiderte sie sofort.

Kendric umfasste ihren Hinterkopf und drückte sie sanft nach unten, sodass ihre Wange wieder auf seiner Brust ruhte. »Schlaf, Punky.«

»Und wenn ich nicht müde bin?«

»Du wirst deine Kraft brauchen.«

»Wofür?«

»Für später, wenn ich dich wieder will.«

»Ist das normal? Ich meine, ich hätte nicht gedacht, dass die meisten Männer mehr als einmal pro Nacht können.«

Er lachte. »Es ist nicht nachts. Und ich weiß nicht, wie es bei den meisten Männern ist, aber für mich, mit *dir*? Das ist völlig normal. Ich würde in dir leben, wenn ich könnte.«

Marlowe schnaubte. »Ich weiß nicht, ob das praktisch ist.«

Kendric ließ eine Hand ihren Rücken hinunterwandern und drückte ihren Hintern. »Ist mir egal.«

Sie kicherte und schüttelte leicht den Kopf, dann schmiegte sie sich dichter an ihn.

»Fürs Protokoll?«, fragte er nach einem Moment.

»Hmmm?«, murmelte sie, da sie schließlich doch schläfrig wurde.

»Du schmeckst köstlich, und ich werde dich noch oft vernaschen.«

Marlowes Gesicht wurde wieder heiß. Aber da sie jede Sekunde seines Mundes auf ihr genoss, würde sie sich nicht beschweren. »Darf ich das auch mal versuchen? Dir einen zu blasen, meine ich?«

»Wann immer du willst, Punky. Obwohl ich das nicht von dir brauche.«

»Aber ich will dir genauso viel Freude bereiten wie du mir«, protestierte sie.

»Das tust du schon. Geh schlafen, Marlowe.«

»Okay.« Es dauerte nicht lange, bis sie in einen tiefen Schlaf fiel. Sie war gestresst gewesen, während er mit JJ gesprochen hatte, und dann erschöpft von seinem Liebesspiel.

Irgendwie war sie mit dem Mann ihrer Träume verheiratet. Sie hatte neue Freunde, ihr Bruder war in Sicherheit und bald würde sie Ian West für das bezahlen lassen, was er getan hatte. Das Leben war gut.

Besser als gut.

KAPITEL VIERZEHN

»Willst du ihn wirklich zur Rede stellen?«, fragte Carlise Marlowe.

Sie, June, April und Marlowe saßen im Pausenraum von *Jack's Lumber*, während die Jungs alle auf der Arbeit waren. In der Nacht zuvor hatte es heftig gewittert und in ganz Newton waren Bäume umgefallen. Marlowe war sich nicht sicher, ob Kendric arbeiten sollte, da sein Rücken noch nicht verheilt war, aber er hatte darauf bestanden, seinen Freunden zu helfen.

Also hingen die vier Frauen herum und versuchten, sich keine Sorgen um die Jungs zu machen.

»Das werde ich«, sagte Marlowe. »Morgen gehe ich auf die Polizeiwache, und Polizeichef Rutkey wird mich das Telefon dort benutzen lassen, da es bereits mit allen Aufnahmegeräten ausgestattet ist. Ich werde Ian anrufen und versuchen, ihn dazu zu bringen, alles zuzugeben, was er getan hat.«

»Glaubst du, er wird den Köder schlucken?«, fragte June.

Marlowe zuckte mit den Schultern. »Es könnte so oder so ausgehen, aber ich denke, er wird es tun.«

»Warum?«

»Weil er wissen will, was ich der Polizei über ihn erzählen könnte. Weil er wissen will, wie ich aus Thailand herausgekommen bin.«

»Bist du nervös? Ich hätte nämlich schreckliche Angst«, sagte April.

»Ganz ehrlich? Ein wenig. Aber Kendric wird dort sein.« Und das war der Knackpunkt. Wenn sie auf sich allein gestellt wäre? Sie wäre nie mutig genug gewesen, Ian zu konfrontieren. Allein das Wissen, dass Kendric hinter ihr stand, gab ihr den Mut, dabei zu helfen, Ian zur Rechenschaft zu ziehen. »Außerdem muss Ian davon abgehalten werden, so etwas noch einmal zu tun. Das Erbe eines anderen Landes zu stehlen.«

»Das ist wahr. Was für ein Arschloch«, sagte Carlise angewidert.

»Um das Thema zu wechseln, wie bist du dazu gekommen, Bob *Kendric* zu nennen?«, fragte April mit einem Grinsen. »Ich meine, wir anderen«, sie deutete auf die anderen Frauen, »haben uns einmal darüber unterhalten, dass manche Frauen ihn bei einem Namen wie Bob von vornherein für eine ernste Beziehung zurückweisen würden. Ich wollte ihn mit einer der Frauen verkuppeln, die einen Führer für den AT suchen, und ihn mit seinem richtigen Namen vorstellen, aber du bist mir zuvorgekommen.«

Marlowe lachte. »An dem Namen Bob ist nichts auszusetzen. Aber als ich Kendric das erste Mal getroffen habe, hat er sich so vorgestellt. Und jetzt kann ich ihn mir nicht mehr anders vorstellen. Und ernsthaft, die Art und Weise, wie er den Spitznamen Bob bekommen hat, ist einfach lächerlich.«

»Nicht wahr? Ich verstehe die Jungs und ihre blöden Spitznamen nicht. Wenigstens basieren die Spitznamen der anderen alle auf ihren *richtigen* Namen. Wie Chapman und Chappy, Cal und Callum, und natürlich JJ für Jacks Vor- und Nachnamen. Obwohl ich jetzt etwas von Bob Evans vertragen könnte«, sagte June mit einem Lächeln.

»Das liegt daran, dass du für zwei isst«, sagte Carlise.

»Warte – *was*?«, fragte April.

Zur gleichen Zeit rief Marlowe aus: »Du bist schwanger?«

June wurde rot, schenkte ihnen ein kleines Lächeln und legte eine Hand auf ihren Bauch. »Erst etwa in der vierten Woche, aber ... ja. Anscheinend hat Cal *sehr* entschlossene Spermien. Er hat mich so ziemlich in der Sekunde geschwängert, in der wir beschlossen haben, es zu versuchen.«

»Herzlichen Glückwunsch!«

»Das ist großartig!«

»Ich wollte nicht alles ausplaudern«, sagte Carlise verlegen zu June.

»Ist schon okay. Ganz ehrlich. Und ... apropos Bob Evans ... Ich könnte die ganze Zeit Frühstück essen, weil ich in letzter Zeit immer Hunger habe.«

»Ich freue mich so für euch«, sagte April.

»Chappy und ich versuchen es immer noch«, gab Carlise mit einem besorgten Blick zu. »Und obwohl ich die Versuche liebe, mache ich mir Sorgen, dass es noch nicht geklappt hat.«

»Seit wann seid ihr zusammen? Anderthalb Sekunden?«, erwiderte April trocken.

»Ich weiß«, sagte Carlise. »Ich bin nur ungeduldig. Wenn wir die vier Kinder haben wollen, über die wir gesprochen haben, müssen wir endlich damit anfangen. Obwohl ich nicht gegen Adoption bin. Oder in vitro. Oder Pflegekinder. Ich will nur so sehr eine Familie mit Chappy. Er wird so ein toller Vater sein, und ich kann es kaum erwarten, ihm das zu ermöglichen.«

»Es wird passieren«, sagte June zu ihr.

»Was ist mit dir?«, fragte April und sah Marlowe an.

»*Was* ist mit mir?«

»Denkt du und Bob über Kinder nach?«

Marlowe errötete und nickte. »Obwohl mein Körper nach allem, was passiert ist, immer noch nicht ganz auf der Höhe ist.«

»Ich schüttle immer noch den Kopf darüber, dass wir alle drei unsere Männer gefunden haben, weil wir gezwungen waren, ein Bett mit ihnen zu teilen«, sagte Carlise kichernd.

»Nicht wahr? Du mit dem Schneesturm in der Hütte, ich mit dem Bett im Hotel und Marlowe ausgerechnet in einer Grube unter dem Boden. Obwohl keiner von uns gezwungen wurde zu heiraten, so wie sie«, sagte June.

»Ich bin mir nicht sicher, ob *gezwungen* das richtige Wort ist«, protestierte Marlowe.

»Was hättet ihr getan, wenn ihr nicht das getan hättet, was die Frau wollte?«, fragte Carlise.

Marlowe zuckte mit den Schultern. »Kendric hätte sich schon etwas einfallen lassen.«

»Ich glaube, keiner von den Jungs macht etwas, was er nicht will«, sagte April. »Wenn Bob zugestimmt hat, dich zu heiraten, dann nur, weil er dich heiraten *wollte*.«

»Das hat Chappy auch gesagt«, gab Marlowe mit einem kleinen Lächeln zu.

»Ich weiß, die Umstände waren nicht im Geringsten romantisch«, sagte Carlise. »Aber wenn ich daran denke, wie es dazu gekommen ist, werde ich ganz sentimental.«

»Die Zeremonie war eigentlich ganz ... nett«, sagte Marlowe ein wenig lahm. »Der Kerl, der uns getraut hat, hat Thai gesprochen, sodass ich keine Ahnung hatte, was er gesagt hat, aber als es um unser Gelübde ging, hat er Englisch gesprochen. Ich war schockiert.«

»Wirklich? Das ist ja cool. Er hat also die ganze Sache mit dem ›zu haben und zu halten, zu lieben und zu ehren‹ gemacht?«, fragte June, die sich fasziniert auf der Couch nach vorn lehnte.

Marlowe nickte. »Ja. Aber es war ein bisschen anders. Eher ... ich weiß nicht ... bedeutungsvoller?«

»Erinnerst du dich daran? An die Gelübde, meine ich?«, fragte Carlise.

»Ja.«

»Fühlst du dich wohl dabei, es zu erzählen? Wenn nicht, dann ist das in Ordnung«, sagte Carlise.

Marlowe sprach ohne Anstrengung. Die Worte brannten sich in ihr Gehirn ein, als stünde sie wieder im Wohnzimmer dieser Frau. »Zu haben und zu halten von jetzt an bis in alle Ewigkeit, in guten wie in schlechten Zeiten, in

Armut und Reichtum, in Krankheit und Gesundheit, zu lieben und zu schützen, zu ehren und zu hegen, zu respektieren und zu nähren, in diesem und im nächsten Leben.«

Alle drei Frauen seufzten.

»In Thailand sind sie Buddhisten, richtig?«, fragte April.

»Viele Leute, ja. Ich bin mir nicht sicher, welcher Religion die Frau angehörte, in deren Haus wir unterkamen, aber sie war auf jeden Fall altmodisch, denn sie wollte nicht, dass wir zusammen in diesem Loch schlafen.«

»Ich glaube, sie war es auf jeden Fall, wegen des letzten Satzes. Die meisten würden sagen, bis dass der Tod uns scheidet, aber ich glaube, die Buddhisten glauben an die Reinkarnation, also macht der Satz mit diesem und im nächsten Leben Sinn«, überlegte April.

Marlowe hatte keine Ahnung von der buddhistischen Religion, aber ihr gefiel der Gedanke, mit Kendric nicht nur in diesem Leben zusammen zu sein, sondern auch in dem, was danach kam.

»Was ist mit dir?«, fragte Carlise April.

»Hm?«

»Wir haben alle die Sache mit dem Einzelbett und der erzwungenen Nähe gemacht. Was ist mit dir und JJ? Wie kriegen wir euch beide in ein Bett, damit er nicht länger trödelt und endlich in die Gänge kommt und zugibt, dass er in dich verliebt ist?«

Marlowe beobachtete fasziniert, wie die Wangen ihrer neuen Freundin sich röteten.

»Er ist nicht in mich verliebt«, protestierte sie.

»Oh bitte, ist er wohl«, sagte Carlise kopfschüttelnd.

»Nun, ich bin glücklich, seine Verwaltungsassistentin

und Freundin zu sein. Also keine erzwungene Nähe für uns.« Dann warf sie jeder von ihnen einen strengen Blick zu. »Ich meine es ernst. Wenn ihr uns in ein Zimmer mit einem Schlafsack oder so sperrt, werde ich nicht glücklich sein.«

Alle kicherten.

»Außerdem bin ich zu alt für ihn«, murmelte April.

»Was? Bist du nicht!«, rief Carlise aus. »Das haben wir doch schon besprochen. Du bist nur sieben Jahre älter, das ist gar nichts!«

»Ich hatte schon mal eine ernsthafte Beziehung, und die war scheiße«, sagte April, die Carlises Bemerkung ignorierte. »Ich bin glücklich, Single zu sein. Und bald werde ich Tante April für all eure Kinder sein. Dann kann ich sie richtig verwöhnen.«

»Du willst keine eigenen Kinder?«, fragte June.

April schenkte ihr ein kleines Lächeln. »Nein. Versteh mich nicht falsch, ich liebe Kinder, und ich weiß, ich könnte immer noch adoptieren oder so, aber ich genieße es, diese Verantwortung nicht zu haben.«

»Es ist in Ordnung, wenn du keine Mutter sein willst«, fühlte Marlowe sich genötigt zu sagen. »Die Gesellschaft legt zu viel Wert darauf, dass Frauen Babys bekommen. Als würde etwas mit uns nicht stimmen, wenn wir keine Geburt erleben wollen. Aber das heißt nicht, dass du mit JJ nicht glücklich werden kannst.«

»Wir sind Freunde. Das ist alles«, beharrte April.

Aber Marlowe konnte die Sehnsucht in ihrer Stimme hören. Sie kannte die Frau noch nicht lange, aber es war offensichtlich, dass sie den Blick nicht von JJ abwenden konnte, wenn sie zusammen in einem Raum waren. Sie mochten einander anschnauzen, aber Marlowe hatte noch nie zwei Menschen getroffen, bei denen die Chemie mehr stimmte.

»Außerdem haben Chappy, Cal und Bob sich innerhalb von zwei Sekunden verliebt. Ihr zwei«, sie zeigte auf Carlise, dann auf June, »wart innerhalb weniger Wochen verheiratet. Und bei dir, Marlowe, waren es gerade mal fünf Tage!«

»Bei uns waren die Umstände ein bisschen anders«, protestierte sie. »Wir haben zwar geheiratet, aber wir haben uns nicht geliebt.«

»Blödsinn«, sagte April. »Noch einmal, Bob hätte dich nicht geheiratet, wenn er es nicht gewollt hätte. Er war bereits in dich verliebt, daran habe ich keinen Zweifel. Ich will damit sagen, dass Jack und ich uns schon seit *Jahren* kennen. Zwischen uns ist nie etwas passiert. Irgendwann lernt er eine Frau kennen und verliebt sich so schnell und heftig wie der Rest seiner Freunde. Er wird nicht eines Tages aufwachen und plötzlich feststellen, dass er die Frau liebt, die er die ganze Zeit bei der Arbeit sieht. Außerdem ist er mein Chef. Das geht nie gut aus.«

Marlowe wollte widersprechen, war sich aber nicht sicher, was sie sagen sollte. Sie kannte JJ und April nicht gut genug. Irgendetwas hielt die beiden offensichtlich davon ab, sich ihre Gefühle füreinander einzugestehen, und was auch immer es war, es könnte etwas sein, das sie nicht über-winden konnten.

»Wie auch immer, ich kann es kaum erwarten, dass hier alles voller Babys ist. Ich bin immer zum Babysitten zu haben, das will ich hier und jetzt klarstellen, okay?«

Alle lachten.

»Gut. Denn mit vier Kindern werden wir etwas Zeit für uns brauchen«, scherzte Carlise.

»Mit den *zweien*, die wir wollen, brauchen wir auch etwas Zeit für uns«, sagte June lachend.

»Wie viele willst du?«, fragte April Marlowe.

»Ich weiß es nicht. Mehr als eins, weniger als sechs«, platzte sie heraus.

»Sechs? Großer Gott«, rief Carlise aus. »Ich dachte, vier seien viel.«

»Ich wollte nur … Ich wollte schon immer Hausfrau und Mutter sein. Ich bin irgendwie in die Archäologie hineingezogen worden, und obwohl es mir gefallen hat, möchte ich mich niederlassen. Eine Familie gründen. Es ist heutzutage nicht mehr cool zu sagen, dass ich meinen Mann an der Tür begrüßen möchte, wenn er von der Arbeit kommt, aber … ich will es. Ich bin mir nicht sicher, wie das mit dem Abendessen klappen soll, da ich eine Niete im Kochen bin, aber ich werde es schon schaffen.«

»Ich finde das großartig«, sagte June.

»Ich auch«, stimmte Carlise zu.

»Ich ebenfalls. Scheiß drauf, was andere denken. Du machst, was für dich und Bob richtig ist.«

Marlowe grinste. Sie mochte diese Frauen. Und zwar sehr. »Das werde ich«, sagte sie entschlossen.

»Also … ist es schon wieder Zeit, nach ihnen zu sehen?«, fragte Carlise mit einem kleinen Grinsen. »Ich meine, es ist schon zwanzig Minuten her, seit wir das letzte Mal von ihnen gehört haben.«

»Dreißig, und ja, es ist Zeit nachzusehen«, stimmte April eifrig zu.

Die Frau mochte zwar abstreiten, dass sie ihren Chef auf romantische Weise mochte, aber es war mehr als offensichtlich, dass sie genauso besorgt war wie der Rest von ihnen, zu wissen, dass es ihren Männern gut ging.

Nachdem sie sich vergewissert hatten, dass es den Jungs gut ging und sie große Fortschritte bei den Aufräumarbeiten nach dem Sturm machten, beschlossen die Frauen, bei *Granny's Burgers* zum Mittagessen zu bestellen. Carlise fuhr los, um es zu holen, und sie waren gerade dabei, sich die Bäuche vollzuschlagen, als die Jungs zurückkamen.

Chappy ging direkt zu Carlise und küsste ihr den Senf von der Wange.

Cal näherte sich June und ließ eine Hand auf ihrem Bauch ruhen, als er ihr einen Begrüßungskuss gab.

JJs Blick war auf April gerichtet, und er hatte ein kleines, zärtliches Lächeln im Gesicht, als er beobachtete, wie sie krampfhaft versuchte, den riesigen Bissen herunterzuschlucken, den sie gerade genommen hatte, als sie hereinkamen.

Und Kendric ging direkt auf Marlowe zu. Er beugte sich jedoch nicht zu ihr hinunter, um sie zu küssen. Stattdessen hob er sie aus ihrem Stuhl und ging zur Tür.

»Kendric!«, schimpfte sie. »Du solltest mich nicht herumtragen! Dein Rücken!«

»Der ist in Ordnung. Und ich habe gerade den ganzen Tag damit verbracht, riesige Bäume zu fällen und herumzuschleppen. Du wiegst weniger als sie.«

Da sie nicht wusste, was sie sonst tun sollte, und es insgeheim liebte, in seinen Armen zu liegen, drehte Marlowe sich um und winkte ihren Freunden zu. »Bis später!«, rief sie.

Alle lachten und winkten zum Abschied.

»Wozu die Eile?«, fragte sie, als Kendric auf seinen Pick-up zuging.

»Es ist schon vierzehn Stunden, acht Minuten und achtundzwanzig Sekunden her, dass ich das letzte Mal mit meiner Frau geschlafen habe«, antwortete er.

Marlowe schüttelte verzweifelt den Kopf, aber da sie ihren Mann genauso begehrte wie er sie – das ganze Gerede über Babys hatte sie erregt –, würde sie sich nicht beschweren.

Er setzte sie auf den Beifahrersitz, umfasste ihr Gesicht und küsste sie lange, hart und innig. Als er sich zurückzog, keuchten sie beide. Er starrte sie einen langen Moment an, als würde er sich ihre Gesichtszüge einprägen, dann atmete er durch, trat zurück und schloss die Tür.

Auf dem Weg zu seiner Wohnung unterhielten sie sich über ihre Tage, als sei die sexuelle Spannung zwischen ihnen überhaupt nicht vorhanden. Kendric erzählte Marlowe, wie gut es sich anfühlte, wieder zu arbeiten. Dass es sich angefühlt hatte, als hätte er seine Freunde im Stich gelassen, weil er in letzter Zeit nicht helfen konnte. Sie erzählte ihm von der lustigen Zeit, die sie mit den anderen Frauen verbracht hatte, und wie sehr sie sie mochte.

Nachdem er eine Parklücke gefunden hatte, stieg Marlowe aus dem Wagen und wartete bereits auf Kendric, als dieser die Beifahrerseite erreichte. Er nahm ihre Hand in seine und führte sie die Treppe zu seiner Wohnung hinauf. Keiner von beiden sprach, aber Marlowe spürte bereits, wie ihre Brustwarzen hart wurden und ihr Körper sich auf ihren Mann vorbereitete.

Bob hatte sich noch nie so gefühlt. Als sei seine Haut zu eng für seinen Körper. Er hatte in der Vergangenheit schon die eine oder andere Frau begehrt, aber nicht auf die verzweifelte Art, wie er seine Frau wollte.

Seine *Frau*.

Es war ein so seltsames Gefühl zu wissen, dass sie genauso an ihn gebunden war wie er an sie. Er hatte sich damit abgefunden, dass er vielleicht nie die eine Frau finden würde, mit der er sesshaft werden wollte, aber das Leben hatte die Angewohnheit, die Dinge auf den Kopf zu stellen und ihm das Gegenteil zu beweisen.

Er stieß die Tür zu seiner Wohnung hinter ihnen zu und schloss sie ab, dann war er bei Marlowe. Er drückte sie mit dem Rücken gegen die nächstgelegene Wand und stöhnte, als sie sich aus seinem Griff löste und vor ihm auf die Knie ging.

Als sie an dem Verschluss seiner Hose herumfummelte, stöhnte er erneut. Er wünschte sich ihre Hände und ihren Mund mehr, als er atmen wollte. Aber er hatte den ganzen Tag gearbeitet.

»Marlowe, hör auf«, sagte er, aber sie ignorierte ihn und zog seine Boxershorts herunter, woraufhin sein steinharter Schwanz aus der Enge seiner Unterwäsche heraussprang.

Sie sah zu ihm auf, leckte sich über die Lippen und beugte sich vor, wobei sie noch immer seinen Blick festhielt.

»Ich brauche eine Dusche«, stieß er hervor, bevor sie ihn mit dem Mund umschloss. »Heilige Scheiße!«, rief er aus, als sie so viel von ihm in den Mund nahm, wie sie konnte, bevor sie heftig saugte.

Ein Schwall Präejakulat verließ die Spitze, bevor er nach unten griff und seinen Schwanz am Ansatz festhielt, um nicht auf der Stelle zu kommen. Er war bereit, und dass die Frau, die er liebte, ihm einen blies, war fast mehr, als er in diesem Moment ertragen konnte.

Sie war eher enthusiastisch als geschickt in dem, was sie tat, und Bob hatte noch nie einen besseren Blowjob bekommen. Er ließ eine Hand an seinem Schwanz, um sich selbst ruhig zu halten, die andere vergrub er in ihrem Haar, während sie auf seinem Schwanz auf und ab wippte.

Sie saugte und leckte, während sie ihn begeistert befriedigte. Er spürte, wie ihr Mund jedes Mal seine Hand berührte, wenn sie seinen Schwanz vollständig aufnahm, und es war das Intimste, was Bob je erlebt hatte.

Aber er war fertig. Er musste in ihr sein, wenn er kam. So sehr er das Gefühl ihres Mundes auch liebte, er wollte spüren, wie ihr heißer, feuchter Körper sich um seinen Schwanz anspannte, wenn er explodierte.

Er griff nach unten und zog sie grob von seinem Schwanz, dann führte er sie rückwärts, während er seine Lippen auf ihre presste. Er konnte sich selbst schmecken, und das machte ihn nur noch mehr an. Er würde es auf keinen Fall bis zu ihrem Bett schaffen.

Sie landete auf der Couch. Er zog ihr die Leggings und die Unterwäsche herunter, bevor er sie hochhob und auf die Rückenlehne des Sofas setzte, sodass sie die perfekte Höhe hatte.

Dann nahm er seinen Schwanz in die Hand und versank

mit einem festen Stoß zwischen ihren feuchten Schamlippen.

»Ich kann nicht warten!«, entschuldigte er sich.

Im Gegenzug stöhnte Marlowe tief und leise, löste einen Fuß aus ihren Leggings und ihrer Unterwäsche, damit sie die Beine um ihn schlingen konnte, und hielt sich an ihm fest, wobei sie die Fingernägel in seine Schultern grub.

Ein Kribbeln schoss ihm bereits über den Rücken, seine Hoden hatten sich zusammengezogen. Es war nur eine Frage von Sekunden, bis Bob wusste, dass er kommen würde. Er wollte warten. Es hinauszögern. Es ihr schön machen, aber sein Körper hatte andere Vorstellungen.

Lange bevor er bereit war, schoss Bob tief in Marlowes Körper. Seine Sicht wurde für einen Moment dunkel und seine Knie wurden schwach. Er schaffte es, sie festzuhalten, und als er sich wieder in der Lage fühlte zu gehen, hob er sie hoch und ging zur Vorderseite der Couch. Er ließ sich auf die Kissen fallen und hielt sie fest an sich gepresst.

Sie war noch nicht gekommen, und das war inakzeptabel.

»Reite mich«, keuchte er, während er sich zurücklehnte, Marlowe auf seinem Schoß balancierte und zwischen sie griff.

Sie waren beide noch größtenteils bekleidet, Marlowes Leggings und Höschen hingen noch von einem Bein herab, während sie rittlings auf ihm saß. Ihr Haar war zerzaust, wo er es gepackt hatte, und ihre Wangen waren gerötet.

»Nimm mich, Punky. So wie du es in unseren Flitterwochen getan hast.« Die Erinnerung daran, wie sie in der

Scheune gewesen war, reichte aus, um Bobs Schwanz in ihr wieder hart werden zu lassen.

Sie begann, ihn zu reiten, nahm ihn in ihren Körper auf, während sie sich auf und ab bewegte. Er zwickte ihre Klitoris, um ihr noch schneller zum Orgasmus zu verhelfen.

Das Gefühl, wie ihre Muskeln ihn umklammerten, war etwas, das er nie leid werden würde. Die Geräusche, die ihre Körper machten, wenn sie zusammenkamen, waren so erotisch, und Bob war erleichtert, dass sie so erregt war, dass er ihr keine Schmerzen verursacht hatte, als er in sie stieß.

»Genau so, Punky. Nimm deinen Mann. Du bist so schön. Und ganz mein. Gott, du hast keine Ahnung, wie großartig sich das anfühlt! Tu es, Mar. Ich habe dich.«

Sie stieß einen kleinen Schrei aus, als sie sich krümmte, den Kopf zurückwarf und an ihm kam.

Es war genauso fantastisch wie beim ersten Mal. Nichts war vergleichbar mit ihrem rhythmischen Pulsieren auf seinem Schwanz. Er spürte einen Schwall von Feuchtigkeit an seinen Hoden, als sie kam.

Er lächelte, als sie schließlich wieder zu sich kam. Sie sah ihn an, Schweiß perlte auf ihren Schläfen, und der Ausdruck auf ihrem Gesicht war voller Selbstzufriedenheit.

»Ähm ... hi«, sagte sie schüchtern.

»Hi«, erwiderte er mit einem breiten Grinsen im Gesicht. »Ich habe dir doch nicht wehgetan, oder? Ich habe mich nicht gerade vergewissert, ob du bereit für mich bist.«

»Du hast mir nicht wehgetan«, sagte sie. »Das hat mir gefallen. Und zwar sehr.«

»Das habe ich bemerkt«, erwiderte er, wobei er den stolzen Tonfall nicht aus seiner Stimme heraushalten konnte. »Ich würde ja fragen, worüber ihr Damen euch unterhalten habt, bevor wir ankamen, aber ich bin mir nicht sicher, ob ich das wissen will.«

»Babys«, platzte sie heraus.

Bob hob eine Augenbraue. »Ach ja?«

Sie rümpfte die Nase. »Ich schätze, ich habe mich ein wenig hineingesteigert. Und dann bist du hereingestürmt und hast mich wie ein Höhlenmensch hochgehoben ... Ich konnte nicht anders, als mich auf dich zu stürzen, sobald wir hier drin waren.«

Bob lachte. »Du kannst dich jederzeit auf mich stürzen«, neckte er. »Hast du Hunger?«

»Nun, ich hatte gerade einen halben Burger von *Granny's*. Du bist gekommen, bevor ich aufessen konnte.«

»Gut, also ... hast du Hunger?«, wiederholte er. Eine Sache, die er über seine Frau gelernt hatte, war, dass sie wie ein Profi essen konnte. Während ihrer Zeit in Thailand hätte er das nie vermutet. Sie musste einen zweiten Magen oder so etwas haben, aber das machte ihm nichts aus. Und egal, was sie aß, sie war immer noch ein winziges Ding.

»Ähm ... Ich könnte essen.«

»Dann solltest du aufstehen, damit ich meine Frau füttern kann«, sagte Bob.

Sie nickte, glitt von seinem Schoß herunter und stand mit seiner Hilfe auf. Sie griff nach ihrem Höschen und begann, es wieder anzuziehen. Bob, der noch immer saß, bemerkte etwas – und hielt sie erschrocken auf.

»Ich *habe* dir wehgetan«, rief er aus, während er ihre Hüften festhielt und sich näher heranlehnte. Sie war von der Taille abwärts nackt, und er konnte sehen, wie sein Sperma an ihrem Innenschenkel herunterlief, aber es war rosa gefärbt. Sie blutete.

Marlowe blickte nach unten und versuchte, sich aus seinem Griff zu befreien.

Er ließ sie nicht los. »Ich rufe den Arzt. Es tut mir so leid, Marlowe. Ich war ein Idiot! Ich werde einfach –«

»Du hast mir nicht wehgetan«, unterbrach sie ihn. »Ich war mehr als bereit für dich. Ich glaube, es ist meine Periode. Ich hatte heute schon Krämpfe, aber da ich sie schon so lange nicht mehr gespürt habe, habe ich den Zusammenhang nicht wirklich erkannt.«

Bob zwang den Blick von seinem Samen weg, der ihr Bein hinuntertropfte, um ihr in die Augen zu sehen. »Deine Periode?«, fragte er leise.

»Ja. Du weißt schon, diese Sache, die Frauen jeden Monat bekommen? Lass mich los, damit ich mich waschen kann.«

Aber Bob konnte die Hände nicht von ihr lösen. Er schaute wieder auf die rosafarbene Flüssigkeit, die zwischen ihren Beinen hervorquoll. Er hatte noch nie viel über die Monatsblutung einer Frau nachgedacht. Aber jetzt konnte er nicht *aufhören*, über die Auswirkungen des Blutes nachzudenken. Er schaute wieder zu ihr hoch.

»Du kannst jetzt schwanger werden«, flüsterte er.

Ihre Lippen zuckten. »Na ja, nicht in dieser Sekunde. So funktioniert das nicht, aber ja, jetzt, da ich mich richtig ernähre und so, bin ich eindeutig gesünder, also ... ist es möglich.«

»Ich hoffe, du gehörst nicht zu den Frauen, die nicht gern

Liebe machen, wenn sie bluten«, platzte er heraus. »Denn das ist nicht abtörnend. Ganz und gar nicht.«

»Es ist wirklich schmutzig. Und es gibt Blutflecke«, informierte sie ihn.

Bob grinste. »Wir werden Handtücher benutzen. Und uns unter der Dusche lieben.« Er sah wieder zu ihr auf. »Du hast keine Sekunde gezögert, mir einen zu blasen, obwohl ich den ganzen Tag geschwitzt habe.«

Sie sah zum ersten Mal unbehaglich aus. »Dass du so verschwitzt bist, erinnert mich an die Zeit, als wir auf der Flucht waren. Wir haben nicht viel geduscht, und dein natürlicher Geruch erinnert mich daran, wie du mich festgehalten hast, als wir uns versteckt haben. Daran, in Sicherheit zu sein. Das stört mich nicht im Geringsten.«

Bobs Herz schmolz dahin. Er liebte diese Frau so sehr. Sie war in jeder Hinsicht perfekt für ihn. »Soll ich dir ein paar Tampons oder Binden besorgen?«, fragte er.

Ihre Augen weiteten sich. »Nein. Ich kann das machen.«

»Nein. Du bleibst hier. Ich fahre los und hole sie. Welche Größe? Egal, ich hole ein paar verschiedene Sachen. Wenn ich zurückkomme, mache ich uns Spaghetti. Ich liebe dich, Marlowe.«

Sie lächelte ihn an. »Ich liebe dich auch. Würdest du … würdest du mir ein Papiertuch oder so holen?«

Bob sprang von der Couch auf und war in Sekundenschnelle wieder da. »Lass mich«, beharrte er, als sie nach dem Papiertuch griff.

Sie errötete, nickte aber.

Bob wischte die Spuren ihres Liebesspiels weg und ein Gefühl der Befriedigung überkam ihn.

Er war absolut geliefert. Das sollte wahrscheinlich ekelhaft sein, etwas, vor dem er normalerweise zurückschrecken würde. Etwas, das ihm peinlich war. Aber wie konnte es das sein, wenn er es zum Teil selbst verursacht hatte? Er hatte versprochen, diese Frau zu respektieren und zu hegen, und das war nur ein Teil davon.

»Ich bin bald wieder da. Nimm ein paar Schmerztabletten, wenn du noch Krämpfe hast.«

»Es geht mir gut, Kendric. Ich habe es schon seit Jahrzehnten mit meiner Periode zu tun.«

»Richtig, tut mir leid. Es ist nur ... das ist unglaublich.«

Sie rollte mit den Augen. »Es ist nur eine Periode.«

Doch Bob trat näher und nahm ihr Gesicht in die Hände. Er hatte seine Hose bereits hochgezogen, aber er fühlte sich immer noch, als sei er nackt mit dieser Frau. Sie weckte in ihm den Wunsch, ein besserer Mensch zu sein. Die Art von Mann zu sein, auf die sie sich verlassen konnte.

»Es ist nicht *nur* irgendetwas. Du hast Hunger gelitten. Eine Funktion hatte sich abgeschaltet, weil dein Körper jede Kalorie verbraucht hat, um dich am Leben und in Bewegung zu halten. Und jetzt heilst du. Dass du wieder deine Periode bekommst, ist der erste Schritt, damit wir eine Familie werden können. Dein Körper ist ein Wunder, und ich bin überwältigt von meiner Dankbarkeit, dass ich diesen Job angenommen habe. Dass du klug genug warst zu fliehen, als die Gelegenheit sich bot. Dass du körperlich und geistig stark genug warst, um uns aus dem Land zu bringen. Diese Beziehung wird funktionieren. Nichts wird uns davon abhalten, unser bestmögliches Leben zu leben, okay?«

Er war schon wieder rührselig, aber das war Bob egal.

»Okay«, stimmte sie zu.

»Gut.« Er küsste sie. »Ich bin gleich wieder da.«

»Übertreib es nicht«, warnte sie ihn. »Ich meine, ich brauche nur eine Schachtel.«

»Geht klar. Verstanden. Ich liebe dich.«

»Ich liebe dich auch.«

Bob verließ die Wohnung, so glücklich wie schon lange nicht mehr. Er brauchte keine Adrenalinschübe oder Gefahren, um sich erfüllt zu fühlen. Er brauchte einfach nur Marlowe.

KAPITEL FÜNFZEHN

Er hatte es völlig übertrieben.

Marlowe schüttelte den Kopf und dachte immer noch an die sechs Schachteln Tampons, die er mit nach Hause gebracht hatte, in allen Größen und Marken, die der kleine Gemischtwarenladen in Newton auf Lager hatte. Er hatte auch drei Schachteln Binden gekauft. Aber es war ... bezaubernd. Es war offensichtlich, dass Kendric keine Ahnung hatte, was eine Frau während ihrer Tage brauchte, aber das machte es noch süßer, dass er sich so ins Zeug legte.

Als er am Abend zuvor vom Einkaufen zurückkam, hatte er ihnen schnell das Abendessen zubereitet, während sie sich über ihren Tag unterhielten. Sie nahm an, dass die meisten Leute es nicht sehr interessant finden würden zu hören, was in einem Baumpflege- oder Wanderführerbetrieb alles anfiel, aber sie wollte jede Kleinigkeit über ihren Mann wissen.

In dieser Nacht hatte er sie fest umarmt, gekuschelt und nicht zum Sex gedrängt. Er zuckte im Schlaf ein paarmal zusammen, erwachte aber nicht aus einem Albtraum. Marlowe hielt ihn fest, um ihn wissen zu lassen, dass er sicher war und geliebt wurde, und betete, dass dies genug war, um seine Dämonen in Schach zu halten.

Und das war es.

Jetzt hatten sie gerade zu Mittag gegessen, und sie war fast fertig, um zur Polizeiwache zu fahren und Ian anzurufen.

Wollte sie ihn zur Rede stellen? Ja und nein.

Ein Teil von ihr wollte einfach weiterziehen. Vergessen, was passiert war. Aber es wäre unmöglich, wirklich weiterzuziehen, wenn sie nicht ihren Namen reinwusch und dem Mann gegenübertrat, der sie ins Gefängnis gebracht hatte. Der ihr so viel Leid zugefügt hatte.

Sie war sowohl schrecklich verängstigt als auch verdammt wütend. Es war ein seltsamer Zwiespalt, und sie war sich nicht ganz sicher, welches Gefühl von einem Moment zum anderen dominierte.

Kendric war angespannt. Das merkte sie sofort, als sie aufgewacht waren. Er hatte nicht viel gesprochen, obwohl er dennoch so liebevoll wie immer war. Sie nahm an, dass er genauso gestresst war wie sie selbst. Je schneller sie das erledigte, desto glücklicher würden sie beide sein.

Die Tatsache, dass er an ihrer Seite stand, während sie tat, was sie tun musste, bedeutete Marlowe sehr viel. Sie war sich sehr bewusst, dass er nicht wollte, dass sie Ian anrief. Dass er überfürsorglich war und verhindern wollte, dass sie irgendeine Art von Angst verspürte. Aber er unterstützte ihre Entscheidung trotzdem.

Auf dem Weg zur Polizeiwache legte sie eine Hand auf seinen Arm. »Es wird schon gut gehen«, sagte sie, ohne zu wissen, ob sie Kendric oder sich selbst überzeugen wollte. »Ich meine, ich rede doch nur mit ihm.«

»Ich weiß.«

Seine Worte waren abgehackt. Er war offensichtlich sehr gestresst, und Marlowe hasste es, dass sie die Ursache dafür war. Sie seufzte und legte ihre Hand zurück in den Schoß.

Kendric griff sofort herüber und verschränkte seine Finger mit ihren. »Ich versuche es«, sagte er leise. »Aber ich hasse das wirklich. West wird wahrscheinlich etwas sagen, das dich aufregt, und das ist scheiße.«

»Es ist wirklich scheiße«, stimmte Marlowe zu. »Aber er wird nicht an mich herankommen. Ich habe es überlebt, ins Gefängnis geworfen zu werden und zu denken, ich würde den Rest meines Lebens dort verbringen. Im Vergleich dazu ist das hier ein Kinderspiel.«

»Wenn du es so sagst, kann ich dir nicht ganz widersprechen«, entgegnete Kendric.

Marlowe kicherte. »Nein.«

Er führte ihre Hände zu seinem Mund und küsste ihre Finger. »Ich liebe dich, und ich bin so stolz auf dich.«

»Danke. Ich will das nur hinter mich bringen, Kendric. Ich will nicht den Rest meines Lebens über meine Schulter schauen müssen, und ich will nicht, dass Ian noch jemandem so wehtun kann, wie er mir wehgetan hat.«

»Ich weiß. Das wird er nicht. Dafür wirst du schon sorgen.«

Sein Glaube an sie ließ sofort einen Teil der Schmetterlinge verschwinden.

Sie kamen auf dem Polizeirevier an und Marlowe traf den Polizeichef Alfred Rutkey. Er begrüßte sie und führte sie in einen kleinen Vernehmungsraum. Der Raum war mit zu vielen Stühlen um einen kleinen Tisch herum gefüllt, und in der Mitte stand ein Telefon.

Plötzlich war alles sehr real und Marlowe war sich nicht mehr sicher, ob sie das alles schaffen würde. Als sie das letzte Mal mit Ian gesprochen hatte, hatte er versprochen, das Richtige zu tun, und ihr versichert, dass er die Münzen zurückgeben würde. Doch kaum hatte sich ihm die Gelegenheit geboten, hatte er sich gegen sie gewandt.

Was wusste Marlowe schon über Erpressung? Oder wie man Leute dazu brachte, ihr Fehlverhalten zuzugeben? Offensichtlich nicht sehr viel, wenn man bedachte, dass sie diejenige war, die hinter Gittern gelandet war, und nicht Ian. Aber es war in Ordnung. Wie versprochen hatten sie, Kendric und seine Freunde ein lockeres Skript mit Kernfragen ausgearbeitet, um ein Geständnis zu erzwingen. Sie konnte das tun.

»Du schaffst das, Punky«, sagte Kendric in ihr Ohr, da er ihre Gedanken zu lesen schien. Er stand hinter ihr, eine Hand an ihrem Kreuz.

Sie atmete tief durch, um sich zu sammeln, dann ging sie in den Raum und setzte sich an den Tisch. Chappy, Cal und JJ folgten ihnen und setzten sich ebenfalls. Der Polizeichef nahm den Platz ihr gegenüber ein, und Kendric zog einen Stuhl so nahe heran, dass sein Oberschenkel an ihren gepresst war, als er sich setzte. Seine Hand ruhte auf ihrem Bein und erdete sie.

»Gut, dieser Anruf soll West mitteilen, dass Sie wieder in den Staaten sind«, erklärte der Polizeichef. »Folgen Sie seinem Beispiel, aber versuchen Sie auch, eine Weile mit ihm über nichts Bestimmtes zu plaudern, um zu sehen, ob Sie ihn unachtsam machen können. Wenn er Sie fragt, wie Sie aus dem Gefängnis gekommen sind, bleiben Sie vage und sagen Sie, dass Sie einen wirklich guten Anwalt hatten, der den Richter davon überzeugt hat, Sie aufgrund einer Formsache freizulassen oder so etwas. Beschuldigen Sie ihn nicht sofort. Fühlen Sie ihm auf den Zahn.

Wenn Sie glauben, dass er sich ein wenig entspannt hat, nutzen Sie Ihre Kernfragen. Lenken Sie das Gespräch auf die Ausgrabung. Die Münzen. Erinnern Sie ihn daran, dass Sie wissen, dass er sie gestohlen hat – und zeigen Sie ihm dann, dass Sie *auch* wissen, dass er einen Käufer hat. Drohen Sie ihm mit den Behörden, wenn er Ihnen keinen Anteil überlässt. Vielleicht ist es ihm egal. Er wird wissen, dass er Sie genauso leicht verraten kann. Aber hoffentlich wird die Drohung allein ausreichen, damit er Ihren Bedingungen zustimmt.«

Der Polizeichef warf ihr einen Blick zu. »Wenn er nicht einwilligt, dann denken Sie daran – er muss mindestens zugeben, dass er die Drogen platziert hat. Vor allem aber müssen wir dafür sorgen, dass die Anklage gegen Sie fallen gelassen wird. Haben Sie noch irgendwelche Fragen?«

Marlowe atmete langsam ein und wieder aus. Sie war mit Kendric schon mehrmals alle Details durchgegangen. Sie hatte erfahren, was der Computertyp Tex über den

Verkäufer herausgefunden hatte und wie Ian die Münzen im Darknet versteigerte. Sie hatte alle Informationen, die sie brauchte, um ihm einen gehörigen Schrecken einzujagen und ihn hoffentlich zu dem Geständnis zu bringen, dass er die Münzen hatte. Sie musste nur stark sein und dieses Telefonat überstehen.

In den nächsten Minuten stand viel auf dem Spiel und Marlowe hoffte, dass sie es nicht vermasseln würde.

»Keine Fragen. Ich bin bereit«, sagte sie selbstbewusster, als sie sich fühlte.

Kendric drückte ihr Bein, um sie ohne Worte wissen zu lassen, dass er da war. Dass er an sie glaubte.

Polizeichef Rutkey nickte, zog das Telefon zu sich heran und drückte die Lautsprechertaste. Das Freizeichen klang in dem kleinen Raum besonders laut. Er wählte eine Nummer, dann drehte er das Telefon um, sodass der Hörer vor ihr lag. Das war es. Es gab kein Zurück mehr.

Bob gefiel das hier nicht. Ganz und gar nicht. Aber Marlowe brauchte den Abschluss, den dieses Gespräch mit West bringen konnte. Sie war steif wie ein Brett neben ihm und es brachte ihn um, dass er ihr die Situation nur dadurch erleichtern konnte, indem er in ihrer Nähe blieb.

Das Telefon auf dem Tisch klingelte dreimal, dann nahm West schließlich ab.

»Hallo?«

»Hallo, Ian. Ich bin's, Marlowe Kennedy.«

Bob zuckte zusammen. Nein. Sie war Marlowe *Evans*. Seine Frau. Aber er konnte sie natürlich nicht korrigieren.

Am anderen Ende der Leitung herrschte einen Moment lang Stille, bevor West antwortete.

»Heilige Scheiße, Marlowe? Geht es dir gut? Bist du zu Hause?«

»Ja, und ja ... allerdings nicht dank dir.«

So viel zum Vorschlag des Polizeichefs, höflich zu sein und sich in das Gespräch einzuarbeiten. Bob drückte ihr Bein fester. Sie war wütend, das war unschwer zu erkennen.

»Was meinst du?«, fragte Ian in dem Versuch, unschuldig zu klingen.

»Lass den Quatsch, Ian, du weißt *genau*, was ich meine«, sagte Marlowe und beugte sich vor. »Du hast diese Pillen in meinen Sachen versteckt und die Polizei auf mich gehetzt.«

»Was? Nein, das habe ich nicht!«

»Doch, das hast du. Es gab niemanden außer dir, der einen Grund hatte, mich aus dem Weg zu räumen. Wir haben uns darüber unterhalten, dass du diese Münzen gestohlen hast, und du hast versprochen, sie zurückzugeben. Und ehe ich michs versehe, werde ich verhört und in Todesangst ins Gefängnis geworfen. Das war dein Plan, nicht wahr? Mich aus dem Weg zu räumen, damit ich niemandem erzählen kann, was du getan hast. Und jetzt bist du wieder hier in den Staaten und suchst nach einem Käufer für diese Münzen.«

»Hör zu, ich weiß, dass ich es bei der Ausgrabung vermasselt habe, aber ich habe getan, was du wolltest«, platzte er schnell heraus. »Ich habe die Münzen zurückgegeben. Sie sind wieder in Thailand, wo sie hingehören.«

»Du bist so ein Lügner. Hältst du mich für dumm?«, fragte Marlowe, wobei ihre Frage von Bitterkeit durchzogen war. »Antworte nicht darauf, ich weiß, dass du das tust. Ich bin ein guter Mensch gewesen, Ian. Nett. Locker. Aber ich habe es *satt*, mir von Leuten etwas gefallen zu lassen. Und du Glückspilz darfst mein neu gefundenes Rückgrat aus erster Hand kennenlernen.«

»Ich halte dich nicht für dumm. Und du *bist* nett, Marlowe«, sagte Ian.

Bob war beeindruckt. Es war offensichtlich, dass West nicht erwartet hatte, dass Marlowe so energisch sein würde. Sie spielte die Sache genau richtig, indem sie West von Anfang an in die Offensive brachte. Er war schon vorher stolz auf sie gewesen, aber jetzt war er es noch mehr.

»Wie bist du rausgekommen?«, fragte West.

»Mein Bruder«, antwortete Marlowe knapp. »Er hat erstaunliche Beziehungen und hat mir einen Anwalt besorgt, der genau wusste, wie er mich aus diesem Höllenloch herausholen konnte. Und jetzt, da ich zurück bin, ist dein kleiner Plan im Eimer, mit diesen Münzen reich zu werden.«

Ian war einen Moment lang still. »Was willst du?«

»Ich *will* wieder naiv sein. Ich *will* glauben, dass die Leute, mit denen ich arbeite, vertrauenswürdig sind. Dass sie nicht einen ihrer Kollegen für Geld den Wölfen zum Fraß vorwerfen würden. Aber das kann ich nicht haben, oder? Nein«, sagte sie und beantwortete damit ihre eigene Frage. »Also möchte ich jetzt über das Geschäft sprechen, das du für die Münzen machst.«

»Was für ein Geschäft?«

»Ehrlich gesagt wird es langsam alt, dass du den unschuldigen Dummkopf spielst«, blaffte Marlowe. »Denkst du, ich würde dich anrufen, wenn ich nicht wüsste, was du treibst? Ich weiß, dass du versucht hast, diese Münzen im Darknet zu verkaufen. Ich weiß, dass Interesse an ihnen bestand. Und ich weiß, dass du kurz davor stehst, ein Geschäft abzuschließen. Ich will einsteigen.«

»Einsteigen ...?«

»Ja, *einsteigen*. Du schuldest mir was, Ian. Sehr viel sogar. Ich wollte eigentlich verlangen, dass du mir einen Teil des Geldes gibst, das du mit diesen Münzen verdienen wirst, aber jetzt, da ich mit dir rede, traue ich dir nicht mehr, dass du mich nicht bescheißt. *Erneut.* Also will ich stattdessen eine der drei Münzen. Ich werde mein eigenes Geschäft machen.«

»Ich ... ich habe keine Münzen.«

»Doch, hast du«, sagte Marlowe ruhig. »Und ich will eine davon. Ich werde meinen eigenen Käufer finden. Und wenn du mir nicht gibst, was ich will, werde ich zur amerikanischen Zollbehörde *und* zum Ministerium für Innere Sicherheit gehen und ihnen alles erzählen. Wie du die Münzen eingesteckt hast, als du an der Ausgrabungsstätte warst. Wie du sie in die USA geschmuggelt hast. Wie du mich reingelegt hast. Sie werden vielleicht nicht glauben, dass mir diese Pillen angehängt wurden, aber wenn ich ihnen die Screenshots zeige, die ich von deiner kleinen Anzeige im Darknet habe – und wie die IP-Adresse direkt zum Haus deiner Eltern führt –, wirst *du* derjenige sein, der hinter Gittern sitzt.«

Sie ließ ihre Worte einen Moment lang sacken. Dann

fügte sie hinzu: »Oh, und deine Mutter und dein Vater könnten mit dir dort landen. Du weißt schon ... da sie ja Beihilfe leisten und so.«

»Du *Miststück*«, zischte Ian.

Bob versteifte sich. Und da war er. Der echte Ian West.

Marlowe schlug sich fantastisch. Sie war angespannt, aber das konnte West am Klang ihrer Stimme nicht erkennen.

Jetzt lachte sie, ein kurzer, bitterer Laut. »Ja. Ich schätze, ich habe nach meinem kleinen Aufenthalt in diesem Gefängnis in Thailand gelernt, härter zu sein. Ich weiß, wie viel diese Münzen wert sind – eine Million pro Stück. Du bekommst immer noch zwei Millionen, wenn du mir eine von ihnen übergibst, und sei dankbar, dass ich nicht die Hälfte von allem verlange. Nach dieser Transaktion sind du und ich fertig. Ich werde aus deinem Leben verschwinden, und du kannst tun, was immer du willst. Mehr Ausgrabungen machen, mehr Zeug stehlen ... Es ist mir egal.«

»Ich glaube dir nicht«, sagte Ian. »Ich kann dir nicht trauen.«

»Ich traue dir auch nicht«, erwiderte Marlowe. »Du hast bereits bewiesen, dass es dir egal ist, auf wen du trittst, um deinen Willen durchzusetzen. Gib mir eine der Münzen und wir sind fertig. Für immer. Ich will dich nie wiedersehen. Und außerdem, sieh es mal so – wenn ich eine dieser Münzen habe, bin ich genauso schuldig wie du. Warum sollte ich dich ausliefern, wenn ich dadurch auch wieder ins Gefängnis komme? Ich will nur das, was du mir schuldest.«

Am anderen Ende der Leitung herrschte Schweigen, bevor Ian West mit harter Stimme sagte: »Meinetwegen.

Aber nicht in Boston. Es gibt zu viele Kameras in der Stadt. Ich werde zu dir kommen.«

»Nein.«

»Dann haben wir nichts mehr zu besprechen. Entweder auf meine Art oder gar nicht.«

Bob spürte, wie Marlowe sich neben ihm anspannte. Sie begegnete seinem Blick, die Augenbrauen zusammengezogen. Es war offensichtlich, dass sie nicht wusste, was sie jetzt tun sollte. Er gab ihr ein kleines Kopfschütteln.

»Marlowe? Du hast drei Sekunden, um zuzustimmen, bevor ich auflege. Und glaube nicht, dass ich dir deine kleine Geschichte über die Entlassung aus dem Gefängnis einfach so abnehme. Ein einziger Anruf genügt, um zu bestätigen, ob es stimmt – und wenn nicht, genügt ein *weiterer* Anruf, um dich auf jede Fahndungsliste in den USA zu setzen.«

»Gut. Wo?«, platzte Marlowe heraus.

Bobs Herzschlag beschleunigte sich und er konnte sehen, wie die Spannung sich auf alle Männer im Raum übertrug. Nein! Er wollte nicht, dass sie dem Arschloch begegnete, das sie bereits einmal betrogen hatte.

»Wo immer du bist. An einem abgelegenen Ort. Und wenn du auch nur daran denkst, mir eine Falle zu stellen, wirst du es bereuen.«

Marlowe hielt für ein paar Sekunden inne. Dann sagte sie: »Ich bin in Newton, Maine.«

Ian lachte, aber es war ohne Humor. »Maine ist nicht allzu weit weg. Wo können wir uns treffen?«

Seine Freunde warfen einander und Bob Blicke zu. Marlowe hatte ihren Aufenthaltsort verraten! Und es gab nichts, was er jetzt dagegen tun konnte.

»Newton ist eine kleine Stadt. Es gibt keine Verkehrskameras und die Polizeiwache ist ein Witz. Es wird kein Problem sein, sich hier zu treffen. Es gibt einen Park am Highway 2, kurz vor dem Ortseingang. Ich treffe dich dort. In zwei Tagen. Um dreizehn Uhr. Sei da und bring mir meine Münze, oder ich schwöre bei Gott, du wirst es bereuen, mich je getroffen zu haben.«

»Das tue ich bereits«, knurrte Ian.

»Das beruht auf Gegenseitigkeit«, feuerte Marlowe zurück. »Verarsch mich nicht wieder, Ian. Glaub mir, das Gefängnis ist beschissen. Wir sehen uns in zwei Tagen.«

Marlowe streckte eine Hand aus und beendete die Verbindung, dann senkte sie sofort den Kopf und legte ihn auf ihre Hände auf dem Tisch.

Im Raum war es still.

Bob legte einen Arm um ihren Rücken und lehnte sich zu ihr. »Punky?«

»Gib mir eine Sekunde«, murmelte sie in ihre Hände.

»Heilige Scheiße. Das war der *Hammer*«, rief Chappy aus. »Nicht der Teil mit dem Treffen, sondern die Art, wie du ihn fertiggemacht hast.«

»Wenn ich nicht schon glücklich verheiratet und mein erstes Kind unterwegs wäre, und wenn du nicht schon mit einem meiner Freunde verheiratet wärst, würde ich dich fragen, ob du mich heiraten willst«, sagte Cal.

Bob ignorierte seine Freunde. Seine ganze Aufmerksamkeit galt Marlowe. »Bist du in Ordnung?«

Sie nickte, hob aber nicht den Kopf.

»Okay, also, *so* hatte ich mir das nicht vorgestellt, aber …

Ich glaube wirklich, dass es klappen könnte«, sagte Polizeichef Rutkey.

Er spürte, wie Marlowe tief einatmete, dann setzte sie sich auf und sah sich im Raum um. »Es tut mir so leid. Ich hoffe, es war in Ordnung, dass ich ihm gesagt habe, er solle mich in diesem Park treffen. Er hat mich überrumpelt, indem er darauf bestand, dass wir uns persönlich treffen.«

»Das kriegen wir schon hin«, versicherte Rutkey ihr.

»Er wird etwas vorhaben«, warnte Bob. »Er würde nicht auf einem persönlichen Treffen bestehen, wenn er nur vorhätte, eine Münze abzugeben.«

»Das sehe ich auch so. Ich werde mich mit Tex wegen einer hochwertigen Video- und Audioausrüstung in Verbindung setzen, damit wir das Treffen überwachen können«, sagte JJ.

»Ich werde den Park auskundschaften und Orte finden, an denen wir uns aufstellen können, damit wir immer in der Nähe sind«, fügte Cal hinzu.

»Wir können meinen Jeep für das Treffen benutzen«, bot Chappy an. »Cals teures Ungetüm können wir natürlich nicht benutzen, und Bobs Pick-up hat mehr Leistung als mein Fahrzeug. Wir wollen ihn als Verstärkung haben.«

Bob hörte das nicht gern, aber er wusste, dass es eine kluge Entscheidung war.

»Ich danke euch. Ich weiß es zu schätzen, dass ihr alle hier seid und helfen wollt. Aber ich ... ich muss gehen.«

Marlowes Stimme brach beim letzten Wort und Bob konnte erkennen, dass sie kurz davor war, die Fassung zu verlieren. Er stand auf, als sie es tat, ergriff ihre Hand und führte sie zur Tür. »Haltet mich auf dem Laufenden«, sagte er zu seinen Freunden, bevor er Marlowe aus dem Raum und aus dem Gebäude an die frische Luft brachte. Er ging direkt zu seinem Wagen und hob sie hinein, dann joggte er zur Fahrerseite.

Er ließ sofort den Motor an und sagte: »Halte durch, Punky. In fünf Minuten bist du zu Hause.«

Er schaute zu ihr hinüber und sah, dass sie steif wie ein Brett dasaß. Ihr Blick war nach vorn gerichtet und ihre Hände waren in ihrem Schoß verschränkt. Er fuhr schnell, aber sicher, und innerhalb weniger Minuten parkte er den Wagen auf dem Parkplatz seines Wohngebäudes. Marlowe kam ihm vorn am Wagen entgegen und sie gingen Hand in Hand die Treppe hinauf.

Als die Tür sich hinter ihnen schloss, brachen die Tränen los, die Marlowe so tapfer zurückgehalten hatte. Bob hob sie hoch, trug sie zur Couch und setzte sich mit ihr auf seinem Schoß. Sie weinte so heftig, dass er etwas beunruhigt war, aber er versuchte nicht, sie zum Aufhören zu bewegen. Er ließ sie einfach ihre Gefühle herauslassen.

Sie klammerte sich an ihn, ihr Körper zitterte unter dem Schluchzen, und Bob fühlte sich völlig hilflos. Es dauerte noch etwa zehn Minuten, aber schließlich ließ ihr Weinen nach. Er beugte sich vor, holte ein Taschentuch aus der Schachtel neben dem Sofa und reichte es ihr. Sie schenkte ihm ein zittriges Lächeln und schnäuzte sich die Nase. Dann kuschelte sie sich wieder an ihn.

»Fühlst du dich besser?«

Sie zuckte mit den Schultern. »Ich denke schon. Ich weiß gar nicht, warum ich überhaupt geweint habe.«

»Weil das sehr belastend war«, sagte Bob. »Weil du dich

wie jemand verhalten musstest, der du nicht bist. Weil du Angst hattest. Weil es keinen Spaß gemacht hat, mit dem Mann zu reden, der dir so viel Schmerz und Schrecken bereitet hat. Weil du ein netter Mensch bist, der anderen nicht gern wehtut.«

Marlowe schnaubte. »Bei dir klinge ich wie ein Ausbund an Tugend. Ich kann ein Miststück sein.«

Bob rollte mit den Augen. »Mh-hm.«

Sie hob den Kopf, damit sie ihn sehen konnte. »Das kann ich«, beharrte sie.

»Nenne mir ein einziges Mal, wo du jemandem gegenüber ein Miststück warst«, forderte Bob.

Marlowe runzelte konzentriert die Stirn, sah ihn dann an und sagte: »Ich habe mich geweigert, einer der Frauen im Gefängnis meinen Platz auf dem Boden neben dem Fenster zu überlassen.«

Bob schüttelte den Kopf. »Das zählt nicht. Alles, was du während deiner Haft getan hast, war völlig gerechtfertigt. Versuche es noch einmal.«

Marlowe schnaubte niedlich. »Na schön. Als ich das letzte Mal auf der Interstate um D. C. herumgefahren bin, bevor ich nach Thailand flog, gab es eine Baustelle und die rechte Spur war gesperrt. Aber ich bin nicht gleich auf die linke Spur gewechselt. Ich bin ganz nach vorn in die lange Schlange der Fahrzeuge gefahren und habe mich hineingedrängt.«

Bob brach in Gelächter aus.

»Was? Das ist gemein!«, beharrte Marlowe. »Ich hätte mich in die linke Spur einreihen sollen, anstatt sie alle zu überholen und mich hineinzuschleichen.«

»Ja, du bist ein kaltherziges Miststück«, sagte Bob.

Marlowe seufzte und lehnte den Kopf wieder an seine Brust. »Gut. Es liegt nicht in meiner Natur, gemein zu sein. Ich mag es nicht. Selbst wenn Ian alles, was ich gesagt habe, verdient hat, fühle ich mich trotzdem ... seltsam dabei.«

»Du warst unglaublich. Und obwohl ich anfangs mit dem Plan des Polizeichefs einverstanden war, wie das Telefonat eigentlich ablaufen sollte, hast du es tatsächlich viel besser gemacht. Im Nachhinein wäre West misstrauisch geworden, wenn du erst ein bisschen Small Talk und dann plötzlich eine Kehrtwende gemacht und versucht hättest, ihn zu erpressen.«

»Ich weiß nicht, was passiert ist«, sagte Marlowe. »Ich hatte vor, ihn zu fragen, wie es ihm geht, wie lange er schon in den Staaten ist, wie es seiner Familie geht ... aber in dem Moment, in dem ich seine Stimme hörte, habe ich rotgesehen und bin einfach mit dem herausgeplatzt, was ich denke.«

»Wie gesagt, du hast es gut gemacht.«

»Glaubst du, dass er tatsächlich auftauchen wird?«

»Ja.«

»Das kannst du nicht wissen«, protestierte sie.

»Marlowe, du hast gedroht, ihn zu verraten. Du hast ihm genügend Details über den Verkauf dieser Münzen erzählt und darüber, dass du wusstest, dass er im Darknet war ... er wird auftauchen. Er wird nicht riskieren, verhaftet zu werden, bevor er diesen Verkauf tätigen kann«, sagte Bob entschieden.

»Ich will ihn nicht mehr sehen«, flüsterte Marlowe.

Bob spannte sich an und öffnete den Mund, um ihr zu

sagen, dass sie das nicht müsse, dass sie sich schon etwas einfallen lassen würden, aber sie fuhr fort, bevor er sprechen konnte.

»Aber ich muss es tun. Ich muss ihm in die Augen schauen und sehen, ob er auch nur einen Funken Reue für das empfindet, was er mir angetan hat. Und ich weiß, dass das heutige Telefonat vielleicht nicht ausreicht, um ihn ins Gefängnis zu bringen. Er hat nicht wirklich etwas zugegeben. Es ist ein guter Anfang, aber wenn er mit diesen Münzen auftaucht, ist er wirklich am Ende.«

Sie hatte recht … verdammt noch mal. »Wir werden Chappys Jeep komplett verkabeln, und zwar so, dass West es nicht merken wird. Und du wirst nicht aussteigen. Du kannst durchs Fenster mit ihm reden. Er wird dir nicht zu nahe kommen. Und Tex ist wirklich fantastisch mit Peilsendern. Wir besorgen dir Ohrringe oder eine Halskette, die sowohl Video als auch Audio aufnimmt, nur für den Fall. Wir werden ihn kriegen, Punky. Dank dir.«

»Ich sollte ein schlechtes Gewissen haben wegen dem, was mit ihm passieren wird. Aber das tue ich nicht. Macht mich das zu einem schlechten Menschen?«

»Nein. Es macht dich menschlich«, beruhigte Bob sie.

»Ich habe Angst«, sagte Marlowe kaum hörbar.

Bob hielt sie noch fester. »Ich werde nicht zulassen, dass dir etwas passiert.«

Sie nickte, wodurch Bob sich besser fühlte, aber sie entspannte sich nicht in seinen Armen.

»Ich … Ich will nur, dass das vorbei ist. Ich will mein eigenes Leben leben können. Ich will Newton erkunden, mit Carlise, June und April zusammen sein. Ich will öfter bei

Granny's Burgers essen. Ich möchte, dass mein Bruder und seine Familie zu Besuch kommen.«

»Und du wirst all das tun können«, sagte Bob, jetzt ziemlich beunruhigt. »Wie kommst du darauf, dass du das nicht tun wirst?«

»Ich weiß nicht.«

Aber er wusste, dass sie log. Sie hatte eindeutig ein ungutes Gefühl bei der Sache, und er konnte es ihr nicht verdenken. Bob war selbst frustriert und gestresst, und obwohl er an seine Fähigkeit glaubte, sie zu beschützen, und an die Fähigkeiten seiner Freunde, machte er sich dennoch Sorgen, dass etwas passieren könnte, was keiner von ihnen verhindern konnte.

»Du kannst das immer noch aufhalten«, sagte er. »Du kannst es jederzeit abblasen.«

»Und ihn mit seinen Taten davonkommen lassen?«, erwiderte Marlowe. »Nein. Ich will das tun. Ich will, dass er für den Diebstahl dieser Münzen bezahlt. Wir können nicht zulassen, dass er sie verkauft. Sie müssen nach Thailand zurückgebracht werden. Und ich will nicht den Rest meines Lebens über meine Schulter schauen und mich fragen, ob ich wieder im Gefängnis lande.« Sie bewegte sich in Bobs Armen, bis sie rittlings auf ihm saß. »Kann ich dich bei deinem nächsten Baumjob begleiten?«

»Was?«, fragte er, verwirrt über den abrupten Themenwechsel.

»Ich will nicht über Ian West, das Gefängnis, die Münzen oder irgendetwas anderes nachdenken, bis ich dazu gezwungen werde. Ich würde gern mit dir gehen, wenn du das nächste Mal einen Auftrag hast. Ein bisschen mehr von Newton sehen. Sehen, was du tust. Ich kann auch helfen.«

Bob lächelte sie an. »Hast du schon mal eine Kettensäge benutzt?«

Sie rümpfte die Nase. »Nein, aber ich kann Sachen für dich tragen, oder eine gelbe Weste anziehen und den Verkehr vom Baum wegleiten, oder einfach mit dir reden, während du arbeitest. Bitte?«

»Natürlich kannst du mitkommen. Aber es ist nicht so aufregend.«

»Ich bin sicher, das würdest du auch über eine archäologische Ausgrabung sagen, aber du wärst überrascht, wie viel Spaß sie machen kann.«

»In Ordnung.«

»Juhu«, sagte sie mit einem Lächeln.

Bob war erleichtert, den Funken in Marlowes Augen wiederzusehen, aber er war immer noch besorgt über das bevorstehende Treffen mit West. Verzweifelte Männer taten verzweifelte Dinge. Das wusste er besser als die meisten. Und obwohl er Marlowe darin unterstützte, alles zu tun, um das Arschloch zur Strecke zu bringen, wollte er nicht, dass sie dabei verletzt wurde. Er versuchte nur nicht, ihr die ganze Sache auszureden, weil West keine gewalttätige Vorgeschichte hatte.

»Jetzt, da ich nicht mehr ausflippe, was willst du den Rest des Tages machen?«, fragte sie grinsend.

Zuerst kam Bob in den Sinn, sie zurück ins Bett zu bringen, aber er hatte das Gefühl, dass es nicht das war, was sie brauchte.

»Wie fühlst du dich?«, fragte er.

»Gut, warum?«, sagte sie, ohne zu zögern.

»Keine Krämpfe?«

Sie errötete ein wenig und schüttelte den Kopf. »Nein.«

»Wie wäre es mit einer kleinen Wanderung? Dieser Teil des Landes ist wunderschön, und es gibt einen Aussichtspunkt namens Table Rock, der dir bestimmt gefallen würde. Es gibt viele Orte mit diesem Namen in der Gegend, aber dieser ist der beeindruckendste.«

Marlowe legte den Kopf schief. »Woher weißt du das? Warst du schon bei allen?«, stichelte sie.

Er lachte. »Nein. Aber ich war an einem in New Mexico. Ich habe einen Freund, dem mit seinen Kumpeln dort draußen eine Art Resort gehört. Es ist ein Ort, an dem Leute, die unter einer posttraumatischen Belastungsstörung leiden, sich völlig entspannen können. Es ist hübsch, aber unser Table Rock ist besser.«

»Nach dieser Werbung möchte ich diesen Ort jetzt unbedingt sehen«, neckte Marlowe.

Bob beugte sich vor und küsste sie. Der Kuss war nicht kurz, aber er war auch kein Vorbote dafür, sie ins Bett zu bringen. »Ich liebe dich«, sagte er, als er den Kopf hob. »Du bist die Art von Frau, nach der ein Mann sein ganzes Leben lang sucht. Ich weiß, dass ich den Jackpot geknackt habe, und ich werde alles tun, um es nicht zu vermasseln.«

Sie schüttelte den Kopf. »Ich bin nichts Besonderes, Kendric. Ich bin nur eine hart arbeitende Frau, die ihr Bestes tut, um freundlich zu den Menschen um sie herum zu sein, und die sich durchschlägt, so gut sie kann.«

»Das kannst du ruhig weiter denken, Punky. Ich kenne die Wahrheit«, erwiderte er.

»Wie auch immer. Was soll ich anziehen? Wie lange werden wir weg sein? Brauchen wir Snacks?«

Ihre Aufregung war kaum zu bremsen und Bob war begeistert. Er freute sich darauf, Marlowe alles über diese kleine Ecke von Maine zu zeigen. Es mochte nicht der Ort seiner Wahl gewesen sein, wo er den Rest seines Lebens verbringen wollte, aber er lernte, ihn immer mehr zu lieben.

»Schichten. Nur für den Fall, dass es dir zu heiß oder zu kalt wird. Und deine Wanderschuhe. Es werden wahrscheinlich vier oder fünf Stunden sein. Ich werde uns ein Mittagessen machen und auch Snacks mitnehmen.«

»Klingt perfekt.« Dann beugte sie sich zu ihm hinunter und küsste ihn kurz, bevor sie von seinem Schoß sprang und in Richtung Schlafzimmer ging. Im letzten Moment drehte sie sich noch einmal um, bevor sie im Flur verschwand. »Kendric?«

»Ja?«

»Ich liebe dich auch. Danke, dass ich mich bei dir ausweinen durfte. Ich verspreche, es nicht zur Gewohnheit werden zu lassen.«

»Es macht nichts, wenn du es tust, deswegen werde ich dich nicht weniger lieben«, versicherte er ihr.

Sie schenkte ihm ein breites Lächeln, dann drehte sie sich um und verschwand im Flur.

Bob saß noch einen Moment lang da und atmete tief durch, während sein Lächeln langsam verblasste. Er machte sich mehr Sorgen über das Treffen mit West, als er zugeben wollte. Aber wenn der Mann auftauchte, würden er und seine ehemaligen Deltas dafür sorgen, dass seiner Frau nichts zustieß.

Er stand auf und machte sich auf den Weg in die Küche. Er musste Mittagessen machen und Snacks einpacken, und er machte sich eine geistige Notiz, April mitzuteilen, dass er für den Rest des Nachmittags nicht verfügbar sein würde.

Er freute sich auf die Wanderung. Darauf, dass sie sich beide von Ian West ablenken konnten. Morgen würde er sich um den Peilsender und die Audio- sowie visuelle Ausrüstung kümmern. Heute ... wollte er die Zeit mit der Frau genießen, die er liebte.

KAPITEL SECHZEHN

Marlowe zappelte auf dem Stuhl, als Kendric und seine Freunde den Plan zum gefühlt hundertsten Mal durchgingen. Sie war nervös, und ihnen dabei zuzuhören, wie sie darüber sprachen, was zu tun sei, wenn etwas schiefging, war nicht gerade hilfreich.

Sie trug Onyx-Ohrringe, die jeweils eine winzige Kamera enthielten, die Bild und Ton aufzeichnete. Chappys Jeep hatte eine Kamera im Rückspiegel und eine an der dritten Bremsleuchte, die beide das Innere des Fahrzeugs filmten. Sie trug kein Polizeimikrofon, da niemand wollte, dass Ian es zufällig entdeckte oder darauf bestand, dass sie bewies, nicht verkabelt zu sein.

Niemand hatte vor, Ian West auch nur in ihre Nähe zu lassen, aber sie wollten an alles denken und sicherstellen, dass sie die Beweise sammelten, die sie brauchten, um nicht nur die Anklage gegen Marlowe nichtig zu machen, sondern gleichzeitig auch West zu Fall zu bringen.

Der Polizeichef und seine Beamten waren bereit, in dem Moment zuzuschlagen, in dem Ian die Münzen vorlegte – falls er sie tatsächlich mitbrachte. Außerdem waren ein Vertreter des FBI in der Stadt, zwei Vertreter der amerikanischen Zollbehörde und des Grenzschutzes sowie eine Frau vom Ministerium für Innere Sicherheit, die alle das Geschehen vom Büro des Polizeichefs aus beobachten würden. Rutkey hatte sich schriftlich zusichern lassen, dass Marlowe nicht ausgeliefert werden würde, da sie mit den Behörden kooperierte, um die unschätzbaren Artefakte zurückzubekommen.

Wenn Ian natürlich die Münzen nicht aushändigte oder seine Rolle bei Marlowes Verhaftung nicht zugab, konnte es für alle drei Behörden unangenehm werden, da sie technisch gesehen immer noch eine Flüchtige war. Sie alle setzten darauf, dass Ian nicht in der Lage sein würde, den Mund zu halten.

Alle wollten ihn zu Fall bringen, aber sie brauchten unwiderlegbare Beweise, dass er gegen das Gesetz verstoßen hatte. Jeder gute Anwalt wäre in der Lage, einen Indizienprozess zu zerpflücken. Es lag also an Marlowe, Ian nicht nur das Geständnis zu entlocken, dass er von der Ausgrabungsstätte gestohlen und ihr die Pillen untergeschoben hatte, sondern ihn auch davon zu überzeugen, tatsächlich eine der Münzen herauszugeben.

Der Druck war groß, und ehrlich gesagt zweifelte Marlowe an ihrem Beharren darauf, sich mit ihrem ehemaligen Kollegen zu treffen. Was wusste sie schon über verdeckte Ermittlungen? Nichts. Genau das.

Sie zog es vor, mit Kendric Zeit zu verbringen, während er einen Job zu erledigen hatte.

Ihre Wanderung zum Table Rock vor zwei Tagen war großartig gewesen. Es war viel schöner, in den Wäldern von Maine zu sein als im Dschungel von Thailand. Sie hatten beim Wandern gelacht und über alles und nichts geredet. Und er hatte recht gehabt, die Aussicht von dem riesigen Felsbrocken, der wie von Geisterhand an einem Abgrund zu hängen schien, war spektakulär. Sogar die Truthahn-Schinken-Sandwiches, die Kendric ihnen zum Mittagessen gemacht hatte, schienen noch besser zu schmecken, wenn man sie mit einer fantastischen Aussicht kombinierte.

Sie konnte es kaum erwarten, dieselbe Aussicht im Herbst zu genießen, wenn die Bäume sich verfärbten. Kendric hatte versprochen, sie zurückzubringen.

Gestern hatte sie dann ihren Wunsch erfüllt bekommen, Kendric zu begleiten, als er gerufen wurde, um einen Baum zu fällen, der aussah, als sei er nur einen Sturm davon entfernt, auf einem Haus zu landen. Sie war fasziniert von der Präzision und der Planung, die nötig war, um sicherzustellen, dass der Baum nicht in die falsche Richtung fiel und Sachschäden verursachte oder jemanden verletzte.

Und ihren Mann in einem engen T-Shirt zu sehen, seine Muskeln, während er die Kettensäge bediente und den Baum in handliche Stücke schnitt, war auch nicht gerade eine Qual. Sie hatte ihm geholfen, die kleineren Stücke aufzuheben und in einen Anhänger zu laden, und die ganze Zeit über konnte sie nicht aufhören zu lächeln.

Jetzt war sie wieder in dem kleinen Verhörraum auf dem

Polizeirevier und bereitete sich auf ein Treffen mit dem einen Menschen vor, den sie nie wiedersehen wollte.

»Hören Sie zu, Marlowe?«, fragte der Polizeichef.

Im Geiste schimpfte sie mit sich selbst und nickte.

»Gut. Denn sobald Sie in den Jeep steigen, sind Sie auf sich allein gestellt. Wir werden Ihnen zuhören und die Leute hier auf dem Revier werden Sie beobachten, aber wir werden Ihnen keine Ratschläge geben oder Ihnen sagen, was Sie sagen sollen.«

Marlowe nickte erneut etwas demütig. Sie wusste, dass für alle Beteiligten viel auf dem Spiel stand, aber sie wollte einfach nur nach Hause fahren und mit Kendric ins Bett kriechen. Er hatte sie früh geweckt und mit ihr langsam und zärtlich Liebe gemacht. Sie näherte sich dem Ende ihrer Periode, und er ließ es so aussehen, als sei es überhaupt keine große Sache ... was eine erfrischende Abwechslung zu einigen anderen Männern war, mit denen sie zusammen gewesen war und die sich benommen hatten, als hätte sie die Pest, wenn es um diese Zeit des Monats ging.

Alles, was mit Kendric zu tun hatte, lief erstaunlich gut. Er hatte gestern Abend sogar erwähnt, dass er sich um die Details kümmerte, um sicherzustellen, dass ihre Ehe hier in den Staaten legal war. Sie liebte ihn so sehr, dass es fast beängstigend war.

»Ich denke, je schneller Sie auf den Punkt kommen, desto besser«, sagte Polizeichef Rutkey. »So wie Sie es am Telefon getan haben. Bringen Sie ihn dazu, Ihnen eine der Münzen zu geben, wenn er sie mitgebracht hat, versuchen Sie, ihn über die Drogen zum Reden zu bringen, die in Ihrem Zelt gefunden wurden, aber drängen Sie nicht zu sehr. Und verschwinden Sie so schnell wie möglich von dort, verstanden?«

»Ja.«

»Okay, wir haben noch dreißig Minuten bis zum Start. Wir müssen alle an Ort und Stelle sein, falls und wenn unsere Zielperson auftaucht. Marlowe, wir machen ein paar Audio- und Sichtkontrollen, bevor Sie losfahren. Zwei meiner Hilfssheriffs werden im Park Frisbee spielen und können in Sekundenschnelle bei Ihnen sein, wenn Sie sie brauchen. Bob und JJ werden im Wald in der Nähe des Parkplatzes sein. Cal und Chappy werden in ihren Fahrzeugen unten an der Straße sein. Sobald West eintrifft, werde ich den Verkehr entlang des Highway 2 blockieren, um sicherzustellen, dass er nicht entkommen kann, und die Vertreter der verschiedenen Behörden werden hier sein und alles beobachten und hören. Wir haben das im Griff.«

Marlowe war beruhigt über die gute Planung des Polizeichefs. Es war höchst unwahrscheinlich, dass irgendetwas schiefgehen würde, aber falls doch, gab es eine Menge Leute, die in der Nähe sein würden, um zu helfen.

April, Carlise und June hatten darauf bestanden, dass sie, sobald das Treffen vorbei war, zu *Jack's Lumber* kam, wo sie darauf warteten, alles darüber zu erfahren, wie es gelaufen war ... mit Champagner. Sie wollten feiern, dass Marlowe Ian erfolgreich zur Strecke gebracht hatte. Sie fühlte sich durch ihr Vertrauen gedemütigt.

Zu wissen, dass sie so gute Freunde hatte und so viele Menschen hinter ihr standen, gab ihr ein wenig mehr Selbstvertrauen für das, was sie vorhatte zu tun. Aber sie war immer noch unsicher. Sie war etwas voreilig gewesen, bei dieser Aktion im Mittelpunkt zu stehen, aber sie hatte unbedingt helfen wollen. Sie wollte dafür sorgen, dass Ian die Konsequenzen für seine Taten tragen musste.

Alle begannen, sich zu erheben, und plötzliche Panik machte Marlowe das Atmen schwer. Aber dann war Kendric da. Er nahm ihren Ellbogen und half ihr aufzustehen, führte sie aus dem kleinen Raum und zur Vordertür des Reviers.

Die Suppe, die sie zu Mittag gegessen hatte, bevor sie die Wohnung verlassen hatten, drehte sich in ihrem Magen um.

Kendric führte sie zu Chappys Jeep und drehte sie so, dass sie mit dem Rücken zur Tür stand. Dann nahm er sie in die Arme und hielt sie so fest, dass es fast schmerzhaft war. Aber sie begrüßte den leichten Schmerz. Sie hielt ihn ebenso fest.

»Ich werde nur knapp außer Sichtweite sein«, murmelte er in ihr Haar, während er sie festhielt. »Ich werde mit dem Audiofeed verbunden sein, sodass ich alles mitbekomme, was vor sich geht. Du schaffst das, Punky. Ich stehe hinter dir, und alle meine Freunde tun das auch.«

Sie nickte und schloss die Augen. Erst da merkte sie, wie sehr sie zitterte. Die Haare in ihrem Nacken stellten sich auf. Sie wollte die ganze Sache abblasen, aber es war zu spät. Der Polizeichef hatte bereits alles vorbereitet. Seine Beamten waren von anderen Aufgaben abgezogen worden, um zu helfen. Die Vertreter der anderen Behörden waren in der Stadt und überließen Polizeichef Rutkey und seinen Beamten die Überwachung. Kendrics Freund Tex hatte die Ohrringe über Nacht geschickt.

So viele Leute hatten ihren Teil zu dem beigetragen, was

jetzt passieren würde. Sie musste sich zusammenreißen und ihren Beitrag leisten.

Ganz zu schweigen davon, dass Ian fast hier war. Der mysteriöse Tex hatte die Verkehrskameras verfolgt und alle über seine Fortschritte auf dem Weg nach Norden informiert.

»Bob? Es ist so weit!«, rief JJ.

Marlowe holte tief Luft und ließ Kendric los. Er hielt sie noch einen Moment fest, bevor er die Hände zu ihrem Gesicht hinaufführte. »Was auch immer passiert, du sollst wissen, dass ich hier bin«, sagte er ernst. »Wenn etwas schiefgeht, bleibst du einfach in deiner Rolle. Ich hole dich da raus.«

»Es wird schon gut gehen«, versicherte Marlowe ihm, die nur halb glaubte, was sie sagte. »Ian wird vorbeikommen, wir reden durchs Fenster und er gibt mir eine Münze. Ein Kinderspiel.«

Kendrics Gesichtsausdruck hellte sich nicht im Geringsten auf. »Heute Abend«, sagte er, »machen wir mit dem Rest unseres Lebens weiter.«

»Okay«, stimmte sie zu.

»Wir werden uns hier nach einem Haus mit mehreren Schlafzimmern für unsere Kinder umsehen. Ich habe einen Ring, mit dem ich dich eigentlich überraschen wollte, aber du weißt ja, wie schlecht ich in Sachen Geheimnisse bin. Er wartet in der Wohnung auf dich. Ich stecke ihn dir an den Finger und er wird nie mehr abgenommen.«

Daraufhin lächelte sie. »In Ordnung.«

»Du gehörst mir«, sagte er inbrünstig. »Meine Freundin, meine Inspiration, meine Liebe.«

»Ich liebe dich«, flüsterte sie.

»Nicht mehr, als ich dich liebe. Und jetzt ... tritt ihm in den Hintern.«

»Das werde ich.«

Marlowe wollte wieder weinen, aber sie hielt ihre Tränen zurück. Sie musste stark aussehen, um Ian nicht mit einem fleckigen Gesicht und roten Augen zu begrüßen. In weniger als einer Stunde würde sie Kendric wiedersehen. Sie würden mit den Mädchen bei *Jack's Lumber* feiern und nach Hause gehen, sie würde ihren Ring bekommen, und dann würde sie ihm genau zeigen, wie sehr sie ihn liebte und schätzte.

Es war unheimlich, wie allein sie sich fühlte, als sie mit Chappys Jeep zum Park fuhr. Obwohl sie wusste, dass die Leute ihr zuhörten und sie beobachteten, fühlte sie sich in diesem Moment, als sei sie der einzige Mensch auf der Welt.

Ihr Herz schlug viel zu schnell in ihrer Brust und ihre Hände zitterten, als sie den Jeep an der Stelle parkte, die schon vorher ausgekundschaftet worden war. Etwa fünfzig Meter entfernt sah sie zwei Männer, Beamte aus Newton, die im Gras Frisbee spielten. Ihr Wagen war der einzige andere auf dem Parkplatz.

Als sie in die Bäume schaute, konnte sie weder JJ noch Kendric sehen, aber sie waren da. Das wusste sie bis in die Zehenspitzen. Sie konnte das hier schaffen.

Marlowe atmete tief durch und löste ihren Sicherheitsgurt. Kendric hatte sie dazu aufgefordert, weil er sichergehen wollte, dass sie notfalls aus dem Wagen springen konnte. Die Minuten schienen wie Stunden zu vergehen. Ian war anscheinend meistens pünktlich, aber in den Außenbezirken von Newton gab es keine Verkehrskameras, sodass sie im Blindflug unterwegs waren, was seine genaue Ankunftszeit anging.

Gerade als Marlowe glaubte, dass er es sich anders überlegt hatte und zurück nach Boston gefahren war, fuhr ein schwarzer Honda Civic älteren Baujahrs auf den Parkplatz.

Ihr Herz begann sofort wieder zu klopfen und Adrenalin schoss durch sie hindurch. Marlowe atmete ein paarmal tief durch und versuchte, sich zu beruhigen. Ian parkte rechts neben ihr und fuhr rückwärts in die Parklücke. Er kurbelte sein Fenster herunter und gab ihr ein Zeichen, es ihm gleichzutun.

Marlowe tat, was er verlangte, froh, dass alles nach Plan verlief.

Doch dieses Gefühl verschwand mit seinen nächsten Worten.

»Steig ein«, befahl er und deutete auf seinen Wagen.

Das war nicht Teil des Plans. Ihr war mehrmals ausdrücklich gesagt worden, sie solle nicht aus dem Jeep aussteigen. Sie sollte *nirgendwo* hingehen. Sie sollte genau dort bleiben, wo sie war.

Sie schüttelte den Kopf. »Nein.«

»Hältst du mich für dumm? Wahrscheinlich hast du deinen Wagen verkabelt. Ich vertraue dir nicht. Steig ein und wir fahren woanders hin, um zu reden.«

»Ich traue *dir* auch nicht«, sagte Marlowe, die denselben Ärger und Wagemut spürte wie bei dem Telefonat mit ihm.

»Dann bekommst du die Münze nicht«, sagte Ian trocken. »Es ist deine Entscheidung.«

»Und du gehst direkt ins Gefängnis. Keine zweihundert Mäuse«, konterte sie.

Ian musterte sie und Marlowe war für den Bruchteil einer Sekunde erleichtert, weil sie dachte, sie könnte im Jeep bleiben ...

Doch dann hob er eine Hand – und sie starrte in den Lauf einer Waffe.

»Jetzt. Oder du bist tot«, drohte Ian.

Ihr rutschte das Herz in die Hose. Nur ein paar Meter trennten ihre Fahrzeuge. Zu nahe, als dass Ian sie verfehlen könnte. Ja, er würde auf jeden Fall verhaftet werden, wenn er auf sie schoss – aber für Marlowe würde es zu spät sein. Wenn sie sich fügte, hatte sie wenigstens eine kleine Chance zu überleben.

Zögernd berührte sie den Türgriff des Jeeps.

Sie konnte praktisch hören, wie alle zuschauten, zuhörten und sie anschrien, an Ort und Stelle zu bleiben, aber sie konnte dieses Geschäft jetzt nicht platzen lassen. Wenn sie starb, durfte es nicht umsonst gewesen sein.

Sie kletterte aus dem Jeep, schlug die Tür zu und stand einen Moment lang mit den Händen in den Hüften da. »Willst du mich auch einer Leibesvisitation unterziehen?«, fragte sie sarkastisch und tat alles in ihrer Macht Stehende, um Zeit zu gewinnen, damit jemand zu ihr gelangte.

Aber es kam niemand. Entweder stimmte etwas mit der Audio- und Videoübertragung nicht oder die Beamten, die Frisbee spielten, wussten nicht, was vor sich ging. Das schien unwahrscheinlich. Sie waren allein zu ihrer Sicherheit da.

»Steig ein«, befahl Ian. »Beeil dich.«

Marlowe hielt den Atem an, als sie nach der Tür griff. Sie

konnte sich nicht vorstellen, warum die Beamten nicht eingriffen, warum Kendric und JJ nicht sofort aus dem Wald herbeieilten, als sie die Waffe sahen.

Wie ein Blitz traf sie die Gewissheit, dass Ian sie erschießen würde, bevor jemand in ihre Nähe kommen konnte. Das war die logische Schlussfolgerung – und Kendric und die anderen würden das wissen.

Es war total beschissen, aber sie verstand es.

Sie hatte keine andere Wahl, als das zu Ende zu bringen, was sie angefangen hatte ... und darauf zu vertrauen, dass Kendric sie aus der Sache herausholen würde, so wie er sie aus dem Gefängnis herausgeholt hatte.

Sobald sie im Wagen saß, fuhr Ian aus der Parklücke und gab Gas. Von Polizeichef Rutkey war nichts zu sehen und Marlowe konnte sich nicht entscheiden, ob sie darüber erfreut oder verärgert war. Sie stellte sich vor, dass eine Menge Hektik ausbrach, um herauszufinden, wie sie ihnen folgen konnten, ohne entdeckt zu werden.

Sie hatte auch die Straßensperren nicht gesehen, die errichtet werden sollten, nachdem Ian in den Park eingefahren war. Sie war sich nicht sicher, was mit ihnen passiert war. Vielleicht hatten sie einfach noch keine Zeit gehabt, sie aufzustellen? Immerhin hatte Ian sehr schnell gehandelt. Sekunden nach seiner Ankunft saß sie in seinem Wagen.

»Wohin fahren wir?«, fragte sie, als Ian nach Osten abbog, sowohl für sie selbst als auch für die Zuhörer.

»Nicht weit von hier gibt es einen Friedhof. Ich denke, der ist abgelegen genug. So kann ich sehen, ob uns jemand folgt.«

Marlowe verdrehte die Augen und verschränkte die

Arme vor der Brust, während sie mit mehr Wagemut sprach, als sie tatsächlich empfand. »Niemand folgt uns. Hast du das noch nicht gemerkt? Ich werde genauso viel Ärger bekommen wie du, wenn jemand sieht, wie du mir eine Münze gibst. Ich bin kein Idiot.«

Ian antwortete nicht, sondern fuhr einfach weiter. Es dauerte länger, als Marlowe lieb war, bis er den Friedhof erreichte. Und er hatte recht. Es war absolut niemand zu sehen, und zu ihrem Entsetzen gab es auch nicht viele Bäume. Es wäre also schwieriger für jemanden, sich zu verstecken und ihr bei Bedarf zu Hilfe zu kommen.

Wenn sie schon vorher gedacht hatte, sie sei allein, war es jetzt nur noch schlimmer.

Ian stellte den Wagen auf dem Parkplatz ab und löste seinen Sicherheitsgurt. Marlowe hatte ihren nicht einmal angelegt; sie hatte es bei all den anderen Ereignissen einfach vergessen.

»Also?«, fragte sie. »Hast du die Münzen?«

»Ich verstehe es nicht«, sagte Ian im Plauderton, ohne sich zu rühren und in seine Tasche, das Handschuhfach oder die Konsole zwischen ihnen zu greifen. Irgendwo, wo er die Münzen hätte verstecken können.

Marlowe seufzte. »Was verstehst du nicht?«

»Wie zum Teufel du hier bist. Egal, wie gut dein Anwalt ist, Thailand ist dafür bekannt, dass Leute wegen Drogendelikten lebenslang hinter Gitter kommen.«

»Tja, Pech für dich, dass ich auch einen mächtigen Bruder habe. Und jetzt hör auf, mich hinzuhalten. Gib mir meine Münze und bring mich zurück in den Park.«

»Ich hielt dich für ein leichtes Opfer«, fuhr er fort und starrte sie mit toten blauen Augen an.

Marlowe widerstand dem Drang zu erschaudern. Sie musste stark bleiben. Ihn glauben lassen, dass sie nicht bluffte. Sie sah ihn direkt an, da sie alles, was er sagte, auf Video und Audio aufnehmen wollte.

»Ich hielt dich für einen Gutmenschen. Schwach«, sagte er. Dann lächelte er leicht, auf so boshafte Art, dass ihr Magen sich zusammenzog. »Ich meine, sieh dir nur an, wie einfach es war, die Drogen in der Nacht in deinem Zelt zu platzieren. Es war Pech, dass du mich mit den Münzen erwischt hast, zumal diese Ausgrabungsstätte eine der einfachsten war, die ich je bestohlen habe. Du warst eine Komplikation, von der ich dachte, ich hätte sie im Griff.«

»Und doch bin ich hier«, sagte Marlowe düster, während ihr Herz so schnell schlug, dass ihr fast schwindelig wurde. Er hatte zugegeben, die Drogen platziert und die Münzen gestohlen zu haben! Er hatte es tatsächlich *zugegeben*!

»Hier bist du«, stimmte er zu.

»Du hast das also schon einmal gemacht? Artefakte von anderen Ausgrabungen gestohlen?«, fragte sie in dem Wissen, dass dies auch eine wichtige Information war.

»Natürlich. Es ist nicht schwer. Die Leute zahlen viel Geld für Pfeilspitzen und Tonscherben und anderen dummen Scheiß, von dem sie glauben, dass er etwas bedeutet.«

Marlowe runzelte die Stirn. »Warum wohnst du dann noch bei deinen Eltern?«

Ian lachte vergnügt. »Eine List. Es wäre nicht klug für jemanden, der so jung ist wie ich, seinen Reichtum zur

Schau zu stellen. Und glaub mir, ich *bin* reich. Ich habe Geld bei mehreren ausländischen Banken gebunkert, und wenn die Zeit reif ist, werde ich irgendwo hinziehen, wo es viel Sonne und leichte Frauen gibt, und glücklich bis ans Ende meiner Tage leben.«

Marlowes Blut gefror. Sie hatte keine Ahnung gehabt, dass dieser milchgesichtige Trottel ein hartgesottener Krimineller war. Sie fühlte sich plötzlich völlig überfordert und wollte sofort zurück in den Park. »Toll. Juhu, du bist reich. Aber du schuldest mir noch was, Ian. Du hast mich in ein verdammtes ausländisches Gefängnis werfen lassen. Ich will meinen Anteil. Gib mir die Münze und du kannst deines Weges gehen. Ich werde meinen gehen, und wir sind quitt.«

Ian lachte wieder, und Marlowes Haut kribbelte bei diesem unheimlichen Geräusch. Er hatte die Waffe während der ganzen Fahrt in der Hand gehalten und legte sie jetzt auf das Armaturenbrett, dann lehnte er sich nach links und griff in seine Hosentasche. Er fummelte ein wenig, dann zog er die Hand heraus.

»Du meinst diese Münzen?«, fragte er.

Und da, auf seiner Handfläche, lagen drei unschuldig aussehende Münzen. Sie hatten jeweils ein Loch in der Mitte und sahen ganz normal aus. Aber Marlowe wusste, dass sie etwas vor sich hatte, das Millionen wert war.

Seltsamerweise verspürte sie den Drang, ihn wie ein Kind auszuschimpfen, ihm zu sagen, dass er antike Münzen nicht mit bloßen Händen anfassen sollte, dass die Öle seiner Haut das Metall der wertvollen Artefakte buchstäblich zersetzen könnten. Aber sie schaffte es, die Worte herunterzuschlucken.

Sie griff nach seiner Hand, weil sie die Sache hinter sich bringen wollte, aber er machte eine Faust und sagte: »Ah, ah, ah, nicht so schnell.«

»Was jetzt?«, zischte Marlowe, wobei sie versuchte, verärgert zu klingen, anstatt völlig auszuflippen.

»Woher weiß ich, dass du mich nicht sofort verrätst, wenn du eine dieser Münzen in der Hand hast?«

Sie schnaubte ungeduldig. »Wie oft muss ich es dir noch sagen, verdammt? Wenn du untergehst, gehe *ich* auch unter. Einfacher kann ich es nicht erklären! Ich bin fertig damit, auf Ausgrabungen zu gehen. Ich habe es satt. Ich habe es satt, die Sprachen nicht zu sprechen, den Dreck zu sehen und nicht das Geld zu bekommen, das ich für meine Arbeit verdiene. Ich will mich hier in Nirgendwo, Maine niederlassen. Von dem Geld leben, das ich mit dem Verkauf dieser Münze verdiene. Ich habe es verdient. Nach allem, was ich deinetwegen durchmachen musste, nach all der Arbeit, die ich für andere Länder geleistet habe, um ihr Erbe zu retten, *steht mir das zu!*«

Er starrte sie einen langen Moment an, bevor er nickte. »Ja, das stimmt wahrscheinlich«, pflichtete er ihr bei.

Gerade als Marlowe das Gefühl hatte, dass die Sache bald vorbei sein würde, stürzte er sich auf sie.

»Was machst du –«

Mehr brachte sie nicht heraus, bevor ihre Worte durch die Hand, die er um ihre Kehle schloss, abgeschnitten wurden.

Sofort hob sie die eigenen Hände zu seinen Fingern und versuchte, sie von ihrem Hals zu lösen. Aber es war zwecklos. Ian war größer, gemeiner und stärker als sie.

Bevor sie blinzeln konnte, hatte er sie über den Vordersitz auf den Rücksitz gezerrt.

Er knallte sie auf den Rücksitz und legte seine andere Hand auf die erste, die er um ihre Kehle schlang.

»Verdammte Hure! *Niemand* erpresst mich!«, stieß er hervor, während er fester zupackte. »Ich gebe dir keinen verdammten Cent. Du hättest bleiben sollen, wo du warst, weggesperrt in diesem Scheißgefängnis. Du gehst mir auf die Nerven, und du bekommst auf keinen Fall einen verdammten Cent! Ich wollte dir in den Kopf schießen, aber das wäre zu einfach gewesen. Ich will, dass du mir in die verdammten Augen schaust, während ich sehe, wie das Licht in deinen erlischt!«

Marlowe dachte an nichts anderes mehr, als sich Sauerstoff zu verschaffen. Sie fuhr ihm mit den Fingernägeln über das Gesicht, aber er knurrte und packte einfach fester zu. Sie trat um sich, versuchte, ihn mit den Knien von sich zu stoßen, grub die Fingernägel in die Haut seiner Hände.

Und dennoch lockerte er seinen Griff nicht im Geringsten.

»Stirb endlich! *Stirb*, verdammt noch mal!«, schrie er, während er sich nach vorn lehnte und mehr Gewicht auf ihren Hals legte.

Hinter Marlowes Augenlidern begann sich Schwärze einzuschleichen – und sie erlitt einen Moment lang so viele Qualen, dass es sich anfühlte, als hätte sie einen Herzinfarkt. Nichts von dem, was sie noch tun wollte, würde sie erleben können. Ihr Leben mit Kendric. Ihren Neffen und ihre Nichte aufwachsen zu sehen. Die Geburten der Babys ihrer neuen Freunde zu feiern, ihr eigenes Kind zu bekommen …

Alles wurde ihr genommen, weil sie gedacht hatte, sie sei eine knallharte Undercover-Spionin.

Ihr letzter Gedanke, bevor die Schwärze sie übermannte, galt Kendric. Wie er sich wahrscheinlich die Schuld dafür geben würde, dass er sie nicht beschützt hatte. Obwohl es Marlowe war, die so dumm gewesen war, in Ians Wagen einzusteigen.

Kendric würde wieder Albträume bekommen, würde sich nie verzeihen, was er als seine eigenen Fehler ansah ... und es war alles Marlowes Schuld.

—————

Panik drohte Bob zu übermannen, als er sah, wie West mit Marlowe auf dem Beifahrersitz aus dem Park fuhr. Er war außer sich vor Wut, dass sie in das Fahrzeug des Mannes gestiegen war, aber noch wütender war er auf die Beamten im Park, die es nicht verhindert hatten. Irgendetwas hatte ihre Audiospur kurz unterbrochen, sodass er nicht wusste, was West gesagt oder getan hatte, um sie in den Wagen zu bekommen, aber jetzt war ihr Leben in großer Gefahr. Das wusste er bis ins Mark.

Als sie den Park verließen, beeilten alle sich, ihnen zu folgen. Rutkey hatte noch keine Gelegenheit gehabt, die Straßensperren zu errichten, und er war immer noch damit beschäftigt, die fehlerhafte Audioübertragung für die Beamten im Park zu reparieren, als West losfuhr. Sie konnten alle das Gespräch im Wagen hören und wussten genau, wohin sie fuhren. Bob war noch nie auf dem Friedhof gewesen, auf den Ian angeblich zusteuerte, aber er hatte in der Vergangenheit schon einmal einen Auftrag in dieser Gegend erledigt.

Cals Geländewagen kam auf dem Parkplatz zum Stehen, und er und JJ stiegen ein. Noch bevor die Tür geschlossen war, fuhr Cal los. Bob hörte, wie Polizeichef Rutkey über Funk mit seinen Hilfssheriffs sprach, aber es war, als würde der Mann in einem langen Tunnel sprechen. Bobs ganze Konzentration und seine Gedanken waren bei Marlowe.

Es gab nur eine Straße, die zum Friedhof führte, und zum Glück gab es kurz vor dem Eingang eine große Kurve, sodass Cals Fahrzeug – und die der anderen Beamten und Chappy – nicht zu sehen waren. Bob wartete nicht einmal darauf, dass Cal anhielt, bevor er die Tür öffnete und in Richtung der spärlichen Baumgruppe lief, die viel zu weit vom Parkplatz entfernt war.

Er und JJ legten sich auf den Bauch und krochen so nahe wie möglich heran, während sie den Civic beobachteten. Sie konnten das Gespräch zwischen Marlowe und West hören, als stünden sie direkt neben dem Wagen, aber sie konnten nicht sehen, was vor sich ging. Sie hatten keinen Zugriff auf den Videoteil der Aufzeichnung. Nur die Agenten auf dem Revier in Newton sahen zu.

Bob versteifte sich, als er hörte, wie West damit prahlte, wie reich er sei und dass er mit seinem unrechtmäßig erworbenen Geld ins Warme ziehen wolle.

»Der Kerl ist geistig gestört«, flüsterte JJ.

Bob nickte. Das war er, und sie hatten es alle übersehen. Sie hatten ihn für einen harmlosen Jungen gehalten, der eine Gelegenheit zum Verbrechen ausnutzte. Er mochte zwar jung sein, aber er war alles andere als harmlos.

»Wir müssen sie da rausholen«, sagte er zu seinem ehemaligen Teamleiter. In Situationen wie dieser fielen sie alle in die vertrauten Rollen zurück, die sie während ihrer Einsätze für die Armee gespielt hatten.

»Ich weiß«, sagte JJ, »aber es gibt keine Deckung. In der Sekunde, in der wir aufstehen, wird er uns sehen, und Marlowe ist da drin mit ihm ein leichtes Ziel.«

Bobs Miene verfinsterte sich vor Frustration.

Er hörte West fragen: »*Du meinst diese Münzen?*«

Bob nahm an, dass er sie endlich hervorgeholt hatte. Befriedigung durchströmte sein Blut. West hatte sich in die Nesseln gesetzt. Egal was passierte, Marlowe würde die Münzen auf Video bekommen. Ian hatte allen bewiesen, dass er die Artefakte wirklich hatte, dass er sie von einer Ausgrabungsstätte gestohlen hatte, so wie er es offenbar schon viele Male zuvor getan hatte.

West erwiderte: »*Ja, das stimmt wahrscheinlich*«, als Antwort auf Marlowes Aussage, dass es ihr zustünde – dann ertönte ein lautes Geraufe über die Tonspur.

Bob runzelte die Stirn und versuchte zu erkennen, was in dem Wagen geschah. Er konnte nur Schatten sehen, und ...

Und das Fahrzeug schaukelte leicht durch die Bewegungen der Leute im Inneren.

Die Haare in seinem Nacken richteten sich auf und Bob wurde übel. Irgendetwas stimmte nicht.

»*Verdammte Hure! Niemand erpresst mich! Ich gebe dir keinen verdammten Cent. Du hättest bleiben sollen, wo du warst, weggesperrt in diesem Scheißgefängnis. Du gehst mir auf die Nerven, und du bekommst auf keinen Fall einen verdammten Cent! Ich wollte dir in den Kopf schießen, aber das wäre zu einfach gewesen. Ich will, dass du mir in die gottverdammten Augen schaust, während ich sehe, wie in deinen das Licht erlischt!«*

Bob war schon in Bewegung, als West kaum zu sprechen begonnen hatte. Er hatte keine Ahnung, was da vor sich ging, aber es war schlimm. Das wusste er zweifelsohne. Er sah Cal und Chappy, die von der anderen Seite des Parkplatzes auf das Fahrzeug zueilten. Offensichtlich hatten sie es geschafft, sich zwischen den spärlichen Bäumen oder vielleicht sogar hinter den Grabsteinen zu verstecken.

Bob fühlte sich, als würde er durch Melasse laufen. Er konnte nicht schnell genug zum Wagen kommen. Die Frau, die er liebte, war in Gefahr, und er konnte nicht zu ihr gelangen! Es war, als würde er einen seiner vielen Albträume durchleben. Als sei er nicht in der Lage, zu seinen Teamkameraden zu gelangen, während sie gefoltert wurden.

Er lief und lief, aber er schien nicht näher zu kommen.

Dann hörte er West schreien: *»Stirb endlich! Stirb, verdammt noch mal!«* – und Bob bekam auf der Stelle fast einen Herzinfarkt.

Plötzlich lief er nicht mehr. Er prallte gegen den Wagen.

Er riss die Tür auf, packte West von hinten am Hemd und zerrte ihn von Marlowes unheimlich regungslosem Körper weg auf den Schotterparkplatz. Er schlug dem Mann einmal ins Gesicht. Zweimal.

Er hatte die Faust erneut zurückgezogen, aber JJ hielt seinen Arm fest.

»Bob! *Marlowe.* Kümmere dich um Marlowe!«

Ohne zu zögern, ließ Bob Wests Hemd los und wandte sich wieder dem Wagen zu. Er hörte vage, wie JJ Wests bewusstlosen Körper wegschleppte, aber seine ganze Aufmerksamkeit galt Marlowe.

Eine Sekunde lang hatte er Angst, sie zu berühren. Dann schaltete sein Gehirn sich ein. Er hatte gesehen, wie West die Hände um ihre Kehle gelegt hatte, aber er betete, dass es nicht lange genug gewesen war, um sie zu töten. Es dauerte nicht lange, um jemanden ohnmächtig zu machen, aber mehrere Minuten, um jemanden durch Strangulation zu töten, und sie hatte vor nicht allzu langer Zeit noch geredet ...

Er hockte in der offenen Fahrzeugtür, beugte sich über die Frau, die er liebte, und legte zwei Finger an ihre Halsschlagader – und die Erleichterung, die ihn durchströmte, als er ihren gleichmäßigen Puls spürte, hätte ihn in die Knie gezwungen, wenn er nicht schon dort gewesen wäre.

»Marlowe!«, rief er.

Zu seiner Überraschung und Erleichterung riss sie die Augen auf und schnappte nach Luft. Dann begann sie, zu strampeln und zu kämpfen. Sie riss einen Arm hoch und ihre Faust traf ihn mitten ins Auge. Es tat höllisch weh, aber Bob wich nicht zurück.

»Ich bin es!«, schrie er. »Kendric!«

Sie war in ihrem Schreck versunken und hörte ihn entweder nicht oder verstand ihn nicht. Sie versuchte, sich aufzusetzen, aber Bob packte sie an den Schultern.

»Nein! Neinneinneinneinnein!«, schrie sie, während sie kämpfte und trat.

Selbst als er sich bemühte, sie so sanft wie möglich zu bändigen, konnte Bob nicht anders, als stolz auf sie zu sein, weil sie sich mit allen Mitteln wehrte. »Du bist in Sicherheit!

Ich bin es, Kendric. Er kann dir nicht mehr wehtun, du bist in Sicherheit«, beruhigte er sie.

Es dauerte noch einige Sekunden, bis seine ruhigen Worte ihre Panik durchbrachen. Bis sie sich schließlich beruhigte und zu ihm aufsah.

»Kendric?«, krächzte sie.

»Ja, Punky, ich bin's. Du bist in Sicherheit. Ich habe dich.«

Bob erwartete, dass sie in Tränen ausbrechen würde. Stattdessen holte sie tief Luft, schloss die Augen und nickte einfach.

»Marlowe?«, fragte er sanft, besorgt über ihre unerwartete Reaktion.

»Habt ihr ihn erwischt? Haben sie das alles auf Band?«

»Ja, und ich nehme an, *auch* ja.«

»Gut. Können wir jetzt bitte gehen?«

Besorgt, dass sie unter Schock stand und von der Vorstellung, dass sie fast *gestorben* wäre, hob Bob den Kopf und sah Chappy an, der ihm gegenüber an der Hintertür hockte, dieselbe Sorge in seinem Blick.

»In einer Sekunde«, versicherte Bob ihr. »Kannst du dich aufsetzen?«

Sie nickte und setzte sich langsam auf. Bob setzte sich neben sie auf den Sitz und legte einen Arm um ihren Rücken. »Ist dir schwindelig? Bist du benommen?«

»Nein«, sagte sie, »aber ich könnte etwas Wasser oder so gebrauchen. Mein Hals tut weh.«

Natürlich tat er das. West hatte seine verdammten Hände um ihren Hals gelegt. Bob konnte sehen, wie sich bereits dunkle Blutergüsse auf der Haut ihres Halses bildeten, was in ihm den Wunsch auslöste, das zu beenden, was er angefangen hatte, als er das Arschloch vom Sitz gezerrt hatte.

Er zwang sich, neben Marlowe zu bleiben, als er sagte: »Ja, Punky, wir werden dir bald ein Wasser holen.«

Sie sah auf ihre Hände hinunter und runzelte die Stirn. Sie hielt sie hoch. »Ich habe ihn gekratzt«, sagte sie.

Bob sah Blut unter ihren Fingernägeln. Sie hatte West nicht nur gekratzt. Sie hatte seine Haut förmlich zerfurcht. Er griff nach einer ihrer Hände und stellte zu seiner Überraschung fest, dass seine eigenen Augen sich mit Tränen füllten. Seine Lippen begannen zu zittern.

Er war noch nie so verängstigt gewesen wie in den Sekunden zwischen der Erkenntnis, dass etwas nicht stimmte, und dem Zeitpunkt, als er den Wagen erreicht hatte.

Er wäre fast zu spät gekommen. Er hatte versprochen, auf sie aufzupassen, sie zu beschützen, und doch hätte West sie fast mit bloßen Händen getötet.

Ein Schluchzen entwich ihm und Bob versuchte verzweifelt, die anderen aufzuhalten, die ihm folgen wollten. Marlowe war am Leben, aber sie war nicht in Ordnung. Sie benahm sich, als sei sie wie im Nebel. Sie stand eindeutig unter Schock, und es war das Erschütterndste, was er je erlebt hatte.

Aber als er einen weiteren erstickten Laut von sich gab, drehte Marlowe sich zu ihm um. Sie starrte ihn einen Moment lang an, dann blinzelte sie.

Und das schien alles zu sein, was es brauchte, damit seine Marlowe zurückkehrte. Ein Blinzeln.

»Nein«, sagte sie nachdrücklich und schüttelte den Kopf.

»Nein was?«, stieß Bob hervor.

»Du darfst kein schlechtes Gewissen haben. Ich wusste, dass du das tun würdest. Als ich da unter ihm lag und er mich würgte, *wusste* ich, dass du dir die Schuld geben würdest. Das war mein letzter Gedanke. Hör auf, Kendric«, flehte sie. »Du hast ihn erwischt. Du hast mich gerettet. Wir werden eine Menge Babys haben und glücklich bis ans Ende unserer Tage leben. Kapiert?«

Bob konnte nicht anders, als darüber zu lachen. »Ja, Ma'am«, sagte er.

»Gut. Kannst du mich jetzt bitte aus diesem stinkenden Wagen rausholen? Ich muss noch zu einer Feier.«

Bob blickte hinter sich auf den immer noch bewusstlosen Ian West. JJ hatte ihn so fest gefesselt, dass er in nächster Zeit nirgendwo hingehen würde. Bob konnte auch die Sirenen hören, die immer näher kamen. Seine Hand verkrampfte sich, als er daran dachte, West noch einmal zu schlagen, aber eine Berührung von Marlowe an seinem Arm ließ ihn den Mann sofort wieder vergessen.

»Kendric?«

»Wir gehen«, sagte er und deutete auf die andere Tür, wo Chappy immer noch hockte. Er wollte nicht, dass sie West auch nur ansah. »Aber bevor wir irgendetwas anderes tun, machen wir noch einen Zwischenstopp im Krankenhaus.«

»Mir geht es gut«, beharrte Marlowe, während sie über den Sitz rutschte.

»Tu mir den Gefallen«, flehte Bob.

Chappy ergriff ihre Hand und half ihr vorsichtig aus dem Wagen. Bob war sofort an ihrer Seite. Marlowe drehte sich zu ihm und lehnte die Stirn an seine Brust. Sie standen einen langen Moment so da und genossen die Tatsache, dass sie beide am Leben waren und es ihnen gut ging.

Er erhaschte einen Blick auf Polizeichef Rutkey, der auf sie zulief, während andere Polizisten mit heulenden Sirenen und viel zu schnell auf den Parkplatz fuhren.

Marlowe sah zu Bob auf und lächelte. »Männer und ihr Spielzeug«, scherzte sie leise.

Bob schloss für einen kurzen Moment die Augen. Fast hätte er das hier verloren. Sie. Er brauchte sie so sehr, hatte keine Ahnung, was er ohne sie getan hätte. Gott sei Dank war heute nicht der Tag, an dem er es herausfinden würde.

Er öffnete die Augen und berührte mit einem Finger sanft ihren Hals.

Marlowe griff nach oben und nahm seinen Finger. »Es geht mir gut. Ehrlich.«

Bob nickte.

Sie drehten sich beide um, als Alfred Rutkey sie erreichte. »Geht es Ihnen gut?«, blaffte er barsch.

»Ja«, sagte Marlowe. »Haben Sie es? War es genug?«

Alfred lächelte. Es war ein zufriedenes und fast blutrünstiges Grinsen. »Es war mehr als genug«, antwortete er.

»Gut. Oh! Er hatte eine Waffe«, platzte sie heraus.

Bob glaubte, seine Knie würden erneut nachgeben, als er das hörte. Er drückte sie noch fester an sich, als sie fortfuhr.

»Deshalb bin ich in seinen Wagen gestiegen. Das war der *einzige* Grund. Entweder ich stieg ein und hoffte, dass ich überlebe, oder er hätte mich in Chappys Wagen erschossen.« Sie wandte sich an Bob. »Ich musste es tun. Wenn es auch nur die geringste Chance gab, dass ich zu dir zurückkomme ...«

Bob konnte diese Frau nicht mehr lieben, als er es in diesem Moment tat.

Bevor er sprechen konnte, nickte Rutkey und sagte: »Wir wissen es. Ich habe einen Anruf von einem der Agenten bekommen, der die Übertragung beobachtete. Sie waren schon im Wagen, bevor ich meine Beamten vor Ort benachrichtigen konnte, aber ich hätte sie trotzdem nicht eingreifen lassen. Das Risiko, dass Ian Sie erschießt, wenn er merkt, dass er beobachtet wird, war zu groß.«

Marlowe schien diese Information gelassen zu nehmen. Sie nickte, dann sagte sie: »Ich weiß nicht, wo die Münzen geblieben sind. Er hielt sie in der Hand, als er mich packte. Vielleicht liegen sie auf dem Boden oder so. Aber ... wenn es in Ordnung ist, werden Kendric und ich jetzt gehen. Wir sind bei *Jack's Lumber*, falls Sie eine Aussage brauchen. Obwohl ich wahrscheinlich zu viel trinken werde, also ist es vielleicht besser, wenn Sie bis morgen warten, um mit mir zu reden.«

Der Polizeichef lächelte. »In Ordnung. Ich denke, wir haben alles. Ich meine, wir haben die Aufnahmen, es besteht also kein dringender Bedarf, Sie sofort zu befragen.«

»Gut.«

»Obwohl, wenn ich einen Vorschlag machen darf?«, sagte Alfred, immer noch grinsend.

»Ja?«

»Vergessen Sie nicht, die Ohrringe abzunehmen. Wir würden nicht wollen, dass Sie etwas übertragen, das Ihnen später peinlich ist.«

Marlowe blickte zu Bob auf, und er schmolz bei ihrem liebevollen Gesichtsausdruck beinahe dahin. »Sicher, das werde ich tun«, stimmte sie zu.

Bob konnte praktisch ihre Gedanken lesen. Er wollte sie sofort nach Hause bringen, sie ausziehen und jeden Zentimeter ihres Körpers untersuchen, um sich davon zu überzeugen, dass es ihr wirklich gut ging. Dann wollte er sich in ihr vergraben und für den Rest der Nacht nicht mehr von ihr lassen.

»Party«, sagte sie, als könnte sie seine Gedanken lesen.

»Arzt, dann feiern«, konterte er.

Marlowe schmollte, holte aber tief Luft und nickte.

Dann wandte sie sich Chappy zu und überraschte ihn mit einer festen Umarmung. »Danke, dass du für mich da warst.«

»Du gehörst zur Familie«, sagte er schlicht.

Marlowe grinste.

Bob war nicht überrascht, als sie auf dem Weg zu Cals Geländewagen bei JJ anhielten und sie auch ihn umarmte und sich bei ihm bedankte. Sie bedankte sich auch bei den Hilfssheriffs und dem Polizeichef, und als sie bei Cal ankam, schlang sie die Arme auch um ihn. »Danke, dass du so schnell gekommen bist ... obwohl ich von einem Wagen, der mehr als die meisten Häuser kostet, nichts anderes erwartet hätte.«

Cal grinste. »Ich wusste, es gibt einen Grund, warum ich diesen Wagen gekauft habe.«

Bob half Marlowe auf den Rücksitz und drehte sich dann zu Cal um. Ihm fehlten plötzlich die Worte. Seine Teamkameraden waren wieder einmal, ohne zu fragen, für ihn da gewesen. Er hatte gelogen und sie hintergangen, und trotzdem hatten sie nicht gezögert, ihn und Marlowe zu unterstützen, als sie sie am meisten brauchten.

Cal schüttelte den Kopf. »Nein, Kumpel. Ich verstehe es. Ich war auch schon da, wo du bist. Als June dort auf dem Boden lag und verblutete ...« Er verstummte, bevor er sich räusperte. »Ich hätte dich hergebracht, bevor es zu spät war, egal was passiert.«

»Danke.«

»Gern geschehen. Und jetzt komm, bringen wir Marlowe zum Arzt, dann treffen wir uns mit allen im Büro.«

Bob hatte das Gefühl, dass Cal June sehen wollte, um sich zu vergewissern, dass es ihr gut ging. Alles, was gerade passiert war, erinnerte ihn daran, dass er fast seine Frau verloren hätte, und trotzdem wollte er bei ihm und Marlowe bleiben, bis der Arzt sie entlassen hatte.

Zu seiner eigenen Überraschung und zu der von Cal packte Bob seinen Freund und umarmte ihn fest, klopfte ihm auf den Rücken und ließ ihn dann los. »Gut. Lasst uns diesen Schrotthaufen in Bewegung setzen«, scherzte Bob.

Cal lachte. »Von wegen Schrotthaufen«, murmelte er, bevor er sich hinter das Steuer des lächerlich teuren Geländewagens setzte.

Bob schnallte Marlowe sorgfältig an, bevor er dasselbe für sich selbst tat. Dann nahm er Marlowe wieder in die Arme. Es würde lange dauern, bis er würde aufhören können, sie zu berühren, aber das war ihm egal. Das hier war viel zu knapp gewesen.

KAPITEL SIEBZEHN

»Mir geht es gut, Kendric«, sagte Marlowe zum gefühlt tausendsten Mal an diesem Abend.

Was mit Ian passiert war, war schrecklich, aber überraschenderweise hatte Marlowe *wirklich* das Gefühl, dass es ihr gut ging. Sie war ohne Protest in die Arztpraxis gegangen. Sie hatte ziemlich hässliche Blutergüsse am Hals, die nur noch dunkler wurden und schlimmer aussahen, als sie sich anfühlten. Ihr Hals war kratzig, als hätte sie eine schlimme Erkältung oder so etwas. Aber alles in allem hatte sie enormes Glück gehabt.

Kendric war ihr den ganzen Nachmittag über nicht von der Seite gewichen, ebenso wie seine Freunde ... *ihre* Freunde. Nach allem, was Carlise und June passiert war, war niemand glücklich darüber, wie die Dinge mit Ian gelaufen waren.

Jack's Lumber war voll gewesen, und obwohl Marlowe müde war, hatte sie nicht gehen wollen. Es kam ihr so vor, als sei halb Newton vorbeigekommen, um sich zu vergewissern, dass es ihr gut ging. Sie hatte keine Ahnung, woher irgendjemand wusste, was passiert war, aber ... Kleinstädte. Sie stellte es nicht allzu sehr infrage.

Obwohl das Büro wegen des Festes geschlossen war, wurde April mit Anfragen überhäuft, ob Bäume auf ihrem Grundstück beschnitten oder entfernt werden konnten. Alle wollten sie irgendwie unterstützen, und es schien, als bestünde eine der Möglichkeiten darin, *Jack's Lumber* zu beauftragen.

Carlise, June und April waren verständlicherweise schockiert über Ians Handeln gewesen, auch wenn Marlowe versucht hatte, es herunterzuspielen. Alles war so schnell passiert, und Marlowe war sich nicht sicher, ob es so viel Aufhebens um einen Anschlag auf ihr Leben geben sollte, der in weniger als sechzig Sekunden vereitelt worden war.

JJ holte etwas bei *Granny's Burgers*, wofür er nicht bezahlen musste, und zwischen den Bissen tröstete Marlowe ihre Freunde. Sie hasste es, dass alle sich so furchtbar fühlten. Sie war diejenige, die es Ian ermöglicht hatte, das zu tun, was er getan hatte. Sie war diejenige, die nicht zulassen konnte, dass er mit dem thailändischen Erbe Geld machte, die ihm nicht hatte verzeihen können, dass er sie ins Gefängnis gebracht hatte. Sie hatte sich wissentlich in eine potenziell gefährliche Situation begeben.

Marlowe hatte sogar mit dem geheimnisvollen Tex gesprochen, der ein Mann weniger Worte war. Er hatte angerufen, um mit Kendric zu sprechen, und hatte darum gebeten, auch mit ihr zu reden. Das Gespräch war kurz. Sie hatte gegrüßt, Tex hatte gefragt, ob es ihr gut ginge, sie hatte bejaht und ihm für die Ohrringe gedankt, die jede Sekunde des Geschehens aufgezeichnet und dafür gesorgt hatten, dass Ian mit keinem seiner Verbrechen davonkommen würde. Tex sagte, er sei froh, dass sie in Sicherheit sei, sagte ihr, dass kein Dank nötig sei, und bat sie dann, Kendric wieder ans Telefon zu holen. Sie hatte es mit einem amüsierten Kichern getan.

Der Tag war lang gewesen, und nach nur wenigen Stunden bei *Jack's Lumber* war Marlowe erschöpft. Schließlich sprach Kendric ein Machtwort und erklärte allen, dass er sie nach Hause bringen würde. Dann nahm er sie einfach in die Arme und trug sie aus dem Büro zu seinem Wagen, was seine neue Lieblingsbeschäftigung zu sein schien.

Jetzt waren sie zu Hause, und Kendric hatte schon dreimal gefragt, ob er ihr etwas bringen könne, und sie praktisch unter einem Haufen Decken auf der Couch begraben. Er hatte dafür gesorgt, dass sie ein paar Schmerztabletten nahm, und im Moment war er in der Küche und tat Gott weiß was.

»Kendric, komm her«, befahl sie sanft.

Er stellte sofort ab, womit er gerade herumhantierte, und setzte sich neben sie. Aber er zog sie nicht in seine Arme, wo sie so sehr sein wollte.

Einen Moment lang durchfuhr sie ein Anflug von Unsicherheit. Hatte sich etwas zwischen ihnen verändert? Zweifelte er daran, mit ihr zusammen zu sein? War sie zu leichtsinnig gewesen, als sie darauf bestanden hatte, sich mit Ian zu treffen und dann in seinen Wagen einzusteigen?

»Warum bist du so weit weg?«, fragte sie mit einem leichten Stirnrunzeln. Es war nicht so, als hätte er sich auf das andere Ende der Couch gesetzt, aber er berührte sie nicht, und das machte ihr Angst.

Kendric betrachtete sie einen langen Moment, dann seufzte er. »Ich will dir nicht wehtun.«

Marlowe schüttelte den Kopf. »Mich zu berühren wird mir nicht wehtun.« Er rührte sich immer noch nicht, und ihr rutschte das Herz in die Hose. »Ich meine, wenn du sauer auf mich bist oder so, dann sag es mir bitte einfach. Wenn du deine Meinung über uns geändert hast, weil ich es heute vermasselt habe, will ich es wissen.«

»Meine Meinung geändert?«, fragte er ungläubig.

Bevor sie blinzeln konnte, saß sie auf seinem Schoß, mit Decken und allem Drum und Dran, und er hatte die Arme um sie gelegt.

Erleichtert seufzend schmiegte Marlowe sich an ihn, schlang einen Arm um seinen Hals und hielt sich fest.

»Du hast es heute nicht vermasselt. Ich habe das getan.«

Marlowe schüttelte den Kopf, aber er gab ihr keine Gelegenheit, verbal zu protestieren.

»Das habe ich. Ich habe dir gesagt, dass ich auf dich aufpasse, und doch habe ich gerade lange genug gezögert, dass dieses Arschloch dich in die Finger bekam. Es tut mir so leid.«

»Entschuldige dich nicht«, flehte sie. »Du hast mich gerettet, Kendric. Er wollte mich umbringen. Er hatte irgendwie vor allen verborgen, wer er *wirklich* war, bis zu dem Moment, in dem er versuchte, das Leben aus mir herauszuquetschen. Ich habe es in seinen Augen gesehen. Die Gier, den Hass, die Missachtung von anderen als ihm selbst. Wenn du nicht da gewesen wärst ...« Sie verstummte.

»Ich weiß«, sagte er und seine Stimme brach. »Ich weiß. Ich kann das nicht noch einmal durchmachen. Ganz im Ernst. Ich weiß, dass du das alles tun musstest, um das in Ordnung zu bringen, was dir in Thailand passiert ist, aber nichts in dieser Situation fühlte sich richtig an. Du solltest nicht denken, ich sei ein kontrollierender Ehemann, der dir nicht erlaubt, deine eigenen Entscheidungen zu treffen. Aber ich glaube, tief im Inneren hatte ich den Verdacht, dass West labil ist. Dass er alles tun würde, um an das Geld heranzukommen, das ihm seiner Meinung nach zusteht.

Ich will, dass du unabhängig bist. Ich will, dass du die starke, kompetente und fantastische Frau bist, die du bist. Aber ich werde nicht zulassen, dass du dich noch einmal in Gefahr begibst. Ich kann es einfach nicht.«

»Okay«, sagte Marlowe, ohne zu zögern. Sie war nicht verärgert, dass Kendric sie beschützen wollte. War es nicht das, was sie sich ihr ganzes Leben lang gewünscht hatte? Jemanden, auf den sie sich stützen konnte, wenn es schwierig wurde? Jemanden, der sie und ihre Kinder vor allem und jedem beschützt, der ihnen schaden könnte?

Kendric nickte an ihr, und sie spürte, wie er tief einatmete. Er war von dem, was heute geschehen war, genauso betroffen wie sie. Vielleicht sogar noch mehr. Er war derjenige gewesen, der Ian mit den Händen um ihre Kehle gesehen hatte. Sie war bewusstlos gewesen, als Kendric die Fahrzeugtür geöffnet hatte, aber sie hatte von den anderen gehört, wie er Ian mit einer Hand von ihr losgerissen hatte. Wie er ihn windelweich geprügelt hatte, bevor er sich ihr zuwandte. Er hatte sie auf dem Rücksitz liegen sehen, regungslos, und wahrscheinlich gedacht, er käme zu spät.

Ja, seine Sicht auf das, was heute passiert war, war wahrscheinlich schlimmer als das, was sie tatsächlich erlebt hatte.

»Bringst du mich ins Bett?«, fragte sie. Sie musste ihren Mann in den Armen halten. Ihm versichern, dass es ihr gut ging. Wahrscheinlich würde er heute Nacht Albträume haben, was sie hasste, denn es war schon eine ganze Weile her, dass er welche gehabt hatte. Es brachte sie um, dass sie der Grund für seinen Rückfall sein könnte.

Kendric bewegte sich sofort, rutschte an den Rand der Couch und stand auf. Er trug sie in ihr Schlafzimmer und legte sie auf die Matratze.

»Brauchst du etwas? Musst du auf die Toilette? Dein Gesicht waschen?«

»Mir geht es gut«, sagte Marlowe. Sie hatte vorhin ihren Pyjama angezogen und sich die Zähne geputzt, als sie nach Hause gekommen waren.

Er nickte, ging zur Kommode und holte ein T-Shirt heraus. Er zog die Kleidung aus, die er den ganzen Tag über getragen hatte, und zog das saubere Hemd an. Er ging ins Bad, und Marlowe hörte, wie das Wasser lief, während er sich die Zähne putzte. Einen Moment später spülte er ab, dann kroch er endlich zu ihr unter die Decke.

Er legte sich auf den Rücken und zog sie an seine Seite. Marlowe lehnte den Kopf an seine Brust und seufzte zufrieden. Kendric strich mit den Fingern über ihren Hals und kitzelte die dortigen Härchen.

»Kendric?«

Sie spürte sein Lachen mehr, als dass sie es hörte. Er hatte einmal zugegeben, dass es ihm gefiel, wie sie immer seinen Namen sagte, als bäte sie um Erlaubnis, bevor sie eine Frage stellte oder ihm etwas erzählte. Sie hatte nicht bemerkt, dass sie es tat, aber jetzt konnte sie nicht mehr aufhören.

»Ja?«, fragte er.

»Ich liebe dich.«

»Ich liebe dich auch«, erwiderte er ohne jedes Zögern.

»Ich habe das Gefühl, dass ich dir eine Entschuldigung schulde.«

»Das tust du nicht«, sagte er.

»Doch, das tue ich«, beharrte sie. »Ich hätte mich nicht allein mit Ian treffen sollen. Wir wussten beide, dass er alles tun würde, um diese Münzen zu stehlen. Ich meine, er hatte kein Problem damit, mich ins Gefängnis zu bringen. Es gab keinen Grund zu glauben, dass er jemals zustimmen würde, mir eine von ihnen zu geben. Ich hätte zulassen sollen, dass du und deine Freunde euch einen anderen Plan überlegt. Oder den Zoll und die Grenzkontrolle das erledigen lasst. Ich war damit beschäftigt zu beweisen, dass er ein Dieb war, dass er mich reingelegt hatte. Und zu beweisen, dass er mich nicht gebrochen hatte. Ich habe die sehr reale Bedrohung ignoriert, die er darstellen könnte.«

»Deine Tapferkeit ist das, was ich am meisten an dir liebe. Du lässt dich durch nichts aus der Ruhe bringen. Du kämpfst dich einfach weiter, egal was passiert. Du bist mir keine Entschuldigung schuldig. Wir haben beide Fehler gemacht, und Gott sei Dank sind wir beide noch hier, um aus diesen Fehlern zu lernen und uns in Zukunft zu verbessern.«

»Ja«, hauchte Marlowe.

»Ich habe auch so einige andere Fehler gemacht. Tatsächlich sind wir uns so ähnlich, dass es nicht einmal lustig ist. Ich habe meinen besten Freunden nicht zugetraut, dass sie verstehen, warum ich mit Willis arbeiten musste. Ich habe sie belogen und ihnen nicht einmal die Chance gegeben, mir den Rücken zu stärken. Du, meine Liebe, hast genauso gehandelt. Du wolltest die ganze Arbeit selbst machen, um West zu Fall zu bringen, obwohl meine Freunde und ich hier waren, um zu helfen. Ich denke, wir haben beide gelernt, dass es nicht schlecht ist, anderen zu vertrauen.«

Marlowe schüttelte den Kopf an ihm. »Ist es nicht. Und du hast recht.«

Kendric drehte den Kopf und küsste ihre Schläfe. »Schlaf, Punky. Morgen ist ein neuer Tag.«

»Ja.« Sie hob den Kopf und begegnete seinem Blick. »Ich will nicht, dass du heute Nacht Albträume hast«, sagte sie nachdrücklich.

Er lachte. »Das will ich auch nicht. Aber ich bin mir nicht sicher, ob allein die Worte dafür sorgen.«

»Ich weiß«, seufzte sie und legte den Kopf wieder auf seine Brust. »Aber ich habe ein schlechtes Gewissen, weil ich weiß, dass sie meinetwegen zurückkommen könnten.«

»Wenn sie es tun, dann tun sie es«, sagte er entspannt. »Du wirst hier sein, um mich zu beruhigen, wenn ich einen habe.«

»Verdammt richtig«, murmelte Marlowe.

»Ich hatte immer Angst vor dem Einschlafen«, gab Kendric zu. »Weil ich wusste, dass ich träumen und die schlimmsten Momente meiner Gefangenschaft wiedererleben würde. Aber jetzt? Ich habe keine Angst mehr. Du wirst hier sein, wenn ich aufwache, und irgendwie hat die Macht dieser Träume nachgelassen, mit dem Wissen, das ich jetzt habe.«

Das war ... süß.

»Und nachdem ich erfahren habe, dass Chappy, Cal und JJ auch mit Albträumen zu kämpfen hatten, fühle ich mich nicht mehr so schwach. Ich habe sie nie wirklich gefragt, ob sie Probleme hatten, sich wieder an das zivile Leben zu gewöhnen, nachdem wir aus der Armee ausgeschieden waren. Ich dachte einfach, es läge nur an mir, weil sie alle so gut damit zurechtzukommen schienen. Sogar Cal, dem es eindeutig schlechter ging als dem Rest von uns. Aber sie verbargen ihren Schmerz und die Tatsache, dass auch sie Anpassungsschwierigkeiten hatten. Nicht dass ich es gut fände, dass sie leiden, aber es lässt alles nicht ganz so ... einsam erscheinen.«

»Ich bin froh, dass du sie hast«, sagte Marlowe. »Das versteht sich von selbst, aber ich werde es trotzdem sagen. Wann immer du reden willst, bin ich da. Ich war nicht mit dir auf dieser Mission, also verstehe ich, dass es Dinge gibt, über die du nur mit den anderen reden kannst, aber wenn du mal ein offenes Ohr brauchst, bin ich für dich da.«

»Das weiß ich, Marlowe, und ich weiß es mehr zu schätzen, als ich sagen kann. Und das Gleiche gilt für dich. Du hast nicht viel über deine Erfahrungen in diesem Gefängnis in Thailand erzählt, aber ich kann mir vorstellen, dass sie nicht besonders gut waren. Wahrscheinlich kann ich besser als andere nachvollziehen, was du in deiner Gefangenschaft empfunden hast.«

»Danke«, flüsterte sie. Er hatte recht. Sie hatte ihre Zeit im Gefängnis in den Hintergrund gedrängt, weil sie sich um andere Dinge kümmern musste, zum Beispiel darum, aus dem Land zu kommen, ohne wieder gefasst zu werden. Jetzt, da sie sicher und glücklich war, wusste sie, dass die Erinnerungen sie manchmal überwältigen würden, und es wäre schön, jemanden zu haben, mit dem sie darüber reden konnte.

»Schlaf, Punky. Für den Fall, dass du mitten in der Nacht mit Schmerzen aufwachst, habe ich dir ein paar Tabletten und Wasser auf deine Seite des Bettes gestellt.«

»Ich komme schon klar«, sagte sie. Plötzlich holten die Ereignisse des Tages sie ein, und sie konnte die Augen nicht mehr offen halten. »Ich liebe dich«, murmelte sie.

»Ich liebe dich auch.«

Bob wusste nicht, wie viel Uhr es war. Draußen war es stockdunkel und er war sich nicht sicher, was ihn geweckt hatte.

Dann zuckte Marlowe an ihm und murmelte: »Nein!«

Sofort war er wach. Er hatte heute Nacht keinen Albtraum gehabt, aber es sah so aus, als hätte seine tapfere, stoische und scheinbar unerschütterliche Frau einen.

»Kendric!«, schrie sie plötzlich und erschreckte Bob zu Tode.

»Schhhh«, murmelte er und hielt sie fester.

Das schien das, was sie in ihrem Kopf sah, noch schlimmer zu machen.

Bob rollte sich auf den Rücken und nahm sie mit, sodass sie auf ihm lag. Auf keinen Fall wollte er sie in irgendeiner Weise daran erinnern, wie sie hilflos unter jemandem lag, der größer und stärker war, wie sie es bei West erlebt hatte.

»Nein! Lass los! *Keeeeeendriiiiic!*«

»Ich bin hier«, sagte er streng. »Ich bin hier, Punky. Mach die Augen auf. Sieh mich an.«

In der einen Sekunde zappelte sie noch in seinen Armen, in der nächsten öffnete sie die Augen und starrte ihn an.

Bob war dankbarer, als er es in Worte fassen konnte, dass sie ihn sofort zu erkennen schien. Ihr Schlafanzug war verrutscht und er konnte die schrecklichen Flecke an ihrem Hals auf ihrer blassen Haut sehen, obwohl kein Licht im Raum brannte. Das Licht des Mondes, das durch das Fenster schien, genügte ihm, um die schrecklichen Folgen des vergangenen Tages zu sehen.

»Es geht dir gut«, sagte er sanft. »Ich habe dich. Ich bin da.«

Sie seufzte, dann ließ sie sich wieder auf seine Brust sinken. Nun ... sinken war nicht ganz das richtige Wort. Plumpsen war besser. Sie sackte einfach auf ihm zusammen.

»Mist«, murmelte sie.

Bob konnte sich ein Lächeln nicht verkneifen. Es war so typisch für Marlowe, so etwas zu sagen. Er fuhr mit einer Hand durch ihr Haar und legte den anderen Arm um ihre Taille, um sie an sich zu binden.

»Ich war nicht diejenige, die einen Albtraum haben sollte«, beschwerte sie sich.

Bobs Lächeln wurde breiter. Er konnte nicht glauben,

dass er in dieser Situation irgendeinen Humor fand, aber sie hatte nicht unrecht. Es war ein Wunder, dass er keinen Albtraum gehabt hatte. Der Anblick von ihr in diesem Wagen, bewusstlos, mit den Händen dieses Arschlochs um ihre Kehle, hatte sich in sein Gehirn eingebrannt. Er hatte gedacht, er hätte sie verloren. Er hatte keinen Zweifel, dass er irgendwann von diesem Moment träumen würde, aber offenbar nicht heute Nacht.

»Willst du darüber reden?«, fragte er.

Sie seufzte, und Bob spürte das warme Ausatmen sogar durch sein Hemd hindurch. »Es waren seine Augen«, sagte sie nach einem Moment leise. »Sie waren tot. Ich meine, ich habe mit Ian gearbeitet. Wir haben zusammen gegessen. Wir haben zusammen gelacht. Ich war diejenige, die ihm die Ausgrabungsstätte gezeigt hat, als er ankam.

Aber als er mich würgte ... sah ich nichts als Leblosigkeit in seinen Augen. Bei den Emotionen hätte er auch eine Karotte schälen können. Ich meine, ich hätte Wut erwartet, Hass, irgendetwas. Seine Worte *klangen* wütend. Aber er war völlig ausdruckslos. Da wusste ich, dass er mich umbringen würde, egal was ich sagte oder wie sehr ich mich wehrte. Und das war scheiße, denn ich konnte nur an all die Dinge denken, die ich mit dir verpassen würde. Das Lachen, die Liebe, unsere Kinder ... all das.«

»Punky«, sagte Bob mit erstickter Stimme.

Marlowe hob den Kopf. »Aber jetzt geht es mir gut. Du bist da.«

»Das bin ich«, stimmte er zu.

»Und wenn ich wieder träume, weckst du mich und versicherst mir, dass er nicht gewonnen hat.«

»Verdammt richtig.«

Sie nickte, dann legte sie den Kopf wieder an seine Halsbeuge. »Weißt du, es ist seltsam«, sagte sie nach einem Moment.

»Was?«, fragte Bob und strich mit einer Hand beruhigend über ihren Rücken.

»Auf dir zu liegen, ohne nackt zu sein und dich in mir zu haben«, sagte sie.

Bob schnaubte. »Wir haben ein paarmal so geschlafen, als wir durch Thailand gereist sind«, erinnerte er sie.

»Ja«, stimmte Marlowe zu. »Kendric?«

»Ja, Punky?«

»Ich denke drei.«

»Drei was?«

»Kinder. Wir brauchen also mindestens ein Haus mit vier Schlafzimmern. Die Kinder können sich ein Zimmer teilen, wenn sie klein sind, aber wenn sie älter werden, wollen sie ihren eigenen Raum haben. Und ich möchte ein Haus mit einer großen Veranda und einem großen Garten finden. Und nicht zu weit weg von Carlise und June, denn ich möchte, dass unsere Kinder mit ihren spielen können.«

Die Bilder, die ihre Worte in Bobs Kopf erzeugten, waren so real, dass es fast wehtat. »Okay, Punky.«

»Ich weiß nicht, wie wir das bezahlen sollen, aber wir werden uns schon etwas einfallen lassen.«

»Das werden wir«, stimmte Bob zu. Er würde alles tun, was nötig war, um seiner Punky alles zu geben, wovon sie jemals geträumt hatte.

»Mein Bruder wird bald mit seiner Familie kommen«, fuhr sie fort.

Es schien, als sei seine Frau jetzt hellwach und wollte reden. Bob hatte kein Problem damit. »Gut. Ich freue mich schon darauf, sie kennenzulernen.«

»Was hat Tex dir heute erzählt?«, fragte sie. »Ich meine, nachdem er etwa zwei Worte zu mir gesagt hatte.« Sie kicherte.

Bobs Lächeln erstarb. Er wollte jetzt eigentlich nicht darüber reden, aber er wusste, dass Marlowe wissen musste, was mit Ian geschah, um ihr Leben weiterführen zu können und hoffentlich die Albträume für immer zu vertreiben. »Er hat mich über West auf den neuesten Stand gebracht«, sagte er nach einem Moment.

»Und?«

»Bist du sicher, dass du das jetzt hören willst?«

»Ich bin hellwach«, sagte sie achselzuckend.

Er nickte. »West wird wegen einer ganzen Reihe von Dingen angeklagt. Entführung, versuchter Mord, Geldwäsche, Schmuggel und ein paar andere Anklagepunkte, die ich im Moment vergessen habe. Die Höchststrafe für den Schmuggel allein beträgt zwanzig Jahre im Bundesgefängnis.«

Marlowe hob den Kopf. »Ja, aber er muss nur einen Teil davon absitzen, bevor er auf Bewährung entlassen werden kann, oder?«

»Stimmt, aber die Zollbehörde will ihn für jede Münze einzeln anklagen.«

»Oh, das ist gut«, sagte Marlowe.

»Sie werden auch in seiner Vergangenheit graben, die anderen Ausgrabungsstätten überprüfen, auf denen er gearbeitet hat, das Darknet weiter durchforsten und sehen, ob sie Beweise für andere Artefakte finden, die er gestohlen und verkauft hat ... und ihn auch dafür anklagen. Und da sie glauben, dass sein Versuch, dich zu töten, vorsätzlich war, werden sie eine lebenslange Haftstrafe anstreben. Es ist alles auf Audio und Video zu hören. Seine Absicht war es, dich an einen abgelegenen Ort zu bringen, dich zu töten, das Geld vom Käufer der Münzen zu kassieren und mit seinem Leben fortzufahren. Er wird mit keinem seiner Verbrechen davonkommen.«

»Und die Münzen gehen zurück nach Thailand?«, fragte Marlowe.

Bob schloss die Augen und presste die Lippen aufeinander. Es hätte ihn nicht überraschen sollen, dass sie so besorgt darüber war, dass die Münzen in das Land zurückgehen würden, in dem sie inhaftiert worden war, aber er war es trotzdem. »Irgendwann, ja.«

»Gut.«

»Und Tex arbeitet mit einem Anwalt in Thailand zusammen, damit die Anklage gegen dich fallen gelassen wird. Sie benutzen die Beweise, die du heute bekommen hast, als Beweis dafür, dass du nichts von den Yaba-Pillen wusstest, die in deinen Sachen gefunden wurden, und dass das alles West war.«

Marlowe nickte, sagte aber für mindestens eine Minute nichts. Dann hob sie den Kopf und starrte ihn auf eine Weise an, die Bob nicht deuten konnte.

»Was ist los, Punky?«, fragte er.

»Ich liebe dich.«

Er lächelte. »Ich liebe dich auch.«

»Da wir beide wach sind und so ... denke ich, wir

sollten uns die Zeit vertreiben. Es ist noch viel zu früh, um aufzustehen.« Sie ließ eine Hand an seiner Seite hinunterwandern und schob sie unter den Bund seiner Boxershorts.

Schnell nahm er ihre Hand in seine. »Du wurdest gestern verletzt«, sagte er.

»Das wurde ich«, stimmte sie zu und hielt seinen Blick fest. »Aber jetzt geht es mir gut.«

»Hast du Schmerzen?«, fragte er.

Sie zuckte mit den Schultern. »Ich bin ein bisschen steif und mein Hals tut weh, aber sonst geht es mir gut.«

»Ich denke, wir sollten noch ein paar Tage warten«, begann er, aber Marlowe schüttelte den Kopf und bewegte sich, bis sie rittlings auf seinem Bauch saß. Sie starrte auf ihn herab.

»Mir geht es *gut*«, beharrte sie. »Und ich brauche dich, Kendric. Einen Moment lang dachte ich, ich würde dich nie wieder in mir spüren. Ich würde nie wieder sehen, wie du über den Abgrund stürzt. Ich würde nie wieder diese bezaubernde kleine Grimasse sehen, die du machst, wenn du kommst.« Sie grinste. »Bitte?«

Nun, verdammt ... wie hätte er einer so hübschen Bitte widerstehen können? Die Wahrheit war, dass er es nicht konnte. Bob hatte das Gefühl, dass das nichts Gutes für ihn bedeutete. Alles, was seine Frau wollte, würde er sofort tun, wenn sie ihn so ansah, wie sie es jetzt tat.

»Ich mache keine Grimassen, wenn ich komme«, protestierte er.

Sie kicherte. »Mh-hm, sicher nicht. Beweise es.«

»Eine Herausforderung. Gefällt mir«, sagte er grinsend.

»Aber andererseits bin ich müde. Ich denke, du solltest die ganze Arbeit machen.«

Bob war überrascht, wie schnell seine Frau sich bewegte. Sie zog ihren Schlafanzug aus und setzte sich splitterfasernackt rittlings auf ihn, bevor er blinzeln konnte.

Die nächsten zwanzig Minuten waren die erotischsten seines Lebens. Er machte Liebe mit seiner Frau und sie mit ihm. Mit jeder Berührung, mit jedem Stoß ihrer Hüften bekräftigten sie ihre Gefühle. Es war ein wahres Geschenk, wieder mit ihr zusammen sein zu können, und Bob schwor sich, sie niemals als selbstverständlich anzusehen. Niemals.

Als er sie zweimal zum Höhepunkt gebracht und sich tief in ihr entleert hatte, lag sie wieder schlaff auf seiner Brust, sein halbharter Schwanz immer noch in ihr, und ihre Säfte tropften aus ihrem Körper auf seine Hoden. Bob war noch nie so zufrieden gewesen.

»So ist es schon besser«, sagte Marlowe schläfrig.

»Ja«, stimmte er zu.

»Und du hast so was von Grimassen geschnitten«, sagte sie. Bob konnte spüren, wie ihre Lippen sich auf seiner Brust zu einem Grinsen verzogen.

Er war nicht überrascht. Jeder Orgasmus mit ihr fühlte sich an, als würde er von innen nach außen gekehrt werden. Es tat auf die beste Weise weh. »Wie auch immer«, grummelte er.

Marlowe kicherte, und das Geräusch ging direkt in Bobs Herz. Er würde alles tun, alles geben, um dieses kleine Kichern jeden Tag für den Rest seines Lebens zu hören.

Sie gähnte und seufzte schläfrig.

»Ich habe dich, Punky. Schlaf.«

»Ich will nicht träumen.«

»Ich weiß.« Und das tat er. »Aber wenn du es tust, bin ich da.«

»Ja, das bist du.«

Er spürte, wie ihre Atemzüge langsamer und tiefer wurden, und als sein Schwanz weich genug wurde, um aus ihrem Körper zu gleiten, war sie schon wieder eingeschlafen. Bob schob sie so, dass sie an seiner Seite lag, und zog die Decke hoch, die sie beim Liebesspiel weggeschoben hatten.

Wenn er im Bett lag, schaltete sein Verstand normalerweise nicht ab. Visionen seiner Vergangenheit flimmerten durch sein Gehirn wie ein Film. Aber heute Nacht war es nicht seine Vergangenheit, die ihn wach hielt, sondern seine Zukunft. Das Haus, das Marlowe beschrieben hatte. Ihre Kinder liefen herum, kreischten wie kleine Teufel und lachten mit Chappys und Cals Kindern.

Er schlief mit einem Lächeln im Gesicht ein. Er hatte keine Ahnung, was ihre Zukunft tatsächlich bringen würde, aber was auch immer es sein würde, er wäre mit Marlowe zusammen. Daran hatte er nicht den geringsten Zweifel.

EIN HELD FÜR MARLOWE

EPILOG

Fünf Monate später

Marlowe lächelte, als sie Chappy, Cal, JJ und Kendric beim Entladen des Umzugswagens zusah. Es hatte eine Weile gedauert, den perfekten Ort zu finden, aber als sie dieses Haus gesehen hatte, wusste sie sofort, dass es das richtige war. Es musste zwar etwas renoviert werden, aber Kendric hatte versprochen, es auf Vordermann zu bringen, und sie hatte keinen Zweifel, dass er genau das tun würde.

Er schien zufrieden zu sein. Manchmal machte sie sich Sorgen, dass es ihm langweilig werden könnte und er wieder für Willis arbeiten wollte, aber er hatte ihr immer wieder versichert, dass er damit fertig war. Dass er zufrieden war, hier in Newton bei ihr und seinen Freunden zu sein.

Er arbeitete viel, aber das machte Marlowe nichts aus. Er

musste beschäftigt bleiben, und wenn das Fällen von Bäumen und das Führen von Leuten auf Wanderungen auf dem Appalachian Trail ihn beschäftigte und zufriedenstellte, würde sie ihm nie sagen, dass er aufhören sollte.

Ians Prozess stand noch aus, und obwohl das frustrierend war, wusste Marlowe, dass es zum Besten war. Zumindest wurde er ohne Kaution festgehalten, und der Staatsanwalt ging seiner Sorgfaltspflicht nach und deckte alle Bereiche ab, damit er niemals aus dem Gefängnis entkommen konnte. Das gesamte Geld, das er auf Offshore-Konten versteckt hatte, war beschlagnahmt worden, und der Zoll, das Ministerium für Innere Sicherheit und das FBI waren immer noch dabei, einige der Artefakte aufzuspüren, die er gestohlen hatte, bevor er nach Thailand gereist war.

Jetzt, da Ian im Gefängnis saß und Kendric sesshaft war ... lief alles bestens in Marlowes Leben, und sie hätte nicht glücklicher sein können.

Sie rieb sich ihren wachsenden Bauch und lächelte, als Carlise und June zu ihr kamen und sich neben sie stellten.

»Seht uns an, die drei fetten kleinen Schweinchen«, scherzte June.

Marlowe lachte. Sie war erstaunlich schnell schwanger geworden. Weniger als einen Monat, nachdem sie ihre Periode wieder bekommen hatte. Es war, als hätte ihr Körper nur auf Kendrics Sperma gewartet oder so. Chappy hatte schließlich auch Carlise geschwängert, und Marlowe freute sich, dass alle ihre Kinder zur gleichen Zeit geboren werden würden, nur ein paar Monate voneinander getrennt.

Cals Haus war nicht weit von dem Haus entfernt, das

Marlowe und Kendric gekauft hatten, und während Chappy und Carlise noch in ihrer Wohnung in der Stadt lebten, bauten sie an ihrer Hütte in den Bergen an.

»Ich freue mich so für euch«, sagte Carlise und legte den Kopf auf Marlowes Schulter – wobei sie sich unbeholfen verrenkte. Die andere Frau war so viel größer als sie und June, dass sie oft darüber scherzte, ihre Köpfe als Stütze für ihre Ellbogen zu benutzen.

»Dieses Haus ist wirklich perfekt«, fügte June hinzu.

»Ja«, stimmte Marlowe zu.

»Sollten wir ein schlechtes Gewissen haben, weil wir hier nur herumstehen und zusehen, wie unsere Männer die ganze schwere Arbeit machen?«, fragte Carlise nach einem Moment.

Marlowe lachte. »Ha. Ich habe versucht zu helfen, aber Kendric hat mich angeschrien. Er sagte mir, ich solle ›ein paar Essiggurken essen oder so‹.«

Die anderen Frauen kicherten.

»Nicht wahr?«, sagte Carlise. »Es ist, als würden sie denken, wir seien völlig hilflos, nur weil wir schwanger sind.«

»Jetzt, da ich mich dem Ende meines zweiten Trimesters nähere, ist Cal superparanoid geworden«, stimmte June zu. »Ich schwöre, wenn wir hier noch länger stehen, kommt er mit einem Stuhl angerannt und besteht darauf, dass ich mich setze.«

»Als ich neulich Riggs sagen wollte, dass ich mit der Übersetzung, an der ich gerade arbeitete, noch nicht fertig war, kam er rüber, hob mich von meinem Stuhl hoch und trug mich in unser Schlafzimmer mit den Worten, ich hätte genug gearbeitet und müsse mich ausruhen.«

Marlowe lächelte. So schlimm war Kendric nicht ... noch nicht. Aber sie hatte keinen Zweifel daran, dass seine Überfürsorglichkeit mehr und mehr zum Vorschein kommen würde, je mehr ihr Kind wuchs. »Aber hassen wir es?«, fragte sie.

Carlise und June grinsten.

»Nein.«

»Nicht im Geringsten.«

Marlowe nickte erfreut.

»Wisst ihr, was hier noch fehlt?«, fragte Carlise nach einem Moment.

»Was?«, fragten Marlowe und June gleichzeitig.

»April.«

Marlowe runzelte die Stirn. Carlise hatte recht. Es schien, als würde ihre Freundin immer weniger Zeit mit ihnen verbringen ... und das war ebenso verwirrend wie verletzend. »Wo ist sie eigentlich?«

»Im Büro, wo sonst?«, erwiderte June.

Marlowe seufzte. »Sie arbeitet zu viel. Sie ist immer dort. Meint ihr, sie ist sauer, weil wir alle schwanger sind?«, fragte sie.

»Nein«, sagte Carlise, ohne zu zögern. »Ich glaube wirklich, dass sie keine Kinder will, also ist es nicht das. Es ist etwas anderes, was sie bedrückt.«

»Ich wünschte, sie würde mit uns reden«, sagte June.

»Ich auch«, stimmte Carlise zu. »Aber sie hat sich immer ziemlich bedeckt gehalten, was ihr Privatleben angeht. Sie trifft sich mit uns und so, aber ich habe trotzdem das Gefühl, dass ich nicht viel über sie weiß.«

»Ich dachte, es ginge nur mir so«, rief Marlowe aus.

»Ich weiß, dass sie schon einmal verheiratet war und die Dinge irgendwie im Sande verlaufen sind, aber das ist alles, was sie mir erzählt hat«, sagte June.

Carlise richtete sich auf, als JJ aus dem Haus kam, ihnen zuwinkte und wieder in dem Lastwagen verschwand, den Kendric gemietet hatte, um ihre Sachen zu transportieren. »Ich denke, genug ist genug, und wir müssen JJ und April dazu bringen, in die Gänge zu kommen und zuzugeben, dass sie sich mögen. Es ist fast schon schmerzhaft, sie dabei zu beobachten, wie sie einander anstarren, wenn sie glauben, dass niemand es bemerkt. Der Hundeblick und die traurigen Augen machen mich fertig. Sie scheinen beide so unglücklich zu sein.«

»Was können wir tun? Ich meine, sie sind erwachsen«, sagte June.

»Sie zwingen, eine Nacht im selben Bett zu verbringen?«, schlug Carlise vor.

Alle lachten.

»Nun, bei uns dreien hat es funktioniert«, argumentierte sie.

»Stimmt, aber ich denke, bei ihnen wird das nicht funktionieren.«

Die drei Frauen seufzten, während sie sich schweigend das Hirn zermarterten.

»Mir fällt nichts ein«, gab Marlowe nach ein oder zwei Minuten zu.

»Mir auch nicht«, stimmte June zu.

Carlise seufzte. »Ja, ich habe auch keine Ahnung, was wir tun sollen.«

»Wir müssen es die beiden einfach herausfinden lassen«, schlussfolgerte Marlowe.

»Ich denke schon. Ich möchte nur, dass sie glücklich sind. Sie arbeiten beide so hart, und sie sind so toll. Ich weiß, dass sie perfekt zueinander passen würden, wenn sie sich nur eine Chance gäben«, sagte Carlise.

»Ja«, stimmte Marlowe zu. Sie überlegte immer noch, wie sie die Beziehung von JJ und April voranbringen konnte, als Kendric mit einem breiten Grinsen aus dem Haus kam.

»Alles erledigt«, sagte er, als er näher kam. Er legte ihr einen Arm um die Schultern und zog sie an sich. »Na ja, ich meine, es ist alles da, aber noch nicht ausgepackt. Damit fange ich später an. Willst du es sehen?«

»Na klar«, sagte Marlowe mit einem kleinen Lachen.

»Ich werde June nach Hause bringen, sie war heute lange genug auf den Beinen«, sagte Cal, während er seine Frau für sich beanspruchte, indem er einen Arm um ihre Taille schlang.

June warf den anderen Frauen einen Blick zu, als wollte sie sagen: »Seht ihr?«

»Ja, Car und ich wollten übers Wochenende in die Hütte fahren. Wenn ihr mich braucht, sagt mir Bescheid«, sagte Chappy und nahm Carlises Hand in seine.

Marlowe winkte ihren Freunden zu und versprach, ihnen später Bilder zu schicken, wenn sie das Haus besser eingerichtet hatte.

»Und ich schätze, ich werde euch einfach aus dem Weg gehen«, sagte JJ grinsend. »Ins Büro gehen. Ich weiß, wann ich das fünfte Rad am Wagen bin.« Er klopfte Kendric auf den Rücken und machte sich auf den Weg zu seinem Bronco.

»Du siehst glücklich aus«, sagte Kendric zu ihr, während seine Freunde zu ihren Fahrzeugen gingen, die alle an der Straße geparkt waren.

»Das bin ich auch«, sagte sie lächelnd.

»Gut. Ich auch.«

Als Marlowe ihr neues Zuhause betrachtete, kam ihr der Gedanke, dass alles, was sie durchgemacht hatte, der ganze Schreck, die Ungewissheit, die Flucht durch Thailand, der Beinahetod ... all das wert gewesen war. Sie war mit dem Mann ihrer Träume verheiratet, bekam ein Kind und zog in ihr Traumhaus ein. Sie würde das alles noch einmal durchmachen, wenn sie dafür genau hier landen würde.

»Lass uns unser Haus ansehen«, sagte sie. »Vielleicht weihen wir sogar ein paar Zimmer ein.«

Kendric grinste breit. »Klingt für mich nach einem guten Plan.«

Er hob sie wie eine Braut hoch und schritt auf die Veranda zu. Er trug sie über die Schwelle, blieb stehen und beugte sich hinunter, um sie zu küssen. »Bist du sicher, dass du dich nicht darüber ärgerst, dass du nie eine richtige Hochzeitszeremonie hattest?«

Sie hatten beschlossen, hier in den Staaten aufs Standesamt zu gehen und zu heiraten, nur um sicherzugehen, dass ihre Ehe rechtmäßig war. Es waren nur sie beide und die beiden Trauzeugen gewesen, Angestellte, die in dem Gebäude arbeiteten. Keiner der beiden wollte eine große

Sache daraus machen, denn für sie beide war die Ehe bereits vollzogen. Dies war nur noch eine Formalität.

»Ich *hatte* eine richtige Hochzeitszeremonie«, betonte Marlowe. »Ich habe ein cremefarbenes Kleid getragen, wir haben unser Gelübde abgelegt und wir haben eine Urkunde, die es beweist.«

Das Stück Papier war ein wenig lädiert, zerknittert und an den Ecken zerrissen, und die Tinte war von seinem Sturz in den Kanal verschmiert, aber es würde immer einen besonderen Platz in Marlowes Herz haben. Kendric hatte es rahmen lassen, und sie zweifelte nicht daran, dass er es bereits in ihrem Schlafzimmer aufgehängt hatte, wo es die letzten fünfeinhalb Monate in ihrer Wohnung gewesen war.

»Ich liebe dich«, sagte Kendric.

»Ich liebe dich noch mehr.«

»Unmöglich.« Kendric küsste sie erneut.

Er wollte gerade die Tür schließen, als er einen scharfen Pfiff hinter ihnen hörte. Er drehte sich um und sah sich um – und stellte Marlowe sofort auf die Beine, als er sah, dass seine Freunde sich versammelt hatten. Irgendetwas war los, und es sah nicht gut aus.

Kendric und Marlowe kehrten ihrem neuen Haus den Rücken zu und legten ihre Einweihpläne auf Eis, um nachzusehen, was los war.

April seufzte, als sie den Hörer auflegte. Sie war im Büro, anstatt sich mit ihren Freunden zu treffen. Sie wollte dort sein, aber in letzter Zeit war es unerträglich, sich in Jacks

Nähe aufzuhalten. Trotz ihrer Proteste gegenüber den anderen Frauen ... liebte sie diesen Mann. Und seit Jahren nichts als eine Freundin zu sein brachte sie langsam um.

Sie war sich nicht einmal sicher, wann genau es geschehen war. Sie nahm an, dass es eine allmähliche Sache war, als sie sah, wie sehr Jack sich dem Geschäft widmete, wie sehr er seine Freunde liebte. Er würde alles stehen und liegen lassen, um denen zu helfen, die er liebte, wenn sie es brauchten. Sie hatte es immer wieder aus erster Hand gesehen. Er war alles, was sie sich jemals von einem Partner gewünscht hatte.

In ihrer eigenen Ehe hatte sie nicht an erster Stelle gestanden. Ihr Ex-Mann war kein schlechter Mensch, er war einfach nur ... egozentrisch. Er hatte das Gefühl gehabt, dass seine Arbeit wichtiger war als ihre. Wenn sie einen Arzttermin hatte und wollte, dass er sie begleitete, hatte er immer darauf bestanden, dass er nicht konnte, weil er einen Termin auf der Arbeit hatte oder so. Sie konnte sich in keiner Weise auf ihn verlassen.

Am Anfang ihrer Ehe hatten sie einander geliebt, aber im Laufe der Jahre hatten sie sich immer mehr voneinander entfernt. Als sie schließlich die Scheidung eingereicht hatte, waren sie nicht mehr als Mitbewohner gewesen.

April hatte das Gefühl, dass Jack ein fantastischer Ehemann wäre. Aufmerksam, beschützend, und er würde sie nie abweisen, wenn sie ihn bat, sie zu einem Termin oder zu einer Party zu begleiten, oder einfach nur mit ihr zu Hause zu sitzen und gemeinsam zu essen.

Sie seufzte und schüttelte den Kopf. Sie und Jack waren nicht füreinander bestimmt, so viel war klar. Sie arbeiteten schon jahrelang zusammen. Wenn er andere Gefühle für sie hatte als die eines Chefs für seine Angestellte, hatte er genügend Zeit gehabt, sie auszuleben.

Da er gerade mit allen anderen zusammen war und Marlowe und Bob beim Einzug in ihr neues Haus half, war sie zu *Jack's Lumber* gefahren. Es war Wochenende, und sie musste nicht dort sein. Der Telefondienst würde sie über Notrufe informieren. Aber sie konnte nicht noch mehr in seiner Nähe sein, als sie es ohnehin schon war, selbst wenn sie es wollte, also war es die beste Lösung, in das ruhige Büro zu gehen.

Während sie versuchte, sich von ihren Freunden abzulenken, klingelte das Telefon. Es war eines der nahe gelegenen Skigebiete. Ein riesiger Baum war in der Nähe einer der beliebten Skipisten umgestürzt und sie wollten, dass *Jack's Lumber* ihn abtransportierte. April sagte dem Mann, dass sie nicht im Büro seien, aber sie würde vorbeikommen und es sich ansehen.

Sie schob den Stuhl von ihrem Schreibtisch zurück und stand auf. Sie würde sich nur schnell ein Bild von der Lage machen, damit sie wusste, wie viele Leute sie morgen losschicken musste. Normalerweise tat sie so etwas nicht, aber sie musste Abstand von ihren Gedanken gewinnen. Sie war ein Feigling, wenn es um Jack ging, und sie wusste es. Sie wollte ihrem Chef ihre Gefühle gestehen, aber sie hatte Angst, dass, wenn sie es tat und diese Gefühle nicht erwidert wurden, die Dinge seltsam werden würden und sie einen Job aufgeben müsste, den sie liebte.

April schnappte sich ihre Handtasche und ihre Jacke und ging aus der Tür von *Jack's Lumber*, stieg in ihren roten

Subaru Forester und fuhr in Richtung der Berge. Vage nahm sie einen schwarzen Pick-up hinter sich wahr, das einzige andere Fahrzeug auf der langen Straße, aber ihre Gedanken blieben bei ihrem Ziel.

Sie war gerade dabei, ein Angebot für das Skigebiet zu formulieren, für den Fall, dass *Jack's Lumber* die Bäume entlang der Pisten überprüfen und alle umsturzgefährdeten Bäume entfernen sollte, als sie in ihrem Blickfeld etwas am Straßenrand bemerkte.

Instinktiv trat sie auf die Bremse.

Ein großer Elch trat auf die Straße und April riss das Lenkrad nach rechts. Als sie ins Rutschen geriet, versuchte sie sofort, die scharfe Bewegung zu korrigieren, aber es war zu spät.

Sie kam ins Schleudern und das schabende Geräusch von Steinen auf dem metallenen Unterboden ihres Wagens war laut, als sie von der Straße abkam.

April wurde in ihrem Sitz herumgeschleudert, ihr Kopf prallte gegen das Fenster zu ihrer Linken, als sie einen kleinen Schrei ausstieß – und dann flog sie durch die Luft.

Der Elch hatte sich den denkbar schlechtesten Platz ausgesucht, um vor ihren Wagen zu laufen, denn dort war ein flacher Graben ... und dann ging es sechs Meter tief von der Landstraße auf den Waldboden hinunter.

Der Wagen schlug am Fuß des Hügels mit einer Wucht auf, die April den Atem raubte. Das hätte auch der Sicherheitsgurt sein können, der sich um ihre Brust und ihren Schoß straffte, oder der Airbag, der mit einem lauten *Puff* explodierte und sie zu Tode erschreckte.

Flecke schwammen vor ihren Augen. Ihr Kopf pochte

und sie spürte, wie ihr Blut an der Seite des Gesichts herunterlief. Alles war so schnell passiert!

Die Sekunden verstrichen, als April merkte, dass sie noch nie so starke Schmerzen gehabt hatte. Ihr Kopf pochte so stark, dass sie nicht anders konnte, als sich zu übergeben. Zum Glück hatte der Airbag etwas Luft verloren, sodass das Erbrochene nicht zurück in ihr Gesicht spritzte, aber es war fast genauso schlimm, als es auf dem Dach ihres Wagens landete.

Moment mal ... das Dach?

Sie drehte den Kopf und blinzelte verwirrt darüber, dass die Welt auf den Kopf gestellt zu sein schien.

Dann wurde ihr klar, dass nicht die Welt auf dem Kopf stand – sondern sie selbst. Der Wagen lag auf dem Dach, und sie konnte die Straße, von der sie abgekommen war, weit über sich sehen.

Der Elch war längst verschwunden, aber der schwarze Pick-up, der hinter ihr gewesen war, stand auf der Straße. Sie konnte nicht erkennen, wer hinter dem Lenkrad saß, aber gerade als sie den erleichterten Gedanken hatte, dass derjenige ihr sicher helfen würde ... setzte das Fahrzeug sich in Bewegung.

Zu ihrem großen Entsetzen und ihrer Verwirrung fuhr er davon und ließ nichts als Stille zurück.

Je länger April in ihrem Wrack lag, desto mehr pochte ihr Kopf. Sie versuchte, sich einzureden, dass derjenige, der in dem Pick-up saß, wahrscheinlich keinen Handyempfang hatte und nur die Straße entlanggefahren war, um Hilfe zu holen. Aber aus irgendeinem Grund wusste sie, dass das nicht der Fall war.

Wer auch immer es war, er hatte sie dort zurückgelassen. Verletzt, blutend und gefangen.

Sie wollte weinen. Wollte schreien. Aber ihr Körper schaltete ab. Der Schmerz war zu stark. Ihr Kopf fühlte sich an, als würde er gleich explodieren.

Das Letzte, woran sie dachte, bevor sie bewusstlos wurde, war, wie still es in der Gegend war. Die Stille war absolut, und es war das Unheimlichste, was sie je in ihrem Leben gehört hatte.

JJ war frustriert und mürrisch. Er hatte sich darauf gefreut, Bob und Marlowe beim Einzug in ihr neues Haus zu helfen, denn das bedeutete, dass er April außerhalb des Büros sehen würde – aber sie tauchte nicht auf. Tatsächlich schien sie in letzter Zeit jedes Mal eine Ausrede zu haben, wenn sie eingeladen war, mit ihm und seinen Freunden etwas zu unternehmen.

Die Frau machte ihn verrückt. Er wollte sie *unbedingt*, aber er hatte keine Ahnung, wie er den Status quo zwischen ihnen ändern sollte.

Sie war immer so professionell. Und er hasste es. Er mochte die Distanz nicht, die sie zwischen ihnen hielt.

April Hoffman war alles, was er sich je von einer Frau gewünscht hatte. Groß, klug, bodenständig und fleißig, und vor allem war sie eine wunderbare Freundin. Sie war *seine* Freundin. Aber er wollte mehr. Er wollte unbedingt mehr. Aber er wusste nicht, wie er das anstellen sollte.

Er hätte schon vor Jahren sein Interesse bekunden

sollen, aber je mehr Zeit verging, desto schwieriger wurde es, den ersten Schritt zu tun. Und er hatte Angst, dass er seine Chance verpasst hatte. Abgesehen davon, dass sie immer weniger mit Carlise, June und Marlowe zusammen war, schien sie sich zu bemühen, Abstand zwischen sich und vor allem JJ zu bringen. Sie versuchte sogar, nicht zur gleichen Zeit wie er im Büro zu sein. Es war ätzend, und JJ war sich nicht sicher, wie er das Problem lösen sollte.

Nachdem alle Möbel und Kartons vom Lastwagen in das Haus von Bob und Marlowe gebracht worden waren, entschuldigte JJ sich schließlich, als seine anderen Freunde zu ihren Fahrzeugen gingen. Er war auf dem Weg zu seinem Bronco, als sein Telefon klingelte. Als er die unbekannte Nummer auf dem Display sah, runzelte er die Stirn und hielt das Handy an sein Ohr.

»JJ hier.«

»Ist dort Jackson Justice?«, fragte eine unbekannte Stimme.

»Ja. Wer ist da?«

»Mein Name ist Patrick Stewart. Wir haben Ihre Nummer unter den Notfallkontakten von April Hoffman gefunden. Ich rufe an, um Ihnen mitzuteilen, dass sie in unserem Krankenwagen liegt und wir einen Flug bestellt haben, der sie nach Bangor bringt.«

JJs Herz blieb stehen. »Was? April ist verletzt?«

»Ja, Sir. Ihr Wagen ist von der Mountain Road abgekommen und ein Passant hat es gemeldet.«

»JJ? Was ist los?«, fragte Chappy, der an seiner Seite erschien.

Aber er konnte sich auf nichts anderes konzentrieren als

auf die Stimme am anderen Ende des Telefons. »Wird sie ... wird sie überleben?«, flüsterte er.

»Ja, aber sie ist bewusstlos und hat eine schwere Kopfverletzung. Wie gesagt, sie wird mit dem Rettungsflugzeug nach Bangor geflogen, und Sie waren unter den Notfallkontakten in ihrem Telefon aufgeführt. Gibt es noch jemanden, den wir anrufen sollen?«

»Welches Krankenhaus?«, blaffte JJ und ignorierte die Frage. Jedes Molekül in seinem Körper drängte ihn dazu, in seinen Wagen zu springen und zu ihr zu fahren.

Der Sanitäter sagte es ihm und JJ nickte. »Ich werde dort sein. Sagen Sie ihr ... ich komme«, flehte er.

»Sie ist bewusstlos, Sir, aber ich werde es ihr sagen, falls sie aufwacht«, versicherte ihm der Sanitäter.

»Danke.« JJ legte auf und machte sich wieder auf den Weg zu seinem Wagen, aber Chappys Hand auf seinem Arm hielt ihn auf.

»Was zum Teufel ist hier los?«, fragte er.

»April ist verletzt! Sie hatte einen Autounfall. Sie bringen sie nach Bangor. Ich muss zu ihr.«

»Wir kommen mit dir. Warte«, befahl Chappy.

JJ schüttelte den Kopf. »Ich kann nicht ... Ich muss ... Ich muss los!«

»Und wir kommen mit«, sagte Chappy ruhig. Er drehte sich um und pfiff laut.

Zum ersten Mal im Leben hatte JJ keine Ahnung, was er tun sollte. Er hatte immer alles unter Kontrolle. Er war der Anführer ihres Spezialeinsatzteams gewesen. Derjenige, an den alle sich wandten, wenn es brenzlig wurde. Aber in der Sekunde, in der er hörte, dass April verletzt war, war es, als sei er plötzlich unfähig, auch nur die kleinste Entscheidung zu treffen.

Jedes Molekül in ihm drängte ihn dazu, zu ihr zu gelangen. Sich zu vergewissern, dass es ihr gut ging.

Er hörte seine Freunde wie aus weiter Ferne reden, und im nächsten Moment führte Cal ihn zu seinem Geländewagen. »Ich fahre«, sagte er entschlossen.

JJ protestierte nicht. Cals Rolls-Royce hatte ordentlich Kraft unter der Haube, und er konnte schneller nach Bangor kommen als JJ in seinem Bronco.

Er hörte, wie seine Freunde sich um ihn herum unterhielten, als sie in das Fahrzeug stiegen, aber er konnte nur an April denken. Warum war sie auf dieser Straße gewesen? Würde sie wieder werden? Hatte sie Angst gehabt, als es passierte? War sie überhaupt bei Bewusstsein gewesen oder war sie sofort bewusstlos geworden?

Und unter all seiner Angst und Sorge ... Entschlossenheit. Stärker als jedes andere Gefühl.

Kein Warten mehr. Wenn sie sich erholte – und sie *würde* sich erholen, sie musste es –, würde er dafür sorgen, dass die Frau wusste, wie sehr er sie liebte. Er hatte genügend Zeit vergeudet. Jetzt war Schluss mit der Spielerei.

April Hoffman gehörte ihm – und er würde alles tun, was nötig war, damit sie ihn genauso liebte wie er sie. Egal welche Hindernisse sich ihm in den Weg stellen mochten.

JJ ist fest entschlossen, dass Aprils Unfall ihn nicht daran hindern wird, sich endlich seine Anziehung zu ihr einzugestehen. Doch ihr medizinischer Zustand erweist sich als seine geringste Sorge. Jemand ist auf Rache aus, und niemand in Newton ist sicher. Lesen Sie *Ein Holzfäller für April*, das letzte Buch der Reihe *Ein Spiel des Glücks*, um das explosive Ende zu erleben und zu sehen, wie alle vier ehemaligen Militärfreunde zusammenarbeiten müssen, zusammen mit vielen ihrer Freunde aus dem ganzen Land, um dafür zu sorgen, dass das Böse nicht gewinnt.

BÜCHER VON SUSAN STOKER

Ein Spiel des Glücks

Ein Beschützer für Carlise

Ein Prinz für June

Ein Held für Marlowe

Ein Holzfäller für April (1 Okt)

SEALs of Protection: Alliance

Schutz für Remi

Schutz für Wren

Schutz für Josie

Schutz für Maggie

Schutz für Addison

Schutz für Kelli (2 Sept)

Schutz für Bree (Jan 2026)

Die Männer von Silverstone

Vertrauen in Skylar

Vertrauen in Taylor
Vertrauen in Molly
Vertrauen in Cassidy

Die Zuflucht in den Bergen

Zuflucht für Alaska
Zuflucht für Henley
Zuflucht für Reese
Zuflucht für Cora
Zuflucht für Lara
Zuflucht für Maisy
Zuflucht für Ryleigh

Das Bergungsteam vom Eagle Point

Ein Retter für Lilly
Ein Retter für Elsie
Ein Retter für Bristol
Ein Retter für Caryn
Ein Retter für Finley
Ein Retter für Heather
Ein Retter für Khloe

SEALs of Protection: Legacy

Ein Beschützer für Caite
Ein Beschützer für Brenae
Ein Beschützer für Sidney
Ein Beschützer für Piper
Ein Beschützer für Zoey
Ein Beschützer für Avery
Ein Beschützer für Kalee

Ein Beschützer für Jane

<u>Die SEALs von Hawaii:</u>
Die Suche nach Elodie
Die Suche nach Lexie
Die Suche nach Kenna
Die Suche nach Monica
Die Suche nach Carly
Die Suche nach Ashlyn
Die Suche nach Jodelle

<u>Delta Team Zwei</u>
Ein Held für Gillian
Ein Held für Kinley
Ein Held für Aspen
Ein Held für Jayme
Ein Held für Riley
Ein Held für Devyn
Ein Held für Ember
Ein Held für Sierra

<u>Mountain Mercenaries:</u>
Die Befreiung von Allye
Die Befreiung von Chloe
Die Befreiung von Morgan
Die Befreiung von Harlow
Die Befreiung von Everly
Die Befreiung von Zara
Die Befreiung von Raven

Ace Security Reihe:

Anspruch auf Grace

Anspruch auf Alexis

Anspruch auf Bailey

Anspruch auf Felicity

Anspruch auf Sarah

Die Delta Force Heroes:

Die Rettung von Rayne

Die Rettung von Emily

Die Rettung von Harley

Die Hochzeit von Emily

Die Rettung von Kassie

Die Rettung von Bryn

Die Rettung von Casey

Die Rettung von Wendy

Die Rettung von Sadie

Die Rettung von Mary

Die Rettung von Macie

Die Rettung von Annie

SEALs of Protection:

Schutz für Caroline

Schutz für Alabama

Schutz für Fiona

Die Hochzeit von Caroline

Schutz für Summer

Schutz für Cheyenne

Schutz für Jessyka

Schutz für Julie

Schutz für Melody
Schutz für die Zukunft
Schutz für Kiera
Schutz für Alabamas Kinder
Schutz für Dakota

Eine Sammlung von Kurzgeschichten
Ein langer kurzer Augenblick

BIOGRAFIE

Susan Stoker ist die New York Times, USA Today und Wall Street Journal Bestsellerautorin der Buchreihen »Badge of Honor: Texas Heroes«, »SEAL of Protection«, »Die Delta Force Heroes« und einigen mehr. Stoker ist mit einem pensionierten Unteroffizier der US-Armee verheiratet und hat in ihrem Leben schon überall in den Vereinigten Staaten gelebt – von Missouri über Kalifornien bis hin zu Colorado. Zurzeit nennt sie die Region unter dem großen Himmel von Tennessee ihr Zuhause. Sie glaubt ganz und gar an Happy Ends und hat großen Spaß daran, Geschichten zu schreiben, in denen Romantik zu Liebe wird.

Besuchen Sie Susan im Netz!
www.stokeraces.com
facebook.com/authorsusanstoker

twitter.com/Susan_Stoker
bookbub.com/authors/susan-stoker
instagram.com/authorsusanstoker
Email: Susan@StokerAces.com